天才たちの日課 女性編

DAILY RITUALS
Women at Work

自由な彼女たちの必ずしも自由でない日常

MASON CURREY
メイソン・カリー 著
金原瑞人／石田文子 訳

フィルムアート社

DAILY RITUALS: Women at Work
by Mason Currey

レベッカへ

時が人の顔つきを変えるように、習慣は人生の容相を次第に変えていく。
そして本人はそのことに気づかない。

——ヴァージニア・ウルフ、一九二九年四月十三日の日記より

目次

凡例

・本書は、Mason Currey, *Daily Rituals: Women at Work* (Alfred A. Knopf, 2019) の全訳である。

・原文のシングルクォーテーション（一重引用符）は〝 〟で、原文のイタリックは強調傍点で示した。

・〔 〕は訳者による補足説明をあらわす。

・［ ］は原著者による補足・省略をあらわす。

・書籍名、新聞・雑誌名、映画タイトル、TV番組タイトルは『 』、論文タイトル、記事タイトルは「 」、美術作品名、建築作品名は《 》で示した。

・書籍において邦訳がでているもの、映画において日本公開されたものは邦題のみ記載した。未邦訳、日本未公開のものは、原則的に原題のまま記載した。

はじめに

この本は二〇一三年〔日本語版は二〇一四年〕に刊行された『天才たちの日課――クリエイティブな人々の必ずしもクリエイティブでない日々（Daily Rituals: How Artists Work）』の続編であり補正版だ。前作では、作家や詩人、画家、作曲家、哲学者、その他の傑出した人々の日々の暮らしや仕事ぶりを簡単にまとめて紹介した。私はその出来に満足していたし、自分と同じように、創作の現場をのぞき見したいと思っていた人たちに読んでもらえてうれしかった。そういう人たちは、ベートーヴェンが朝のコーヒーのために豆をきっちり六十粒数えていたことや、バレエの振付家のジョージ・バランシンがアイロンがけの最中に最高のアイデアを思いついていたことや、作家のマヤ・アンジェローが「小さくて質素な」ホテルの部屋で辞書や聖書やトランプやシェリー酒のボトルに囲まれて書いていたことを知っておもしろがってくれた。しかしこの本には、いま思えば、大きな欠陥があった。そこで取り上げた百六十一人のうち、女性は二十七人しかいなかったのだ。割合にして十七パーセント以下だ。

なぜ、これほど男女の比率にあからさまな差があるまま刊行してしまったのだろう。誰もが納得する言い訳があるわけではないが、前作で私が試みたのは、過去数百年の西洋文化圏で天才や偉人と呼ばれた人々の横顔《プロフィール》を紹介することだった。そしてそれを成功させるためには、「あの有名な天才がこんな平凡な日常を送っていた」という風に、イメージと実像のギャップを示すことが重要だと考えていた。そのために、西洋の有名な作家や画家やクラシック音楽家などに焦点を合わせた結果、残念ながら、対象となる人物の大半が男性になってしまったのだ。がんばって女性の話を見つけようと思わなかったことは、私の想像力が恐ろしく欠けていた証拠で、ほんとうに申し訳なく思っている。

そこで今回は、前作にみられた男女比のバランスの悪さを遅まきながら解消するとともに、私がもともともくろんでいたことをよりよく実現するために努力した。そのもくろみとは、単にインテリが好みそうな雑学情報を集めるだけでなく、読者にとって実際に役立つ本にしたいということだった。クリエイティブな仕事にたずさわっている人は、そのための時間を確保したり、創作に適した精神状態にもっていくことに日頃から苦労している。それは私自身もライターとしてしょっちゅう経験してきたことだ。おかげで私は、ほかの人たちがどうやって仕事をこなしているのか、その方法を、ごく基本的なレベルで知りたいといつも思っていた。たとえば、作家や画家や作曲家は毎日原稿を書いたり絵を描いたり作曲したりしているのか？　もしそうなら、どれくらいの時間、いつごろの時間帯にやっているのか？　週末も仕事をしているのか？　創作活動をしながら、どうやって生活費を稼いだり、十分な睡眠を取ったり、家族や知人と向き合ったりしているのか？　時間や金銭のやりくりがうまくできたとしても、もっとやっかいな問題、たとえば自信を失ったり自己管理ができなくなったりしたときにどう対処しているのか？

前作では、天才たちの日常のごく平凡な事柄を紹介することによって、たとえ遠回しにでも、そういった疑問に答えたいと思っていた。しかし、取り上げた対象が有名な男性に偏っていたために、そのもくろみはあまり成功しなかった。なぜなら、そういう人々が問題に直面したとき、それを解消してくれたのは、献身的な妻や、使用人や、巨額の遺産や、何世紀も前から受け継がれてきた特権などである場合が多かったからだ。そういう例は、現代の読者にとって役に立つお手本にはなりにくいだろう。多くの天才たちの日常は、仕事、散歩、昼寝などにきちんと配分され、金を稼ぐことや食事のしたくをすること、愛する人との時間を確保することといった下世話な心配事とは無縁の、妙に現実離れしたものにみえた。

しかし今回、対象を女性に絞ったことによって、フラストレーションや妥協に満ちたドラマチックな景色が開けた。もちろん、本書に登場する女性は特権階級の出身者が多く、みんながみんな日常的にトラブルに遭遇し、それを乗り越えてきたわけではない。しかし、そういう経験をした人は多い。そしてそのほとんどは、女性による創造的な活動が無視されたり否定されたりした時代に育っている。妻、母、主婦としての伝統的な役割より芸術による自己表現を優先しようとして、親や配偶者から猛烈に反対された人も多い。また、母親として、子どもの世話と自分のやりたいことのあいだでひじょうに苦しい選択を迫られた人もたくさんいる。さらに、ほとんど全員が、作品の受け手や、プロとしての成功の鍵を握る人々のあいだに蔓延する性的偏見と闘ってきた。編集者、出版業者、学芸員、批評家、パトロン、その他もろもろの流行仕掛け人たちは、たまたま男性の作品のほうが優れていただけだ、という主張をひたすら繰り返した。これに加えて、女性アーティスト自身の心に存在する壁もあった。それは、怒りや罪悪感や憎しみといったさまざまなマイナスの感情で、自分と自分の業績を世の中に無理やり割りこませなくてはならないことから生じるものだ。

もちろん私は〝女性アーティスト〟をアーティスト一般から分けて扱うことの危険性は承知している（男性が書く場合はなおさら危険だ）。この本で紹介した女性の多くは、自分の作品が性と結びつけられることに慣れているが、そのことを快く思っている人はひとりもいない。画家のグレース・ハーティガンはあるインタビューで「自分が女性アーティストだと意識したことは一度もないし、そのように呼ばれるのも嫌い。私はひとりのアーティストなの」と語っている。だからというわけではないが、私は本書で女性のアーティストを取り上げるにあたって、前作で登場した男性（および女性）と同じやり方で書くようにした。つまり、手紙や日記やインタビューや他の人が書いた伝記などをもとに、彼女たちが日々どのように仕事をしていたのか、小さな肖像画を描くようにしてまとめた。

とはいえ、この本には前作と大きく違う点がいくつかある。たとえば、前作で私が取り上げたのは、一日の活動パターンについて、比較的きちんとまとめることができた人物だけだった。しかし今回は、もっと範囲を広げて、とくに決まった日課やスケジュールを持たない人についても書くことにした。そういった人は、規則正しい生活をする余裕がないか、決まりきったルーティンに従うこと自体好きでないかのいずれかだ。ふたつ目の相違点は、本書に収められた女性はみな、それぞれの分野で認められた一流のアーティストだが、一般的にはそれほど有名でない人も多いことだ。そこで今回は生い立ちや経歴の紹介に前作よりもページを割き、それと関連づけて仕事ぶりを書くようにした。

また、今回は本人と家族の関係にも多くの注意を払った。というのも、多くの場合、彼女たちの時間をいちばん多く要求するのは子どもだったからだ（依存心が強くて横暴な夫が僅差で二番手となっている）。したがって、彼女たちがクリエイティブな仕事と家庭内のごたごたや義務などをどのようにさばいているのか——わき目もふらず仕事第一で突っ走っているのか、時間を上手に配分してこなしているのか、ある種の義務はわざと無視しているのか、あるいはそういった方法を少しずつ組み合わせているのか——その点を明らかにすることが、彼女たちの日常をありのままに描くために欠かすことができなかった。それは、私が先ほど述べた本書のもくろみ——創造性を発揮するにはどうすればいいか悩んでいる現代の読者のヒントになる本にすること——にもつながっている。私は、女性アーティストが日々直面している障害について、できるだけ正確に書きたかったし、彼女たちがどうやってそれを乗り越えてきたのか、そもそも乗り越えることができたのか、可能なかぎり明らかにしたかった。

だからといって、クリエイティブな仕事をするのは喜びの少ない苦しい生き方だ、などというつもりはない。それができる環境を作るには、うまく立ち回ったり、ある程度の犠牲を払ったりする必要がある。しかし仕事そのものは夢中になれるほどの魅力があり、むしろエネルギーの源となることが多い。女性アーティストが経験する二面性——スーザン・ソンタグの言葉を借りれば「生活《ライフ》」と「仕事《プロジェクト》」——の折り合いをつけるのはとても難しいが、そのための努力を放棄してしまうのも同じくらい難しい。本書では、そのことをできるだけ正確に描くよう心がけた。原稿を書きためるあいだ、私の心につねに浮かんできた疑問は、かつてフランスの作家コレットが同じくフランスの作家ジョルジュ・サンドについて口にした疑問——彼女はいったいどうやってやりくりしていたの？——と同じものだった。その答えとして、ここに百四十三通りの試行錯誤が収められている。

本書の構成について

私は当初、各アーティストのプロフィールをランダムに書いていった。そのあと、一冊の本にまとめるために、どう並べるのがいちばんよいか考えた。よくある分類法——年代順とか、アルファベット順とか、テーマ別とかは、どれもいまいちだった。そこで結局、すべてのプロフィールを、大きく十三のグループに分けることにした。どことなくお互いの内容が響き合うと思ったものを同じグループにまとめたが、できればその意図があまり見え透いた感じにならないようにしたかった。また、本を前から順に読んだときに楽しく読めるように各プロフィールを配置した。しかし読者のなかには適当にページをめくって行き当たりばったりに読むのが好きという人も多いだろう。その読み方を否定したりはしないし、それはそれでおおいに結構だ。

ちょっと変

オクテイヴィア・バトラー

一九四七〜二〇〇六

バトラーはカリフォルニア生まれの作家で、十二歳のときにSF小説を書き始めた。きっかけは一九五四年に封切られた『火星から来たデビルガール』という映画をテレビでみたことだった。「この映画をみたとき、私はいくつかのことに気づいた」後年、バトラーはそう述べている。「まず、『ふーん、私ならこれよりおもしろい話が書けるわ』と思い、『ていうか、誰だってこれよりおもしろい話が書けるでしょ』と思い、最後に『こんなつまらない話を書いてお金をもらっている人がいるのね』と思った。それがきっかけで実際に書き始め、一年後にはそこらの雑誌に、ひどい作品をせっせと送りつけるようになっていたわけ」。大学卒業後は、皿洗いや電話セールス、倉庫番、ポテトチップスの検査係など、一連の「ひどくつまらない仕事」をしながら、早朝に執筆を続けていた。「当時の私は動物になった気分だった。ただ生きるために、死なないために生きているという感じ。でも小説を書いているかぎり、ただ生きるためじゃなくて、もっとなにかするために、自分のほんとうに好きなことをするために生きているんだと思えた」そして一九七六年、ついに最初の小説『Patternmaster』〔未邦訳〕の出版にこぎつける。その後の四年間、年一冊のペースで長編小説を出しつづけ、一九七九年にはもっとも有名な作品『キンドレッド　きずなの招喚』を出版し、そのあとはプロの作家として食べていけるようになった。

世界的に有名になるにつれ、バトラーはしばしば若い作家にアドバイスを求められるようになった。彼女はいつも、いちばん大事なのは、書きたくても書きたくなくてもとにかく毎日書くことだ、と答えた。「アイデアを絞りだすの」とバトラーはいっている。また、作家になりたいのなら「五、六人の作家の生き方をよく観察して、その人たちがやっていることを参考にするのがいい」ともいっている。

それは、その人たちのまねをするためじゃない。人のやっていることを見てわかるのは、みんな、それぞれのやり方を模索しているということ。うまくいった人は、自分にとっていいやり方を見つけたわけ。たとえば私は午前三時か四時に起きるけど、それはその時間帯が自分にとって書くのにベストな時間だから。そのことに気づいたのは偶然だった。というのも、昔は勤めに出ていたから、昼間は書く時間がなかったの。私がやっていたのは肉体労働で、それもたいていはきつい仕事だったから、夜、帰ってくると、とても疲れていたし、人と接するのはもうたくさんという感じだった。人と長時間接したあとは、あまり書くことができないということがそのときわかった。人といっしょに過ごした時間と、書く時間とのあいだに、少し睡眠をはさまなければいけなかった。それで朝早く起きるようになったのよ。だいたい午前二時ごろに起きていて、それはいくらなんでも早すぎた。でも大きな夢があったし、その時間から、出勤の支度をしないといけない時間まで書いていた。

歳をとるにつれて、バトラーのスケジュールはいくらか楽なものになった。二〇〇〇年に『シアトル・タイムズ』紙に掲載されたプロフィールには、「朝は五時三十分から六時三十分のあいだに起き、家事をして、九時には執筆のためパソコンの前にすわっている」と書かれている。しかしバトラーは、自分は書くのが遅いと思っていた。一日の大半を「本を読んだり、ただすわってあらぬ場所をみつめたり、本の音読テープや音楽なんかをきいたりして過ごし、それからいきなり猛烈に書きだす」。このことからわかるように、バトラーは多くの時間を自分ひとりで過ごしていて、それが「非社交的な暮らしを好む」作家には快適だったようだ。「私が人との交わりをいちばん楽しめるのは、ひとりでいる時間がじゅうぶんにあるとき」一九九八年にそう述べている。「以前はそんな様子を家族に心配されて、そのせいで自分でも心配していた。でも、ようやくわかったの。これが私なんだ、それでいいんだと。誰でもちょっと変なところがあるわよね。これが私の変なところ」

草間彌生

一九二九〜

「苦しみや不安や怖れと日々闘っている私にとって、芸術を作りつづけることだけが私をその病から回復させる手段だった」日本の前衛芸術家、草間彌生は自伝『無限の網』にそう書いている。草間は子どものころから幻視や幻聴に悩まされ、一九七七年に自ら東京の精神病院を訪れて入院した。現在も入院しているが、病院から通りをはさんだ場所にスタジオを建て、そこで毎日仕事をしている。自伝で草間は自分の日常についてこう述べている。

病院の生活は規則的である。朝起きれば七時に検温があり、夜は九時に就寝となる。私は毎日、朝の十時にスタジオに入り、夕方六、七時頃まで作品を制作する。私は自分の作品の制作に専念できるので、日本に戻ってからはものすごくたくさん作品を創ることができるようになった。

実際、草間はここ二十年ほどのあいだに世界の芸術界からふたたび注目され、作品制作の依頼にこたえるため、大勢のアシスタントを雇わねばならないほどになった。現在も、ますます精力的に活動している。「毎日、作品を作ることで新しい世界を創造しています」二〇一四年に草間はそういっている。「朝は早く起きて、夜も遅くまで、ときには午前三時くらいまで起きています。ただ芸術作品を作るためにです。私は命がけで闘ってますし、休んでいる暇はありません」

エリザベス・ビショップ

一九一一〜一九七九

「何日ものあいだ、一日中書いてばかりいたかと思うと、そのあと何ヵ月も一行も書かなかったりする」アメリカの詩人、エリザベス・ビショップは一九七八年にそう述べている。その言葉を裏付けるように、ビショップの友人で同じく詩人でもあるフランク・ビダートもこう述べている。「(僕の知るかぎり)彼女は毎日書くわけではないし、規則的なパターンに従って書くわけでもない〔……〕詩のアイデアが浮かぶと、それをできるかぎり長く抱えこんで、いくつもの断片を断片のまま放置して、途方もない時間をかけて仕上げるんだ」たとえばビショップは「The Moose」〔未邦訳〕という一篇の詩を仕上げるのに二十年もかけた。

作品の数が少ないことについて、ビショップはしばしば後ろめたく感じていた。生涯に発表した詩は百篇ほどにすぎず、もっとたくさんの詩を書けたらいいと思っていたのだ。一九五〇年代初頭の一時期は、興奮作用のある薬を使用して創作のスピードを上げようとした。当時彼女は恋人の女性建築家ロタ・デ・マセド・ソアレスといっしょにアメリカからブラジルに移住したところだった。新居に落ち着いてまもなく、持病のぜんそくが悪化したのでコルチゾンを服用し始めたところ、その薬物が作家の仕事にプラスに働く可能性に気づいた。コルチゾンを飲むと、眠気がとれて幸福感に包まれ、創造性が高まるような気がしたのだ。それは詩を書くのに役立ち、当時書こうとしていた短編小説を書くのにも役立ちそうだった。「なにはさておき、ほんとうにすばらしい」ビショップは信頼のおける友人で詩人のロバート・ローウェルにそう報告している。

徹夜でタイプを打っていられるし、翌日も気分は爽快。一週間で短編を二本書いたわよ。効果が切れたときの虚脱感は、ちゃんとした使い方をしてればたいしたことはないんだけど、一度ちゃんとしてなかったことがあって、そしたらもう一日中、なにを見ても泣けてきた。この薬を使って、あの詩集の最後の、どうしても完成できなかった詩を完成させてH・ミフリン［ビショップの詩集を出していた出版社］に送りたいと思ってるの［……］あなたも試してみたら。ほとんどなんにでも使えるみたいよ。

その幸福感は長続きしなかった。まもなくビショップはコルチゾンが感情に与える影響を心配するようになり、服用をやめた。そのうち彼女は、ゆっくりとしか書けない自分の創作スタイルを受け入れる気になったらしい。そしてポール・ヴァレリーの次のような言葉を好んで引用した。「詩は決して完成することはない。放棄されるだけだ」

ピナ・バウシュ

一九四〇〜二〇〇九

ピナ・バウシュはモダンダンスの可能性を広げたドイツの現代舞踊家で振付家だ。幻想的なシーン、凝った舞台セット、演劇のような長台詞、ダンサー同士の会話などを取りこんだ「タンツテアター」〔ダンス演劇〕と呼ばれる彼女の舞台は、舞踏芸術の世界に大きな影響を与えた。よく知られた話だが、バウシュは一九七〇年代末から、舞台制作にあたって、ダンサーに質問し、答えてもらうというプロセスを経るようになった。さまざまな問いによって、ダンサーの記憶や日常生活の様子を引き出し、新しい作品のベースにするのだ。バウシュとつきあいの長いダンサーは、次のように説明している。「ピナはいろいろなことをきいてきます。ひとつの単語やひとつの文章をいうだけの場合もある。それぞれのダンサーは考える時間を与えられ、それから準備をして、自分の答えをピナに見せます。踊って答えてもいいし、言葉で答えてもいい。ひとりで答えても、誰かといっしょに答えても、小道具を使っても、みんなといっしょにやっても、どんな形でもいいんです。ピナはそれを全部見て、メモを取り、考えます」。バウシュにとってそれらの問いは、自分ひとりではアクセスできないアイデアを手に入れるための方法だった。「〝問い〟は、ある主題に慎重に近づくためにある」バウシュはそう語っている。「それは制作のための、とてもオープンな方法であり、正確な方法でもある。そのおかげで私は、ひとりでは思いつかないような、たくさんのことに気づける」。バウシュがつねに求めていたのは、簡単に意味を明らかにできないもの、本人の言葉によると「頭ではっきりわかるものではなく、ぴったりのイメージをみつけること。そういうものは言葉では言い表せないけど、見たらすぐにわかる」のだという。

このプロセスの外側にいる者は、バウシュの仕事ぶりをみると気が滅入ったかもしれない。「彼女は途方もない苦悩を経験するんだ」二〇〇二年、バウシュのパートナーのロナルド・カイは『ガーディアン』紙にそう語っている。「うちに帰ってきたときは、燃えかすみたいになっている。僕はそれを遠くから見守るほうがいいと学んだ。その苦悩から完全に離れていること。彼女のために僕ができるのはそれくらいしかない」。そのあとカイは、バウシュが新しい公演の下稽古をしているときのスケジュールについてこう話している。

彼女は朝十時から稽古場で仕事をする。稽古は夜まで続き、帰ってくるのは午後十時ごろだ。それからいっしょに食事をして、彼女はそのまま午前二時か三時ごろまで起きている。作品の意味とか、なにを残せばいいかとか、大事な部分はどこかとか、いろいろ考えてるんだ。そして朝は七時か、もう少し早くに起きて準備をする。そんな状態で、どうやってかわからないけど、いつも同じエネルギーを維持している。

バウシュ自身、そのエネルギーの源について説明するのに苦労していた。新しい舞台を作ることになると、まず感じるのは、意気ごみではなく絶望だと彼女はいっている。「だって、計画も、脚本も、音楽も、セットも、なにもないんだから」

それなのに、初演の日取りだけは決まっていて、時間はちょっとしかない。だから私はこう思う。舞台作品を作るのはちっとも楽しくない。二度とやりたくない。毎回、拷問のようだ。なんでこんなことやってるのだろう。こんなに長年やっていて、いまだにうまくできない。毎回、一から始めなくてはいけない。ほんとうに大変。いつも、自分が望んでいることをやり遂げられる気がしない。なのに、初演の日が過ぎるか過ぎないうちに、もう新しい舞台の計画を練っている。そのパワーはどこから来るかって？　そう、大切なのは規律を守ること。とにかく仕事をやり続ける。そうしたら突然、なにかが湧いてくる――なにかちっぽけなものが。それがどう化けるかはわからない。でも、誰かが明かりをつけようとしているみたいに感じる。すると、また勇気が湧いてきて、仕事をやり続けられるし、またおもしろくなってくる。それか、誰かがなにかすばらしいことをやってのけると、そこからパワーがもらえる。一生懸命やり続けるだけじゃなくて、どうしてもやりたいという情熱も出てくる。それは内側から湧いてくる。

マリソル

一九三〇～二〇一六

マリソルことマリア・ソル・エスコバルはベネズエラの裕福な家庭に生まれ、パリとカラカス〔ベネズエラの首都〕で育った。その後、ロサンゼルスのハイスクールに通い、パリとニューヨークで美術を学んだ。最初は絵を描いていたが、一九五三年、本人によると「一種の反抗として」彫像を作り始めた。「なにもかも重苦しかったの。私自身、すごく元気がなかったし、会う人もみな憂うつな感じだった。それで、もっと楽しくなれればと思って、おもしろいものを作り始めた――そしたら、実際楽しくなって、みんなもきっと私の作品を気に入ってくれるはずだと思った。だって、私はすごく楽しんで作っていたから。そして、実際にみんな気に入ってくれた」。まもなく彼女はマリソルと名乗るようになり、一九六〇年代の半ばには、ポップアートと民俗芸術《フォークアート》を巧みに融合した作品と、彼女自身の謎めいたイメージのおかげで、ニューヨークのアートシーンのスターになっていた。アンディ・ウォーホルはマリソルを「〝妖しい魅力〟を持った一流女性アーティスト」と持ち上げ、自らが監督する映画『The Kiss』と『13 Most Beautiful Women』〔ともに日本未公開〕に出演させた。マリソルはウォーホルと同じように、無邪気なつぶやきとも奥深い真理ともとれる簡潔な言葉を述べるセンスに恵まれていた。一九六四年のインタビューではこんなことをいっている。「私はあまり考えないことにしているの。考えないでいると、いろんなことが自然に頭に浮かんでくるから」

一九六五年、『ニューヨーク・タイムズ』紙のある記者が、マリソルの日常を簡単に紹介している。それによると、彼女の一日は正午ごろに始まった。そのころに起きて、ハムエッグのようなありふれた食事をとる。そのあとマリーヒルにある自宅アパートから、ブロードウェイの南部にあるアトリエへ向かう。途中で「木工資材売り場に立ち寄り、釘、接着剤、椅子の脚、樽板、松材など」の材料を買うとともに、大好きな〝小道具〟のコレクションに加えられそうなものがないか目を光らせる。そのコレクションには、小さなパラソルや、剥製業者から買った犬の頭の剥製までさまざまなものがあった。「リサーチはイエローページでやるの」とマリソルはいっている。およそ二百平米の広いアトリエに入ると、木工とも彫刻ともいえる仕事を始める。電動工具やのこぎり、金槌のみ、彫刻刀などを使って、立像を作っていくのだ。夜までそれを続けて、そのあとはたいてい町の中心部で行われるギャラリーのオープニングセレモニー、その他のパーティーに出かける。その際は、ウォーホルがエスコートすることが多かった。遅い夕食をとって、そのあと、仕事をしに戻ることもよくあった。「マリソルはとてもまじめに仕事をするのよ」と画家のルース・クリグマンはいっている。「たまに彼女のアトリエの前を通るんだけど、午前二時でもこつこつやってるのを見たことがある」

パーティーでのマリソルは無口で有名だった。何時間もいっしょにいたのに、彼女は一言もしゃべらなかったので困惑した、という友人や知人がたくさんいる。美術評論家のジョン・グルーエンによると、「静かなときは、椅子に何時間もすわって微動だにしないという感じだった」という。一九五〇年代のニューヨークのアートシーンを回想したグルーエンの著書に、マリソルが多くのアーティストやミュージシャンと同席したロングアイランドでの野外昼食会の様子が記されている。

マリソルはテーブルで交わされるにぎやかな会話に耳を傾けながら押し黙り、少なくとも二時間はそのままじっとすわっていた。ある時点で僕が彼女のほうを見ると、なんと、ノースリーブを着た彼女の脇の下の二の腕と胴体のあいだの三角形の空間に、一匹のクモがきれいに巣を張っていた。僕がそのことをマリソルと他の出席者たちにいうと、彼女は平然とそのクモとクモの巣をちらっと見て、こういった。「これと同じことがベネズエラでもあったわ。ちっともめずらしいことじゃない。またかって感じ」

この極端な無口はパフォーマンスのようにも見えるが、友人たちはそうではないと断言する。一九六五年に、そのうちのひとりが『ニューヨーク・タイムズ』紙に、マリソルの行動について、次のように弁護している。「まず、彼女はほんとうにシャイなの。そして、ほとんどの人はたいして語るべきことを持ち合わせていないとわかっている。だったら、不必要にしゃべってエネルギーを使うことないでしょ？　彼女は仕事のためにエネルギーを蓄えているの。しゃべるときは、ずばりと要点をしゃべるし、きちんと整理して話すわね」

マリソル自身はそういう自分の人となりに大きな注目が集まることが理解できなかった――というか、関心がなかった。「自分はちっとも神秘的な人間ではないと思う。ほとんどの時間をアトリエで過ごしているし」一九七〇年代にそういっている。一時期、しょっちゅうあちこちのパーティーに顔を出していたことについて問われると、そういう場所へいくのは「リラックスするため」で、「一日中、根を詰めてやるのは、とても気が滅入るから」と答えている。

ニーナ・シモン

一九三三〜二〇〇三

ニーナ・シモンは自伝『ニーナ・シモン自伝　ひとりぼっちの闘い』のなかで、自分の最高のパフォーマンスを、かつてバルセロナでみた闘牛にたとえている。闘牛は、ショッキングな暴力を見せつけることによって、観客の心の奥にあるなにかに影響を与え、生まれ変わったような気分にさせる。シモンは自分も舞台の上で闘牛士と同じ役割を演じていると感じていた。そして、「人々が私を見にくるのは、私がぎりぎりのところで演じていて、いつかは失敗するかもしれないと思っているからだ」と書いている。

しかし、観客の心の奥に触れる深い印象を与えるにはテクニックも必要だ。シモンは何年も絶え間なく続けたツアーのなかで、そのテクニックを磨いていった。

お客さんに魔法をかけるために、最初はある種のムードを作り出すような曲で始める。そのムードを次の曲、その次の曲へと伝えながら、どんどん高めていき、頂点に達したときには、みな酔ったようになっている。それを確かめるため、私は一瞬、歌うのをやめて、完全な静寂に耳を澄ます。魔法がかかった瞬間。それはいつも説明のつかない不思議な瞬間だ。どこかそのへんに、私たち全員がコンセントを差しこんでいる電源があって、お客さんの数が多ければ多いほど、うまくいく——まるでひとりひとりが一定の電力を供給しているかのようだ。最初は小さなクラブで歌っていたのが、大きなホールへ出られるようになると、私は万全の準備をするようになった。午後になると、まだ誰もいないホールへいって、観客席を歩いて見てまわった。ステージにいる自分と前列の席との距離はどれくらいか、後列の席との距離はどれくらいか、座席同士の間隔は前から後ろへいくにつれて狭くなるのか広くなるのか、ステージはどれくらいの大きさか、ライトはどこにあるのか、マイクの音はどこまで届くのか——すべて確認した「……」だから、ステージに立ったときには、自分の置かれている状況がはっきりわかっていた。

重要なコンサートの前には、ひとりで何時間も練習を繰り返した。ピアノを長時間弾きすぎて、手が「まったく動かなくなってしまった」こともある。バックを務めるバンドにも必ず同じように万全な準備をさせ、バンドとともに、細かい点まできっちりとリハーサルをした。また、自分が観客にもたらそうとしている特別な経験を理解し、共感してくれるミュージシャンを集めるよう努力した。コンサート当日、シモンはその日のセットリスト〔演奏する曲目とその順序の一覧〕を、開演ぎりぎりまでバンドに渡さなかった。バンドメンバーがステージに上がってきてようやく渡すということさえあった。曲目を決める前に、観客や会場の雰囲気にできるだけ長くひたって吸収したかったからだ。ステージの中央に向かいながら、シモンは観客の存在を「痛いほど感じた」。しかし同時に、自分ひとりのために演じようと努め、自分が感じていることに観客を引きこもうとした。しかし、これだけ準備をしても、手堅いプロのパフォーマンスが、いつ不思議で厳かな経験を観客に与えるものになるのかは予測がつかない。それについてシモンはこう書いている。「ライトの当たるステージの上でなにが起ころうと、それはたいてい神の思し召しで、私はたまたま神様が歩いておられる道筋の近くにいただけなのだと思う」

ダイアン・アーバス

一九二三〜一九七一

写真とは「秘密についての秘密」だとアーバスはいっていた。そして彼女は秘密が好きだった。

「私はなんでも見つけてしまうの」。アーバスが写真に興味を持ったのは、ひとつには写真を撮ることが「どこか行儀の悪いこと」で「すごく倒錯的なこと」だと思ったからだ。アーバスは写真家として、ほぼ一貫して人物を撮りつづけた。『ハーパーズバザー』や『エスクァイア』や『ニューヨーク』などの雑誌から依頼を受けて撮ることもあったし、プライベートで公園やサーカス、見世物小屋、ヌーディスト村、社交界の舞踏会、乱交パーティー、精神病院などをめぐって新たな被写体をさがすこともあった。アーバスが好んだのは、社会の枠からはずれた人たち、とくに微妙にはずれた人たちであるほうがよかった。ビート族やヒッピーのようなあからさまなアウトサイダーはおもしろいと思えず、どうしても社会からちょっとずれてしまう人々がカメラに向かって内面を垣間見せてくれることに快感を覚えたのだ。

そのために、たっぷりと時間をかけた。撮影現場に着くと、そこは写真を撮る相手の自宅であることも多いが、控えめで穏やかな口調で愛想よくふるまい、決してえらそうにしたり、一方的に要求を突きつけたりしなかった。自由に動いてくださいと丁寧にたのんで、そのうち、たまたまよいポーズになったと思ったら、そのまま十五分から二十分じっとしていてくださいという。それだけの時間じっとしているのは、誰にとっても楽なことではない。アーバスのいつもの被写体のようにプロのモデルでない人々にとってはなおさらだ。ようやく、ちょっと休憩しましょうとなるが、そのあとまた同じポーズで十五分お願いします、とたのむ。これを何時間も行なった。それは相手が予想していたよりはるかに長く、たいていの人にとってカメラの前でじっとしていられる限界を超えた時間だった。「アーバスはあえてモデルを疲れさせるの」写真家のデボラ・ターバヴィルはそういっている。彼女は一九六〇年代の半ばにアーバスといっしょに『ハーパーズバザー』の仕事をしていた。「モデルたちはぐったりした感じで突っ立ってたわ」（ターバヴィルと彼女のアシスタントは、撮影を早く終わらせるために、アーバスのカメラバッグから、こっそりフィルムを抜き取ったこともあった。）しかし、アーバスには撮影を長引かせる必要があった。それは写真を撮る相手に警戒を解いてもらうためであり、彼らと特別な関係を築くためであった。ターバヴィルの言葉によれば、「それは忍耐のいるプロセスで、その間にアーバスは自分の気持ちを高め、（被写体から）反応を得ようとする。いろいろな質問をしたり、自分のことを話したりして相手が反応するのを待ち、反応があればさらに進んでどんどん心の内側まで入っていき、最後にホームランを打つ」のだ。

それはアーバスが自らのセックスライフで求めたものと似ていた。アーバスのセックスライフは性革命のただ中だった当時の基準からしても並はずれて精力的だった。写真を撮った相手ともしょっちゅう寝ていて、ある友人に語ったところによると、ベッドに誘われて断ったことは一度もないという。アーバスの伝記を書いたアーサー・ルボーによると、彼女は一九六〇年代の終わりに精神科医のもとへ通い始めた。そこで彼女は「路上で見知らぬ男性に近づいて、セックスをしませんかと持ちかけるのよと話したという。また、スワッピング雑誌に載っている広告に応募して、さえない複数のカップルとベッドをともにした話もした。さらに、長距離バスのなかや乱交パーティーでのセックスや、船員や女性やヌーディストなどとのセックスについて事細かに話した［……］なかでも医師を驚かせたのは、実の兄のハワードがニューヨークに来たときはいつも寝ているとあっけらかんと語ったことだった」。

精神科医はひじょうに心配したが、アーバスは仕事に関することでも、プライベートに関することでも、自分の衝動について説明できなかったし、とくに説明したいとも思わなかった。「私は写真を撮るけど、その理由はよくわからない」アーバスはそう語っている。「写真以外になにをしていいかわからない。写真にはほんとにはまってしまって、やればやるほどできるようになった」。彼女が自分の芸術的な衝動について多少なりとも明らかにしたのは、被写体をどのように選ぶのかという質問に答えたときだった。その答えは「自分の気にさわるものを選ぶ」だった。

牡蠣とシャンパン

ルイーズ・ネヴェルソン

一八九九〜一九八八

ロシア生まれのアメリカ人彫刻家、ルイーズ・ネヴェルソンは、多作な芸術家によく見られる特質をすべて備えていた。激しい衝動、ありあまる肉体的エネルギー、そして世の中に自分の価値を証明したいという強い欲求。しかし本人によれば、彼女が多作なのは、「時間の使い方を知っているから」でもあった。自伝のなかでネヴィルソンは自分の日常について次のように述べている。

朝は六時に起きる。いつもコットンの服を着ているが、それはそのまま寝ることもできるし、仕事もできるからだ——私は時間を無駄にしたくない。アトリエに行き、たいてい一日の大半をそこで仕事をして過ごす。そして、ほとんどいつも（自分では丈夫なほうだと思っているが）くたくたになる。創造力より体力を先に使い果たしてしまうのだ。仕事を終えて戻ってくると、疲れていたらそのまま寝てしまうか、なにか食べるかする［……］

ときには二、三日寝ないで、ぶっとおしで仕事をすることもあった。食事はまったくどうでもよかった。なぜなら［……］イワシの缶詰と紅茶と古いパンがあればもうじゅうぶんだったからだ。もともと食べ物にはあまりこだわりがなく、いつも代わりばえのしないものを食べている。以前に本で、デンマークの作家のイサク・ディーネセンは歳をとってから食事に牡蠣とシャンパンしかとらなかったというのを読んで、つまらないことに悩まないですむすばらしい方法だと思った。

この記述は一九七六年当時のもので、そのときネヴェルソンは七十七歳。世界的に有名なアーティストになっていた。しかし、そこに至るまでの数十年間は、ほとんど無名のまま、苦労して仕事を続けていた。十八歳で不幸な結婚をし、翌年、思いがけず妊娠して、若いころの夢は断たれた。その後、十年以上かけてようやく結婚のくびきから解き放たれ、ニューヨークでアーティストとして自立する。だがそれからも、作品が売れるまで二十五年もかかり、最初の個展を開いたのは四十二歳のときだった。そしてようやく広く認められたのは一九五八年、ニューヨーク近代美術館の展覧会に作品が展示されてからだ。そのときはもう六十歳に近かった。

それまでネヴェルソンは家族から定期的に受ける仕送りや、たくさんいた恋人からときどきもらうプレゼントなどでやりくりしていた（生活費を稼ぐための仕事はいっさいしなかった）。ネヴェルソンの兄はメイン州の有名なホテルのオーナーで、とくによく彼女を支援した。何年ものあいだ、毎月生活費を送り、一九四五年にはマンハッタン東三十丁目の四階建てタウンハウスを買い与えている。そのころには、彼女の息子も家を出て商船員になっていた（やがて彼も母親に定期的に金を送るようになる）。その後十年ほど試行錯誤したすえに、ネヴェルソンは独自のスタイルを完成させた。何年ものあいだ、廃材から中小のサイズの立体作品を作っていたが、やがて木の彫刻を組み合わせた巨大なモノクロの壁を作り始め、実質的に環境彫刻という分野を切り開くことになったのだ。友人で劇作家のエドワード・オールビーに、自分が彫刻家としてのアイデンティティをほんとうに発見したのは「作品を立てて置いた」ときだったと話している。

新たなスタイルに自信を持ったネヴェルソンは、どんどん多作になっていく。一年でおよそ六十の作品を作り、一九五〇年代末には、自宅に約九百もの立体作品があふれていた。『ニューヨーク・タイムズ』紙の美術評論家ヒルトン・クレイマーが、当時彼女のタウンハウスを訪れたときのことを数十年後に回想している。

この奇妙な家を訪れる客は、それまでにさまざまなギャラリーや美術館やアーティストのアトリエでいろいろなものを見ていたとしても、度肝を抜かれるだろう。それは間違いなく、誰もみたことも想像したこともないものだ。その家は内装をすっかりはぎ取られてしまったようだった——家具や生活を快適にするための設備だけでなく、日々の暮らしに欠かせない必需品もほとんどない。家中を埋め尽くした彫刻作品から注意を奪いそうなものはいっさいないのだ。すべての壁は作品に占領され、どちらを向いても目に飛びこんできて、見る者を当惑させる。部屋と部屋の境界が溶けてなくなったかのように、どこまでも彫刻に埋め尽くされた情景が続く。階段を上るあいだも、両脇の壁にびっしりと並んだ彫刻作品が客を囲む。バスルームでさえ例外ではない。この家ではいったいどこで風呂に入るんだろうと私は思った。なぜなら、バスタブのなかも作品であふれていたからだ。

さまざまな人の話や記述からして、ネヴェルソンが晩年の名声を楽しんでいたのは間違いない。一九五八年にニューヨーク近代美術館に作品が展示されたころからは、のちにトレードマークとなったけばけばしい格好をし始めた。ミンクの毛でできたつけまつげや凝ったデザインのヘッドスカーフをつけ、ひらひらのドレスに派手なアクセサリーを身につけた。それでも一日の大半をひとりでアトリエのなかで過ごした。不幸な結果に終わった結婚のあと、結婚は二度としないと誓っていた。「大変だし、それほどおもしろくもない」ネヴェルソンは結婚についてそう語っている。恋人はたくさんいたし、友人やファンなど交友関係も広かったが、ほとんどの相手とは一定の距離を置いていた。エドワード・オールビーはこう述べている。「僕はたぶん、ほかのみんなと同じように、彼女が僕のために作った仕切り、僕用のネヴェルソンの箱に閉じこめられていたんだと思う」

歳をとるにつれて、ネヴェルソンはますます仕事に打ちこんでいった。結局はそれだけが彼女の人生を支える力だったのだろう。「私は作品を作るのが好き。ずっと好きだった。たぶん、エネルギーのようなものがあって——作品がどんどん生まれてくる［……］アトリエにいると、私は牛房にいる雌牛みたいに幸せなの。なにも心配いらない唯一の場所だから」

イサク・ディーネセン

一八八五〜一九六二

イサク・ディーネセンはコペンハーゲンでカーレン・ディーネセンとして生まれ、一九一四年に父方の親類であるスウェーデンの貴族と結婚してブリクセン男爵夫人となった。その夫と婚約中にふたりでケニヤに移住する。夫婦でコーヒー農場を営むつもりだったのだ。そのもくろみは両方とも——つまり結婚も農場経営も——失敗に終わった。一九三一年、ディーネセンは将来の展望もなく無一文でデンマークに戻り、母親と暮らし始めた。彼女の経歴はそこで終わっていてもおかしくなかったが、じつはそのとき新たなもくろみを抱いていた。「アフリカにいた最後の数ヵ月間、農場を維持していくのは無理だと明らかになったころすでに、私は夜、小説を書き始めていた。それは昼間に何度も繰り返し考えることから気をそらして、なにか新しいことを考えるためだった」。後年、そう回想しているように、まだケニヤにいたあいだに、初めての短編小説を二本書いていたのだ。それは処女小説集『七つのゴシック物語』に収められ、一九三四年にイサク・ディーネセンという男性名のペンネームで出版されたその本は、大変なベストセラーになった。続いてディーネセンは、『アフリカの日々』を発表する。それは十七年にわたるケニヤでの生活を振り返った回想録で、この作品で彼女は世界的に著名な作家への転身を遂げた。

残念ながら、作家として売れ始めたころから、ディーネセンの健康状態は悪化していった。女遊びの激しい夫から梅毒をうつされていたのだ。この病気は生涯、ディーネセンに大きな苦痛をもたらすことになる。平衡感覚が損なわれ、歩くのも難しくなった。胃潰瘍によってひどい食欲不振になり、激しい腹痛にしばしば襲われた。それは耐えがたい痛みで、まわりはどうすることもできず、彼女が「獣のようにうめきながら」床の上に転がっているのを見ているだけということもあった（秘書のクララ・スヴェンセンはその様子を「人間がひとりで雪崩をせき止めようとしているみたいだった」と述べている）。したがってディーネセンの執筆のスタイルは、健康状態によって変わった。ジュディス・サーマンが書いた伝記によると、「四十代後半から五十代前半にかけては、ときどき体調の悪い日もあったが、体調がよく元気な期間のほうが長かった。体調のいいときは午前中に古い自転車に乗って近所の知人を訪ねたり、エーレスンド海峡で泳いだりしてから原稿を書いた。しかし歳をとるにつれ、仕事をする体力が次第に失われ、食べることも、集中することも、すわっていることさえ難しくなった。晩年の作品の大半は、床の上に横たわったまま、あるいはベッドのなかから、クララ・スヴェンセンに口述して書き上げた」

そのころ、ディーネセンが牡蠣とシャンパンだけで生きているといったのは有名な話だ。しかし、サーマンの伝記によると、「ディーネセンが必要としたがんばりを支えていたのは、じつは覚醒剤アンフェタミンだった。晩年になると、とくに頻繁に使い始め、体力が必要となる重要な局面ではいつも服用していた」。それは死を早めることにつながったが、可能なかぎり精一杯生きよう――そして自分の経験を著作として残そう――というディーネセンの意志は最後まで固かった。彼女はある友人にこう語っている。「私は自分の経験のすべてを物語にすることと引き換えに、悪魔に魂を売ったの」

ジョーゼフィン・ベイカー

一九〇六～一九七五

「私は成功しなくてはならなかった」アメリカ生まれのフランス人ダンサーで歌手のジョーゼフィン・ベイカーはかつてそう書いている。「だから絶対に、絶対にあきらめなかった。バイオリニストにはバイオリンがあるし、画家ならパレットがある。でも私にあるのは私だけ。私の体は楽器で、自分で手入れをしなければならない。それはジャズミュージシャンのシドニー（・ベシェ）がクラリネットの手入れにこだわるの同じだった」。ベイカーは肌の色を白くするために、毎朝三十分かけて、半分に切ったレモンで体をこすった（肌を白くしたいというのは、彼女が生涯取り付かれていた願望だった）。さらに、同じく三十分かけて特製クリームを作り、髪に塗った。いっぽう、食べるものには無頓着で、健康のために特別な運動をするということもなかった。少なくとも、ダンサーとして仕事を始めた当初はそうで、運動などしなくても一日に十時間かそれ以上踊っていた。一九二〇年代、パリにいたベイカーの夜のスケジュールは次のようなものだった。まず、有名なミュージック・

ホール、フォリー・ベルジェールで踊り、そのあとほかのいくつかのキャバレーをはしごして踊り、明け方にようやく家に向かう。そのときのことをベイカーは「仕事を始める支度をしているどんより暗いパリ――貧しい人々のパリ――を通って帰る」と書いている。「そしてベッドに倒れこむと、ペットの子犬たちに体をすり寄せて眠り、午後四時にメイドに起こされるまで目を覚まさない」

だが、いつもこんなに遅くまで寝られたわけではない。というのも、ベイカーは生涯のほとんどの期間、悪夢と不眠症に悩まされていたからだ。朝五時半から友人に電話をかけることでも知られていた。そんなときは、夜じゅう起きていたにもかかわらず、眠そうな様子はまったくなく、いくらでもしゃべれたという。「彼女の元気の秘訣は、うたた寝だった」ある友人がそう語っている。「私と〔面と向かって〕話している最中に、急に眠りに落ちてしまうことが何度もあった。そして三十分もすると、また急に目覚めて、何事もなかったかのように、話の続きをしゃべり始めるの」

しかし、慢性的な睡眠不足やあわただしい生活、そして大きな野心は、彼女の心身に影響を及ぼしていたようだ。ベイカーは次第に、とつぜん激昂したり興奮したりすることが多くなっていった。「しょっちゅう、きわめて不安定な状態でした」使用人のひとりはそういっている。「なにがきっかけでそうなるかは、まったくわからない。それが一日に一回のときもあれば、二回のときもあり、一週間に一回のときもある。ときにはその状態が一週間も続くこともありました。病気の発作に襲われるような感じでした」。ベイカーの最初の夫の証言によると、彼女はそもそもリラックスする方法がわからなかったらしい。「友人がよく、田舎の静かな農場で一日過ごさないかと誘ってくれた。

ジョーゼフィン〔ベイカー〕は礼儀正しくその誘いを受けるんだが、直前になって、なにか理由をつけて約束を破ってしまう。理由はたいてい、ほかにやりたいことやみたいものがあるからというものだった。『たまにはエンジンを切れよ』と僕は冗談めかしていうんだが、だめだった。彼女はどうしてもペースを落とすことができなかったんだ」

リリアン・ヘルマン

一九〇五〜一九八四

ヘルマンは二十代後半から戯曲を書き始め、あっという間にアメリカの一流劇作家の仲間入りを果たし、その後二十五年間、その地位を保ちつづけた。最初に書いた戯曲はコメディで上演はされなかった。しかし二本目の作品『子供の時間』は一九三四年に初演され、すぐさま大評判となった。当時二十九歳だったヘルマンの懐には、初回の劇場公演で十二万五千ドル、ハリウッド映画用の脚本を書く契約で五万ドルが転がりこんだ。それから一九六〇年代の初頭まで、ほぼ二年に一本の割合で新しい戯曲を書き、合間に映画の脚本も書いた。しかし、ニューオーリンズ生まれのこの劇作家は、成功しても満たされなかった。一九三九年、今度は『子狐たち』がヒットすると、ニューヨークから逃げるように、郊外のハードスクラブル・ファームへ移住した。そこは都心から北へ車で一時間半のところにある一三〇エーカーの農場だった。ヘルマンはそこで飲酒癖を（ほぼ）断つことに成功し、恋人だった作家のダシール・ハメットとの関係も、衝突の多い恋愛関係から（ほぼ）良好な友人関係へ移行した。ふたりはハードスクラブル・ファームの家を共有しながら、寝室は別にして、それぞれに友人や恋人をもてなしていた。

その取り決めは、いつも円満にいくとはかぎらなかったが、結果的には長続きした。ハメットは一九三四年に小説『影なき男』がヒットして以来、一冊も本が出せず、ハードスクラブル・ファームに来たころには小説を書くことをあきらめていたが、ヘルマンは仕事に打ちこんだ。ハードスクラブル・ファームで尽きることのないエネルギー源をみつけたように、毎日数時間、執筆しながら、農場でのさまざまな仕事にもたずさわった。メイドをふたり、料理人をひとり、農作業に従事する使用人をひとり、さらに季節労働者も数人雇って、菜園を作ったり、ニワトリを飼ってその卵を売ったりした。また、八エーカーある敷地内の湖で泳いだり、釣りをしたり、スタンダード・プードルの飼育をしたりした。友人たちを長期間滞在させたが、彼らにはほとんどかまわず、自分たちで勝手に過ごさせた。「友人たちはここに遊びにきて、好きなように楽しんでいくわ。たいていは読書をしたりしてる」一九四一年に、ヘルマンはある記者にそう話している。「私が友人たちと会うのは食事のとき。執筆中でも、食事のための時間はたっぷりとっているから。仕事は午前中に三時間くらい、午後も二、三時間、そのあとまた午後十時から午前一時か二時までする」

別のインタビューで、ヘルマンは午前中の日課についてこう語っている。六時に起きてコーヒーを飲み、牛の乳しぼりや家畜小屋の掃除を八時ごろまで手伝い、そのあと朝ごはんを食べて、戯曲を書く。タイプライターを使い、執筆中はタバコとコーヒーが欠かせない。一九四六年のあるプロフィールによると、一日に濃いコーヒーを二十杯飲み、タバコを三箱吸っていたという。また、農場に遊びにきた友人たちに邪魔されないように、書斎のドアに次のような注意書きを貼っていた。

この部屋は仕事部屋である。
入るときはノックをすること。
ノックしたあと返事を待つこと。
もし返事がなければ、ただちに退却し、
戻ってこないこと。
これは全員への指示であり
あなたへの指示であり
昼夜を問わない指示である。

ヘルマン劇作家軍法委員会の命による。
違反に対する軍法会議は納屋にて行なわれ、
被告人が公正に裁かれる保証はない。

ヘルマンは毎日こつこつと仕事をしたが、書くのは遅かった。新しい戯曲を仕上げるのに、一年かそれ以上かかった。その原因のひとつは、書き始める前に徹底的なリサーチをしたからだ。たとえば一九四一年の舞台脚本『ラインの監視』のためには二十五冊の本の要約をノートにまとめた。その分量は単語数にして「ゆうに十万語を超えた」が、できあがった作品にはまったくといっていいほど使用されなかった。そのうえ、ヘルマンはひとつの作品を仕上げるまでに、たくさんの草稿を作った。『ラインの監視』には十一の下書きと、それに手直しを加えた草稿が四本あった。執筆中のヘルマンは、登場人物の会話に異常なほどこだわり、毎晩声に出して読み、翌朝書き始める前にもう一度読んだ。仕事は「高揚、憂鬱、希望」の順に起こる流れにのって進める、とヘルマンはいっていた。「必ずその順序なの。希望の流れは夕暮れにかけて始まる。だからそのときに、自分に言い聞かせる。今度はきっとうまくいくって」

ココ・シャネル

一八八三〜一九七一

シャネルは貧しい家庭に生まれ、思春期を孤児院で過ごし、正規の学校教育はほとんど受けなかった。そんな不利なスタートを切りながら、三十歳で誰もが知る有名人になり、四十歳で億万長者になった。当然ながら、仕事が彼女の人生であり、ほんとうに信頼できる唯一のパートナーだった。シャネルブランドのために絶えず身を粉にして努力したおかげで、シャネルはすばらしいビジネス・ウーマンとなった——同時に、彼女の下で働く人々にとっては、要求の厳しい、横暴ともいえる雇い主だった。伝記作家のロンダ・K・ガレリックによると、シャネルのパリ本店のスタッフは、つねに「気が抜けない緊張状態」にあったという。パリでのシャネルの仕事ぶりは、次のように書かれている。

スタッフの大半は朝八時半ごろ出勤するが、ココは早起きが苦手で、それより数時間遅れて姿を現すのがつねだった。到着するのはたいてい午後一時ごろだが、陸軍元帥や君主のように派手に迎えられた。カンボン通りのシャネル本店向かいにあるオテル・リッツのスイートルームで暮らしていたが、彼女がその部屋を出た瞬間、ホテルのスタッフが本店のオペレーターに電話して警戒を呼びかける。店内にブザーが鳴りひびいて、マドモアゼルがまもなく到着します、と伝えられる。一階にいる誰かが、玄関付近にシャネルの五番をスプレーする。ココが到着したとき、自分のブランドを代表する香りに包まれて入ってこられるように。「……」「彼女が入ってくると、全員が立ち上がった。学校で子どもたちがするみたいだった」と写真家のウィリー・リッツォが回想している。それからスタッフは両手を脇につけて一列に並んだ。「まるで軍隊で兵隊が並ぶみたいに」と従業員のマリー＝エレーヌ・マローゼはいっている。

シャネルは二階の自分のオフィスに入ると、ただちにデザインの仕事にとりかかった。型紙や木製のマネキンなどを使うことは拒否し、何時間も、モデルたちに直接、布をまとわせたり、ピンで留め付けたりして服を作った。その間、ひっきりなしにタバコを吸ったが、すわることはめったになかった。ガレリックによると、「飲まず食わずで九時間立ちっぱなしでいることができ、トイレに行くことすらなかった」という。夜は遅くまで店にいて、仕事が終わったあとも従業員にいっしょに残るよう強要し、ワインを飲みながら間断なくしゃべり続けた。リッツの部屋に帰っても待っているのは退屈で孤独な時間だけなので、できるだけそれを先延ばししたいからだ。シャネルは週に六日働き、日曜や祝日を恐れていた。ある親友にこう打ち明けている。「〝休み〟という言葉をきくと、不安になるの」

エルザ・スキャパレリ

一八九〇〜一九七三

ふたつの世界大戦のあいだに、スキャパレリは無名のデザイナーからパリのファッション界のトップに躍り出た。キャサリン・ヘップバーンやマレーネ・ディートリヒの衣装を作り、サルバドール・ダリやジャン・コクトーと共作した。ショッキング・ピンクという彼女の代名詞ともいえる色を生み出し、同じく「ショッキング」という名の香水を作った。シュルレアリスムの要素をオートクチュールに持ちこんで、ラムカツレツの形の帽子、引き出しのようなポケット、風船のようなハンドバックなど、型破りで遊び心あふれるデザインを発表した。自力で成功した女性はたいていそうだが、スキャパレリも仕事中毒だった。パーマー・ホワイトによる一九八六年の伝記には、彼女の一日について次のような記述がある。

エルザ〔スキャパレリ〕は毎朝八時に起きた。前の晩に何時に寝ようとそれは変わらなかった。レモン水と紅茶を朝食代わりに飲みながら、新聞を読んだり、私信に目を通したり、電話をしたり、料理人にその日の食事の希望を伝えりした。天気がよければ、歩いて仕事に出かけた。「必ず予定時刻の五分前に」というのが彼女のモットーだ。世界中どこにいても時間を厳守し、誰かが一分でも遅れたら激怒した。冬も夏も、十時きっかりに自分のオフィスに着いた。そして、ダブルに仕立てた白のコットンの仕事着を、スカートとブラウスかシンプルなワンピースの上にはおり、誰よりも熱心に、猛烈な勢いで午後七時まで働いた。

スキャパレリは長時間、アトリエで過ごしたが、じつはデザインは別の場所で考えていた。ホワイトはこう書いている。「エルザはデザインのほとんどを、歩いて仕事に向かう途中や、ひとりで郊外に出かけるときや、車の運転中などに、頭のなかで考えていた。のちには運転手つきの高級車ドラージュのなかでも考えた。その車は内装に白い松材を使い、バーカウンターを備えていた。もともと制約を嫌う反逆児だったから、壁に囲まれた場所ではうまく考えられなかったのだろう」

マーサ・グレアム

一八九四〜一九九一

一九二六年、グレアムは舞踏団を設立し、ニューヨークのグリニッチヴィレッジにスタジオを構えた。当時グリニッチヴィレッジには知識人や芸術家の活動拠点がたくさん集まっていた。しかしグレアムは近所で行なわれていることにはあまり興味がなかった。「私はほとんどの時間をスタジオで過ごしていた」自伝『血の記憶』にそう書いている。

当時、グリニッチヴィレッジにはとても知的な雰囲気が漂っていた。人々はあちこちにたむろして、しきりにいろんなことを話し合っていた。私はそんな話し合いには決して加わらなかった。なにかを論じているかぎり、それを実行に移すことは決してないだろう。友だちや同僚などと自分の夢について毎晩語って過ごすのもいいが、それだけでは夢は夢のままだ。演劇も、音楽も、詩も、ダンスも、決して形になることはない。しゃべるのは特権で、その特権は放棄しなければならない。

長いあいだ絶えず革新的な道を切り開いていくうちに、グレアムはこの種の自制のエキスパートになっていった。ダンスだけが人生で、それ以外に重要なことはほとんどない。というか、それ以外のことが重要であってはならない。プライベートな関係でいちばん長続きした相手は、彼女の音楽を担当したディレクターと、彼女の舞踊団の最初の男性ダンサーで、男性ダンサーとは一時的に結婚もした。しかしのちに離婚し、そのあと養子を迎えることも考えたが、結局はやめにした。「子どもを持たないことにした理由は単純で、自分が子どものときにしてもらったような愛情のこもった子育ては自分には無理だろうと思ったから」と彼女は書いている。「私はダンサーであることをやめられない。子どもとダンスのどちらかを選ばなくてはならないとわかって、私はダンスを選んだ」

とはいえ、それはグレアムにとって仕事が楽しいとか簡単だとかいうことではない。彼女の言葉によれば、ダンサーであることは、「人生にとても激しく使われるのを許すこと」であり、新しいダンスが始まるときは「ひどい苦しみのとき」だという。グレアムのダンスは、ひとりで長時間スタジオにこもって、自分の肉体を試すことから生まれる。感情を表す動きをさがし、とくに、言葉で表現できない感情を体の動きで表現することを目指すのだ。「モダンダンスの動きは創造するものではなくて、発見するもの——体がなにをしようとしているか発見することだ」とグレアムは述べている。いっぽうで彼女はスタジオの外の自然や、出会った人々や、読んだ本などからもインスピレーションを見つけていた。本からはとくに得るところが大きかったようだ。「いまの私があるのは、すべてニーチェとショーペンハウアーの著作のおかげよ」と語ったことがあるほどだ。夜、グレアムは貪欲に読書をし、メモをとったり、アイデアのもとになりそうな一節を書き出したりした。それらのメモからなにかのパターンが明らかになってくると、次にダンスのためのシナリオを書いていく。「ベッドの脇の小さなテーブルにタイプライターを置いて、枕で体を支えて、夜どおし書く」

シナリオができると、作曲家といっしょに仕事を始め、自分の書いたシナリオと、音楽と、スタジオで生まれた動きをゆっくりまとめていった。自分以外のダンサーも交える段になると、他のダンサーの意見をきいて自分のアイデアを具体化し磨いていく。しかし、グレアムの舞踊団のメンバーのひとりはこう回想している。「彼女は片時もその場を離れず、いろいろな方法であれこれと形を考え、作り上げていきました」。その間に「振付の壁」にぶち当たると、窓の外を見つめながら考え、他のダンサーたちは床にすわって待つことになる。仕上がりが自分の設定した高い水準に達しないと、怒り狂うこともあった。「私たちはいつも彼女の機嫌をうかがっていました」と舞踊団の別のダンサーがいっている。「彼女がかんしゃくを起こすのは、自分のなかにある情熱のありったけを引き出すことができないからなんです。ぜんぶ吐き出して、浄化してしまわないと、不愉快でたまらなかったんでしょう」。しかし、いったん「浄化」したあとは、「すばらしい創造性」があふれ出すのがつねだった。

グレアムは七十五歳まで舞台で踊りつづけ、ついにダンサーとして現役を引退しなければならなくなったときは、とことん落ちこんだ。それでも振付家として、九十六歳で亡くなる数週間前まで仕事を続けた。グレアムが九十歳になる直前に彼女の紹介記事を書いた舞踊評論家によると、当時でも一日に六時間、午後二時から五時までと午後八時から十時か十一時まで仕事をして、休憩は軽い食事を兼ねて一回とるだけだったという。それを終えて夜、うちに帰ると、事務的な仕事を片づけてから、スクランブルエッグとカッテージチーズとモモとカフェイン抜きのコーヒーの遅い夕飯をとる。そのあとはテレビで古い映画を午前一時までみて、翌朝はまた六時半起き（しかし、午前中に用事がなければ、もう一度寝ることもあった）。生涯ダンスを続け、その才能を広く認められていたにもかかわらず、グレアムはつねに不満に駆り立てられていた。自伝にこう書いている。「ずっと昔にどこかできいた話だが、エル・グレコが死んだあと、彼のアトリエで新品のカンバスが見つかり、そこにはたったひと言、『満足できるものはひとつもない』という言葉が書かれていたという。私は彼の気持ちがわかる」

エリザベス・ボウエン

一八九九〜一九七三

ボウエンはアングロ・アイリッシュ〔アイルランド在住のイングランド人〕の家系に生まれ、『心の死』、『日ざかり』、『パリの家』などを書いた作家だ。一九三〇年代の末にアメリカの詩人メイ・サートンはロンドンでボウエンと知り合い、彼女が自分の時間を作家としての仕事と客をもてなす女主人としての仕事にうまく配分しているのをみた。「私はお屋敷の切り盛りをしたことがないし、そこで人をもてなして食事の手配をしたこともないので、それがどれほど大変なことかわからないが——それは、お腹をすかせた機械のようなもので、いつも誰かがスムーズに動かしていなくてはならないものなのだろう」とサートンは書いている。

エリザベスの生活において、お腹をすかせた機械は隅に追いやられなければならなかった。中心にくるのはもちろん作家としての仕事だ。彼女は熱心に仕事をした。午後一時までは誰もエリザベスの姿をみることはない。それまでの四時間、ずっと机の前にすわっているのだ。一時になると机から離れて昼食をとり、家のすぐ前にあるリージェンツパークで少し散歩をすることもある。そのあとふたたび書斎に戻って、さらに二時間仕事をする。四時か四時半に客間でアフタヌーンティーをとり、そのときは親しい友人が加わっておしゃべりをすることもよくあった。
夫のアラン〔キャメロン〕が五時半に帰宅すると、緊張が解けたように、すべてが暖かくくつろいだ雰囲気になる。アランはエリザベスを抱きしめると同時に、猫――赤茶色の毛のふわふわの大きな猫――はどこにいるんだとたずねる。そして猫を見つけると、ふたりはすわってカクテルを飲みながら、「一日の出来事」を語り合う。仲のよい夫婦がよくするように、ふたりはさまざまにふざけあった。たとえば、エリザベスがなにかするのを忘れていたといって、アランが甲高い声でなじると、エリザベスはうろたえたり、笑ったり、困ったふりをしたりした。アランのエリザベスに対する愛情は、からかいの言葉で表現され、エリザベスは明らかにそれを楽しんでいた。ふたりのあいだにほんとうの緊張や悪意が一瞬でも存在するところを、私は見たことがない。

ボウエンとキャメロンの関係は「セックスレスでも満ち足りた結婚」と表現されてきた。ふたりは一九二三年からアランが死ぬ一九五二年まで、三十年近く連れ添ったが、どうやら性的な交わりを持ったことは一度もないらしく、ボウエンは結婚してから十年後に別の男性と関係を持つまで処女だった可能性がある。その後、彼女は複数の男性や女性と関係を持ち、そのなかにはチャールズ・リッチーという七歳下のカナダの外交官との三十年にわたる不倫もあった（リッチーは最初は独身だったが、のちに別の女性と結婚し、その後も二十五年間、ボウエンとの関係を続けた）。これらの関係はボウエンが幸せを感じるためにも、小説を書くためにも重要だったが、彼女はどの相手との関係も慎重に隠して秘密にすることに成功した。キャメロンはボウエンとリッチーの長年にわたる関係も、他の人物との関係も、まったく知らなかったようだ。

ボウエンがリッチーに出した手紙は、ふたりの関係が続いていた期間のリッチーの日記とともに、二〇〇八年に出版された。そこからボウエンの創作のプロセスについて、わずかながら貴重な情報を得ることができる。リッチーは一九四二年三月の日記に「このあいだの夜、E〔ボウエン〕は自分の執筆の方法について話した」と書いている。

ある場面を最初に書くときは、その場面を描写するために頭に浮かんだ言葉を、とりあえずすべて書きこむのだという［……］彼女がいうには、粘土で像を作るときに、粘土の塊をいくつもくっつけていって、それを切ったり彫ったりして細かく作っていくようなものらしい。書きこんだ言葉を、後から切ったり捨てたり削ぎ落としたりしていくのだ。小説の執筆で厄介なのは、ぴったりの言葉をさがしたり、重要な場面をじっくり検討するために、立ち止まりたい誘惑に駆られることだそうだ。

ボウエン自身は小説を書くことについて「神経をすり減らすけれど、とても夢中になれるし、ある意味で幸せになれる」と述べている。だが、一九四六年に『日ざかり』を執筆していたときの手紙にはこう書いていた。「一枚書いては没にして、書き直して、没にした会話部分のページを床の上のあちこちにまき散らして［……］悩んで額をこすりすぎて、大きな傷ができて、そこから血が出ている」

フリーダ・カーロ

一九〇七〜一九五四

「私はこれまでに二度、ひどい事故にあった。一度目は路面電車との衝突。二度目はディエゴと会ったこと」メキシコの画家、フリーダ・カーロはかつて友人にそう語っている。カーロは一九二九年にディエゴ・リベラと結婚した。そのときカーロは二十二歳、リベラは四十二歳で壁画家としてすでに名を成していた。カーロが絵を描き始めたのはその四年前、路面電車との衝突という恐ろしい事故によって背骨を骨折、骨盤と片足の骨も損傷するという大けがを負ったあとの療養期間中だった（ベッドでも描けるように特別に作られたイーゼルを使って、独学で絵を描き始めた）。結婚後の数年間、カーロはリベラの仕事について、サンフランシスコ、デトロイト、ニューヨークなどを転々とする。リベラがそれぞれの場所で卓越した壁画を仕上げるいっぽう、カーロは画家として腕を上げながら、故郷へ帰りたいと願っていた。一九三四年、リベラはしぶしぶカーロの願いを聞き入れ、メキシコシティへ戻る。そこでふたりは建築家のファン・オゴールマンに依頼して、サンアンヘルの高級住宅地にモダニズム住宅を建てた。その住宅はカーロとリベラそれぞれの家から成り、ふたつの家は屋上に取り付けた橋でつながっていて、背の高いサボテンに囲まれていた。カーロの伝記を書いたヘイドン・エレーラは、サンアンヘルでのふたりの日常を次のように要約している。

フリーダとディエゴの仲がうまくいっているとき、ふたりの一日は、フリーダの家での朝食から始まる。それは遅く始まって長く続き、その間、ふたりは郵便物を読んだり、お互いの予定を調整したりする――どちらが運転手を使うか、どの食事をいっしょにとるか、ランチには誰が来るか、といった具合だ。朝食後、ディエゴは自分のアトリエへいくが、ときどきスケッチをしに郊外へ出かけて、帰りは夜遅くなることもある。[……]

フリーダも朝食後にときどき二階にある自分のアトリエへいくが、毎日絵を描くわけではなく、何週間もまったく描かないこともある。[……]彼女がよくするのは、家事が一段落したあと、運転手つきの車でメキシコシティの中心部へいき、友だちに会うことだ。

カーロの友人のひとりでスイス生まれのアーティスト、ルシエン・ブロッホは日記にこう書いている。「フリーダは規則正しく仕事をするのにとても苦労している。スケジュールを決めて、学校でするようにきちんとしたいと思っているのに、いざやらなければならない時間になると、必ずなにかが起こって、もうその日はだめ、となってしまうのだ」。カーロとリベラの良好な関係が決して長く続かなかったことが、それに拍車をかけた。ふたりの関係は、金銭的な問題が絶えなかったことや、互いに浮気を繰り返したことなどが原因で悪化していった。リベラの浮気相手にはカーロの妹もいて、カーロの浮気相手にはソ連からメキシコに亡命していたレフ・トロツキーがいる。カーロの有名な作品の多くは、集中的に仕事をしていたふたつの時期に描かれた。そのひとつが一九三七年から一九三八年にかけて、つまりトロツキーと関係があったあとの時期で、もうひとつが一九三九年から一九四〇年、リベラと一時的に別居し離婚した時期だ（ふたりはそれから約一年後に復縁しているが、カーロは二度とサンアンヘルの家に住むことはなく、コヨアカンの郊外にある「青い家」と呼ばれる生家に住んだ）。

一九四三年、カーロはリベラの勧めで、絵画と彫刻を専門とする先進的な美術学校で教師として勤め始める。その学校では貧しい地域のハイスクールの生徒たちが画材を与えられ、無料で指導を受けることができた。カーロは教えることを楽しんだが、当然ながらこの仕事もまた、創作の妨げになった。一九四四年の手紙で、カーロは教師でありアーティストでもある自分の日常について、こう書いている。

午前八時から（授業を）始めて、午前十一時に終わる。それから三十分かけて学校から家に帰る＝正午。そこそこ「きちんとした」暮らしをするために必要最低限のものを整える。たとえば、食べ物、きれいなタオル、石鹸、食卓の準備、などなど＝午後二時。やることが多すぎる!! それから食事、そのあと手と蝶番の洗浄（蝶番というのは、歯と口のこと）。そのあとの午後の時間は自由なので、絵画というすばらしい芸術に捧げる。私はいつも絵を描いている。なぜなら、ひとつ仕上げるとすぐにそれを売って、その月の支払いに必要な銭を稼がないといけないから（夫婦ともども協力してお金を出し合わないと、このお屋敷を維持することができない）。夜になると、私はとっとと外に出て、映画か芝居でもみにいって、帰ってくると正体もなく眠る（ときどき不眠症に襲われることがあって、そのときはもう最っ低!!!）。

一九四〇年代に入ると、カーロはかつての路面電車事故が原因の体の不調と絶えず闘わなくてはならなくなった。死亡するまでに三十回以上の手術を受け、一九四〇年からは鋼や革や石膏などでできたさまざまなコルセットをつけて背骨を支えなくてはならなかった。健康状態が悪化するにつれて、絵を描くのはさらに困難になっていく。一九四〇年代の半ばには、あまり長く立っていることもすわっていることもできなくなった。一九五〇年にはメキシコシティの病院に九ヵ月入院し、骨移植の手術を受けたが、感染症を起こして、数回の追加手術が必要になった。カーロは入院中の時間をできるだけ有効に使おうと、またイーゼルを工夫して、ベッドに寝ながらでも絵が描けるようにした。医師の許可がおりると、一日に四時間から五時間、絵を描いた。「私は一度もやる気を失わなかった」とカーロはいっている。「ずっと絵を描いていた。なぜなら絵を描いているとデメロール〔鎮痛剤〕をのんでも正気でいられるから。元気が出るし、幸せな気持ちにもなる。コルセットに絵を描いたり、絵に色を塗ったり、冗談をいったり、文章を書いたり、みんなが映画のフィルムを持ってきて上映してくれたりもした。病院で過ごしているあいだ、まるでお祭りみたいだった。文句はいえないわ」

アグネス・デミル

一九〇五〜一九九三

デミルはニューヨークで生まれ、ハリウッドで育った。父親は映画監督で脚本家のウィリアム・C・デミルで、叔父はやはり映画のプロデューサーや監督として有名なセシル・B・デミルだ（セシルは劇場の入り口に名前が表示されるときに見栄えがするように、苗字の de Mille という綴りを DeMille と変更した）。若いころ、女優になるほどの器量ではないといわれたデミルは、それならバレエダンサーになろうと決心し、大学卒業後ニューヨークに戻って、ダンサーとしてアメリカ国内やヨーロッパをまわった。その過程で振付の仕事もするようになり、結局、振付家としてダンスの世界に大きく貢献することになった。一九四二年に振付をしたバレエ『ロデオ』を皮切りに、民俗的な要素をモダンバレエやクラシックバレエと融合させた独特のアメリカンスタイルのダンスを開拓していく。一九四三年には『オクラホマ!』の振付を行ない、この作品をきっかけにブロードウェイで次々と大成功を収め、一九四〇年代の終わりには、世界一有名な振付家になっていた。

デミルは一九五一年の自叙伝『あるバレリーナの物語』のなかで、新たな振付作品を作るのに必要なのは「紅茶の入ったティーポットと、歩けるスペースと、プライバシーと、アイデア」だと書いている。デミルはまずスタジオにこもって音楽をきく。その音楽は、そのとき振付を考えているミュージカルやバレエの音楽ではなく(ミュージカルの場合、音楽はまだ楽譜に起こされていないことも多かった)、インスピレーションを刺激する曲、とくにバッハやモーツァルトやチェコの作曲家ベドルジハ・スメタナの曲、あるいは「おもしろい編曲をした民謡ならどんなものでも」よかった。そのあといよいよ振付を考え始める。

私は最初、足を上げてすわって、ポットに入れた濃い紅茶を飲んでいる。でも、考えることに夢中になっていくと、体が勝手に動き出し、いつの間にかスタジオ中を歩きまわって、いろいろなしぐさや場面を全身で演じている。ドラマチックで重要なシーンはそうやってできていく。それぞれのシーンのニュアンスは、時間がたってもひとつも忘れたりしない。ダンスの順序なんかはたいていい忘れてしまうのに。

次のステップは、動きのスタイルを見つけること。これも閉めきった部屋で蓄音機にかけたレコードをききながら、自分で立ったり、動いたりしてやる。ある登場人物がどんなふうに踊るか決める前に、まず、どんなふうに歩くか、どんなふうに立つか、決めなくてはいけない。その人物の自然な動きから生まれる基本的リズムがわかれば、それをどう広げてダンスの動きにするかがわかる。

毎日、何時間も、直観に導かれるがまま、やみくもに動き、試行錯誤を繰り返して、ようやく登場人物の本質を捉えた動きのスタイルが明らかになる。それには何週間もかかって、それでやっと振付に取りかかることができる。しかもすわったまま考えることはできない。体が教えてくれる。偶然わかる。だから振付は疲れるのだ。何時間もやっているうちに、ふと足元に下りてくるのだが、そのために必要とするエネルギーは、小説を書きながらテニスの試合で勝つのと同じくらいだろうか。これがダンスの核であり種だ。すべての着想はここから生まれる。

その種をつかむと、デミルは机の前にすわって、ダンスのパターンを作っていく。この時点で、もし音楽ができていれば、それをききながらやる。デミルは自分が考案した詳細な図や記号を使って書くが、それは「私だけが、それも書いてから一週間くらいのあいだだけ理解できるもの」だと彼女は述べている。そのあと、下稽古に臨むが、それもまた数週間かかる。伝記作家のキャロル・イーストンはデミルの伝記にこう書いている。

下稽古が始まると、アグネスは夫にあまり会わなくなり、子どもにはもっと会わなくなる。彼女は自宅では仕事をしなかった。ただ、夜明け前に頭のなかで考えることはする。朝食はドラッグストアでとったが、それは電話など邪魔をしてきそうなものを避けて、食べながらメモをとったりするためだった。午前中はダンスの稽古があって、午後はコーラスの稽古がある。そのあと、邪魔が入らないようにアルゴンキン・ホテルに部屋をとって、そこで夕食をとりながら仕事を続け、そのあと劇場へ戻って十時か十一時まで俳優に稽古をつける。自宅に戻ると、家政婦に明日やることを指示するメモを書き、それからようやく、たいていは頭痛を感じながらベッドに入る。

一九四六年にひとり息子を出産してから、デミルは一日中いてくれる家政婦を雇い、子どもの世話をほとんど任せた。さらに、その家政婦の夫も運転手やその他の雑用をこなしてもらうために雇った。彼女にはそれだけの経済的余裕があった。『オクラホマ!』がヒットしたあと、年間所得は多いときで十万ドルにもなった。現在の価値に換算すると百万ドル以上だ。しかしデミルの夫は彼女の成功を手放しで喜んでいたわけではない。彼が浮気をしていることにデミルは気づいていたが、それをしかたのないことと受け入れていた。友人で作家のレベッカ・ウェストが夫の浮気に気づいたとき、デミルは彼女に同情し、励ますために、こんな手紙を書いた。「私は妻の才能をいさぎよく認めて喜ぶ男性にお目にかかったことがない。男には無理なの。頭では妻の才能を認めたいと思っていても、自分が劣っているように感じて、どうしてもできない［……］男はそういうものよ。

才能ある女性は代償を支払わなくちゃいけない。それを埋め合わせてくれるものがあるから」。

デミルにとって、その埋め合わせは稽古場で得られた。だが、そこでの仕事が楽だったわけではない。それどころか、仕事は耐えがたいほどゆっくりとしか進まなかった——二時間下稽古をして、仕上がるダンスはたった五秒分だったりする。デミルは制作中の作品については徹底して秘密主義で、稽古部屋のドアの前に見張りを置くこともあった。部屋のなかでは、椅子の上で前のめりになって、本人の言葉によると、「アセチレンバーナーみたいにかっかと燃えている」。そして勢いよく立ち上がると、動きを実演してみせる——かと思うと、急に動きを止めて立ちつくす。その様子を、あるダンサーは「水から出た魚のポーズ」と呼んでいた。その間に彼女は頭のなかで次の動きを考えているのだ。デミルは本人も認めているとおり、「稽古中は短気で不安定」だった。ダンサーたちは気長に待つことを覚え、しきりにコーヒーを勧めた。それはありがたかったとデミルはいっている（稽古が終わるころには、彼女の椅子のまわりを空の紙コップが取り囲んでいた）。行き詰まったときは、「空気が痛いほど張りつめた」とダンサーのひとりが回想している。いっぽう、別のダンサーはこういっている。「でも、うまくいくと大喜びよ！　私たちもほんとうにみんなで協力して作り上げたって気持ちになる。その達成感といったら、『よくできた』くらいじゃなくて、『もう、これしかない！』って感じ」

渦《うず》

ルイザ・メイ・オルコット

一八三二〜一八八八

オルコットは大変な創作エネルギーにあふれ、なにかに憑かれたように、食事もせず、寝る間も惜しんで書きまくった。書きすぎて、しまいには右手が痙攣してしまい、左手で書けるように練習しなければならなくなったほどだ。「その衝動は強烈で、二週間のあいだ、私は食事も睡眠もほとんどとらず、机を離れることなく書きまくった。まるで考える機械がフル稼働しているようだった」最初の長編小説『The Moods』〔未邦訳〕の執筆中に、オルコットはそう書いている。そんな猛烈な執筆スタイルについて、もう少し詳しい描写が、彼女の二作目の長編で代表作の『若草物語』のなかにみられる。主人公のジョー・マーチが若いころ、オルコットと同じように書くことに取り付かれてしまった場面だ。

二、三週間おきにジョーは自分の部屋にこもり、書き物着を着て、ジョーの言葉によれば「渦《うず》のなかに飛びこむ」ように、全身全霊で小説を書いた。それを書き終えるまでは、どうしても心が休まらないのだ。「書き物着」というのは、いつでもペンを拭ける黒いウールのエプロンと、同じ黒のウールに明るい赤の蝶結びのリボンがついた帽子のことだ。準備が整うと、ジョーは帽子のなかに髪の毛をたくしこむ。その帽子は好奇心の強い家族にひと目でわかるように上げたのろしだ。家族はジョーが書き物に集中しているあいだ、彼女に近づくことはない。たまにドアから顔だけのぞかせて「うまくいってる、ジョー?」と興味しんしんにたずねるだけ。しかもこの質問も、いつも口にされるわけではない。家族はまずジョーの帽子の様子を観察して、声をかけていいかどうか判断する。もしこの雄弁な帽子がジョーの額を覆うように引っぱりおろされていたら、それは夢中で書いている証拠だ。胸をおどらせて書いているときは、帽子はかっこよく斜めにかぶられ、うまくいかずに途方にくれているときは、床に投げ捨てられている。そんなときは、みんなだまって引き下がり、赤いリボンがあの賢そうな頭の上に華やかにひるがえるまで、誰ひとり話しかけようとしない。

ジョーは自分のことを天才だなどとはちっとも思っていなかった。けれども、書きたいという思いに駆られたときは、その思いにすっかり身をまかせて、このうえない喜びにひたることができた。その間は、なんの心配も不満もなく、悪天候も気にならず、安全な部屋のなかで幸せに想像の世界を生きられる。そこには現実の世界の友だちと同じくらい現実的で大切な友だちがたくさんいる。眠ることも忘れ、食べ物の味も感じなくなるほど昼も夜も書きつづけ、それでもその幸せを感じ尽くすには時間が足りない。こんな気持ちになるのは小説を書いているときだけで、だからその時間は、たとえほかになんの役にも立たなくても、生きる価値があった。この神がかりのような状態は、ふつう一週間から二週間続き、そのあとジョーは飛びこんだ「渦《うず》」のなかから出てくる。そのときはお腹をぺこぺこにすかせ、眠くて、不機嫌で、ぐったり疲れていた。

諸説を総合してみると、これはオルコット自身の仕事ぶりにほかならない――ただし、オルコットの家族が彼女の執筆中に話しかけてもいいかどうかを判断していたのは、ジョーがかぶっていたような帽子ではなく、居間のソファの上に置いてあった「ご機嫌クッション」だった。オルコットは成人してからもほとんどの期間、両親といっしょに暮らし、経済的にも依存していた。執筆熱に取り付かれたときはだいたい自室にこもって、父が作ってくれた小さな半月型の机で書いていた。しかし、もともと落ち着きのない性格で、ときどき家のなかを歩きまわりながら、自分の作品についてあれこれ考えることがよくあった。そんなとき彼女がソファにすわると、両親や姉妹はときどき話しかけたくなる。しかし、それまでの経験から、大事なときに彼女の集中力を途切れさせてしまうと、ひどく落胆させてしまうとわかっている。そこでオルコットは背もたれ用のクッションを「会話を許す合図」のために使った。伝記作家のジョン・マッテソンはこう書いている。「もしそのクッションがソファに立てかけてあったら、家族は自由に話しかけてもいい。しかし、もしクッションが寝かせてあったら、家族はそっと歩かなければならないし、会話も自分たちだけでしないといけない」

『若草物語』にはオルコットの執筆の「渦《うず》」の様子がもっとも詳細に描かれているが、この作品そのものは、じつは、いつもの熱狂的な創作意欲に駆られて書かれたものではなかった。オルコットはこの作品の企画案にちっとも感銘を受けず、ただ編集者や父親を喜ばせるためだけに書いたのだ。編集者や父親のもくろみは、売れそうな児童向けの本を書いて儲けることだった。それは一八六〇年代の後半のことで、オルコットは三十五歳になっていた。当時、彼女はすでにメロドラマ風の短編小説――オルコット自身は「血生臭い話」と呼んでいた――を得意とするベテラン作家だった。「The Maniac Bride」〔未邦訳〕や「Pauline's Passion and Punishment」〔未邦訳〕といったタイトルの小説は、A・M・バーナードというペンネームで出版されていた。オルコットはそういった小説を書いて収入を得ながら、しばしば別の仕事もして、多くの家事もこなしていた。そして、もっと高尚な文学の世界に飛躍したいとずっと願っていた。最初の長編小説『The Moods』も、複雑でニュアンスに富んだ作品として大人の感性に訴えかけようと試みたものだった。しかし、オルコットは生涯を通じてたいていの場合は父親の意向を尊重し、このときも父の意向に従って「少女向けの本」を書いた。創作意欲はそそられなかったものの、執筆はスムーズに進み、『若草物語』の四〇二枚の原稿はたった二ヵ月半で書き上げられた。売れ行きは上々で、出版社は続編を書いてほしいとたのんできた。オルコットはそれをさらに速く、一日一章を目標に書いた。そうすれば一ヵ月で書き上げられるだろうと思い、実際ほぼその通りになった。このときのことをオルコットは「仕事のことで頭がいっぱいで、食べることも眠ることもできない。毎日のノルマをこなすのがやっと」と書いている。

続編が出版されると、『若草物語』はあっという間に大評判となり、それ以後、「少女向けの本」

がオルコットの専門となった。そのおかげようやく作家として経済的な自立を果たすことができたが、かつての野心を達成することは難しくなった。ファンはいつまでも同じ類の小説を書きつづけることを求め、長い下積み生活で苦労していた彼女はその要求に答えないわけにはいかなかった。「若い人たちのための〝道徳的なお話〟を書くのは、おもしろくないけれど、お金になる」オルコットは一八七八年の手紙でそう書いている。いっぽう、さまざまな持病のせいで、かつてのような精力的な執筆はできなくなっていった。一八八七年の手紙では「一日に二時間、だいたい二十ページかそこらしか書くことができない」と嘆いている――たいていの作家にとっては十分すぎるくらいの量だが、オルコットにとっては不安で自責の念に駆られる量だったのだろう。

ラドクリフ・ホール

一八八〇〜一九四三

「日々の生活は夢、義務に追われる夢です。私はほんとうの人生を生きていない」ホールは一九三四年の手紙でそう書いている。当時、ホールは詩集を七冊、長編小説を七冊著して、そのなかには一九二八年に刊行された代表作『寂しさの泉』も含まれている。それはレズビアン文学の画期的な作品だったが、ホールの母国イギリスではわいせつ文学としてすぐさま発禁になった。しかし彼女は最初から詩や小説を書かなくてはならないという義務感に苛まれていたわけではない。裕福だが子育てには無頓着な両親のもとに生まれたホールは、まともな教育を受けず、思春期から成人期の初期にかけて、なんの仕事もせず、気ままな生活を送っていた。その間、さまざまな女性と恋に落ちては別れてを繰り返したが、たいていは相手の女性が結婚して終わりになることが多かった。そんな状況が一変したのは、人生で最初の大恋愛がきっかけだった。相手は歌手で作曲家でもあるメイブル・〝レディ〟・バッテンだ。大変な読書家で数ヵ国語が堪能なバッテンは、教養もない若い芸術愛好家にすぎないホールと人生をともにする気などまるでなかった。しかしホールはバッテンの恋人にふさわしい人物になろうと決意して短編小説を書き始め、バッテンはそのうちのいくつかを、ある出版業者に取り次いでくれた。ホールが驚いたことに、その業者はそれらの短編を大喜びで受け取った——いっぽうで、ホールの才能は長編でこそもっと発揮されるといって、すぐにでも長編小説を書くように勧めた。

ホールは躊躇した。そのような骨の折れる仕事に挑戦する覚悟がまだできていなかったのだ。しかし一九一六年、バッテンが亡くなると——その前にホールはバッテンの遠縁の女性彫刻家ウナ・トロブリッジと関係を持ち始めていたが——ホールは強い悲しみと罪悪感の入り混じった感情に襲われ、決心を固めた。トロブリッジがのちにこう回想している。ホールはまもなく「それまでは夢にも思わなかったような規則正しい勤勉な生活を送り始めた。怠惰な新米作家が悲しみによって変身を遂げ、朝から晩まで、晩から朝まで仕事をし、ささいな事実を確認するためイングランドの半分にあたる距離を往復したりした」
この困難な仕事に取り組むにあたり、トロブリッジという伴侶がいたことは、ホールにとって幸運だった。トロブリッジは彼女の生涯の恋人となり、筆記者を務めるとともに、ホールがしばしば「インスピレーションの枯渇」に苦しんで不機嫌になったときも辛抱強く耐えた。ホールは決してすらすらと書ける作家ではなく、作品を仕上げるのに大変な労力をかけた。それはじれったいほどゆっくりしたプロセスだった。トロブリッジがホールの死後に書いた伝記のなかで、その執筆スタイルは次のように記されている。

インスピレーションが湧こうが湧くまいが、ホールの仕事のやり方は変わらなかった。タイプライターを使わず、そもそもタイプの打ち方を知らなかったくせに、自分の着想をタイピストに口述して打たせるなど、思っただけでぞっとしたようだ。つねづね、手書きの言葉は自分にとって小説や詩を書く準備段階に欠かせないものだといって、ペンや鉛筆で作品を書いた。しかしそれはひじょうに読みにくい字で、たいてい綴りが間違っていて、句読点もちゃんと打っていないことが多かった。原稿は草稿帳に書くこともあったが、とくに晩年には安価な筆記帳をはじめ、どんな紙にも書いた。だからいまでも、文章がびっしり書かれた紙切れが見つかるし、吸い取り紙や古い段ボール箱の切れ端に書かれた「試作」が見つかることもある。

ホールは執筆中ひっきりなしにタバコを吸った。また、自分は「整然強迫症」で、「きちんとしていないものを見ると死ぬほどいらいらする」と書いている。執筆のときに着る服はいつも同じで、「古い服でないと絶対に仕事ができないけれど、古くてもきちんとした服でないとだめ」と、ある記者に語っている。「ふつうは古いツイードのスカートとビロードのスモーキングジャケット、つまり男物の室内用上着を着るけど、それは袖がゆったりしているから」だそうだ。

最初の草稿ができあがると、ホールはトロブリッジにたのんで声に出して読んでもらう。それをききながら、修正する部分を口述し、トロブリッジはそれをページに書きこんで、修正を織りこんだものをまた読みあげる。この朗読はホールが満足するまで何度も繰り返された。「一章を数週間かけてやったこともあるし、一章を二十回くらい読むのはしょっちゅうだった」とトロブリッジは述べている。もし読み方が少しでも単調になったり、うんざりした様子が感じられたら、ホールはそれを原稿に不備がある証拠だととらえ、トロブリッジの手からページをひったくって、暖炉に放りこむこともあった。この朗読にようやく満足すると、できあがった原稿を、こんどはホールがトロブリッジに読み聞かせる。するとまた同じことが繰り返される。このように丹念に改稿を重ねながら、じりじりと最終稿に近づいていくのだが、果てしなく繰り返されるトロブリッジの朗読は、ホールにとって作品のチェックに欠かせないものだった。

歳をとるにつれて、ホールはますます熱心に仕事をするようになった。晩年には初稿を夜中に書くようになり、その結果、トロブリッジの回想によると、「つねに睡眠不足だった。ずっと不眠症に悩んでいて、夜中に十六時間くらいぶっとおしで仕事をして、私が持っていった食べ物をしぶしぶかきこむあいだも机の前を離れようとしなかった。ようやく倒れこむようにベッドに入ったかと思うと、二時間もすると起きてきて、朝食をとるか、また仕事を始めるかした」。この熱に浮かされたような執筆スタイルを身につけてしまうと、ほかにどうしたらいいのかわからなかったらしい。一九三四年の手紙にはこう書いている。「私は本を書くために文字どおり心身をすり減らしている。たぶんやりすぎだ。でもしかたがない」

アイリーン・グレイ

一八七八〜一九七六

グレイはアイルランド生まれでフランスを拠点に活躍した建築家でインテリアデザイナーだ。近代の住宅の様相を一変させるのに貢献したにもかかわらず、家事を切り盛りする能力はないことを堂々と認めていた。「家事は大嫌いなの」と彼女はいっている。そして、家事その他の家庭内の義務をまぬがれるために、信頼のおける家政婦、ルイーズ・ダニーを雇った。ダニーは一九二七年からほぼ五十年間、グレイが死去するまで彼女の世話を続けた。グレイはまた、どこへ行くにも車での送り迎えを要求した(一九一〇年代の彼女のお気に入りの運転手は歌手のダミアで、ダミアの飼っていたヒョウもふたりがパリ市内をドライブするときに同乗していた)。「アーティストは車の運転なんかしちゃいけないの」グレイは姪への手紙にそう書いている。「なぜかというと、まずアーティストはとても貴重な存在だから。それと、とりとめない思考にふける必要があるのに、運転をするとそれができなくなるから。それに、運転をすると目が疲れてしまうから」。実際、グレイは仕事のために視力を維持する必要があった。仕事は彼女の人生で唯一の関心事だった。九十代になったとき、グレイはこう書いている。「なんであれ仕事だけが人生に意味を与えてくれる。その仕事が実際はなんの役にも立ってなくてもいいの」

イザドラ・ダンカン

一八七八〜一九二七

アメリカ人の舞踊家ダンカンは実質的にモダンダンスという分野を創出し、その結果、世界的なスターになった。しかしその成功によって経済的に潤うことは決してなかった。生涯の大半を、必要な経費をどうやって支払うかということに頭を悩ませて過ごし、暖房費が払えなくて凍えるようなスタジオで稽古をすることも何度もあった(それは金が稼げないからではなく、稼いだ金を手元に置いておけなかったせいらしい。ジャーナリストのジャネット・フラナーによると、ダンカンは「かつて、数日間にわたって客をもてなすハウスパーティーを催した。そのパーティーはまずパリで開かれ、所を変えてベニスでより盛大に催され、その数週間後、ナイル川に浮かべた豪華ヨットの上で最高に盛り上がった」という）。あるヨーロッパツアーの最中、ダンカンは姉に、こうなったらもう億万長者のパトロンをみつけるしかないわね、と冗談でいっていた。すると、パリで公演した翌朝に、ほんとうにそのとおりのパトロン――パリス・シンガーが現れた。シンガーはシンガーミシンの財産相続人だった。長身でブロンドのあごひげを蓄えた人物で、ダンカンにひと目ぼれし、彼女をかっさらおうとやってきたのだ。ダンカンも大いに乗り気だった。だが、シンガーはまもなく結婚――ダンカンが因襲として忌み嫌っていたもの――を申しこんできた。また、シンガーはロンドンかイギリスの郊外の屋敷にいっしょに住んでほしいと望んだ。ダンカンはしょっちゅうツアーをしてファンの前で踊ることに慣れていたので、そんな引きこもった暮らしに耐えられる自信がなかった。退屈してしまうかもしれない、とダンカンがいうと、三ヵ月試してごらん、とシンガーは提案した。「そこでその夏、私たちはデヴォンシャーに出かけた」とダンカンは自伝で書いている。

そこにはパリス〔シンガー〕がヴェルサイユ宮殿と小トリアノン宮殿を模して建てたすばらしい大邸宅があった。たくさんの寝室、バスルーム、客室、すべて私の好きにしていいという。ガレージには自動車が十四台、港にはヨットが一艘。でも私は雨を想定していなかった。イングランドの夏は一日中雨ということが多い。現地の人々は、それがちっとも気にならないらしい。朝起きて、卵とベーコンとハムとインゲンマメとポリッジの朝食をとる。それからレインコートを着て、むしむしした野原へ出かけ、昼に帰ってくる。昼食には何皿ものコース料理を食べ、最後はクロテッドクリームで締めくくる。

昼食のあと五時までは、みな手紙を書いたりして忙しいということになっているが、実際は寝ているのではないかと私は思う。五時になるとみんな下りてきてアフタヌーンティーが始まり、いろいろなケーキとバター付きパンと紅茶とジャムが出される。そのあとは、ブリッジをするふりをしたりして時間をつぶし、ようやく一日のうちでいちばん重要な仕事――ディナーのために着飾ること――に取りかかる。ディナーにはみな夜会用の盛装――女性は襟ぐりの深いドレス、男性はぱりっとしたワイシャツ――を着用し、二十皿のコースを平らげる。これが終わると、軽い政治的な会話をするか、哲学的な話題に触れるかしているうちに、自室に戻る時刻になる。

こういう生活を私が喜ぶかどうか、誰にでも想像がつくだろう。二週間もすると私はもう我慢できなくなった。

ダンカンはシンガーと結婚しなかったし、二度とこのような単調な生活を送ることはなかった。「昼も夜も長時間スタジオにこもり、体の動きを通じて人間の精神を神々しく表現するダンスを追求する」ことを選んだ。そんなダンカンでさえ、毎日が芸術との喜ばしい交わりの連続だったわけではない。ときには人生を振り返り、「うんざりするほどの嫌悪とむなしさで胸がいっぱいになる」こともあった。しかし、それもアーティストの人生の一部だと思っていた。彼女はこう書いている。「私はこれまでに多くの偉大なアーティストや知識人に会ってきたし、いわゆる成功した人々にも会ってきた。けれど幸せな人だといえる人にはひとりも会ったことがない。もちろん、自分は幸せだと見栄を張る人はいたけれど、少しでも洞察力があれば、その仮面の後ろに、同じような不安と苦しみが存在することがわかる」

コレット

一八七三〜一九五四

フランスの作家コレットは、最初の夫アンリ・ゴーティエ＝ヴィラールの勧めで小説を書き始めた。ゴーティエ＝ヴィラールは大衆作家で（道楽者でも有名だったが）、ウィリーというペンネームで作品を発表していた。彼は、少女から大人になる時期のコレットの経験が魅力的な小説になるのではないかと思い、彼女に執筆を勧め——猥褻な部分を強調して——できあがった作品『学校のクローディーヌ』を自分の名で出版した。その本は売れ行きも批評家の評判もよく、ウィリーはコレットに続編を書くように要求した。コレットによると、ウィリーは彼女を書斎に閉じこめ、毎日決められたページ数を完成させるまで外に出してくれなかったという。「監獄はたしかに最高の仕事場だと思う」コレットは何年ものちにそう書いている。「これは冗談ではない。あれはほんとうの監獄だった。鍵穴に鍵が差しこまれて回る音がすると、私はふたたび自由になるまで四時間幽閉されたのだから」

結局、コレットはウィリーと離婚し、自分の名で作品を発表し始める。多くの男女との情事の経験を生かして、官能的なアバンチュールをふんだんに盛りこんだ長編小説をいくつも書き、生涯に五十冊以上の本を著して、フランスでは誰もが知る有名人になった。『シェリ』と『ジジ』のふたつの作品はとくに愛された。コレットは決して書くことを楽しんではいなかったが、若いころウィリーに「訓練された」おかげで、嫌でもほぼ毎日執筆することができた。コレットの義理の息子ベルナールは、彼女が四十七歳、彼が十六歳のときから五年間、関係を持った相手でもあるが、「コレットが早朝に仕事するのを観察するチャンスがあった」と回想している。「毛布にくるまったまま、いつも原稿を書くのに使っている青い紙に書き始める。それは僕にとっては、とてもいい勉強になった。彼女は四、五枚の原稿をすらすらと書き、それから五枚目を捨てて、また同じやり方で、疲れるまで書きつづけた」

コレットはいつも朝いちばんに書いていたわけではない。三番目の夫の回想録には、こう書かれている。「コレットは賢明にも午前中には書かず、どんな天気でも犬を連れて散歩にいった。［……］夜はやむを得ないとき以外は仕事をしなかった」そして、その夫によると、彼女が仕事をするのは

「おもに午後三時から六時のあいだ」だったという。歳をとって関節炎に悩まされるようになってからは、ソファで書くことを好んだ。ソファを「筏《いかだ》」と呼んで、そこに足を伸ばしてすわり、青いシェードのついた照明で膝の上に置いたテーブルを照らしていた（青は彼女の好きな色だった）。コレットにとって書くこととはどんなことか、彼女はこう説明している。「ソファのくぼみに縮こまって無為な時間を過ごしていたかと思うと、インスピレーションがやたらと湧いてきて自分が自分でないような状態になる。それが去ると腑抜けになって体じゅうが痛いけれど、そのときはもうそれに見合った貴重な宝が頭に蓄積されているので、その宝を照明の丸い光に照らされたまっさらのページの上にゆっくりと降ろしていく」。インスピレーションが湧くと猛烈な勢いでページを埋めていったが、翌日になると、そのとき書いたものが気に入らないこともあった。「書くことは、心の奥底に秘めた自分を、書け書けとそそのかしてくる紙の上に情熱的にぶちまけることだ。大変なスピードで書くことになるので、せっかちに命令する創造の神に酷使された手は、ときに苦闘し、いうことをきかなくなる——それなのに次の日になると、そのめくるめく時間に奇跡的に開花した黄金の枝のかわりに、枯れたイバラといじけた花しか見つからなかったりするのだ」

リン・フォンタン

一八八七〜一九八三

フォンタンは夫のアルフレッド・ラントとともに、演劇史上最高の夫婦俳優となり、一九二三年から一九六〇年のあいだに、夫婦役で二十以上の作品に共演した。その成功の秘訣は、ふたりとも完璧主義者で、執拗なまでに何度も稽古を繰り返したことにある。「フォンタンと僕は始終稽古をしている」ラントはそう語っている。「劇場から帰ったあとでも稽古をする。僕たちは同じベッドに寝ていて、ベッドに入るときも脚本を持っていく。八時間やったからもう稽古をやめろとは、誰も僕たちにいえないよ」

ラントとフォンタンの夫婦の伝記『The Fabulous Lunts』〔未邦訳〕を書いたジャレッド・ブラウンは、ふたりがマンハッタン東三十六丁目の自宅アパートでセリフを覚える様子を書いている。

ふたりは自宅での下稽古のために綿密な手順を作り上げた。まずはセリフを覚える。自宅のアパートは三階建てで、一階にはダイニングルーム、二階には寝室、三階には広いリビングルームがある。フォンタンは三階のリビングで、ラントは一階のダイニングでセリフを覚える。そうすればふたりとも自分のセリフを大声で口にしても、相手の邪魔にならないからだ。［……］セリフがだいたい頭に入ったら、ふたりとも同じ部屋に入って練習する。シンプルな木の椅子に、互いの脚をはさむようにして向き合ってすわり、相手の目を見つめながら、セリフを交換し始める。どちらかが詰まったり、間違えたりしたら、もう片方が自分の両膝を勢いよく合わせて相手の膝を打つ。そしてやり直し。こんなことを何回も続けるうちに、ふたりの膝はあざだらけになるだろうが、セリフは完璧に覚えられる。

セリフを覚えたら、下稽古が始まる。フォンタンとラントはすべてのシーンを何度も繰り返し演じるが、毎回、自分の演じる人物の態度や意図を変える。ある程度回を重ねたあと、どのバージョンがいちばんいいか、ふたりで合意すると、また稽古を始める。今度は途中で止まって、お互いの演技の細かい点について話し合い、ジェスチャーや表情や強調する点など小さな修正を重ねながら、執拗なまでに磨きをかけていく。ふたりはこの長ったらしい「予習」を家ですませたあとでないと、他の俳優といっしょの稽古をすることができない。そのあとも、家に帰ると、また自分たちだけで稽古を続けるのだ。「数週間のうちに、すべてのシーンが修正を加えながら、何百回と繰り返される」ブラウンはそう書いている。しかも、それは優しく励まし合うような稽古ではない。フォンタンとラントは互いにとても厳しかった。実際、それこそが自分たちの成功の秘訣だとフォンタンは思っていた。「私たちはお互いを徹底的に批判し合うの」と彼女はいっている。「そしてふたりとも、その批判を受け入れたほうがいいとわかっている」

エドナ・セント・ヴィンセント・ミレイ

一八九二〜一九五〇

「詩集を作っているときは、四六時中仕事よ」一九三一年、アメリカの詩人ミレイは記者にそう語っている。「ベッド脇のテーブルにはノートと鉛筆をつねに置いている。夜中に目が覚めて、ふとなにか書きたくなるかもしれないから。実際、ベッドで起き上がって、夜明けまで猛烈に書きまくることもある。庭にいるときも、人としゃべっているときも、ずっと仕事のことを考えている。だからすごく疲れるのね。〔詩集の〕『Fatal Interview』〔未邦訳〕が完成したときは、疲れきっていた。詩のことが頭から離れなかったから。一年半のあいだ、寝ても覚めても、詩のことばかり考えてたのよ」

当時ミレイはスティープルトップという、もとは果樹園だった屋敷に越して数年たったところだった。一九二五年にミレイと夫はその地所を買い、広大な庭園のあるエレガントな屋敷に改造した。庭園にはバーやテニスコートや湧き水を引いたプールがあり、招かれた客はそこで裸で泳いだ。ミレイの執筆用の離れもあった（しかし彼女は母屋のベッドで書くことが多かった）。ミレイの夫のユージン・ボイセヴェンはオランダ人でコーヒーの輸入業を営んでいたが、その仕事をやめて、スティープルトップの管理に専念した。それは詩人であるミレイにとってほぼ理想的な状況だった。スティープルトップにきたある記者が、こんなに広大でいろいろな施設のある場所をどうやって管理しているのかとたずねると、自分はなにもしていないとミレイは答えた。

ユージンがすべてやってくれているの。使用人を雇って、敷地を案内して、やるべきことを指示して、ぜんぶやってくれる。私は彼のやり方に口出ししたりしない。なにか気に入らないことがあれば、それを伝えるくらい。私は家のことをやっている時間がない。なにを食べるかも知りたくない。レストランへ行くように家のダイニングルームへ行って、「あら、すてきなディナー！」っていいたいの。

こんなふうだから、私は女性から時間や仕事を奪うようなことを免除されている。ユージンと私はそれぞれ独り者のように暮らしているわ。彼は私よりずっと簡単に家の仕事を片づけられるから、そちらに責任を持っているし、私は詩を書くという仕事がある。

家事を放棄するのは、ミレイにとって必ずしも容易なことではなかった。「家のことがうまくいってるかどうか、ものすごく気になる。でもそれが原因で集中力が途切れたり、気分が悪くなることがないようにしている」。詩を書くのはきわめてデリケートな作業なので、日常生活のさまざまな心配事に邪魔されないように努力しているというのだ。「詩を書いていると、なにかが自分の思考や生活の一部になる。だからますますそのなにかを意識するようになる。するとそれが形になっていく。まるで湯気のなかから出現するようにね」。そうやって最初の草稿ができあがると、それに何度も手を加えるが、その間何ヵ月も、ときには二年間もほったらかしにしておくこともある。「その詩が冷めるまで置いておくの。そうすればそれが自分の作ったものではないように思えて、批評家の目で眺められるから。そうやって徹底的に吟味して満足してから発表する」

それらはすべて大変なエネルギーを要することだった。ミレイの家を訪れた客たちには、彼女が夫とともに田舎でのんびりと暮らしているように見えたが、実際には倒れる寸前まで自分を追いこんでいたのだ。「庭の土を耕してても疲れない。でも、詩やそのほかの著作に神経を集中させていると疲れてしまって、しょっちゅう頭痛に悩まされる。それは仕事をしているかぎり続くので、仕事をやめる以外に治す方法がない。医者には療養所にでも行って休むように勧められるけど、何ヵ月もなにもしないで寝ていたくはないもの」

タルーラ・バンクヘッド

一九〇二〜一九六八

「私には病的に怖いことが三つある。それがなければ人生はソネットのようにスムーズに流れるだろうけど、どぶ川のように単調でつまらないものになると思う。私が嫌う三つのこととは、夜寝ること、朝起きること、ひとりでいることだ」アメリカのアラバマ州生まれの女優バンクヘッドは一九五二年の自伝にそう書いている。最初のふたつの恐怖は、彼女が慢性的な不眠症だったことが原因のひとつと考えられる。三つ目は彼女の生まれつきの性格といおうか——これも病的といえるほど——人としゃべるのが好きだったことによる。ただしバンクヘッドの場合、人としゃべるといっても、いつも自分ひとりでしゃべっていた。得意のパターンは、ひとりでしゃべりながら、どんどん脱線していって、合間にしゃれや気の利いた言葉をぽろっと吐くというものだ（「私たち、未来の思い出にふけっているわね」とか「ウィスキーカクテルを六杯も飲んだのに、酔いが覚めないの」とか）。バンクヘッドの友人のひとりは彼女が一分間にしゃべる言葉の数を数え、一日当たりどれくらいしゃべるかを見積もったところ、七万語弱となった（この本とほぼ同じ分量だ）。別の友人も、「タルーラにほんの二、三分話をするのに一時間かかった」といって、彼女のしゃべりっぷりをうまく伝えている。

バンクヘッドは誰でも「ダーリン」と呼ぶといっていた。それは名前が覚えられないからで、名前だけでなく方角も住所も電話番号もぜんぜん覚えられなかったらしい。しかし五十年にわたる女優生活のなかで、セリフを覚えるのに苦労したことはなかった。実際バンクヘッドはその規格外の個性を舞台での華やかで緊張感あふれる演技に生かし、二十世紀のもっとも偉大な主演女優のひとりとなった。しかし本人は自伝のなかで、俳優業を「まったくの骨折り損」と切り捨て、クリエイティブな職業とはとてもいえないと断言している。

作家は台本を書いて終わりで、あとは印税を受け取るだけ。演出家も、四週間の下稽古をしておしまい。彼らの仕事はクリエイティブだ。でも、もし作家が同じ脚本を一年間、毎晩書きつづけなければならなかったら、どう思うだろう。演出家も、本番前に毎回リハーサルをしないといけないとしたらどうだろう。きっと一週間でニジンスキーみたいに頭がおかしくなってしまうだろう。劇場の案内係でさえ、毎晩ちがう人と会っているというのに、女優ときたら、まるでかごのなかのオウムだ。

バンクヘッドはまた、劇場の厳しいスケジュールも嫌っていた。毎晩、午後八時半から十一時まで、どんなことがあっても必ず出演しなければならない。「俳優はほかのどんな職業にも増して時間の奴隷だ」と書いている。それでも、彼女は決して時間にルーズではなかった。バンクヘッドがもうひとつ病的に恐れたことは約束に遅れることで、どこへいくにも少なくとも三十分前に着くようにしていた。初演の直前は、「開演前の恐怖《プレショウテラー》」に襲われて、めずらしく普段のエネルギッシュな個性が失われてしまう。そしていつもはばかにしている迷信にたよってしまうのだった。「『初舞台の』『The Squab Farm』〔日本未上演〕以来、初演の夜には、額縁入りの母の写真を楽屋に飾るようにしてきた。そして必ず幕が上がる直前にひざまずいて、どうかしくじりませんようにと神様に祈る。そのあとシャンパンの小瓶を開けて、メイドといっしょに幸運を祈って乾杯をする」

ビルギット・ニルソン

一九一八〜二〇〇五

ニルソンは二十世紀を代表する偉大なオペラ歌手だ。豊かで力強いソプラノの声と、完璧なパフォーマンスで知られ、シュトラウスをはじめとするオペラ、とくにワーグナーの作品を得意とした。スウェーデン南部の農家の娘として育ち、地元の聖歌隊の指揮者から歌の才能を伸ばすことを勧められた。ストックホルムの王立音楽院で学んだあと、次第に世界的な名声を築き、一九五〇年代から一九八四年の引退の年まで、出演の依頼が絶えなかった。これほど長いあいだ歌手として活動するために、どのようなケアをしてきたのかときかれると、ニルソンはためらって、「べつに特別なことはしてないわ。タバコは吸わないとか、ワインやビールは少ししか飲まないとか、それくらい。たまたま両親から恵まれた体を受け継いだんでしょう」と答えた。別の機会には、ワーグナーのオペラのイゾルデ役で成功した秘訣をきかれて、「履き心地のよい靴を履いていたおかげ」と答えている。

彼女の成功のほんとうの秘訣は日々の稽古を怠らないことにあった。それは歌手にとってとくに大事だとニルソンはいっている。「作家や画家なら、インスピレーションが湧いたときに仕事をすればいいでしょうが、歌手はそういうわけにはいかない」

歌手も朝起きたときに頭痛がして気分が悪かったり、緊張してなにもかもうまくいかなかったりすることがあるけれど、夜の公演のために元気を取り戻さなくてはいけない。それはとても大変よ。責任を感じれば感じるほど、緊張してどうしようもなくなってしまう。そんなときには、すごく早いうちから劇場にいって、少しずつ調子を整えていくの。するとたいてい、舞台に上がるときにはもう、つらかったことを忘れていて、最高の気分になる。たぶん、出産したときみたいな感じじゃないかしら。子どもを自分の腕に抱いたら最高の気分になって、痛かったことなんて忘れてしまうでしょう。

ニルソンは長年ほぼ休むことなく舞台に立ちつづけた。あちこちのオペラハウスをめぐり、何ヵ月もホテル暮らしをした。「長く休むと、声の調子を元に戻すのが大変」だといって、まとまった休暇は取らなかった。夫はスウェーデンのビジネスマンで、ふたりでストックホルムとパリにアパートを所有していたが、それらのアパートやほかのどの場所も、自分の家とは考えていなかった。「プロの歌手であるかぎり、家庭は持てない」ニルソンはかつてそういっている。「どちらかを『辞退します』といわなくてはいけない。私は家庭のほうを『辞退します』ということにしたの。オペラ歌手の仕事がとても好きだし、夫はとても理解があるから」

大変な名声を得ながらも、プライベートではプリマドンナの役を演じることを好まなかった。「私は〝プリマドンナ〟という言葉が嫌いなの。ソプラノ労働者とかのほうがしっくりくる」。公演中のニルソンの日課はごくシンプルだった。まず舞台に上がる前に、ひととおりの発声練習をさっと行なう。それはほんの三、四分の練習で、きいたことのある人々の証言では、「ものすごくひどい」声だったという。幕間にオレンジジの果汁を吸い、閉幕後は付き人にたのんでビールを一杯とアクアビット〔北欧産の蒸留酒〕を小さめのウィスキーグラス一杯とスウェーデン産のニシンを持ってこさせた。ニシンはどこへいくにも自前で持っていった。

ゾラ・ニール・ハーストン

一八九一〜一九六〇

一九五一年三月、ハーストンは著作権代理人に手紙を書いて、百ドルの小切手を送ってもらった礼を述べ、最近書き始めた小説について報告している。そのなかで、「小説を書きたいという思いに火がついて、また書き始めています」と書き、次のように続けている。

あなたは子どものころにマタンザス川に行ってガマアンコウを釣ったことがあるでしょうか。ガマアンコウは大きな魚にのみこまれると、その胃を食い破って逃げ出すのです。書きたいという思いはそれに似ています。とにかく書かなくてはいけない。いずれにせよ、それは内側から私を食い破ってでも出てくるでしょうが。

これはハーストンの仕事ぶりを説明するのにぴったりの比喩だ。彼女は決して毎日決まった量を書いたり、計画を立ててそのとおりに書いたりしなかった。まったく書けない「悲惨な時期」も経験している。「ときどき、紙も本も怖くてしょうがなくなる」一九三八年の手紙にそう書いている。「紙にさわる気にすらなれない。書いたり、読んだり、そのほかどんなことも、ある期間できなくなってしまう。［……］なにかが私をつかんで沈黙させ、そいつが放してくれるまで、みじめでどうしようもない状態が続く。まるでどこかの惑星にたったひとりで置き去りにされたような感じ。でも、それは創作に取り組むための準備段階なのだと気づいたの」

いったん創造的なアイデアが湧いてくると、すべてが変わった。ハーストンは代表作の『彼らの目は神を見ていた』を一九三六年の秋に書いたが、そのとき彼女はグッゲンハイム奨励金を受けてハイチのブードゥー文化に関する調査を行なっていた。また、その前の数ヵ月間はジャマイカにいて、マルーンと呼ばれる逃亡奴隷の子孫といっしょに暮らし、その研究をしていた。そうやってジャマイカやハイチの文化にどっぷりひたったことが、自国の人種、階級、性に関わる問題を、新たな観点でみるのに役立った。そして、いったん『彼らの目は神を見ていた』を書き始めると、驚くべきスピードで仕上げた。ハーストンは自伝でこう書いている。「それは私のなかでせき止められていて、私はそれに内側から押されるように、七週間で書いた。できればもう一度書きたいくらいだ」

マーガレット・バーク＝ホワイト

一九〇四〜一九七一

バーク＝ホワイトは報道写真家の草分けで、「初」の称号をたくさん持っていた。たとえば、ソ連に入ることを許された初の西側カメラマンであり、アメリカ合衆国初の女性従軍記者であり、『ライフ』誌初の女性専属カメラマンだった。『ライフ』誌の同僚からは「不死身のマギー」と呼ばれていたが、それは世界中の紛争地域に果敢に乗りこんで、ひるむことなく、必ず無傷で戻ってきたからだ。カメラマンとしてのバーク＝ホワイトは、仕事の性質上、決まったスケジュールに従うということはなく、その時々の任務に必要なスケジュールを採用した。いっぽう彼女は才能ある作家でもあり、報道写真の仕事に関する本を数冊と自分の人生を生き生きと描写した自伝『Portrait of Myself』〔未邦訳〕を一冊出版している。そして、その仕事をするときは、きわめて規律正しい習慣を維持していた。実際、写真と執筆は彼女にとって理想的な組み合わせだった。「私は生活にリズムがほしかった。興奮や危険や重圧を伴うわくわくするような冒険と、自分がみたり感じたりしたことを吸収するための穏やかな時間をバランスよく保ちたかった」と彼女は書いている。アメリカのコネチカット州ダリエンにある自宅は、「まわりを森に囲まれて孤立しており」、その穏やかな時間にぴったりの環境だった。『Portrait of Myself』には、「私は朝型の作家だ」とも書かれている。

朝、世界は清らかで新しく、イマジネーションを得るのに最適の時間だ。私は変わったスケジュールに従っている。それは家族に対してなんの義務も持たない人間だけに可能なスケジュールで、八時に寝て四時に起きるというものだ。私は外で書いたり外で寝たりするのも好きだ。変わった方法だが、屋外で寝ると、それが著作に役立つ経験になるとともに、外界を遮断する方法にもなるのだ。

外で書いたり寝たりするために、バーク＝ホワイトは、「かわいい縁飾りある小さな天蓋とキャスターの付いた屋外用ベッド」を使った。「それは広々として豪華だし、そこに軽いキルトを何枚かしつらえて両脇にキャンドルを置けば、その光がプールに映えて、子どもが夢見るプリンセスのベッドみたいになる」という。毎晩、そのベッドを自宅の敷地内のいろいろな場所に転がしていって、日が沈んでホタルが出てくるころになると、ぐっすりと眠る。そして夜が明ける直前に目覚めて執筆を始める。「日が昇るころには、自分だけの世界に閉じこめられて、なにものにも邪魔されない」

この最後の部分がとても重要だった。バーク＝ホワイトは執筆のために長時間ひとりでいなければならず、邪魔をするものは可能なかぎり排除しなければならなかった。そしてそれが他人には受け入れがたいということにも気づいていた。「私がいつもひとりでいようとするせいで、ときには人の気持ちを傷つけてしまうのではないかと心配だ。でも、どうしたら人を傷つけずに自分の気持ちを説明できるのかわからない。私は自分が書いている世界に完全にひたっていたい。いったん誰かが家に来たら、その人の声を家のなかから消して、自分の書いている人物の声をきけるようになるまで、二日もかかってしまうからだ」。実際、バーク＝ホワイトの友人や同僚は、彼女がいつも仕事のことばかり考えているせいで気分を害することがよくあった。『ライフ』誌の女性カメラマンのニナ・リーンはこういっている。「初めて彼女に会ったとき、いっしょにランチをしませんかといったら、いま本を書いているところなので、あと数年はランチをするつもりはないっていわれたわ」

退屈をとるか苦難をとるか

マリ・バシュキルツェフ

一八五八〜一八八四

バシュキルツェフはロシアの画家で彫刻家でもあったが、十三歳のときから二十四歳で結核で死亡する直前まで日記をつけていた。その間、パリで絵の勉強をし、才能あふれる若いアーティストとして頭角を現していった（有名な国立美術学校《エコールデボザール》は一八九七年まで女子の入学を認めなかったので私立の学校で学んだ）。一八七六年、美術を真剣に学び始めた年に、彼女はこう書いている。「私はなんであれ、中途半端は嫌い。つねに刺激的で興奮に満ちた人生か、とことん穏やかな人生か、どちらかがいい」。実際には彼女は絶えず仕事をする人生を選び、何年もほとんど同じスケジュールに従っている。午前六時起床、午前八時から十二時までと午後一時から五時まで、あいだに一時間の昼食をはさんで、ずっと絵を描く。そのあと風呂に入り、着替えて夕食をとり、午後十一時まで読書をしてベッドに入る（夕食前にランプの明かりのもとで、さらに一時間かそこら絵を描くこともある）。この厳しいスケジュールにときどき疲れてしまうこともあったが、一八八〇年には「仕事をせずに過ごした日はすさまじい後悔に襲われる」と書いている。結核にかかって、おそらく早死にするだろうとわかっても、創作を続ける決意を固くするだけだった。一八八三年にはこう書いている。「仕事をすること以外はなにもかも取るに足りないつまらないことに思える。こんなふうに考えると、人生は美しいかもしれない」

ジュルメーヌ・ド・スタール

一七六六〜一八一七

「人は人生において退屈をとるか苦難をとるか選択しなければならない」スタール夫人として知られるジュルメーヌ・ド・スタールは一八〇〇年の夏に友人に宛てた手紙にそう書いている。そして自身は堂々と苦難の人生を選んだ。スタールはスイス系フランス人の著述家で、裕福で社会的地位も高い家庭に生まれた。父はルイ十六世の金庫番を務めた人物で、母は文人や芸術家の集うパリのサロンの中心人物だった。しかしスタールは一七九〇年代にナポレオンへの批判を公言したため亡命を余儀なくされた。亡命生活の大半はスイスのコペにある実家の邸宅で過ごしたが、そこは当時の西欧の一流知識人が集うサロンとなり、さまざまなアイデアの実験場となった。スタールもそこで多くの政治的、文学的エッセイを書いたが、彼女がさかんに執筆していることは、サロンの客たちにはあまり知られていなかった。「スタール夫人は熱心にものを書いていたが、それはほかにすることがないときだけだった。社交的な娯楽のほうをつねに優先していた」ひとりの客がそう述べている。だがそれは必ずしも事実とはいえない。J・クリストファー・ヘロルドによるスタールの伝記には、コペでの彼女の生活が、先ほどの客の話とは微妙にちがうニュアンスで紹介されている。

客は十時から十一時のあいだに朝食をとると、自由に時間を過ごす。その間、ジュルメーヌ〔スタール〕は仕事関係の手紙や請求書を処理したり、屋敷の管理の仕事をしたり、もし時間があれば読書や執筆もした。しかし客には彼女はなにもしていないように見えた。というのも彼女はいくつもの仕事を同時にこなすことができ、しょっちゅう邪魔が入っても、支障をきたすことはなかったからだ。たとえば、馬車のなかでもメモをとり、人としゃべりながら手紙を口述し、まわりでなにが起こっていようと、どこであろうと執筆することができた。つねに彼女の身近にいる人々も、どうしてあんなにたくさん書くことができるのかと不思議に思った。はたから見た感じでは、執筆の時間などないようにしかみえないのだ。その秘訣は、なにか特別な方法で時間をやりくりしていたからではない。むしろ、時間のやりくりなどまったくしなかったからなのだ。ほとんどの人間は、仕事に集中しようとしたり、リラックスして休もうとしたりするために多くの時間を使ってしまう。仕事をする準備の時間とリラックスする時間を除けば、実際に働く時間はほとんど残らない。スタール夫人はつねに集中し、休むことなく、注意を払うべきことがあれば即座に対応できる頭脳に恵まれていた。

コペでの朝食は午前十時から十一時、ランチは午後五時、ディナーは十一時に用意された。ランチとディナーのあいだに、徒歩か馬車での散策、あるいは音楽や会話やゲームを楽しむ夕べの催しがある。ディナーのあと、スタールと彼女の取り巻きは必ず明け方近くまでおしゃべりを続けた。スタールの睡眠時間は夜のほんの二、三時間で――阿片を使っていたおかげだ――、取り巻きたちにも同じレベルのスタミナを要求した。ヘロルドはこう書いている。「不眠症の人間がみなそうであるように、スタール夫人は他の者が疲れを見せると、自分に対して不満を抱いていると思って怒った」。スタールの長年の愛人で政治家で作家でもあったバンジャマン・コンスタンは、彼女ほど「絶えず厳しい要求を突きつけ、しかもそのことに気づいていない人物」はみたことがないと述べている。「まわりの人々すべての生活を、何年ものあいだ、一分一秒まで自分の意のままにしなければ気がすまない。もしそうならなければ、雷と嵐と地震が同時に起こったような怒りを爆発させるのだ」

マリー・ド・ヴィシー＝シャンロン
（デュ・デファン侯爵夫人）

一六九七〜一七八〇

デファン夫人と呼ばれることも多いデュ・デファン侯爵夫人は、ヴォルテールやモンテスキュー、ホレス・ウォルポールなどの親しい友人で、文通相手であり、四十年間、パリの知識人たちの主要な交流の場であったサロンのホステスを務めた。ハビエル・マリアスによる伝記集『Written Lives（Vidas escritas）』〔未邦訳〕のなかに、デファン夫人の日常が簡単に紹介されている。

デファン夫人は少々乱れた生活を送っていた。午後五時ごろに起き、六時に夕食会の客を迎える。人数は日によって六、七人だったり、二十人や三十人だったりした。食事と歓談は午前二時ごろにやっと終わるが、夫人はどうしても寝たくなくて、午前七時ごろまで起きて（イギリス人政治家の）チャールズ・フォックスとサイコロ遊びをしたりした。彼女はその遊びを楽しいとは思っていなかったし、当時すでに七十三歳にもなっていたというのに。つきあってくれる人がいなかったら、御者を起こして馬車に乗り、人気のない大通りを走らせた。夫人が寝床に就くことを嫌うのは、ずっと思っていたひどい不眠症のせいだった。ときには朝早く誰かが来るのを待って、その人物に本を読んでもらった。すると二、三ページきいたところで、ようやく眠りに落ちることができるのだった。

デファン夫人の一日のメインイベントは夕食会だった。「夕食会は人生の四つの目的のうちのひとつ。あとの三つはなにか忘れた」と書いている。そして八十三歳で亡くなる直前まで、客をもてなし続けた。夫人はよく料理人にこう命じた。「持てる才能のすべてを発揮しなさい。私の退屈をまぎらすには、お客様の助けがますます必要だから」。マリアスが書いているように、デファン夫人は夜ひとりで取り残されるのをとくに嫌った。客がついに帰って、使用人たちも自室に戻ったあとの状態について、このように書いている。「私は自分ひとりの手に委ねられた。これ以上危険なことはない」

ドロシー・パーカー

一八九三〜一九六七

「作家になりたいという若い友人がいたら、その人のためにしてあげられる二番目にいいことは『英語文章ルールブック』を送ってあげること。そしていちばんいいことはもちろん、まだ幸せないまのうちに撃ち殺してあげること」パーカーはかつてそういっている。もちろん冗談だが、もしかしたら、半分以上本気だったかもしれない。というのも、売れっ子作家として脚光を浴び、『ヴァニティ・フェア』や『ザ・ニューヨーカー』などの雑誌から実入りのよい仕事を依頼されるようになってからも、パーカーは書くことが嫌いで、締め切りをほどんど守れなかった。執筆のために特別なスケジュールを立てるということは決してなかったが、『ザ・ニューヨーカー』に書評を書いていたので、一週間の仕事の手順のようなものはあった。それは締め切りを延ばそうとする遅筆の作家と焦った担当編集者のあいだで繰り広げられる駆け引きで、マリオン・ミードによるパーカーの

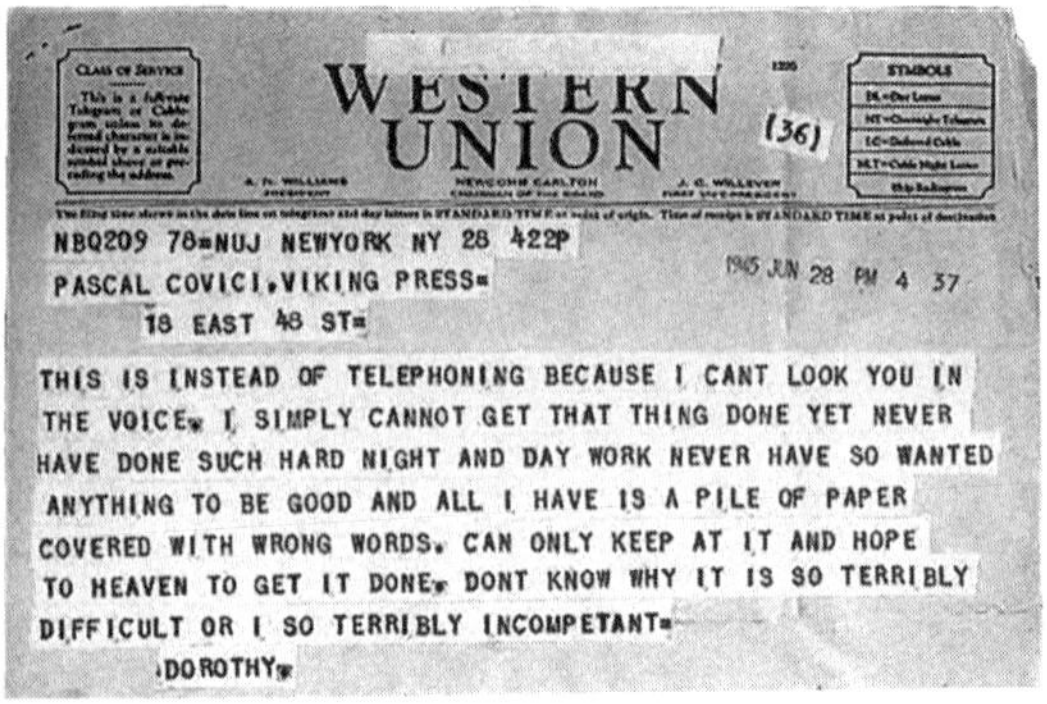

1945年6月28日にドロシー・パーカーから担当編集者へ送られた電報
〈訳〉
電話の代わりに送ります。声をきくとあなたの顔が目に浮かぶから。あの原稿がどうしてもまだできなくて、こんなに一生懸命に夜も昼も書いたことはないし、こんなにいいものを書きたいと思ったこともないのに、目の前にあるのは間違った言葉で埋め尽くされた紙の山だけ。私にできるのはただ書きつづけて、うまくできあがるよう天に祈ることだけ。どうして書くことはこんなに難しいのかしら。どうして私はこんなに無能なのかしら。

伝記に次のように書かれている。

ドロシー〔パーカー〕はほとんど最初から、本来なら金曜日に出すべき『ザ・ニューヨーカー』の原稿を遅れて出すという前例を作った。日曜日の朝に編集部の誰かが電話をすると、原稿はほとんど出来上がっていて、あとは最後の段落を書くだけ、といって相手を安心させ、一時間以内に仕上げるから、と約束する。そしてその日一日、同じやりとりが繰り返される。たまにドロシーは、原稿の出来が悪いので破ってしまった、というが、じつはその時点で書き始めていたりする。

パーカーはこれをすべての編集者とやった。『サタデー・イブニング・ポスト』誌のある編集者はその様子をこう回想している。「こっちはただ彼女が書き終えるのを待つだけです。もし彼女が書き始めていたら、ですけど。たいていの場合は書き始めてもいません」。また、『エスクァイア』誌の編集者は、パーカーが「とても苦しんで書いていた」といい、彼女が原稿を絞りだすようにして書くプロセスを難産にたとえた。編集者が産科医になって「高位鉗子分娩」を行なうようなものだという。そんなことをするのは編集者も嫌だったが、パーカー自身も嫌だった。しかしどうしようもなかった。あるインタビューで「やっていて楽しいことはなんですか」ときかれたときに、「書くこと以外はぜんぶ楽しい」と答えている。

エドナ・ファーバー

一八八五〜一九六八

「私の知るかぎり、プロの作家はみな、速記者やバスの運転手や合衆国大統領と同じように、毎日仕事をする」ファーバーは一九六三年の自伝『A Kind of Magic』〔未邦訳〕にそう書いている。「ただちがう点は、作家は仕事をする義務を自分自身に対してしか負っておらず、そのせいで自分に対して厳しい監督者になりがちな点だ。だから作家は原則的に、ふつうの労働者のように週五日ではなく週七日仕事をしてしまう」

ファーバーは二十一歳から死去する直前まで、毎朝九時にタイプライターの前にすわり、一日一千語を目標に書いた。目標を達成できない日もあったが、たいていは達成して、五十年の作家生活のなかで、長編小説を十二冊、短編集を十二冊、戯曲を九本、自伝を二冊仕上げた（一九二二年には、小説『ソー・ビッグ』でピューリッツァー賞を受賞したが、『ショウ・ボート』、『Cimarron』（未邦訳）、『ジャイアンツ』などのほうがよく知られているかもしれない）。ファーバーにとって執筆する環境はどうでもよかった。本人によると、何年もかけて、どんな状況でも書けるように自分を訓練していったらしい。「バスルームでも、船でも、飛行機でも、薪小屋でも書いた。ニューヨークとサンフランシスコ、パリとマドリードを結ぶ列車のなかでも書いた。家のベッドのなかでも書いたし、病院で奇妙な装置に支えられて書いたこともある。ホテルでも、地下の食糧庫でも、モーテルでも、車のなかでも、元気なときも病気のときも、幸せなときも落ちこんでいるときも書いた」

しかしこの原則には例外があった。ファーバーはコネチカット州に夢のマイホームを建てて、そこに理想的な仕事部屋を作った。そこは二階の書斎で、「キャラメル色のカーペットに淡いグリーンの壁、暖炉、書棚、ひじ掛け椅子、机と机用の椅子、タイプライターなどがあり」、東と西と南の壁に窓があって、三十五エーカーの広大な地所が一望できるようになっていた。しかしまもなくファーバーは、この書斎の机を窓に面した壁から、唯一窓のない北向きの壁へ移動した。するとたんに調子がよくなった。「眺めのいい部屋は作家が書きやすい部屋ではない」とファーバーはいっている。

マーガレット・ミッチェル

一九〇〇〜一九四九

ミッチェルが初めての長編小説『風と共に去りぬ』を書き始めたのは一九二八年ごろで、それをようやく、たまたま家にやってきた編集者に渡せたのは一九三五年の秋のことだった。彼女はそれ以前にジャーナリストとして成功していたが、小説を書き始めると、それがとても難しいことに気づいた。「簡単に書けないし、書いたものもちっとも気に入らない」ある手紙のなかでそう書いているし、インタビューでこういったこともある。「書くことはほんとうに大変なの。毎晩、苦しんで書いても、二ページがやっと。翌朝、それを読み返してみると、ここもあそこも削除、削除となって、結局六行くらいしか残らない。それからまたやり直さなくちゃならない」。『風と共に去りぬ』の場合、いくつかの例外をのぞいて、各章とも「少なくとも二十回は」書き直したという。

ミッチェルは居間で、緑色のバイザーをかぶり、男物のズボンをはいて書いた。その服装は新聞社で働いていたときに着ていたものと同じで、若いころからそういう格好が快適だと感じていた。書いているときは、「ふだんの自分とちがう、がむしゃらで手に負えないもの」の存在を感じたというが、毎日書くわけではなかったし、きちんとしたスケジュールに従っているわけでもなかった。実際、何週間も何ヵ月も執筆から遠ざかることがしょっちゅうあり、その原因はさまざまなアクシデントや病気だった（病気といっても、体より精神面に問題があることも多かった――ミッチェルは自分の健康を気にしすぎるたちだったのだ）。いっぽうで、執筆中は異常なほど秘密を守ることにこだわった。「私は一度もアシスタントを雇わなかったし、たとえ親しい友人でも、原稿を一行でも読ませることはなかった」一九三六年に、そう語っている。友人の多くは『風と共に去りぬ』がほとんどできあがるまで、その存在を知らなかったし、あらすじも出版されるまでまったく知らなかった。あるとき、ひとりの友人が事前の連絡なしに突然やってきて、タイプライターの前にすわっていたミッチェルを驚かせた。彼女は椅子から飛び上がって、テーブルの上にバスタオルをさっとかけたという。

『風と共に去りぬ』は大成功を収めた――何百万部も売れ、すばらしい映画も作られて、一九三七年にはピューリッツァー賞も受賞した――にもかかわらず、ミッチェルは二度と小説を書こうとしなかった。「どんな褒美をもらっても、あの苦しみをもう一度味わいたくないから」と彼女はいっていた。

マリアン・アンダーソン

一八九七〜一九九三

アンダーソンはアメリカのコントラルト〔女性最低音域〕歌手で、一九五五年、黒人のソリストとして初めて、ニューヨークのメトロポリタン歌劇場に立った。指揮者のアルトゥーロ・トスカニーニは彼女の声を「百年に一度しかきけない声」と評した。アンダーソンは自伝のなかで、新しい曲を覚える方法について書いている。それは聴衆には想像もつかない複雑でデリケートなプロセスだった。「まずメロディをきいて、そこからなにかをつかんでから、歌詞に向き合う」と彼女は書いている。

そのあと、音楽をきかずに〔歌詞を〕読む。その曲がなににについての曲なのか知りたいし、それが書かれた状況を知りたいから。その曲に関係するものすべてを自分のなかに染みこませるのだ。それから歌詞と音楽をいっしょにして、その雰囲気に深くひたろうとする。ちゃんと集中すれば、そしてその曲に予想外の困難をもたらすようなものがなければ、それは難しいことではない。

けれども、集中するのは必ずしもたやすくない。頭のなかに気が散るようなことがあってはならないが、家のことや家族のことはどうしても考えてしまうし、私の頭のなかをずいぶん占領している。ほかにもいろいろ時間を取られる雑用があって邪魔をしてくる。昼間、どんなふうにレッスンが進もうと、私は練習中の曲をベッドまで持っていく。もう寝ようという直前に、完全にリラックスできる時間ができて、その曲の雰囲気にひたれるからだ。するといきなり目がさえて、歌の真髄に心を奪われる。ほんの二、三時間、まわりが静寂に包まれているあいだに、多くの成果があがる。

このあと、アンダーソンは「音楽はつかみにくい」と続けている。ひとつの曲に毎日取り組んでも、ちっとも進歩しないこともある。「けれども、あるとき不意にひらめきが訪れる。何日も無駄に苦労しているだけに思えたことが、予想外の瞬間に価値あるものになるのだ」

レオンティン・プライス

一九二七〜

プライスは九歳のとき、母に連れられてミシシッピ州ジャクソンへいき、マリアン・アンダーソンが歌うのをきいた。アンダーソンが口を開いた瞬間から、プライスは自分が生涯でなにをしたいか、はっきりとわかった。そして、ひじょうに不利な条件にあったにもかかわらず、その夢を実現させた。つまり、人種差別の激しいアメリカ南部で生まれ育ちながら、ニューヨークのジュリアード音楽院に入学し、やがてメトロポリタンオペラ歌劇団に入り、一九六〇年代には主役級のソプラノ歌手になったのだ。伝記作家のヒュー・リー・ライアンによると、公演のある日のプライスの日課はいつも同じで次のようなものだった。「舞台のある日は遅くに起き、オレンジジュースを大きなグラス一杯とゆで卵二個、それにカフェオレのブランチをとる。午後五時に、ステーキとベイクドポテトとサラダとコーヒーの食事。そのあとルル・シュメイカー［住みこみの家政婦］が作った温かいスープを魔法瓶に入れる。そのスープをオペラハウスに持っていき、舞台の合間に少しずつ飲む」。しかし、こういった日課よりも大事なのは、公演のスケジュールだった。プライスは公演と公演のあいだにたっぷり時間をとる必要があり、可能なかぎり、八日から十日に二回の公演しかしなかった。その理由を彼女はこう説明している。「オペラはとても神経を使う仕事なの。いろんなことが要求される。公演の前には準備をするために一日必要だわ。公演当日は心身ともに壊れてしまいそうなくらいがんばる。翌日は回復のための日ね。だから、公演の前日とか次の日とかに歌うことなんてできるわけがない。そんなの自殺行為だし、疲れ切ってしまう。そんなことはほんとうに、私はもう二度とやらない。利子を使うように、余裕を持って歌うほうがずっといい。体は資本で食いつぶしちゃだめ」

ガートルード・ローレンス

一八九八〜一九五二

ローレンスはイギリスの女優で、一九三〇年代に劇作家のノエル・カワードが彼女をイメージして書いた作品『私生活』をはじめ、カワード作の喜劇やミュージカルに数多く出演したことでよく知られている。さらに、ステージでも、プライベートでも、元気なことで有名だった（あるファンがローレンスの主治医に、彼女はあんなに元気になるためにどんなビタミン剤をのんでいるんですかときいたら、主治医は「ビタミン剤のほうがガートルード・ローレンスをのんでいるんでしょう」と答えたという）。一九三九年の秋、ローレンスはある記者に、仕事をする日の典型的なスケジュールについて、次のように話している。

私の一日は朝八時に始まる。これをきくと、みんなびっくりするわ。一般的に、女優はみんな正午くらいまで寝ているというイメージがあるからでしょう。じゃあ、私はなぜ早起きするのか？　それはやることがたくさんあるから。まず、健康を維持するために運動をしなくちゃいけない。それから十五分かけて足と足首のマッサージをする。大切な脚がいつもすらりとして、むくんだりしないように。そのあとベッドで朝食をとるけど、ハムとか卵とかママレードとかパンケーキとかはなしで、果物とコーヒーだけ。次は朝の手紙のチェック［……］ファンレターとか、お芝居に関する手紙、仕事関係の手紙、そして最後にもちろん友人や知人からの手紙。秘書がいるので助けてもらえるけど、たとえ口述でも、すべての手紙に返事をするだけで正午までかかってしまうことが多い。もちろん、プライベートな手紙は自分で書くわ。それから、秘書がタイプを打っているあいだに、リラックスしながら、お花を活けるの。〔……〕ボウルや花瓶にきれいに活け終わるころには、たいていランチの時間になってる。もし三十分でも時間があれば、秘書を相手にチェスをする。チェスはおもしろいだけじゃなくて集中力も鍛えられるのよ。この忙しい朝のあとに食べるランチは、野菜料理やサラダといったシンプルなもの。ランチのあとはしばらくお裁縫。昔風のサンプラー〔刺繍見本〕を作るのが好きなの。でも、そんなことをして穏やかに過ごす時間は短くて、すぐにプロデューサーの代理人とかが電話をしてくる。そういう人たちは、どんな舞台でも必ず起きるいろいろな問題について話し合うために、毎日うちにやってくる。その人たちが帰ると、たいてい、新しい脚本を読まなくちゃいけない。本読みが終わると、ハイランドテリアのマッキーを連れて散歩。これでマッキーも私も毎日必要な運動ができるのよ。もし買い物をしたりどこかを訪ねたりする必要があれば、この散歩のときにすませる――けれども、舞台があるときは、劇場へいく前に二時間は休めるように家へ帰る。その二時間で、夜の仕事に備えてリラックスするのと、睡眠不足を補うの。劇場へいく前は食事はしたくない。舞台が終わったら、いつもお腹がぺこぺこで、たっぷり食べるわ。たいてい友人といっしょ。ひとりだと存分に食べることができないから。午前零時をかなりまわったころにようやく家に帰って寝る支度をする。これが、世間から華やかだとかロマンチックだとかいわれる生活の実態よ。たしかに、華やかでロマンチックな側面もあるけれど、ほとんどは骨の折れる仕事の連続だということがわかるでしょう。公演のための移動が多すぎて、ちゃんとした家も持てないし、新しいお芝居を一本するたびに寿命が一年短くなるっていつもいっているの。

このインタビューはローレンスが二番目の夫、海軍将校のリチャード・オルドリッチと結婚する少し前に行われたものだ。まもなくオルドリッチはローレンスの舞台前後の日課をじかに目撃することになる。そしてローレンスが実際に舞台のあと、大変な空腹を抱えていることを知って、こう書いている。「そういうとき、彼女がいちばん喜んで食べるのはタルタルステーキだった。生の牛肉を粗く刻んだものにエシャロットのみじん切りと生卵を混ぜたこの料理は、グランド・オペラのスターたちが長時間の舞台で疲れたときに好んで食べたものだ。彼女はこれといっしょにカナダ産ビールを大ジョッキで飲んだ」。それを見てオルドリッチは率直に驚いた。舞台でみるかぎり、「この世のものとも思えない優雅な女性」と彼を含め多くのファンがあがめていた新妻が、「大柄なオペラ歌手や長距離トラックの運転手の食べるものとばかり思っていた料理をぺろりとたいらげる」のだから。

イーディス・ヘッド

一八九七〜一九八一

「ハリウッドでいいデザイナーであるためには、精神科医とアーティストとファッションデザイナーと仕立屋と針山と歴史家と看護師とバイヤーのすべての役を兼ね備える必要がある」とヘッドはいっている。それは経験から得た知識なのだろう。彼女は六十年にわたる経歴のなかで、千百本以上の映画の衣装をデザインし、アカデミー賞に四十五回ノミネートされた（そのうち八回は受賞）。短く切った前髪、モノトーンのツーピース、屋外でも屋内でもサングラスというひと目で彼女とわかるスタイルを貫き、その独得のファッションセンスで注目された。もとは教師をしていたが、二十六歳のとき、パラマウント社の衣装部に入った。そこで徐々に昇進し、ついにハリウッド黄金期の代表的衣装デザイナー、トラヴィス・バントンに次ぐ地位に就いた。そしてバントンが一九三八年にパラマウント社を去ると、ヘッドが衣装部門を率いることになる。そのときのことを、数十年後に回想してこう書いている。「華やかなセレモニーも、ドラマチックな変化も、シャンパンでのお祝いも、給料のアップもなかった。私はそれまで週に六日、一日十五時間働いていて、その後もそれをずっと続けた」。一九三〇年代から一九四〇年代は、一年につき三十本から四十本の映画の仕事をした。四、五本の映画の男優、女優すべてのスターの衣装を同時にデザインすることもよくあった。

ヘッドが成功したのは、芸術的才能と勤勉さのおかげだが、ハリウッドの大物やかんしゃく持ちをうまく操る能力に長けていたからでもある。実際、「私はデザイナーより政治家のほうが向いている。誰の機嫌をとればよいかわかるから」といっていた。理想をいえば、自分の仕事に関してもっと完璧を目指したかったが、ハリウッドの映画制作の現実がそれを許さない。それについてはこういっている。「私は内面では自分のやりたいように衣装を作るか、そうでなければ仕事をしないと言い張る自尊心の高い人間だったが、実際は雇われ人の鑑《かがみ》みたいに、すぐ妥協するし、いつでも締め切りに間に合わせた」さらに、ハリウッドで働くうちに、「芸術家としての欲求を抑えることを学んだ」。

トレードマークになったファッションについても、必要に迫られて生み出されたものだった。ヘッドはパラマウントの衣装部門のトップになってすぐ、俳優たちに注目を集めることの大切さを理解した。「私は仕事部屋でもオフィスでも仮縫い部屋でも、色を絶対に使わない」と彼女はいっている。

自分の服も色物はいっさい着ない。絶対に。ベージュか、グレー（好きなのはベージュがかったグレー）か、白か、黒。すてきな衣装を試着した魅力的なスターのうしろに立ったときに目立ちたくないから。スターには自分の姿に集中してほしいのに、壁に絵がかかっていたり、おしゃれで明るい色の服を着た私の姿が鏡に映ったりしたら、気が散って、目がそちらに向いてしまう。だから私はできるかぎり自分をおしゃれに見せないようにするの。俳優は自分がどう見えるかということに完全に集中しないといけないから。

ヘッドは別の機会にこういっている。「撮影所にいるときの私はいつも、サングラスをかけてやぼったいベージュのスーツを着た平凡なイーディスなの。そうやって生き残ってきたのよ」

マレーネ・ディートリヒ

一九〇一～一九九二

「ディートリヒは気難しいのではなく、完璧主義者だった」一九三〇年代後半から数本の映画でこのドイツ人女優の衣装を担当したイーディス・ヘッドはこんなふうに回想している。

彼女はものすごく自分に厳しく、エネルギッシュだった。一日中、くたくたになるまで働いて、ほんのちょっと休憩したら、なにかを修正するためにまた一晩中働くことができた。一度、三十六時間ぶっとおしでいっしょに仕事をしたことがある――月曜の早朝から火曜の夜遅くまで、水曜の夜の撮影で彼女が着る衣装を用意したの。［……］あのスタミナと意志の強さには驚いた。

ディートリヒと仕事をしたことのある別の衣装デザイナーは、こういっている。「飛行機を降りてすぐ衣裳部屋にやってきて、一日に八時間から九時間、じっと鏡の前に立っていることができた。そのあいだに私たちは彼女の体の上で衣装を作った」。ディートリヒはメイクや照明や編集についても同じように完璧を求めた。それらをより芸術的に極めるコツを、監督のジョゼフ・フォン・スタンバーグとの真剣な共同作業を通じて身につけていたのだ。スタンバーグ監督は一九三〇年の映画『嘆きの天使』とその後の六つの作品によってディートリヒを世界的なスターにした人物だ。ディートリヒの厳しさはプライベートでも変わらず、怠惰を徹底的に軽蔑した。「なにもしないのは罪だ。いつだってなにかしら役に立つことができる」と彼女は書いている。自宅では、料理や家事を「もっとも優れた作業療法」とみなし、全力で取り組んだ。「仕事が多ければ多いほど、ノイローゼになる時間は減る」

アイダ・ルピノ

一九一八～一九九五

ルピノはイギリスで長年ショービジネスにたずさわってきた家系に生まれ、一九三〇年代にハリウッドに移住した。当初は『夜までドライブ』、『ハイ・シェラ』、『海の狼』などの映画に出演し、世渡りのうまい女性の役を演じて有名になった。しかしルピノはこういっている。「ほんとうは演技をするのはちっとも好きではなかった。俳優というのはひどく大変な職業で、私生活がめちゃくちゃになる」。一九四九年、ルピノはふたり目の夫とともに映画製作会社を立ち上げ、脚本・監督を手がけ始めた。そして、レイプや私生児、重婚などの社会的タブーに切りこむ一連の低予算映画を作り出した。一九五三年には代表作となる『ヒッチ・ハイカー』を発表する。緊張感に満ちたこの作品は、女性が監督した唯一のフィルム・ノワールといわれている。その後数十年間にルピノがつくった劇場用の長編映画は一本だけだが、テレビドラマを多く手がけて、『ヒッチコック劇場』や『奥さまは魔女』、『ギリガン君ＳＯＳ』、『トワイライト・ゾーン』などの人気シリーズでも才能を発揮した。

ルピノはもちろん女性差別に悩まされたが、断固としたプロ意識でそれに立ち向かった。「私は脚本を手に入れるとすぐ仕事に取りかかる。調べものや準備をして、撮影が始まるときには、たいていもう考えはまとまっているから、あとはもう前に進むだけ」。可能ならばいつも、週末は次の週の準備にあてた。「屋外の撮影場所やその他のセットは土曜か日曜に見に行く。セットは週末のほうが落ち着いていて静かだから。そこで段取りを考えるのよ」。（脚本家としてのルピノはそんなにきちんとしていなかった。伝記作家のウィリアム・ドナティはこう書いている「アイダ〔ルピノ〕は二十四時間書きつづけることもあった。その辺にある紙切れや食料品店の紙袋など、手元にある紙に手あたり次第書いていくのだ」）

撮影現場では、わざと母親的な態度をとっていた。俳優陣もスタッフもルピノを「お母さん」と呼ぶようになったが、それは彼女がそう呼んでくれというからだった。「重要なのはいつも女性的な態度で接すること」とルピノは説明している。

男性はえらそうにする女性を嫌うから、命令するんじゃなくて提案するの。「ねえ、みんな、お母さん困ってるの。こういうことをしたいんだけど、やってくれるかしら。なんか変な感じよね。わかってる。でも、お母さんのためにやってくれない？　こんなふうにいうと、男性はやってくれる。そのほうが協力してもらいやすいわけ。それと、絶対にかっとならないようにしてる。女性にはかんしゃくは許されないの。男は女がヒステリーを起こすのを待ち構えてる。〔……〕それに気をつけているかぎり、スタッフはいうことをきいてくれるわ。私はお母さんと呼ばれるのが気に入っている。

ベティ・カムデン

一九一七〜二〇〇六

カムデンはブロードウェイ史上、もっとも長続きした劇作家コンビの片割れだ。六十年にわたってアドルフ・グリーンとふたりで、『オン・ザ・タウン』、『ワンダフル・タウン』、『ベルズ・アー・リンギング』、『ピーターパン』などのヒット作を生み出した。このほかにも、『雨に唄えば』などのハリウッドのミュージカル映画の脚本もいくつか書いている。ふたりはほぼ毎日、マンハッタンにあるカムデンのアパートのリビングで会って、次の舞台の仕事に取り組んだ。しかし、ふたりの打ち合わせは、仕事をしているように見えないこともあった。「お互いの顔を見つめているだけのときもあります」カムデンは一九七七年にそういっている。

私たちは進行中の仕事があってもなくても会うの。創作を続けることを大事にしているから。長いあいだ、なにも思い浮かばない期間があって、そういうときは退屈だし、気が滅入ってくる。でも私たちには、無駄なことはなにもないというモットーがある。一日中お互いの顔を見ているだけのときだってそう。信じているというか、信じなくちゃやってられないでしょ？　そういう時間をなんとか切り抜けてこそ、ようやくなにか起きる日がくるって。

『ベルズ・アー・リンギング』のアイデアは、グリーンによると「一年間、なにも思いつかず、ぶらぶらしていた」あげく、やっと生まれた。ふたりはインタビューでよく、共同作業の具体的なやり方について、もっと詳しく教えてほしいと迫られることがあったが、結局ほとんど語らなかった。カムデンは一度だけ、実際に書くのは自分であることが多いと認めたことがある——ノートやメモ帳や、のちにはタイプライターなどに彼女が書いて、その間、グリーンは部屋をうろうろ歩きまわっているという。しかし、カムデンがいうには、「その日が終わるころには、どちらがどのアイデアやどのセリフを考えたのか、わからなくなってしまう」らしい。

カムデンとグリーンはよく夫婦だと勘ちがいされるが、ふたりは一度も恋愛関係にあったことはなく、それぞれ別の人物と長年、円満な結婚生活を送っていた（「それでも誤解されることはある」カムデンは自叙伝『Off Stage』〔未邦訳〕でそう述べている。「私はいつも、『その誤解さえなければ完璧なんだけど』といっている」）。ふたりの仕事上の関係をこれほど堅固なものにしたのはなにかときかれたとき、グリーンはふたりに共通する要素として「飢え」をあげた。カムデンはちょっとちがっていて、「純然たる恐怖」と答えた。

単なる責任放棄

ゾーイ・エイキンズ

一八八六〜一九五八

ゾーイ・エイキンズはミズーリ州出身で、若いころの野心は「死ぬまでにいい詩を七篇書くこと」だった。しかし「それに負けないくらい演劇へのあこがれが強く」、結局その分野で成功することになった。生涯に書いたり翻案したりした戯曲は四十本以上、そのうち十八本はブロードウェイで上演された。一九三五年にはイーディス・ウォートンの「The Old Maid」〔未邦訳〕の翻案でピューリッツァー賞を受賞した。エイキンズはすらすらと書くほうだったが、長いあいだなにも書かないこともときどきあった。「私は書くときはとても速く書く。ペンをとる前から結末がある程度見えているから、そこまで一気に書く」一九二一年の『ニューヨーク・タイムズ』紙のエッセイにそう書き、実際にいくつかの戯曲は、「長い時間をかけて一気に」最初から最後まで書き上げたという。しかし、そういう「執筆の時間」の前後には、たくさんのスペースが必要だった。つまり、できるだけ長いあいだ、スケジュールを空けておかねばならないということだ。

私は戯曲の一幕や、短編小説の一本や、長編小説の一部をじっくり検討するために、一週間は空けておきたい。そのあいだはどんな予定も直前の気分次第で決めて、それからのんびり仕事を始める。ゆっくり、批判的思考力を研ぎ澄ましてから書いていくのがいい。けれど恐ろしいことに、文化的生活を送っている人や忙しい友人のいる人で、そんなことのために一週間も空けることができる人はほとんどいない。もちろん、思いきって環境を変化させれば別だ。たとえば、どこかよその土地に引きこもるとか、楽しみにしていることをほとんどあきらめて人との交わりを断つとか。しかし、そういうことをするには、たいていの人——とりわけ私のような人——より強い意志がなければならない。正直いって、私は生活でも仕事でも、規則や規律をきちんと守れたためしがない。その結果、私の友人のほとんどは、私のことをなんでも先延ばしにする怠け者で、人の時間と自分の時間を浪費する、友人としてもっともあてにならない残念な人間だと思っている。まったくそのとおりだ。けれども、どういうわけか私には、そういった空っぽな時間のために、簡単にすべてを放棄してしまう瞬間があって、それはどうしようもないことなのだ。その時間がないと、私はアイデアを抱えて旅立つことができないのだから。その空っぽな時間のなかにいったん入りこんでしまえば、楽しい人生はもちろん、平凡な人生を送るために必要なものもすべて忘れてしまう。個人としての幸福はどうでもよくなる。アーティストとしての冒険が始まるからだ。

アグネス・マーティン

一九一二〜二〇〇四

「私はインスピレーションが命じるとおりのことをするために、頭を空っぽにしているの」カナダ系アメリカ人の画家アグネス・マーティンは一九九七年にそういっている。その二十一年前にも、別のインタビュアーに対して、ほとんど同じことをいっている。「インスピレーションは空っぽの頭からやってくる。何物にも邪魔されず、まっすぐに。インスピレーションは私たち自身とはなんの関係もない」。マーティンにとって、インスピレーションはただ待っていればやってくるものではなかった。しかし、誘いをかけなければ来てくれないし、来たらそこで力強く成長するよう、体調を整えておかないといけない。「いちばん大切なのは、専用の仕事場を持って、その雰囲気をきちんと作り上げ維持することだ」とマーティンは書いている。

どんなアーティストも専用の仕事場を持たなければいけない。ミュージシャンがリビングで練習しなければいけなかったら大変だろう。仕事場には自分の感性のすべてを集めなければいけないし、それができたら、気が散らないようにしなければならない。邪魔が入ったり、仕事場の雰囲気が損なわれたりしたせいでインスピレーションが失われ、芸術作品が失われるとしたら、その損失は計り知れない。

仕事時間に関しては、「長くないといけない」というだけで、予定や時間配分などにはあまり興味がなかった。「朝は、その日なにをするか、はっきりわかるまで起きない。ときには午後三時くらいまで、なにも食べずにベッドにいることもある。たとえば、頭のなかに視覚的なイメージが浮かぶでしょ。でもそれを正確に描くまでにはとても長い道のりがある。単になにをするかわかるだけではだめなのよ」。ここでも、マーティンにとってきわめて重要な要素は、邪魔が入らない時間だった。ほかにやらなくてはならない仕事や義務はゼロに近いのが望ましい。そしてなにより重要なのが、隣人や知人などがやってこないこと。「人といっしょにいると、自分の頭が自分のものでなくなってしまう」からだ。

マーティンは孤独をなによりも大切にし、成人してからほとんどずっとひとりで暮らしていた。そのうち数十年は人里離れたニューメキシコの砂漠地帯で過ごし、その間、交流があったのは一握りの地元の人々と、マーティンの作品を扱っていて、たまにやってくるニューヨークの画商だけだった。一九七〇年代になると彼女の絵はどんどん高い値で売れるようになっていった。それでもマーティンは自分の生活をきわめて原始的な状態から格上げしようとしなかった。何年も、電気も水道もないアトリエで仕事をし、夜はピックアップトラックの後ろにつないだキャンピングカーで寝ていた。キャンピングカーには、ヒーター、ガスコンロ、オーブン、冷蔵庫などがあったが、ここにも電気や水道はなかった。トイレもなかったので寝室用便器を使い、排泄物は少し離れた場所に穴を掘って捨てていた。
カメラマンのドナルド・ウッドマン――一九七七年から一九八四年のあいだ、マーティンの隣人で、彼女に土地を貸し、たのまれれば雑用も務めた男性――は、『Agnes Martin and Me』〔未邦訳〕という本のなかで、ニューメキシコでのマーティンの日常について、詳しい情報を提供している。

僕の知るかぎり、アグネス〔マーティン〕はいつも胸当てのついた作業ズボンと、気候によって長そでだったり半そでだったりする断熱素材のTシャツを着ていた。アトリエには薪ストーブがあったが、それはなくてはならないものだった。なぜなら彼女は冬の日中に絵を描くのが好きだったからだ。描き進めながら、アトリエのロッキングチェアに何時間もすわってカンバスを見つめ、自分の作品を検討する。誰かをアトリエに入れて制作途中の作品を見せることはめったになかった。できあがった作品でさえ見せることはなく、壁に立てかけていた。
アグネスがキャンピングカーのなかにすわって、窓から外をながめているのを何度も見たことがある。それはたいてい、彼女が新しい連作を描き始める前だった。そんなときに何度か、開け放った窓から僕に向かって大声でこういった。「仕事をしてないな、と思ってるんでしょ。でも、私はちゃんと仕事しているのよ！　なにを描こうかと考えている。じっくり考えているの」

絵を描かず、なにを描くか考えてもいないとき、マーティンはペーパーバックのミステリーをよく読んでいた。そういう本は、サンタフェで行なわれる図書交換会で袋一杯分、手に入れてくる。ある時期には、簡単なスイミングプールのようなものを作って毎日泳いでいた。また、アトリエの外の庭でいつも野菜を育てていた。ウッドマンによると、その家庭菜園はちょっと変わっていて、何種類かの野菜を植えるのではなく、一種類の野菜だけを菜園全体に植えるのだという。「ある年はとうもろこし、ある年はブロッコリー、そしてまたある年はトマト、といった具合」だったらしい。ときどきマーティンはウッドマンに料理をごちそうした。その料理とは「彼女が飼っているニワトリの卵（たまに鶏肉も）、ピーナッツバターとジャムのサンドイッチ、ハムなどのスライスしたパック入りの肉、菜園で採れた野菜」などだった。

これらのことから推測できるのは、マーティンは単に変わり者だっただけではないということだ。実際彼女は生涯を通じて統合失調症を何度も発症しており、絵を描けといってくる頭のなかの声についてしばしば言及していた。しかし、マーティンの精神病の症状を誰よりも多く直接目にしていたはずのウッドマンは、彼女の日々の創作活動について、「単に頭のなかの声が描けといったことを描いていただけと片づけることはできない。むしろ逆だ。彼女は自分が描きたいものの核心に到達するために、それらの声を黙らせなければならなかった。それには途方もない意志の力が必要だった」と慎重な言い方をしている。マーティン本人も、大変な努力と献身が必要だとはっきり述べていた。「とにかく挫折の連続なの。試練と恐ろしい落胆と失敗を繰り返して、ようやく自分が描かなければならないものにたどり着ける。［……］何ヵ月ものあいだ、最初に描くものはなんの意味もない。まったくない。でも描きつづけなくてはいけない。どんな失望に襲われようと」

キャサリン・マンスフィールド

一八八八〜一九二三

ニュージーランド生まれの作家キャサリン・マンスフィールドは短編小説の名手だった。そして、出版された日記から判断するかぎり、作家にありがちな先延ばしや疑心暗鬼や自己批判の名手でもあったようだ。毎日書こうとしていたが、しょっちゅうそれに失敗して自分をさんざん責め、そのいっぽうで、一日くらい休むのがほんとうにそんなに悪いことなのかと疑問を抱いてもいる。「ああ、私は怠惰な一日を送ったことを告白しなければならない。なぜそうなったのかはわからないけれど」と書かれた一九二一年のある日の日記には、そんな彼女の様子がよくうかがえる。

すべて書くはずだったのだけど、私は書かなかった。書こうと思っていたのだけど、夕食のあと疲れを感じて、書かないで休んでしまった。そんなことをするのは私のなかの良い面か悪い面か。うしろめたい思いはあるけれど、そのいっぽうで、私にはせいぜい休むことくらいしかできないとわかっている。[……]すべきことは山ほどあるのに、ほとんどなにもしていない。

いまの人生がほぼ完璧になるためには、仕事をするふりをするんじゃなくて、ほんとうに仕事をやりさえすればいい。でも、それってほんとにそれほど大変なことじゃないわよね？　戸口のすぐ外で、待って待って待ちつづけているいくつもの物語をごらんなさい。あれをなかに招き入れたらいいんじゃない？　そしたらそのうしろで控えていた別の物語が戸口のすぐ外にやってくる――そしてなかへ入るチャンスを待つでしょう。

マンスフィールドには、たいていの作家よりも、執筆を休むためのいい口実があった。十七歳のときに結核と診断され（その病のせいで三十四歳で死亡する）、体を休める必要があったからだ。それに、長い目でみると、書かない日も、たくさん書いて有意義だと思われる日と同じくらい重要だった。彼女はそのことを認めていたにちがいない。先ほどの日記の翌日にはこう書いている。「いつものことだけど、こうやってだらだら書いているうちに、私は壁を突破する。それは小川のなかにすごく大きな平たい石を投げ入れるような感じ。問題は、それがいつまで続くかということだけど、いままでのところは、たしかにずっとうまくいっている」

キャサリン・アン・ポーター

一八九〇〜一九八〇

ポーターはテキサス州出身の作家で、長命だったが、出版された作品の数は比較的少ない。短編小説が二十七篇と『愚か者の船』という長編小説が一篇だ。『愚か者の船』を書くのには二十年かかった。作品数が少ないのにはそれ相応の理由がある。そのひとつは、真剣に執筆を始めたのが三十代に入ってからだったことだ。それまでにポーターは二度結婚して失敗し——ひとり目の夫は暴力をふるう男だった——、そのあと女優、歌手、秘書、新聞記者、ゴーストライターなどの「つまらない仕事」に次々と就いた。その間、一九一八年に大流行したスペイン風邪で死にかけ、その経験が大きなターニングポイントになったと後年述べている。「それは私の人生を大きく変えた」一九六三年、文芸誌『パリス・レビュー』のインタビューでポーターはそう語っている。「それ以前のすべてはただの準備期間で、そのあとそれまでとはちがう自分になって、準備が整った感じ」

その四年後の一九二二年、ポーターは最初の短編小説を発表した。一九三〇年には最初の短編集を出版したが、そのときすでに四十歳になっていた。その短編集『花咲くユダの木』は、批評家からはとても高く評価されたが、ほとんど売れなかった。そのあと一九三九年に『幻の馬、幻の騎手』、一九四四年に『The Leaning Tower and Other Stories』〔未邦訳〕の二冊の短編集を刊行するが、これもやはり批評家受けはよかったが売れなかった。本ではあまり稼げなかったので、講演会や大学の講師や特別研究員やその他の一時的な仕事をして収入を得なければならなかった。ポーターはそれを、自分の作品数が少ない理由としてしばしば挙げている。「執筆に使えるエネルギーは、全体の十パーセントくらい。残りの九十パーセントは、なんとか食べていくために使わなければならなかった」

しかし、はたから見るかぎり、この言い訳はあまり説得力がなかった。たとえば詩人のマリアン・ムーアは、ポーターのことを、ぐずぐず先延ばしすることにかけては世界一だ、といっている。また、トルーマン・カポーティは未完に終わった最後の小説にポーターをモデルにした女性作家を登場させ、次のように書いている。「彼女の名声は恣意的に生産量を抑制することによって築かれた。その意味で彼女は、不正にライター・イン・レジデンスとなって学術機関に在籍したり、文学賞をゆすり取ったり、高額な謝礼をせしめたり、貧しいアーティストに支給される助成金をかすめ取ったり、そういった詐欺まがいの行為にすばらしい成功をおさめたペテン師界の女王だ」。ポーターが生涯、仕事以外のことにかなりの気晴らしを求め、とくにそれを恋愛に求めたのは間違いない。四十歳になる直前に、ある知人に語ったところでは、それまでに四人の夫と三十七人の愛人がいたという。愛人に関してはその後も増えつづけた。ポーターの伝記を書いたジョーン・ギヴナーによると、彼女は「仕事をほっぽりだして、また新たな情事にふけるという誘惑にいつも負けていた」。

ポーター自身は、最高の仕事をするためには長いあいだ執筆から遠ざかる必要があるとつねに主張していた。「ほんとうは書くのにそんなに時間はかからないの」一九六九年のインタビューではそう語っている。「私はものすごいスピードで書くから。けれども、あいだに長い休憩が必要なのよ。なぜって、書くべきことが生まれるにはとても長い時間がかかるから。そして私は完全に書ける状態になるまで書かないの」。これは短編小説を書く場合にはうまくいった。短編なら、邪魔が入らない場所に部屋を借りて、一週間かそこら集中して一気に書き上げることができる。しかし長編小説となると、これではうまくいかなかった。だから『愚か者の船』を書き終えるまで二十年もかかってしまったのだ。最後はコネチカット州の人里離れた場所で三年間、家を借りて、ようやく仕上げることができた。そこでポーターは（彼女にしては）めずらしく毎日執筆にいそしんだ。当時のことを、『パリス・レビュー』誌に次のように語っている。

〔コネチカット州の〕田舎へ引っこんで三年近くそこにいたわ。それ〔『愚か者の船』〕を書いているあいだは毎日、三時間から五時間仕事をした。もちろん、ただすわって次にどうなるか考えているだけの時間が多かったのは事実よ。だって、これはほんとに持て余すくらい長大な本で、登場人物もけた外れに多いし。〔……〕でも、コネチカットにいるあいだはずっと、仕事をするためになんの予定も入れなかった。電話も、訪ねてくる人もないようにして、それはもう、ほんとに世捨て人みたいに暮らしていたのよ。さすがに中世の世捨て人みたいに鉄格子越しに食べ物を与えられてたわけじゃないけどね。でも、イェイツがいっていたように、それは「孤独にじっとすわってやる仕事」なのよ。ガーデニングはよくやったし、食事も自分で作った。音楽をきいたり、もちろん読書もした。ほんとにとっても幸せだったわ。私は何ヵ月もひとりぼっちで生活ができるし、実際それが自分のためになる。なぜって私は仕事をしているから。朝は早く起きて——五時に起きることだってある——ブラックコーヒーを飲んで、書き始めるの。

このようにポーターはひとりで執筆することを楽しんではいたが、そういう生活を永遠に続けようとは決して思わなかった。彼女の小説の源は生活にあり、長期間、孤立して暮らすことを望むような作家をよしとしなかった。「そんなふうに社会から隔絶されたら死んだも同然よ」ポーターは一九六一年にそういっている。「屋根裏に住んだってかまわない。そういう生き方を好むお仲間もいるでしょう。でも、まずは人間にならなくちゃね」

ブリジット・ライリー

一九三一〜

「アーティストは、ただ生きているという事実そのものについて〝なにかをしたい〟という欲求を感じる。それは鳥が歌いたいと思うのと同じ」高名なイギリスの画家、ブリジット・ライリーは一九九八年にそういっている。しかし、だからといって彼女の作品は自然に生まれるわけでも、感情に突き動かされて生まれるわけでもない。いや、その反対だ。ライリーは一九六〇年代にいわゆるオプ・アートの一種――見る者の視覚を惑わせ、ときには悩ませる幻想的な白黒の絵画――でロンドンの美術界に衝撃を与えた。その当時から彼女が絵を描くために実践していたのは、前もってよく考え、準備し、自らの批判能力をつねに働かせることだった。ライリーの絵はすべて下絵を描くことから始まる。新しい絵を一枚描くために、おびただしい数の下絵を描き、試行錯誤を繰り返して、少しずつ効果的な構図へ近づけていくのだ。「白昼夢を見るように、私はある種の飢えを感じる。自分がやろうとしていること、もっといえば、絵によって引き起こしたい感覚、伝えたい感覚に対する飢えを感じるの」一九八八年にライリーはそういっている。「難しいのは、その感覚を目に見える形にすること。それはセザンヌが〝感覚の実現〟と呼んでいたことよ」

それはとても時間のかかるプロセスだが、ライリーはそれをいいことだと考えている。絵を描くとはどういうことか、彼女は次のように語っている。

絵を描くには時間がかかるけど、それはとてもいいことなの。どんなアーティストでも十分に時間をかけて、よく考えたり、見直したり、さまざまな方向性をさぐったり、変更したり、土台を整えたりしなければならないでしょう。それに、仕事の習慣を作らないといけないし、自分自身を驚かせることができないといけないし、なによりもいろいろな間違いを犯さなくてはいけない。画家はラッキーよ。だって、絵を描くことによって、いまいったようなことがすべてできるから。

ライリーはこんなこともいっている。「退屈は格好の指標になる。退屈するとエネルギーが失われて、押しつぶされるような感じがして、なにもできなくなる。とても怖いけど、退屈に耳を傾けなければいけない。退屈は、そのとき自分がやっていることがなんであれ、適切ではないと教えてくれている。それはちょっとした調整で修復できる場合もあれば、抜本的な処置が必要な場合もある」。また、彼女は自分の直観を信じるのが最上の策であることを学び、「よくないと感じるときは、よくないのよ」といっている。さらに、アシスタントを雇って絵を描く作業のほとんどをまかせることにもメリットがあると考えている。それによって自分の作品を客観的にみられるようになるからだ。「(人を使うのは)作品づくりの工程から解放されたいからじゃなくて、その逆。一定の距離を置くことで、作品との関わりが薄れるのではなくて、強まるの。アシスタントのひとりがかつてこんなことをいったわ。『私たちはおいしいところをやって、あなたは骨の折れる仕事をしている』って。却下したり、認めたり、変更したり、修正したりを決断するところにこそ、アーティストの心の底のほんとうの個性が出てくるのだと思う」

ジュリー・メーレトゥ

一九七〇～

メーレトゥはエチオピアで生まれてミシガン州で育ち、カラマズー大学とロードアイランド・スクール・オブ・デザインで美術を学び、一九九九年にニューヨークにやってきた。彼女の絵は、抽象的な図や建築物のスケッチや装飾文字のような模様を何層も重ねて密に描いていることでよく知られている。それらのモチーフがもっともドラマチックに提示されているのが、二〇〇九年、ロウアーマンハッタンにあるゴールドマンサックス本社ビルのロビーに設置された「壁画《ミューラル》」だ。それはとてつもなく大がかりなプロジェクトで、メーレトゥはアシスタントを三十人にまで増やしたが、それでも完成までに二年を要した。その後、作業チームは、もとの数名のアシスタントからなる小さなグループに縮小された。メンバーの多くは彼女と長年いっしょに仕事をしてきた面々だ。「私はチームのみんなを管理する必要はまったくない」メーレトゥは二〇一六年にそういっている。「どちらかといえば、みんなが私を管理している」

メーレトゥはマンハッタンの百十八丁目に住み、二十六丁目にあるアトリエで仕事をしていて、車で毎日ウェストサイド・ハイウェイを往復している。「家からアトリエまでの川沿いのドライブは、仕事へ向かう緊張をやわらげてくれる。反対に、帰りのドライブは、いわば仕事から日常への解放になる。川の質感、川の色、空や雲の色、それらすべてがアトリエと家を往復する動きの一部となっている」。アトリエには午前九時から九時半のあいだに着くようにしていて、着いてすぐにするのはEメールをチェックすることだが、必ずしも返事を出すわけではない（本人いわく「ひどいメール無精」なのだそうだ）。そのあとはヘッドホンをつけて――たいていポッドキャストかオーディオブックをききながら――アトリエのなかを歩きまわって、そのとき手がけている作品をみて、絵のなかに入るための「エントリーポイント」をさがす。そしてそのあとは「いきなり描き始めることが多い」という。

昼まで仕事を続け、昼食はほぼいつもアトリエ内でアシスタントたちといっしょに食べる。昼食後はまたヘッドホンをつけてすぐ絵を描きつづけるか、その前に椅子にすわって三十分から一時間、本を読む。午後五時半から六時にはアトリエを出るようにしていて、それは幼いふたりの息子が寝る前に二時間ほどいっしょに過ごすためだ。以前はもっと長時間働いていたが、子どもができてからは、以前より仕事の能率が上がったと感じている。「時間の使い方がずっとうまくなったし、時間を無駄にすることがなくなった」。息子たちが寝たあとにアトリエへ戻ることもたまにあるが、それはなるべくしないようにしている。昼間に最大限、集中して働けるように、夜は元気の回復に努めるのだ。

アトリエのなかでは、毎日が飛ぶように過ぎることもあれば、「スムーズに進まなくて、つらくて単調な仕事を長時間やっているように感じる」こともある。ときには半日、あるいはまる一日、「[描きかけの絵を]いくら見つめても『エントリーポイント』がどうしてもみつからない」ときもある。

そんなときは散歩にいくか、ギャラリーや美術館にいく。けれど、そのままアトリエにいるのがいちばんいい場合が多い。メーレトゥは絵画を「時間に依存する芸術」と呼び、鑑賞するにも時間をかけて、ひとつひとつの絵が自分に働きかけてくるのを待つ必要があると力説する。さっと見るだけでは不十分だというのだ。彼女は自分の絵を「多くの時間」をかけて見ることによって、「いわば自分自身から離脱する」ようにしている。しかし、「自分の頭が邪魔をしてそれがうまくいかないこともある――そんなときは日々の生活のことは脇に置くか押しつぶして、完全に仕事に入りこむ。そのための近道はない。「最初の子を産んだあと、アトリエに来てもどうしても仕事ができなかった。ただ自分の絵を見つめているだけで――そのことをとても後ろめたく思った。でも、やがて、それは全体のプロセスのなかのとても重要な部分だと気がついたの。自分が直観的にわかる形で作品とつながるという、ただそれだけのプロセスから、とても多くのものが得られる。[……]それは作品を理性で理解するのとはちがう。そういうことが起こるのは、何時間もかけて作品と向き合うという経験があるからだと思う。だから私はそんな時間も楽に過ごせるようになった」

レイチェル・ホワイトリード

一九六三〜

イギリスの彫刻家レイチェル・ホワイトリードは、朝六時半から六時四十五分に起き、ふたりの息子が学校へいく支度を手伝う。息子たちが家から出るのを見送ってから、バスに乗って、およそ三キロ先のロンドンのアトリエまでいく。午前八時から九時のあいだにアトリエに着くと、ひとりで、あるいは週に二日か三日来るアシスタントとふたりで、午後五時か七時くらいまで仕事をする。

ホワイトリードの作品は大がかりなものが多く、現場での複雑で詳細な段取りが必要となる（彼女のもっとも有名な作品はおそらく一九九三年に作られた《House》だが、それはイースト・ロンドンにあったヴィクトリア朝の三階建てテラスハウスのなかにセメントを流しこんで内部を象《かたど》ったものだ）。したがって、アトリエではたいていインクと紙を使ってデッサンを描きながら、アイデアを引き出したり、構造や色などを考えたりしている。仕事中は必ずといっていいほどBBCのラジオ4をつけ、適当な時間に仕事を中断して昼食をとる。また、仕事机から離れて、すわり心地のいい椅子で一時間ほど読書をすることもよくある（アトリエには本が用意されていて、「哲学や心理学、小説、詩――あらゆるものを広く浅く」読むという）。創作上の壁にぶつかることはよくあるが、それを克服するための魔法のような秘策はない。「ただデッサンを描きつづけ、同じことを繰り返すだけ。そうやって仕事を続けることが大切だと思う。でなければスランプから抜け出すことはできない」

アリス・ウォーカー

一九四四〜

ウォーカーは一九七〇年代の末に三作目の長編小説『カラーパープル』を書いた。娘が学校にいっている平日の午前十時三〇分から午後三時のあいだが執筆時間だった（研究者や芸術家に与えられるグッゲンハイム助成金のおかげで、この本を書いているあいだ——少なくとも小学生だった娘が家にいないあいだ——は作家の仕事に専念することができた）。当初は完成まで五年はかかると思っていたが、実際には一年たらずで、最後のページを書いていた。ウォーカーは書くのが速かったが、それは書き始める前に、その本についてひじょうに長いあいだ考えているからだ。本人も、新しい本を紙に書き始めるまでに一年から二年の準備期間が必要だといっている。その間に、書こうとしている本についてじっくり考えたり、「邪魔なものを片づけたり」するのだ。それは彼女にとって執筆のために欠かせないことだった。二〇〇六年、ウォーカーは次のように述べている。「お客様を迎えるには、そのための場所や時間を空けておかなくてはいけないでしょ。創造性《クリエイティビティ》というお客様を迎えるときも同じ」

こうきくと、ウォーカーの創作のプロセスは単純明快なように思えるが、じつはかなり複雑だ。一九八二年、彼女は『カラーパープル』の創作に関するエッセイを発表した。そのなかで、実際に『カラーパープル』を書き始める前に、約一年間、登場人物たちといっしょに生活したといい、そのときの状況を説明している。それによると、最初ウォーカーはブルックリンに住んでいたが、『カラーパープル』の登場人物たちは大都会が気に食わなかった。彼らは「このバカ高い建物はいったいなんだ?」といった。そこでウォーカーは荷物をまとめてはるばるサンフランシスコへ引っ越した。しかしそこもまた彼らの気に入らなかった。彼らは自分たちの物語の舞台であるジョージア州の小さな町に似た環境を望んだ。そこでウォーカーはまた引っ越して、サンフランシスコから北へ二時間ばかりいったカリフォルニア州ブーンヴィルという場所でリンゴ農園のなかの小さなコテージを借りた。するとそこでようやく登場人物たちは彼女に話しかけ始めた。「私たちはどこでもすわれる場所にすわって話をした。彼らはとても協力的で、自ら進んで、楽しそうに話した。もちろん、そのときはみんな、それぞれの物語の終わりに差しかかっていたけれど、私には最初から話してくれた」ウォーカーが引越しを繰り返すあいだ、娘のレベッカは父親(ウォーカーの元夫)といっしょに東海岸に残ったが、やがてブーンヴィルにいるウォーカーと彼女の小説の登場人物たちのもとへやってきた。最初、レベッカと登場人物たちのあいだの緊張を緩和するのは難しかった。ウォーカーの記述によると、彼らは「ほとんどしゃべらなくなり、訪ねてくる回数も減って、しばらく様子をみようという姿勢を崩さなかった」。幸い、まもなく登場人物たちは戻ってきた——みんなレベッカのことが「大好き」になったからだ。主人公のセリーはとくにそうだった。「レベッカが[学校から]帰ってきて、母親に抱きしめてもらうことを期待していると、セリーがその母親役を務めようとやってくるようになった」とウォーカーは書いている。

レベッカものちに作家になるのだが、この件についての彼女の説明は、母親の書いたものよりはるかに暗い。レベッカによると、母親が小説の登場人物の人生に夢中になっているせいで、自分は精神的にひじょうに不安定になったという（レベッカは大人になると母親とはまったく話さなくなった）。ウォーカーのほうは、代表作を仕上げるために行なったことについて、申し訳なく思ったことはない。二〇一四年にはこういっている。「私は人がなんと思っているかなんてあまり気にしたことがない。子どものころからずっと、自分は人とはまったく違うと思っていた。だから、まっすぐ我が道をいき、目的を見失わないようにしなければいけないと思っていた」

キャロル・キング

一九四二〜

キャロル・キングはアメリカのシンガーソングライターで、共作を含めるとポップスのヒット曲を百曲以上も作り、一九七一年のアルバム『つづれおり（Tapestry）』はアルバムとして史上最高の売れ行きを記録した。そんなキングは頑固なまでの朝型人間だ。「私はいわゆる人の迷惑をかえりみない朝型人間で、夜型の人たちに嫌われる」キングは二〇一二年の自叙伝『キャロル・キング自伝 ナチュラル・ウーマン』にそう書いている。「誰かが隣の部屋で寝ていようが、シリアルの箱をガサガサ振り、スプーンで音をたてながら紅茶を混ぜ、ぐずぐずしている子どもに『早く、バスに遅れるわよ！』と大声で叫ぶ」

しかし作詞作曲を手がけるソングライターとしては、もう少しリラックスして、何事も時間をかけ、成りゆきにまかせることを学ばねばならなかった。一九八九年のインタビューで、創作上の壁にぶつかることを避ける秘訣を次のように明かしている。

　壁にぶつからないために大事なのは、それを心配しないようにすることだと気がついたの。絶対に心配しちゃだめ。

　椅子にすわって、なにか書きたいと思って、でもなにも書けなかったら、立ち上がってほかのことをする。それから戻ってきて、もう一度やってみる。ただし、リラックスしてやらなくちゃだめ。自分の創造性は必ずそこにあると信じるのよ。いままでに一度でもそこにあって、一度でもうまくいったことがあるなら、それはきっと戻ってくる。実際、必ず戻ってくる。もし困ったことになるとすれば、もう戻ってこないんじゃないかと心配して、自分で自分の邪魔をしてしまう場合だけね。

キングはこのあと、自分の場合、創造性の扉がふたたび開くのは、たいてい一時間くらいあとだと述べている。それが一日後だったり、一週間後だったり、数ヵ月後だったりすることもある。だが、どれだけ時間がかかっても、心配はしなかった。自叙伝によると、その秘訣は、潜在意識にせっせと仕事をさせて、自我には実権を握らせないことだという。「自我が支配しているときは、作品が自分から生まれる感じで、それでもいい仕事ができることはあると思う。でも、自我が支配的なときは、疑いが生じやすい。（それと対照的に）作品が自分を通してすっと出てくるときは、ふつうよりずっといいものになる」

アンドレア・ジッテル

一九六五〜

ジッテルはアメリカ人のアーティストで、二〇〇〇年からカリフォルニア州ジョシュアツリーの高地砂漠に住み、そこで仕事をしている。夏には最高気温が三十八度を超え、冬は最低気温が氷点下まで下がるという極端な気候のために、ジッテルの朝の日課は季節によって変わる。夏は日の出とともに目覚めて外に出ると、まず愛犬を連れて四十分の散歩に出かける。そのあと、もとは農場の丸太小屋だった家――数年かけて設備を一新し増築した家――に戻ってニワトリに餌をやったり木や草に水をやったりといった屋外での仕事をすませる。それから瞑想をして、シャワーを浴び、朝食を作って食べ、着替えをする。冬はこの順序が逆になる。まず瞑想をして、シャワーを浴び、朝食を食べる。そのあと日が昇って気温も上がったら、散歩に出て、農場の仕事をする。「日課を柔軟に組み立てることが大事なの」二〇一七年にジッテルはそういっている。「一定の行動パターンを持つことで、限られた時間のなかにすべてを組み入れられる。でも、それがあまりに柔軟性を欠いていると、行き詰まってしまう」

ジッテルの農場にはたいてい彼女以外に誰かがいる。アーティストとしての彼女の仕事は、「A‐Zウェスト」と呼ばれる大きな事業の一部だ。その事業には現地での宿泊と労働を交換する体験プログラムや、六十エーカーの敷地内にある多くの構造物を見学するグループ・ツアーなどがある（構造物には、ジッテルの家、常設展示されているオブジェ、作業場、人ひとりが寝泊まりできるワゴンステーションというカプセル状の宿泊施設などがある）。「A‐Zウェスト」のこうしたさまざまな活動につねに巻きこまれるのを避けるために、ジッテルは毎週月曜と金曜を自分専用のアトリエにこもる日に決めている。そして残りの平日はメイン・アトリエでアシスタントや共同制作者といっしょに「集中的に仕事に取り組む三日間」としている（週末はたいてい休む）。プライベートでは、できるかぎり、決断を迫られるような状況を減らすようにしている。ジッテルの長年の信条のひとつに「独自のルールをひとそろい作って厳格に守れば、形骸化した社会的慣習から解放される」というものがある。その信条がもっともわかりやすい形で表れているのが衣類だ。「私は季節ごとにひとつの〝ユニフォーム〟を着るの――それはたいてい楽に着れて、見た目もいい服装で、それを三ヵ月間ずっと着続ける」。そのユニフォームは毎シーズン進化していき、大部分は本人の手作りだ。同じように簡素化された習慣を食事でも実践することを長年夢想しているが、それはこれまでのところ実現していない。「料理は私にとって、決して完全には解決できない数少ないジレンマのひとつだと思う」

メレディス・モンク

一九四二〜

モンクは作曲家、歌手、演出家、振付家で、新しいタイプの音楽劇やオペラや映画やインスタレーション〔場所や空間を作品として構成する現代美術〕のクリエイターでもある。一九六〇年代の半ばから、「拡張された声楽奏法《エクステンデッド・ボーカル》」を開拓し、従来の歌手のレパートリーになかった複雑な表現様式によって、人間の声の可能性を押し広げてきた。新しいパフォーマンスを作り出すために、モンクはひとりで引きこもる期間と他の人々といっしょに仕事をする期間を交互に繰り返している。ふだんの活動の拠点となるのはマンハッタンのトライベッカにあるロフトで、モンクはそこを一九七〇年代の初頭からずっと借りている（そこには一九七八年からペットとして飼われているハコガメのニュートロンもいる）。しかし、ひとりで仕事をする期間は、ニューメキシコに所有している農場か、ニューヨーク州北部にある彼女の「ちっぽけな」家か、ニューハンプシャー州にある芸術家村のマクダウェル・コロニーで過ごす。マクダウェル・コロニーにはこれまでに数回、ひとりでこもって仕事をするために訪れている。そういう隠遁生活をしているときは、朝は七時ごろに起き、三十分かそこら瞑想し、朝食をとって、しばらく読書をする。そのあとは午前中いっぱい、彼女の言葉でいうと「歌手兼ダンサーとしてのツールの維持管理」に費やす。わかりやすくいうと、体を動かす運動と発声練習とピアノの練習だ。昼食をとって、また少し読書をし、そのあと午後はずっと新しいパフォーマンスのアイデアを考えて過ごす。それはなかなか進まない、先行きのみえない仕事だ。「私はすべての作品をゼロから作るのが好きだけど、それはとてもリスクがあるし、最初は恐怖さえ感じる」二〇一七年にモンクはそういっている。「でもある時点で、恐怖は興味や好奇心に変わる。長い年月をかけて、私は先のみえない状態で粘り強くがんばることを学んだ。発見はそこから始まる」

この段階では、モンクは主にピアノの前にすわって、新しい音楽や声楽のアイデアをしぼり出そうとしている。浮かんだアイデアを、五線譜をとじた音楽帳に書きつけることもあるが、たいていは4トラックテープレコーダーに録音する（「4トラックレコーダーがなくなるときがきたら、おしまいね」とモンクはいう。「デジタル機器を何度も試したけど、私には時間がかかりすぎる」）。いくつかのジャンルにまたがる作品を作るときは、絵もよく描くし、さまざまな要素のチャートを作ったり、空間的な状況を示すマップを作ったりして、全体の構造を考えるのに役立てる。こういった午後の仕事は、ふつう四時間ほどで終わる。そのあとは夕食をとり、手紙の返事を書いたり、友人に会ったり、読書をしたり、映画をみたりする。モンクにとって、このようにひとりで仕事をする時間、とくにマクダウェル・コロニーで過ごす時間は、「とっても贅沢なもの」だという。「だって、うまくいかない日があっても、次の日があるとわかっているから。深く考えることができる時間と空間があるって思えるのはすばらしいことなの」

対照的に、ニューヨークでのモンクの毎日は、来るべき公演に向けての下稽古を中心に回る。午前中は隠遁生活中と同じことを簡略化して行なう。瞑想、発声練習、ピアノ練習、ひとりで考えてやる仕事、すべて合わせて三、四時間でやる（モンクは長年、家で作曲をしていたが、トライベッカの近辺では、最近「そこらじゅうで工事」が行なわれているので、地元の音楽学校の練習室を借りてするようになった）。午後か夕方には、アンサンブル（少人数の）合唱団）のメンバーがトライベッカのロフトへ集まってきて、下稽古を行なう。それはふつう四時間続くが、まずは体と声のウォーミングアップから始まる。モンクはいつも、そのとき達成したいことを書き出し、ときには稽古の様子をビデオで録画したりテープレコーダーで録音したりして、やったことをチェックできるようにする。ひとりで作った作品をアンサンブルのメンバーに伝えると、とうぜん作品が変化する。だから翌朝ひとりで仕事するときにそれを見直して調整する。これらすべての段階で、なんとかして「曲と完全に一体化」しようと努力する。「それが創作のプロセスでも、演じる時点でも、究極の目標」だとモンクはいい、その一体化が実現するときのことを次のように説明している。「意識がひじょうに研ぎ澄まされて集中していると同時に、外に向かって完全に開かれていて、ものすごくリラックスしている。だからといって、エネルギーがないわけではない。もっとも深いレベルで緊張が緩和されて、開放感にあふれていて、いまこの瞬間に起こっていることを敏感に感じとれる。それは他の人といっしょに演じているときも同じ。私のアンサンブルは、全身全霊できくことに取り組んでいる」

グレイス・ペイリー

一九二二〜二〇〇七

ペイリーは政治活動家で、教師で、作家だった。作家としては、詩やエッセイを書くとともに、アメリカ文学のなかで他に類をみないひじょうに簡潔で生き生きした短編小説を書いて、三冊の短編集を出している。一九七六年、あるインタビュアーがペイリーに、政治活動をして、教師として働き、妻として母としての役割も担いながら、いったいどうやってあんなにすばらしい作品が書けるのかとたずねた。するとペイリーはこう答えた。「以前にも誰かに同じことをきかれて、そのときはいつものように気取って、単なる責任放棄ね、と答えたわ」

〔……〕でもほんとうは、どんな人生でも、おもしろい人生のなかには、たくさんの誘惑があると思うの。私にはそういうふうにいろいろなことに誘惑されるのが自然なことに思える。たとえば、子どもができたら、その子を誰かに手渡しておしまいにしたくない。子どもが成長する様子を見るのはおもしろいのに、子育てをほとんどしなかったら、その楽しみを自ら断ってしまうことになるから。それは自由になりたくないということではない。自由にはなりたい。自由は最大限ほしい。でも、それもまたひとつの誘惑で、いくら誘惑されても人生はひとつきりしかない。だからみんな、可能なかぎり、なんとかしてやっていく権利を与えられているわけ。私はなにひとつあきらめるつもりはない。このことについては、女性グループの会合でたくさん話した。なぜなら、どんなものを手に入れようとも、すべてのものを、世界を手に入れるべきだと思うから。なにもあきらめるべきではないと思う。人生に取り組むために必要なのは、猛烈な貪欲さだと思うの。

ペイリーによると、短編小説はたいてい、「とても響きがよくて」、ある人物やある場面を思い起こさせるようなひとつの文から生まれるという。しかし、そこから先へ書き進めるには時間がかかった。「ほとんどいつも、一ページか一段落書いたところで行き詰まってしまう。その時点で初めて、その物語はなににについての話なのか、考え始めなければならなくなるから。最初に書く数段落は、全体の筋とは直接関係がない。物語の音が先にくる」。そして、そこから先へ進ませるものはプレッシャーだ。それは締め切りのプレッシャーではなく、物語を書きたいと最初に感じたときの衝動にきちんと応えなければならないという、自分の内側からくるプレッシャーだ。「芸術はつねに精神的に追い詰められることから生まれる。いらいらするわよ」

気球か宇宙船か潜水艦かクローゼットのなか

スーザン・ソンタグ

一九三三〜二〇〇四

「人はどこかの時点で、生活《ライフ》と仕事《プロジェクト》のどちらかを選ばなければならない」一九七八年のインタビューでソンタグはそう述べている。ソンタグ自身はどちらを選ぶのが自分にとって正しいか、迷うことはまったくなかった。少女のころ、アリゾナ州トゥーソンの文房具屋で、モダンライブラリー叢書をぐうぜん見つけて以来、「子ども時代という長い禁固刑」から逃れて、あこがれの作家や知識人たちの世界に入ろうと心に決めていた。「自分が望む人生を送ることができないかもしれないとは夢にも思わなかった」後年、ソンタグはそう述べている。「自分を止められるものがあるとも思わなかった。〔……〕私はごく単純に、こう考えていた。理想や大志を抱いていた人が若いころ夢みたことをやれないのは、途中であきらめたからだと。私は絶対あきらめない、と思っていた」

　ソンタグは時間を無駄にせず理想を追いかけた。十五歳でハイスクールを卒業し、十六歳でシカゴ大学に入学、十七歳で結婚して、一年半後に息子を生んだ。夫は十一歳年上の社会学の専任講師で、初めての出会いから十日後に彼女にプロポーズした。当初、ソンタグは夫とともに大学の知識人の仲間入りができたことを喜んだが、その結婚には情熱が欠けていた。一九五九年、ソンタグは夫と別れ、七歳の息子を連れてニューヨークへ移り、人生をやり直すことにした。ほとんどお金がなかったにもかかわらず、夫から離婚後の手当や養育費を受け取ることを拒み、『コメンタリー』

という雑誌で臨時雇いの編集者として働いたり、いくつかの学校で教職についたりしながら、数年後には長編小説を出版し、評論を数本書いて有名になっていった。

ソンタグの成功は、無尽蔵とも思える彼女のエネルギーによるところが大きかった。ニューヨークに着いた瞬間からあらゆる本を読み、あらゆる映画をみて、あらゆるパーティーに顔を出し、あらゆる会話に加わろうとした。ある友人は半分冗談で「〔ソンタグは〕一週間に日本映画を二十本みて、フランスの長編小説を五冊読んだ」といっている。また、別の友人は「〔ソンタグにとって〕一日に一冊本を読むのは難しいことではなかった」といっている。息子のデイヴィッド・リーフは後年、次のように書いている。「母の生き方を表現する言葉をひとつ選ばなければならないとしたら、それは〝貪欲〟だ。母はあらゆることを見たい、したい、知りたいと思っていた」。ソンタグ自身も、貪欲さの価値を認めていた。「これが初めてではないが、私はますます、人生とはどれだけエネルギーがあるかの問題だと実感している」一九七〇年の日記にそう書き、次のように続けている。「私がほしいもの。それはエネルギー、エネルギー、エネルギー。心の気高さや平穏や知恵なんかどうでもいいのよ、ばかたれ！」

とどまるところを知らない好奇心のおかげで、ソンタグの著作には裏付けとなる資料や引用が山ほど存在し、ひじょうに高い信頼性が備わることになった。いっぽう、その好奇心のおかげで、彼女には落ち着いて書くことがきわめて難しかった。毎日書くのがいちばんいいと思いながら、決してそれができなかった。そのかわりに、十八時間、二十時間、二十四時間と、「とても長い時間、取り付かれたように、集中して」書いた。それは締め切りをはなはだしく無視したあげく、もう無視しようがないほど追い詰められた場合が多かった。書き始めるためには、ほとんど耐えられないレベルまでプレッシャーが高まる必要があったようだ。その原因はおもに、彼女にとって書くことがとても難しかったからだ。一九八〇年にはこう書いている。「私はすらすらと書いてあとでちょっと修正したり変更したりするだけというタイプの書き手ではぜんぜんない。大変な努力と苦労を重ねて書き、しかも最初に書いたものはたいてい使い物にならない」。ソンタグによると、いちばん大変なのは、最初の原稿を書き上げることらしい。そのあとは、少なくとも取り組む原稿があるのでましだが、それでも十回も二十回も書き直し、評論を一本完成させるのに、たいてい数ヵ月はかかる。しかも時がたつにつれて、ますます遅筆になっていった。一九九七年に出版された代表作『写真論』では、収められた六つの評論を書くのに五年かかっている。

ソンタグの執筆を邪魔していたもうひとつの要因は、ひとりでいるのが難しかったことだ。彼女はきわめて社交的な性格で、おしゃべりが大好きで、本気で孤独を求めることはなかった。それは作家としてはよくない資質であることを本人もわかっていて、一九八七年には次のように述べている。

カフカの夢は、どこかのビルの地下二階に仕事場を設けて、一日に二度、誰かがドアの外に食事を置いていってくれることだったのよ。彼はこう書いている。「書くためにはとにかく孤独が必要だ。書くことは、気球か宇宙船か潜水艦かクローゼットのなかにいることに似ている。

それは、どこか人がいない場所へいって、集中して自分の声をきくことだ。［……］電話に出なくてもいいし、夕飯を食べにいかなくてもいい。自分の内面に多くの注意を向ける必要がある。だが、そういうひとりの時間を確保するのは難しい。なぜなら、僕はあまり内にこもるタイプの人間ではないからだ。人といっしょにいるのが好きだし、ひとりでいるのはあまり好きじゃない」

もちろん、ソンタグは作家として書き始めたころから、ひとりではなかった。最初の小説『夢の賜物』や初期の評論を書いていたときは、シングルマザーとして幼い息子の世話をしながら、いくつかの仕事をこなし、たくさんの恋をして、貪欲に文化をあさる日々を送っていた。どうしてそんなことが可能だったのか？　それはひとつには、料理に代表される伝統的な母親の義務を放棄したおかげだ。ソンタグは料理にはまったく重要性を認めていなかった。「私はデイヴィッドのために料理はしてあげなかったけど、あの子の食べ物を温めてあげた」一九九〇年のあるインタビューで、そんな冗談をいっている（別のインタビューでは、デイヴィッドは「コートのなかで育ったのよ」といっている。コートというのは、彼女がデイヴィッドを連れていったパーティーで、ベッドの上に置かれていたたくさんの上着のことだ）。長時間ぶっつづけの執筆については、秘訣もなにもなく、ただ必死にやっていただけ。後年、彼女の回想録を書いた作家のシークリット・ヌーネスにそういっている。『夢の賜物』の最後のページを書いているとき、私は何日も、食事も睡眠もとらず、服も着替えなかった。最後は自分のタバコに火をつける時間もなくて、デイヴィッドに火をつけさせながらタイプを打っていた」（ヌーネスによると、「ソンタグが『夢の賜物』の最後のページを書いていたのは一九六二年で、デイヴィッドは十歳だった」。）

これはソンタグがデキサミルを服用し始める前のことだ。デキサミルは抗うつ剤の一種で、覚醒剤アンフェタミンとその副作用を抑えるバルビツール酸系鎮静剤の混合薬だ。息子のデイヴィッドによると、ソンタグは一九六〇年代の半ばから、執筆のためにデキサミルに依存するようになり、「量は減らしていったものの」、一九八〇年代まで使いつづけた。彼女は、作家にとって薬物が役に立つということを認めていた。一九七八年、『ハイタイムズ』という雑誌のインタビューで、執筆のためにマリファナを使ったことがあるかときかれ、「私が使うのはスピード。マリファナとは正反対の薬よ」と答えている。スピードの効果について問われると、こういっている。「食べなくてもよくなる。寝なくてもよくなる。おしっこにも行かなくてもよくなるし、人と話さなくてもよくなる。実際、部屋のなかで二十時間すわってても寂しくないし、疲れないし、退屈もしない。恐ろしいほどの集中力が得られる。あと、冗舌になる。だから、スピードを使って書くときは量を制限するようにしている」

ソンタグは最初の原稿はだいたいベッドに寝そべって手書きで書いた。そのあと机に移動し、タイプライターで何回も書き直す。タイプライターはのちにパソコンに変わった。ソンタグにとって書くことは、体重の減少や、腰痛や、頭痛や、指や膝の痛みにつながった。だから、体にやさしい方法で仕事をしたいと口にしていたが、本気で習慣を変えようとはしなかった。彼女には多少とも自己破壊的なプロセスが必要だったようだ。「書くことは自分を使い果たし、自分の命を危険にさらすこと」一九五九年の日記にそう書いている。長時間自分を追い詰めてこそ、最高のアイデアに到達できると考えていたようだ。そのうえ、それがある意味でとても「わくわくする」ことも認めていたにちがいない。ソンタグが好んで引用したのは、イギリスの俳優で脚本家で作家のノエル・カワードの次の言葉だ。「仕事は娯楽よりおもしろい」

ジョーン・ミッチェル

一九二五〜一九九二

アメリカ人の画家ジョーン・ミッチェルは非凡な才能を駆使して自然の風景を抽象画で生き生きと再現することができた。「彼女の絵は、どこか特定の場所を表していると感じることができる。それがどこかはわからないが」詩人のジョン・アッシュベリーはそういっている。しかし、ミッチェルはおもに夜、蛍光灯の明かりの下で絵を描いていた。一九五〇年代にニューヨークのイーストヴィレッジにあるワンルームのアトリエに住んでいたころは、起きるのはだいたい午後に入ってから、絵を描き始めるのは日が暮れてからということが多かった。仕事を始める前にはいつもジャズかクラシックのレコードに針を落として大音量でかけた。音楽によって、自分を「使いやすく」するることができるし、まわりの人間に、いま自分は「絵を描く態勢」に入っていて、邪魔されたくないと知らせることができるからだ。彼女の隣人だった人物がそういっている。

また、その時点でミッチェルにはすでにアルコールが入っている。飲み始めるのはだいたい午後五時ごろで、ビール、スコッチ、バーボン、ジン、シャブリなど、酒ならなんでもという感じで飲みつづけた。しかし彼女は、抽象表現主義の画家は酔っぱらって絵の具をカンバスにまき散らしているだけ、という世評を気にしていた。ミッチェルの伝記を書いたパトリシア・アルバースによると、「自分や自分の仲間の画家たちがアトリエで酒を飲んでいたなどと誰にもいわないように、ある若いアーティストに少なくとも一回は誓わせた」という。だが、実際は大いに飲んでいた。ミッチェル自身がかつて別の友人に「酒を飲まなければ描けない」といっているくらいだ。

ミッチェルは発作のように突発的に描いた。いくつかの決め手となるタッチを描いたあと、カンバスから反対側の壁ぎわまで後ずさって、描いたものを見る。それからレコードを替えて、さらに絵をながめてから、またカンバスに近づいて筆を加えることもあれば、なにも加えない場合もある。仕上げるスピードは遅く、ひとつの絵を完成させるのに数ヵ月かけることもあった。「〝アクション・ペインティング〟〔描く行為を重視し特徴的なアクションを伴って描く技法〕なんてありえない」一九九一年にミッチェルはそういっている。「私の場合、激しい〝アクション〟なんてない。少し描いて、すわって、描いたものをみる。ときには何時間も。そのうちに、どうすればよいか絵が教えてくれるの」

一九五九年、イーストヴィレッジのアトリエの賃貸契約が切れたあと、ミッチェルはカナダのモントリール出身の画家でパートナーのジャン＝ポール・リオペルとともにヨーロッパへ移住した。ふたりでパリに数年滞在し、一九六七年にミッチェルが祖父から少しまとまった遺産を受け取ると、パリから北西へ約五十五キロ離れたヴェトゥイユという小さな村で二エーカーの地所を購入した（ヴェトゥイユは一八七〇年代にモネが住んでいた村だが、ミッチェルはそのことをいわれるのをいやがった）。ミッチェルとリオペルは五匹の犬とともに一九六八年にそこに移り住んだ。数年後、ある批評家が訪ねてきて、「仕事ははかどってるかい、ジョーン？　午前中に起きてる？」とたずねた。ミッチェルは「たまにね」と笑いながら答え、こう続けた。

昼食は一時にホリス〔ミッチェルのアシスタントを務める友人〕といっしょか、ひとりでとるわ。そのあとはクロスワードパズルをして、精神科医の出てくるラジオ番組をきく。〔……〕問題を抱えている人たちが電話してきて相談する番組で、それをきいていると、自分はそういう問題がなくてよかったって思えるの。

それから、冬は四時半ごろには日が暮れるから、犬に餌をやる。でないと、犬小屋のなかはなにも見えなくなるから。夏はもっと遅くにやる。七時半から九時ごろにジャン＝ポールが帰ってきて、ふたりで夕飯を食べて、テレビをみる。それから私は絵を描く。それか、テレビをみないで絵を描くこともある。〔午後〕十時から〔午前〕四時まで描くわ。だいたいそんな感じ。

調子が悪いとき以外はね。

ミッチェルによると、調子が悪いときというのは、なにも感じられないときで、「なにもかも同じように無色に見える」という。「私はそれと闘う。それは周期的に起こるものではなくて——私の状態を示す水位のようなものかしら。といっても、それをいちいち気にしているわけじゃない。（調子が悪いときは）音楽をきいたり、なるべく体を動かしたり、町まで歩いたりする。仕事にうまく入れたら、そういう調子の悪さはなくなる。仕事は私の唯一の楽しみよ。そのなかに入ってしまえば、自分のことはもう考えない」

一九八一年、ミッチェルはリオペルと別れ、ひとりでヴェトゥイユに住みつづけることになった。飼い犬たちも残り、友人や客もそれまでどおり、しょっちゅう彼女の家を訪れた。ミッチェルはつきあいづらい人間として有名だったが、人をもてなすのは大好きで、しょっちゅう、酒の出る長時間のディナーに客を招いていた。ディナーが終わると後片づけをして、そのあと母屋のすぐ裏にある、もと娯楽室だったアトリエまで——ときには千鳥足で——歩いていく。アルバースの伝記によると、「ジョニー・ウォーカーのボトルと詩集を二、三冊と手紙を何通か詰めてぱんぱんになった非常用持ち出し袋」を下げていったという。そのアトリエはミッチェルの聖域で、いつも鍵をかけて、その鍵を枕の下に入れて寝ていた（アトリエのトイレが壊れたときも、配管工が入ってくるのがいやで、修理をぐずぐず先延ばしにしていた）。「まるで動物が安全を求めて駆けこむ場所のようだった」とある友人がいっている。

実際はその逆の可能性もある――つまり、タフで戦闘的なアーティストが、ガードをゆるめて危険を冒すために赴く場所だったのかもしれない。ミッチェルはこういっている。「絵を描いたり、書き物をしたり、なにかを感じたりするためには、無防備にならなければならない。そして、ほんとうに強くなければ無防備にはなれない」

マルグリット・デュラス

一九一四〜一九九六

フランスの作家デュラスにとって、書くことは創作というより発見で、もっと正確にいうと、発見したものと向き合うことだった。自分の無意識のなかに完全なものとして存在し、明らかにされるのを待っているなにかを、書くことによって表にさらす。彼女はそう感じていた。それは気が重いプロセスで、恐ろしくさえあった。それもそのはずで、彼女の小説の多くは、トラウマとなるほど苦しかった子ども時代の思い出からつむぎ出されていた（デュラスのもっとも有名な作品は一九八四年の長編小説『愛人 ラマン』だろう。これは十五歳のフランス人の少女とずっと年上の金持ちの中国人男性との情事を描いたもので、フランス領インドシナの貧しい家庭で育った彼女の経験を、ほとんど脚色なしに綴ったものだ）。

デュラスは小説を書くことについてこう語っている。「手を打たないといけない危険な状況があって、私はそれになんとか対処しているだけ。なにかに支配されている感じ。書いているときの私はおびえている。すべてのものが自分のまわりでぼろぼろに崩れていくみたい。言葉は危険で、実際に火薬や毒が詰まっている。言葉は破壊的だ。そして、書いてはいけないというあの気持ちもある」。当然ながら、デュラスにとって執筆は毎日決まってすることではなく、なにかのスケジュールに沿ってすることでもなかった。そのかわり、作品のアイデアが浮かぶと、それが頭から離れなくなって、生活を支配してしまう。一九五〇年、デュラスは『太平洋の防波堤』という長編小説を八ヵ月で書き上げた。その間は、デュラスの伝記を書いたロール・アドラーによると「午前五時から午後十一時まで休憩なしで机にかじりついていた」。そして夜になると、なにもかも忘れるために酒を飲んだ。「私は本物の作家だけれど、かつては本物のアルコール依存症だった」一九九一年、ようやくアルコールを断ったあとにデュラスはいっている。「最初は眠るために赤ワインを飲んでいた。その後、夜にコニャックを飲むようになった。やがて、ワインは一日中飲んで、朝はコーヒーのあとにコニャックを飲んで、それから執筆を始めるようになった。いま思い返すと、いったいどうやって書いていたのか不思議だわ」

ペネロピ・フィッツジェラルド

一九一六〜二〇〇〇

一九八〇年代、ペネロピ・フィッツジェラルドは、義理の息子の姉妹のひとりに、執筆のためのアドバイスをした。その女性はイギリスのウェストヨークシャーで文芸作家村の管理人として働きながら詩を書こうとしていたが、フィッツジェラルドは彼女にこういっている。「人のことなんかに構っていてはだめ。自分のために最高のタイプライターを買って、訪ねてくる友人も、うるさいおばさん連中も、講座を受けているメンバーも、みんな無視して書くことを優先させるの。でなければ、やり遂げることはできない」。このアドバイスは自身の体験から出たものだった。一九三〇年代、フィッツジェラルドはオックスフォード大の優秀な学生で、このますばらしい文学者への道を歩むだろうとおおいに期待されていた。しかし実際には、彼女が最初の本——ある人物の伝記——を出したのは五十八歳になってからだった。その後の二十年間で十一の作品——長編小説が九篇と伝記が二篇——が出版され、最後の小説『The Blue Flower』〔未邦訳〕で八十歳にして思いがけず文学界で大きな注目を集めることになった。しかし、オックスフォードの学生だったときから最初の本を出版するまでの長いあいだ、家族の危機や経済的困難に見舞われて、単調で骨の折れる仕事に追われ、自分の夢をほとんどあきらめていた。「私は文学をもっとも重要なものと考えていたけれど、自分の人生をそれに費やしてこなかったことを後悔しないようになっていた」一九六九年にそう書いている。

当初、フィッツジェラルドの作家としての将来は有望に見えた。大学卒業後、映画や本の評論家やBBCの脚本家などの仕事を経て、夫とともに月刊文芸誌『ワールド・レビュー』の共同編集者を務め、そこに多くの論説やエッセイを発表した。しかしその雑誌は廃刊となり、夫は法律家としてやり直そうとするが、これも失敗して酒におぼれるようになった。そのころにはフィッツジェラルド家には三人の幼い子どもがいて、収入が支出に追いつかなくなり、またたく間に貧困生活に追いこまれていった。一九六〇年、一家はテムズ川に停泊するぼろぼろのハウスボート〔平底の住居用船〕に引っ越した。そこはロンドンでもっとも安く借りられる住居だったが、ろくに住めたものではなかった。寒くてじめじめして、満潮時には水が入ってくるし、干潮時には傾いたまま泥のなかにはまり込むので、居住部分も傾斜していた。最後にはその船も家財のほとんどを載せたまま沈んでしまう。

ハウスボートに引っ越した年、フィッツジェラルドは生活費を稼ぐために教師の仕事を始め、七十歳になるまでの二十六年間、それを続けた。教職に就いたのは、高学歴の中年女性にとってほかに適当な選択肢がほとんどなかったからだが、彼女はその仕事が好きではなかった。「Aレベルの学生〔大学進学コースで学ぶ学生〕のつまらない答案を山ほど見なければならなくて、人生を無駄にしている気がする。でも人生について悩むにはもう遅すぎる」そのころの手紙にそう書いている。しかし実際は、その文面ほどには絶望していなかった。少なくともいつも絶望していたわけではない。教師になって数年目、フィッツジェラルドはちょっとした衝動に駆られて小説の執筆を始めた。学生のレポートの裏にメモをしたり、試験問題用紙のファイルと いっしょに原稿のファイルを作ったりして、可能なかぎり書くことに時間を割いた。それは「小さくてうるさい職員室のなかで、空いた時間に、伏流のようにつねに存在する疲労と不安と恥辱に苛まれながら」行なわれた。

しかし、フィッツジェラルドがようやく本格的に作家としてのキャリアを再開させた——というより開始した——のは一九七一年のことだった。彼女は五十四歳で、末っ子が独立しようとしており、さまざまな問題のあった夫とは、友好的な関係に落ち着いていた。こうして数十年ぶりに時間的、精神的な余裕を手に入れたフィッツジェラルドは、最初の本——ヴィクトリア朝の画家エドワード・バーン゠ジョーンズの伝記——のための調査を始めた。仕事から帰った夜にそれをやりながら、もっと長時間やる気力がないといって自分を叱咤した。一九七三年、インフルエンザで寝込んだときには、娘のマリアに送った手紙に次のように書いている。「夜にもっと仕事ができない自分に腹が立つの。こんなにうとうとしていてはいけない。だいたい、私はほとんど外出もしていないのだから、もっとできるはず。人は自分の存在意義を示さないといけない」

結局、この伝記を仕上げるには四年かかったが、それによって、長くせき止められてきた創造性が一気に噴出することになった。続く五年間でフィッツジェラルドは六冊の本を著し、そのなかには彼女が中年期に経験した試練に基づく一連の中編小説も含まれている（たとえばブッカー賞を受賞した『テムズ河の人々』は、彼女の家族がのちに沈んでしまうハウスボートで過ごした日々を脚色して書いたものだ）。

フィッツジェラルドは、自分の潜在能力をフルに発揮できたとは思っていなかったかもしれないが、少なくとも作家として、自分ならではの主題をみつけることはできたと思っていた。一九九八年にはこう述べている。「私は自分のもっとも深い信念にずっと忠実だった。つまり、敗北する運命にある人々の勇気や、強い人々の持つ弱みや、誤解から生まれる悲劇や、つかみそこねたチャンスなどを、できるだけ喜劇として扱ってきた。そうでもしなければ、私たちはそういったことに、とても耐えられないから」

バーバラ・ヘップワース

一九〇三～一九七五

「私は根っからの彫刻家で、石や木や大理石の持つ特性にずっと魅了されてきた」イギリスの抽象彫刻家のバーバラ・ヘップワースは一九六一年にそう述べている。彼女の創作は素材を手に持つことから始まり、自分と木や石のなかにある「命」を結びつけることによってアイデアにたどり着く。彫り始める前にはいつも、完成した作品を視覚的に思い浮かべた。それについて一九六七年にこう説明している。「堂々巡りのように考えこんでいるうちに、あるとき頭のなかにぱっと完成した姿がひらめくんだと思う」

ヘップワースはそんな自分の創作のプロセスをとくに不思議だとも変わっているとも思わなかった。「自分の職業をごくふつうの仕事だとずっと思ってきた」と彼女はいっている。しかし、抽象彫刻家は「感情的に疲れる職業」であることは認めていて、ふつうは一日に八時間働き、長くやればやるほどよい結果が出ると思っていた。「ほんとうに成果をあげるためには、長時間ぶっとおしでやらなければいけないの」かつて、あるインタビュアーが訪ねてきたときに、そういっている。「たとえば、ここにあるような石の塊は、とても長い時間をかけて彫刻していかないと、なかなか変わってくれない。できれば朝八時台から仕事を始めて、夕方六時くらいまでやり続けたい」

これは一九六二年、ヘップワースが五十九歳で、四人の子どもが成長したあとのことだ。子育てをしていた当時は、仕事時間はそれほどきちんと決まっていなかった。「たとえ十分でも毎日仕事をするために、とても厳しい規律を自分に課していた」子どもたちが小さかった当時のことをそう語っている。

「まあ、今日はうまくいかない日だわ。子どもたちの具合が悪かったし、キッチンの床を掃除しなければいけなかったし［……］でも、明日は今日よりましでしょう」そんなふうにいうのはとても簡単なの。でもそのうち、来週はましかもとか、子どもたちが大きくなったらましかもとか自分にいい始める。そうすると成長できなくなってしまう。アイデアが自分のなかで成長しつづけるには、たとえ邪魔が入っても、いま手がけていることと密接な関わりを持ちつづけなくてはいけない。人は意外に早く成熟するのよ。実際に彫刻をしていないときでも、彫刻をする時間がたっぷりあるときと同じように、アイデアは成熟させることができる。

実際、ヘップワースは子どもがいることでアーティストとしての成長が阻まれることはなかったと力説している。また、子どもたちに自分の時間を奪われることに憤りを感じることもまったくなかったという（それが可能だったのは、おそらく最初の夫も二番目の夫もアーティストで時間の融通が利き、子育てをある程度は手伝えたからだろう）。「私たちは仕事中心の毎日を生きていて、子どもたちもそのなかで育った。ほこりや土や絵の具やなんかがごちゃごちゃあるなかで。子どもたちもそういう生活の一部なの」

一九三九年から一九七五年に死去するまでのあいだはイングランド南西部の突端に近いコーンウォール州セントアイヴスに住み、気候の許すかぎり（ということは一年の大半）、屋外で仕事をした。「光や空間は木や石と同じくらい彫刻家にとって重要な素材なの」ヘップワースはいつもいくつかの作品を同時に作っていた。歳をとってからはアシスタントを何人か雇って手伝ってもらっていたが、七十二歳のときにアトリエの火災で死去するまで、毎日、彫刻をした。彼女は彫刻をポーカーにたとえている。「私はポーカーはしないけれど、仕事で恐ろしいギャンブルをしている。それは直感にたよってやらなければならないし、やらずにいられないという情熱がないとできない。私の理想はがむしゃらにやること。次の仕事をすること以外、たいした問題なんかなにもない」

ステラ・ボウエン

一八九三〜一九四七

ボウエンはオーストラリアの画家で、ロンドンで美術を学び、そこで前衛的な文学者たちと親しく交わった。そのなかには詩人のエズラ・パウンドやT・S・エリオット、作家のフォード・マドックス・フォードなどがおり、ボウエンはフォードと恋に落ちて一九一八年に結婚した。ボウエン二十四歳、フォード四十四歳のときだった。翌年、ふたりはサセックスの田舎に引っ越した。フォードは当時、『Ladies Whose Bright Eyes』〔未邦訳〕や『かくも悲しい話を…情熱《パッション》と受難の物語』などの著者としてすでに名声を得ていたが、田舎で養豚で生計を立てていく決心をしたのだ。ボウエンは一九二〇年に娘を生んだ。それから数年後（フォードの農場経営がみごとに失敗したあと）、一家は寒くてじめじめしたサセックスの冬から逃れてフランス南部へ行き、その後パリへ移った。その間、フォードは小説を書いたり、文芸誌『トランスアトランティック・レビュー』の編集者を一年間務めたりした。いっぽうボウエンは娘の世話をしながら、なんとかして絵を描く時間を見つけようと苦労していた。ボウエンにとって子育てよりはるかに大変だったのは、世話の焼ける夫の面倒をみることだった。ボウエンがのちに書いたところによると、フォードは「混乱をまねく天才で、その結果に対処しなければならないことを神経質に恐れていた」という。ボウエンは神経質な夫のショックをやわらげる「緩衝材」の役割を果たすため、請求書の支払いをしたり、うちにどれだけの借金があるか知らせないようにしたり、執筆中に邪魔が入らないように気を配ったりした。フォードは本の仕上げにさしかかると、午前中の執筆時間が終わるまで誰からも話しかけられないようにしてくれとか、郵便物をみせないようにしてくれなどと要求した。そして、そのように世話を焼いてもらいながら、なぜ妻は自分のように毎日きちんと仕事をしないのかと不思議がった。ボウエンは回想録『Drawn from Life』〔未邦訳〕に次のように書いている。

フォードは私が彼といっしょにいるとなぜ絵を描けないのか、どうしてもわからなかった。どんな犠牲を払ってでもやるという意志が私には欠けているのだと思っていた。それはそのとおりだ。しかしフォードがわかっていなかったのは、もし私にその意志があったら、私の人生はまったく違った方向に向かっていて、仕事のストレスを募らせた夫の世話を焼くことはできなかっただろうということだ。彼が望むときにいっしょに散歩したり話したりできなかっただろうし、彼と外の世界とのあいだに立ってやることもできなかっただろう。芸術活動を行なうには、単に時間を見つければいいだけではない。芸術に捧げられる自由な精神がなければならない。のちになって、自由な時間がけっこうたくさんできてからも、私はまだフォードとの関係において自由とはほど遠い状態にあった。なぜなら彼は人の精神的エネルギーを自分のために使い切ってしまう名人だったからだ。［……］私は彼を愛していて、幸せで、夢中だった。でも、独立した自我を育む余裕がなかった。

パリで暮らしていた一時期、ボウエンとフォードはふたりとも仕事をしやすい方法を考え、その手はずを整えた。それはロフト付きのアトリエを借りて、フォードはロフトで執筆し、ボウエンは下のメインフロアで絵を描くというものだった。その間、五歳になる娘はパリから三十キロほど離れたゲルマントのコテージで女性の家庭教師といっしょに過ごす。平日、娘は地元の学校に通い、ボウエンとフォードは週末に娘に会いにいった。みんなにとってよい方法だったが、ボウエンは娘に会いたくてたまらなかった。しかし、このように平和にふたりいっしょに仕事をしたのも、つかの間だった。まもなくボウエンはフォードが若い無名の女性作家と浮気をしていることを知った（その作家は三十四歳でエラ・レングレットという名前だったが、フォードの勧めでジーン・リースというペンネームを使うようになった〔三八二ページ参照〕）。ボウエンとフォードは一九二八年に離婚した。その後のごたごたにも関わらず、ボウエンはやっと絵を描くことに集中できるようになり、離婚から三年後、初めての個展を開く。しかし残念ながら、経済的な事情から、あまり長い時間創作に専念できず、たのまれた肖像画を描く仕事をせざるを得なかった。一九四〇年に回想録を書くころには、画家として高い評価を受けるようになって、ある程度の満足は感じていた。しかし、人の要求を満たすことにあれほどエネルギーを注いでいなければ、もっとやれたはずだという思いはぬぐえなかった。ボウエンはこう書いている。「女性が自分の人生を生きたいと思うなら、十七歳で恋に落ちて、男にたぶらかされて、捨てられて、赤ん坊は死んでしまったほうがいいかもしれない。そういったことをくぐり抜けられたら、大きなことが達成できるだろう！」

ケイト・ショパン

一八五〇〜一九〇四

ショパンはセントルイスで育ち、二十歳で結婚し、夫に従ってニューオーリンズに引っ越した。夫はそこで綿花の仲買人となり、ショパンはその後の九年間で六人の子を産んだ。一八八二年、夫がマラリアで死去して数年後、子どもたちを連れてセントルイスへ戻り、小説を書き始めた。一八八九年には短編小説が初めて新聞に掲載され、一八九〇年には長編処女小説『At Fault』〔未邦訳〕が出版された。その後一八九〇年代に約百篇の短編を書き、『アトランティック・マンスリー』や『ヴォーグ』を含め、いくつかの全国誌に掲載されて徐々にファンを獲得していった。ショパンはスケジュールを決めて書くことはしなかったし、独立した書斎さえ持っていなかった。娘の話では、子どもたちが「まわりにうじゃうじゃいる」なかで書くのを好んだという。代表作となる『目覚め』の出版から六ヵ月後の一八九九年十一月、セントルイスの地方紙に掲載されたエッセイのなかで、自分の執筆のプロセスについて、よくある質問に答える形で書いている。

どうやって書くか？　膝板〔机代わり使っている板〕の上に紙の束と太文字用のペンとインク壺を置いて書く。インクは町でいちばんの品を置いている近所の雑貨屋で買う。

どこで書くか？　窓際に置いたモリス式安楽椅子〔背もたれの調節、クッションの取り外しができる椅子〕で書く。そこからは木が何本かみえるし、たいてい青い空の一部が見える。

いつ書くか？　この問いには、「いつでも」とくだけた感じで答えたい誘惑に駆られる。しかしそれでは、このささやかな打ち明け話に不謹慎な印象を与えてしまうだろう。できることならこのエッセイのまじめさを損なわないようにしたいので、こういうことにしよう。私は午前中に書くけど、それはなにかの複雑な模様についてじっくり考えてみたいという思いが強すぎないときだけ。午後にも書くけど、それは古いテーブルの脚を新しいつや出し剤で磨いてみたいという誘惑が強すぎないときだけ。夜にもときどき書くけど、歳をとるにつれて、夜は寝るために作られたという思いがどんどん強くなっている。

伝記作家のパー・セイヤーシュテッドによると、ショパンは「平均して週に一日か二日の午前中しか実際に書くことはなかった」というし、ほかの話を総合しても、インスピレーションが湧いたときしか書かなかったようだ。「物語がみずから書いているように思える物語がある。そのいっぽうで、断固として書かれるのを拒否する物語もある。そういうものは、いくらなだめすかしても、なんの形にもならない」ショパン本人はそういっている。息子のフェリックスは、「短編小説が母のなかから急にあふれ出す」様子をじかに目撃し、こう書いている。「母は何週間もまったくアイデアが浮かばないまま過ごしていたかと思うと、とつぜん鉛筆と古い膝板をひったくって、二、三時間で短編を書き上げ、出版社へ送った」。ショパンはほとんど見直しはしないといっていた。見直しは不必要なだけでなく、作品をよくするどころか悪くすることさえあると考えていたからだ。「私は完全に無意識の淘汰にまかせている。それが事実であるのと同様に、いわゆる推敲のプロセスが私の作品にいつも悲惨な結果をもたらしてきたのも事実だ。だから私はそれをしないようにしている。不自然に装ったものより、未熟でももとの姿のままのほうがいい」

ハリエット・ジェイコブズ

一八一三〜一八九七

ジェイコブズはノースカロライナ州イーデントンで奴隷として生まれた。主人から数年にわたって性的虐待を受けたあと、なんとか北部へ逃れたが、最初は七年近く、祖母の家の屋根裏に隠れて過ごした。その屋根裏は広さがほんの一坪ほど、傾斜した天井までではいちばん高いところで一メートル足らずしかなかった。ジェイコブズは夜に少しだけそこから出て運動をした。これは彼女の自伝（『ハリエット・ジェイコブズ自伝』）に列挙された数々の痛ましい体験のひとつにすぎない。この自伝は一八六一年にリンダ・ブレントのペンネームで出版された。だが、ジェイコブズはもう少しでこの自伝を書かないで終わるところだった。クエーカー教徒の奴隷制廃止論者エイミー・ポストから自伝を書くよう勧められたとき、ジェイコブズは最初、うんとはいわなかった。苦しかった過去を思い出すのがいやだったからだ。しかし、奴隷制反対運動に「少しでも役に立つように」努めることが自分の義務だと思い、みずからの人生を記録し始めた。

書く能力に問題はなかった。子どものころ、女主人から読み書きと裁縫を教わっていたからだ。しかし、書く時間を見つけるのが大変だった。一八五〇年代には、ジェイコブズはもう逃亡奴隷ではなかった。雇い主のコーネリア・ウィリスが一八五二年に金を払って彼女を奴隷の身分から解放してやったからだ。しかし、生活のために働かねばならず、ウィリス家の子守女として、一家とともにニューヨークとボストンを行き来しなければならなかった。自伝を書き始めた一八五三年、ウィリス家はハドソンリバーバレーに新築したアイドルワイルドという屋敷に移住した。そこでジェイコブズはますます孤独を感じ、その年の夏に生まれた新生児を含むウィリス家の五人の子どもを毎日二十四時間世話する仕事に疲れ果てていた。書くことに時間を割けるのは、夜、子どもたちが寝たあとだけで、「昼間にはまだ一ページも書いていません」とエイミー・ポストに宛てた手紙で打ち明けている。「[……]小さな赤ちゃんや大きな赤ちゃんたちの世話とそのほかの家事に追われて、考えたり書いたりする時間が少ししかありません」別の手紙では次のように訴えている。「こっそり逃げ出して、ひとりで静かに二ヵ月間過ごせたら、たとえすべてが失敗に終わるとしても、昼も夜も休むことなく書くでしょう」。また、別の手紙では少し軽い調子で「かわいそうに、この本はまだサナギの状態です。これを蝶にしてやることができなくても、もっと地味な虫たちのあいだでおだやかに這わせてやるだけでも私は満足です」と書いている

数年をかけて、その本はゆっくりと完成に向かって這っていった。ジェイコブズは「不規則な間隔で、家事の合間に、一時間でも暇ができたらいつでも」書きつづけ、一八五七年三月、四年の歳月ののちにその本を完成させた（序文を書いているあいだも、「しょっちゅう邪魔が入ったり、呼び出されたりするので、自分がなにを書いていたのか、さっぱりわからなくなる」と書いている）。出版にあたってもまた別の苦労があって、さらに何年か要したのち、その本はついに世に出た。しかしそのときには南北戦争の勃発という大事件が起きて、ジェイコブズの物語の影は薄くなり、長年忘れられたままになった。しかし、二十世紀後半に再発見されたことによって、彼女の物語は、想像を絶する逆境に直面しながら真実を粘り強く伝えた傑作として、ふさわしい名声を回復することができた。

マリー・キュリー

一八六七〜一九三四

マリーとピエールのキュリー夫妻は一八九八年七月と十二月に出した論文でポロニウムとラジウムが存在することを発表した。それが疑いのない真実であることを証明するため、次にそれらの元素を純粋な形に分離することに着手した。ふたりは研究の初期の段階で、ピッチブレンド〔瀝青《れきせい》ウラン鉱〕がこの新しい元素をごくわずかに含んでいるという仮説を立てていた。しかしピッチブレンドからそれらの元素を分離するにはひじょうに厄介なプロセスが必要だった。その困難にもかかわらず、なんとしてもやるという固い決意を持っていたのはマリーのほうだった。ピエールは友人に、自分ひとりではとてもやっていなかっただろうと打ち明けている。「僕は別の方法を試していたと思う」とピエールは書いている。何年ものちに、マリーとピエールの娘イレーヌ〔キュリー夫妻の新元素発見の前年に生まれた〕も、ふたりの研究の旗振り役になっていたのはマリーのほうだったと認めている。「あきらかに、恐れることなく仕事に打ちこんでいったのは母のほうだった。スタッフも、お金も、援助もなく、もと倉庫の実験室で、何キロものピッチブレンドを使ってラジウムを濃縮、分離するという気の遠くなるような作業を母はやってのけた」

キュリー夫妻には組織や団体の支援がなく、十分な施設もなかったというのは有名な話だ。実験室がほしいという要請をソルボンヌ〔パリ大学〕に断わられたあと、ふたりはピエールが教員をしていた学校で、がらんとした大きな小屋を見つけた。そこはかつて医学部の解剖室として使用されていたが、それにさえ適さないとして使われなくなっていた。備え付けの家具もほとんどなく、雨漏りがして、暖房器具は古い鋳鉄製のストーブだけ。そこを訪れた化学者はこう書いている。「まるで家畜小屋かジャガイモの貯蔵庫みたいだった。化学実験用の器具が置いてある作業台を見なかったら、なにかの冗談だと思っただろう」。しかしその小屋は少なくとも中庭に面していた。それはキュリー夫妻の研究にのちに必要となる何トンものピッチブレンドの残渣《ざんさ》を保管するのになくてはならないものだった。

当初からピエールは研究の物理学的側面を中心に担い、マリーは骨の折れる作業を要する化学的側面を担った。「一度に二十キロもの原料を使って仕事をしなければならなかったので、納屋は沈殿物と液体で満たされた巨大な容器でいっぱいだった。容器を移動させたり、液体を移し換えたり、鋳鉄製のたらいに入った沸騰する原料を鉄の棒で何時間も混ぜたりするのはとても疲れる作業だった」。研究の初期には、マリーは一日中、自分の体重と同じぐらいの重さの鉄の棒を持って、沸騰するたらいの中身をかき混ぜていることもあった。「一日の終わりにはいつもくたくたに疲れていた」と彼女は書いている。

それでもキュリー夫妻は満足していた。それは「私たちがともに懸命に生きた時期」だった、とマリーは書いている。「仕事の環境には問題がたくさんあったけれど、私たちは幸せだった。毎日が実験室で過ぎていった。あのみすぼらしい小屋は静寂に満ちていた。ときには、なにかの作用を見守りつつ、ふたりで納屋のなかを行ったり来たりしながら、いまやっていることや今後やることについて話し合った。寒いときはストーブのそばで熱い紅茶を飲んでほっとした。ふたりとも、自分たちにとってなによりも大切な仕事に夢中になって生きていた」

一八九九年、マリーは姉に宛てた手紙で、この時期の夫妻の日課について次のように書いている。

私たちの生活はいつも同じです。たくさん仕事をしていますが、よく寝ているので、健康は問題ありません。夜は子どもの世話でつぶれてしまいます。朝は子どもを着替えさせて、食事をさせて、たいてい九時には出かけます。今年は劇場にもコンサートにも一度もいっていないし、誰のお宅も訪ねていません。それでも私たちはぜんぜんかまわないのです。

実験は耐えがたいほどゆっくりとしか進まなかった。夫妻が研究を始めて三年目に入ると、資金が底をついてきて、ピエールは教えるクラスをひとつ増やした。マリーも女子高等師範学校で物理学の教員になったが、通勤に片道九十分かかり、実験室で過ごす時間が大幅に減ることになった。ふたりの健康を心配した友人の科学者がピエールにこんな手紙を書いている。

君は、いや君たちふたりとも、ほとんどなにも食べていないじゃないか。奥さんが薄切りのソーセージを二枚ちびちび食べて紅茶で流しこむのを一度ならず見たよ。［……］科学の仕事に没頭するのはいいが、君たちのように、それを日常生活のあらゆる瞬間にまで持ちこむのはよくない。［……］食事中は物理学の話をしたり本を読んだりしてはいけない。

夫妻はこの友人の警告を無視した。そして四十五ヵ月間の奮闘の末、マリーはついに純粋なラジウムを〇・一グラム分離するのに成功し、原子量を測定して、新元素の存在を証明した。翌年、キュリー夫妻はノーベル物理学賞を受賞する（初めて放射能を発見したアンリ・ベクレルと同時受賞だった）。キュリー夫妻は最初、多忙を理由に授賞式でのスピーチを辞退したが、一九〇五年、賞金を受け取るためにしかたなくストックホルムまで出向いた。夫妻はその賞金を、初めての実験助手を雇うために使った。賞金は役に立ったが、ノーベル賞の受賞によって世間の注目が集まることは、科学の仕事を続けることだけを願っていた夫妻にとってははなはだ迷惑だった。マリーはノーベル賞授賞式の翌日に兄に宛てた手紙にこう書いている。「ジャーナリストやカメラマンに始終つきまとわれて、あちこちから招待もされているけれど、どれも断っています。大変な絶望感をただよわせて断るので、みんな、どうしようもないとわかってくれます」

あきらめと安堵

ジョージ・エリオット

一八一九〜一八八〇

メアリー・アン・エヴァンズはジョージ・エリオットという男性名で七つの長編小説を出版した。そのひとつがイギリスの小説の最高傑作のひとつとみなされている『ミドルマーチ』だ。しかしエリオットにとって書くことは決して容易ではなかった。新しい小説に取りかかるたびに、自分の創造力は枯渇しており、前作で到達した水準に達することはできないと思いこんだ。『ミドルマーチ』を書くのに苦労していたとき、一八六六年に出した『急進主義者 フィーリクス・ホルト』を読み返したエリオットは、長年のパートナーのジョージ・ヘンリー・ルイスにこう話している。

「こういうものは二度と書けない。いま書いているものなんて、樽の底の澱をかき集めているようなものよ!」

これは一八七二年の話だ。その年の夏、エリオットが集中して書けるように、ルイスとエリオットはロンドンから郊外へ引っ越し、引っ越し先の住所はエリオットがかかっている歯医者と親友のひとりにしか知らせなかった。このように引きこもる方法は、過去にうまくいったことがあった。郊外でのエリオットは、たいてい午前中に執筆をし、午後はルイスと散歩をしたりして、苦労はしても、こつこつと書き進めることができた。ただ、執筆中にたびたび体調をくずすのが問題だった。というか、執筆をすることが体調をくずす引き金になっていたようだ。『ミドルマーチ』を書いているときは、ひどい歯痛と歯肉炎に悩んでいた。一八七六年に『ダニエル・デロンダ』を書いているときは、うつ病に近い状態にあった。「これを書いているあいだ、私は一日たりとも健康ではなかった」とエリオットは書いている。このようにほとんど絶え間なく苦しみながらも、いくつもの長編小説を完成させているのは、エリオット自身の粘り強さとともに、ルイスが精神安定剤の役目を果たしていたことを証明している。ルイスは最初にエリオットに小説を書くよう勧めた人物であり、ずいぶんと骨を折って、彼女が仕事をしやすい環境を整えてやった。「私たちは愛し合っていて、ふたりの関係を邪魔するものはなく、とても幸せだ」とエリオットは書いている。「だから、体がつらいことは人間なら誰しも被る不幸として受け入れなくてはならない」

イーディス・ウォートン

一八六二〜一九三七

アメリカの作家、イーディス・ウォートンは自伝『A Backward Glance』〔未邦訳〕のなかで、自分の人生は「どちらもリアルだが、互いにまったく関わりがないふたつの世界」に分かれている、と述べている。そのふたつの世界は「すぐ近くに並んでいて、同じくらいおもしろいが、完全に分離している」という。いっぽうの世界は結婚して家庭があり、友人や近所の人たちがいる現実の世界で、もういっぽうは毎朝ベッドのなかで作る虚構の世界だった。それを手書きで紙に書いて床に落としておくと、秘書が回収してタイプで打ってくれる。ウォートンはいつも午前中に仕事をした。マサチューセッツ州レノックスの百十三エーカーの地所にマウントという屋敷を持っていて、そこで『歓楽の家』や『イーサン・フローム』など数篇の長編小説を書いた。マウントに滞在する客は、午前中は各自で暇をつぶさなければならない。十一時か十二時になるとウォートンは自分の居住スペースから出てきて、散歩にいくか庭いじりをする。それでも、もし客の誰かが午前中にウォートンと話す必要があれば、ベッドのある自室に招き入れた。歴史家のゲイリャード・ラプスリーはそんな客のひとりで、後年、ベッドのなかにいるウォートンの様子を印象的に書き記している。ベッドの「両脇にはサイドテーブルがあって、電話、折り畳み式の小型時計、読書灯などが置いてあった」。服装については次のように書いている。

イーディス〔ウォートン〕はいつも、袖のゆったりした薄いシルクのサックを着ていた。襟ぐりは深く、レースで縁取られている。頭には同じ素材でやはりレースの縁飾りがついたキャップをかぶり、それが額や耳の上にランプのかさの縁飾りのように垂れ下がっていた。〔……〕彼女の顔はその下で彫像のように際立って見えた。インク壺を危なっかしくのせた机代わりの板を膝の上にのせ、左ひじの下には目下のお気に入りの犬をはべらせていたが、ベッドの上はおおむね手紙や新聞や本で埋め尽くされていた。

「目下のお気に入りの犬」というのは、ウォートンが生涯つねに飼っていたたくさんの犬のどれかのことで、スピッツ、パピヨン、プードル、ペキニーズ、それにミミとマイザという名の二匹の長毛種のチワワなどがいた。犬はウォートンにとって物心ついたころからずっと大きな慰めだった。晩年に自分の人生の「大きな関心事」のリストを作ったときには、犬は「正義と秩序」に次いで二番目にあげられ、本や花や建築物や旅行や「うまい冗談」などより上に位置づけられていた。

ウォートンはマウントにいるあいだ、夜には自分がそのとき書いている小説か、好きな作家の小説を客たちに読み聞かせた。このように、執筆中の作品の披露は喜んでやったが、著作の方法についてはほとんどしゃべらなかった。マウントに滞在したことのある人物はこう回想している。「それについてはほとんど言及がなかったし、彼女が作品を作るために膨大な努力をしていることや、作品をよりよくするために必要な題材をこつこつとさがしていることなどは一言も触れなかった」。マウントで求められるたったひとつの暗黙のルールは、ウォートンが毎日、同じスケジュールに従うというものだった。変化は可能なかぎり少ないほうがいい。一九〇五年にウォートンはある手紙にこう書いている。「家のなかでの日課にほんの少しでも邪魔が入ると、完全に調子が狂ってしまう」

アンナ・パヴロワ

一八八一～一九三一

ロシアのバレリーナ、パヴロワはかつて堂々とこういった。「たいていのバレリーナは舞台の当日はなにも食べられない。でも私はちがう！　五時にブイヨンスープとカツレツとデザートにカスタードクリームを食べる。舞台の合間には水にパン粉を混ぜたものを飲む。これは元気の回復にもってこいなのよ。舞台が終わったら、できるだけ早くお風呂に入って、ディナーを食べに出かけるわ。そのころにはもうお腹がぺこぺこになってるから。そして家に帰ったら紅茶を飲む」

これはパヴロワがまだ新米バレリーナだった若いころの話だ。このあと彼女は年齢を重ねて二十世紀を代表する偉大なバレリーナとなり、帝室ロシアバレエ団に所属したほか、セルゲイ・ディアギレフのバレエ・リュスでも一時期活動した。また、初めて世界ツアーを敢行し、バレエの伝道師のような役割を帯びて、南北アメリカ、ニュージーランド、オーストラリア、インド、中国、日本などを訪れた。パヴロワの夫でマネージャーでもあったヴィクトル・ダンドレによると、ツアー中の生活は「時間によって厳しく管理され、スケジュールを乱すようなことはいっさい認められていなかった」。朝は九時起床。十時には劇場に行って、最初はバール〔壁に取りつけられた手すり〕を使って、次は舞台の上で、入念に準備運動をする。それは九十分から二時間続き、そのあと他のメンバーが加わってリハーサルをする。午後一時にはそれが終わって、みんなホテルに戻って昼食をとる。そのあと三十分ほどは自由時間なので、訪問先の町で興味のあるものをみてまわる。それから休憩を九十分はさんで、午後六時には劇場に戻る。

劇場に着くとパヴロワは自分でメイクを始め、その途中で舞台上の最後のリハーサルを行なう。それが終わるとかつらと衣装をつけ、メイクを仕上げ、本番直前の緊張に耐える。「本番で舞台に立つ前はいつも、ひどく落ち着かない様子だった」とダンドレは書いている。幕間には、必要に応じて衣装やかつらやメイクを変えたり、薄い紅茶を飲んだりした。上演中は誰も楽屋に入れなかったが、舞台が終わると、喜んで地元の人々を楽屋に迎え入れた。そのあとホテルに戻って軽い夜食をとり、また紅茶を飲んで、一時間ほど本を読んだり人と話したりしてからベッドに入る。公演のある日はこのスケジュールを、まったく変えることなく繰り返した。最初の海外ツアーのあと、パヴロワはこういっている。「私たち［バレリーナ］は、浮ついた生活を送っていると思われるけれど、実際はそんなことはできない。浮ついた生活か、芸か、どちらかを選ばなければならない。このふたつは両立できないのよ」

エリザベス・バレット・ブラウニング

一八〇六～一八六一

イギリス文学史上もっとも有名な求愛は、一八四五年に始まった。その年、エリザベスが前年に出した『Poems』〔未邦訳〕という詩集に感動した詩人のロバート・ブラウニングは彼女に手紙を出した。その手紙は、「親愛なるミス・バレット、私はあなたの詩を心の底から愛しています」と始まり、最後にはエリザベス自身への愛を告白していた。このとき、ふたりはまだ会ってもいなかった。その後、数ヵ月かけて多くの手紙を交換しあったあとにようやく会い、翌年に結婚。しかしふたりの交際と結婚は、エリザベスの横暴な父親には秘密にされ、結婚式を挙げるとすぐに、ブラウニング夫妻はイギリスからイタリアへ渡った。一八四七年、夫妻はフィレンツェに落ち着き、息子をひとりもうける。愛称はペン。一家はエリザベスが一八六一年に死去するまでそこに住み、自宅アパートのカーサ・グイディはフィレンツェに住むイギリス人の社交場になるとともに、エリザベスとロバートが多くの詩を生む仕事場になった。マーガレット・フォースターが書いたエリザベスの伝記のなかに、一八五二年から五三年にかけてのブラウニング夫妻の仕事のスケジュールが記されている。それは気候がとくに穏やかで、ふたりともおおいに創作が進んだ「幸せな冬」だった。

エリザベスとロバートは七時に起き、着替えて、九時までに朝食をとった。そのあと〔メイドの〕

ウィルソンが息子のペンを外に連れ出し、ふたりの詩人は「明るい朝の時間帯」を、午後三時の食事の時間まで執筆に費やす。ロバートは小さな居間を、エリザベスは客間を使った。そのあいだにはダイニングルームがあり、ドアがしっかり閉められている。ロバートは机の前にすわって『男と女』というタイトルの詩集に収める抒情詩を書いていた。エリザベスは肘掛け椅子にすわって足をテーブルの上にのせ、長年構想を練ってきた『オーロラ・リー』という長い散文詩を書いていた。どちらも、その日の成果を見せあったり、批評しあったりすることはしなかった。この点に関して、エリザベスには確固たる信念があった。それは、いくら親しい間柄でも、それを仕事に持ちこんではいけない、というものだ。「芸術家は、よい仕事をしたいなら、ひとりで仕事をする環境を見つけるか、作るべきだと思う」彼女は友人のヘンリー・チョーリー〔英国の文化評論家〕への手紙にそう書き、実際にそう信じていた。

ブラウニング夫妻の三時の食事とは、ちょっとした軽食だったらしい。伝記作家のジュリア・マーカスによると、ふたりとも「いかにも詩人らしい食べ物が好きで、コーヒーと少量のパンと栗と葡萄で生きているようだった。ふたりが一羽のひな鳩を分けあっているのを目撃されたこともあった！」。その食事が終わると、ふたりは休憩するか散歩に出かけるかして、来客があればその軽食の時間に受け入れた（仕事の時間を確保するために、ブラウニング夫妻は使用人に、午後三時までは来客があっても断るようにと言いふくめていた）。夜、ロバートはよく社交的な催しに出かけたが、エリザベスは家にいた。彼女はつねに健康に不安を抱えていた。十代のころから原因不明の激しい頭痛と脊椎の痛みに苦しみ、のちに結核の疑いのある肺疾患にかかって慢性的に咳が出るようになった。そのため、ヴィクトリア朝のイギリスで万能薬として広く普及していたアヘンチンキ（アヘンをアルコールに溶かしたもの）を十五歳から毎日服用していた。主に夜眠るためだったが、昼間でも「いらいらするとき」に、「心臓の働きを安定させるため」にのむことがあった。一八四五年には、一日に四十滴のアヘンチンキをのむと書いている。彼女が服用していた薬がどれほどの濃度のものかはわからないが、これは（おそらくかなりの）大量摂取といっていいだろう。

アヘンチンキの服用をやめるよう、ロバートから強くいわれても、エリザベスは拒絶し、この薬は神経のバランスをとるために使っているだけだと言い張った。「アヘンチンキは心拍が不規則になったり弱まったりするのを防いでくれるの。私がこの薬を飲むのは、よくいわれるように〝気分を高揚させるため〟じゃない――そんなふうに考えないでちょうだい」。エリザベスは詩を書くためにその薬を使ったことは一度もないと主張したが、厳密な意味では、自分の詩にその薬は必要だと認めていた。「書くためには生きていることが必要で、アヘンの助けがなければ私は生きていけない。その意味で、書くためにアヘンが必要だというのは〝まったくそのとおり〟よ」

ヴァージニア・ウルフ

一八八二〜一九四一

一九二五年にファッション誌『ヴォーグ』に掲載されたエッセイのなかで、ヴァージニア・ウルフは、アイルランドの作家ジョージ・ムーアのことを「扱いにくい才能を苦心して使っている」とほめているが、それはもしかしたら自分のことをいっていたのかもしれない。ウルフの執筆のプロセスは、つねにもたもたして、扱いづらく、予想が困難だった。「調子のいい日──調子の悪い日──毎日そんな感じで続く。私くらい書くことで苦しむ人間はそういないだろう。いるとしたら、フローベールくらいだろうか」一九三六年六月の日記にウルフはそう書いている。フローベールと同じように、ウルフの仕事のスケジュールは規則的で整然としていた。生涯ほとんど、毎日午前十時から午後一時まで書くというスタイルを守りつづけた。そして日記にその成果を記録し、あまり書けなかった日は自分を叱った。「ウルフは毎日決まった日課を自分に課すことで職業生活を組み立てており、それは彼女にとって欠かすことのできないものだった」伝記作家のハーマイオニー・リーはそう書いている。「（小説や書評の）執筆を午前中にまず行なう。昼食の直前または直後から、書いたものを見直す（あるいは散歩をするか、印刷をする〔ウルフ夫妻は出版社を設立し、手刷り印刷をしていた〕）。午後のお茶のあとは日記や手紙を書く。夜は読書の時間（もしくは人に会う時間）だ」ウルフは夜には決して仕事をしなかった。「偉大な作家たちがどうやって夜に書いたのか、私にはわからない。

私も長年、夜、書こうとしてみたが、頭のなかに枕の詰め物がいっぱい詰まっているみたいになって、熱くて、ごちゃごちゃするだけだった」と日記に書いている。

規則正しいスケジュールを守ることは、ウルフの夫レナードが勧めた。彼には安定した穏やかな生活を好む特別な理由があった。一九一二年にふたりが結婚してすぐ、ウルフは長期にわたって深刻なノイローゼにかかった。彼女はそれを生涯何度か繰り返すことになるが、この最初の経験から、レナードは妻を守り、世話をする保護者的な役割を引き受けるようになった。医者の指示を守るように説得したり、友人知人とのつきあいを管理して興奮しすぎないようにしたり、食生活や執筆の記録をとったり、月経期間の記録までした。また、医者やウルフの姉のヴァネッサ・ベルと相談して、子どもを持つことは控えようと決めた。妊娠によってウルフの壊れやすい精神がまた破たんをきたすと考えたからだ。多くの伝記作家はこのようなレナードの行動を過剰な支配とみているが、彼がウルフの作品の価値を信じ、彼女の能力が最大限に発揮される環境を作ったことは間違いない。ウルフはある手紙にこう書いている。「L〔レナード〕は私が作品を書くことを、私のいちばんいいところだと思っている。ふたりで懸命に働きます」。実際ふたりは懸命に働いた。レナードはこう書いている。「僕らがまる一日休みをとるのは、重い病気で仕事ができないときか、定期的に、いわば公認のバカンスにいくときだけだ。一年のうち十一ヵ月は毎朝仕事をする。そうしなかったら、それは間違っているだけでなく、気持ちが悪いと思うはずだ」

これほど規則正しく習慣化された生活が、ほんとうにウルフの精神的な健康を保つために必要だったのかどうかはともかく、彼女はそれを小説を書くために理想的なものだと感じていた。小説を書くには、ある種の夢うつつの状態を維持することが必要だとウルフは考えていた。「職業上の秘密を暴露したくはないんですが、作家のいちばんの願いは、可能なかぎりぼんやりした状態にあることなのです」一九三三年のスピーチでそう話している。

作家は、つねにぼんやりした状態に自分を誘導しなくてはなりません。毎日がこの上なく静かに規則正しく進行していってほしいのです。いつも同じ顔を見て、同じ本を読み、毎日、毎月、同じことをしながら書く。そうすれば、自分が生きている幻想の世界を壊すものはありません。とても恥ずかしがり屋でつかみどころのない想像力という妖精も、安心してそこらをかぎまわったり、触れてまわったり、走りまわったりして、ふとなにかを発見できるようになります。

この状態を保つには、散歩が不可欠だった。ウルフはロンドンでは「街路徘徊《ストリートホーンティング》」を趣味としていた。「(郊外では) 広々した丘陵地帯を歩くことをとても楽しんだ。［……］私は自分の心をのびのびと広げるための空間がほしい」と書いている。また、自分は「あちこちかぎまわってはフレーズを考えて」それを書くし、郊外では「執筆から読書への移行を容易にするために、あいだに散歩——高い草の生い茂る草原か、丘の上の散歩——をはさんだ」と書いている。入浴もまた、創作の助けになった。ウルフ家の使用人のルイ・エヴェレストは、ウルフが朝食後の風呂のなかで独り言をいっていた様子を語っている。「えんえんと、しゃべって、しゃべって、しゃべり続けていた。自分で質問をしては自分で答えるので、彼女といっしょに二、三人が風呂場にいるのかと思ったくらいよ」

現実の人間は、助けになるというより、やっかいな存在だった。「正直なところ、私は誰かが来てくれたらうれしかった。でも、その人が帰ってくれたらもっとうれしかった」とウルフは書いている。友人たちは、彼女が客に対して、無礼といっていいほど不愛想だったと回想している。作家のE・M・フォースターは、イーストサセックスにあるウルフの別荘モンクスハウスに客として滞在したときのことをこう書いている。「僕はあまりにも長いあいだ、〝自由にしていて〟といって放っておかれるので、いらいらしてきた。ウルフ夫妻は、レナードが『オブザーバー』紙を、ヴァージニアが『サンデー・タイムズ』紙を読んでいたかと思うと、執筆のためにそれぞれの書斎へ引き払って、昼食まで出てこなかった」。それでも、ウルフはしたたかに自分の仕事時間を邪魔されないよう守った。一九三〇年の手紙には、こう書いている。「目が覚めたとき、私は神経質な、それでいて揺るぎのない歓喜に満たされていて、澄みきった水をいっぱいに入れた水差しを持って庭を横切っていくが、そこで水をぜんぶ足元に撒かなくてはならなくなる――誰かがやってくると」

ヴァネッサ・ベル

一八七九〜一九六一

ヴァージニア・ウルフは人と距離を置いた自己充足的な傍観者であり、創作の糧を自分ひとりで考えることから得ていたが、姉のヴァネッサ・ベルは、ほぼその正反対だった。ベルはカオスとも呼べる暮らしの真っただ中で生き、子どもや恋人や友人たちのそばで仕事をした。ベルの創造性は彼女の生活範囲に存在するあらゆるもの、あらゆる人に向かって注がれた。画家であり装飾デザイナーでもあったベルは、肖像画や静物画、書籍のカバーデザイン、室内装飾などにおいて独自のスタイルを生み出した。私生活では、因襲をあざ笑うかのように恋人や元恋人と型破りな生活をしたことでよく知られている。ベルの恋人たちはみな、お互いに友好的な関係になり、しょっちゅう同じ家で寝泊まりしていた。それは彼女がおそらく生まれもっていたカリスマ性とバイタリティ、そして恋人だったある男性の言葉によると「すばらしい実践力」のおかげだった。

それらの資質のおかげで、ベルは一九〇六年ごろから、あの伝説的なブルームズベリー・グループ〔二十世紀初頭にロンドンのブルームズベリー地区に住んで活動した作家、芸術家、知識人などのグループ〕の中心人物になった。評論家のシリル・コノリーは、ベルのことを「ブルームズベリーのぶれない軸」と呼んだ。しかしベルの資質が最大限に発揮されたのは、彼女が一九一六年に借りた郊外の地所、チャールストンにおいてだろう（そこはヴァージニア・ウルフがベルのためにみつけた物件で、ウルフの別荘はそこから二キロ足らずのところにあった)。ベル一家は敷地内の三階建てのだだっ広い家に三年間住み、その後も数十年間、休暇中に訪れる別荘として使っていた。訪問客にとってそこはサセックスの美しい田園風景のなかでブルームズベリーの理想を追求できる場所だった。そこを訪れたことのある人物がこう回想している。「チャールストンは全盛期にはうっとりするような場所だった。とても個性的な場所で、私はそこを訪れて帰るときにはいつも、その場所への感謝の気持ちでいっぱいになった。こんなにたくさんの喜びや、こんなに豊かで変化に富む光景や、こんなにすてきなおしゃべりをありがとう、目的のある生活が真剣に営まれていることに気づかせてくれてありがとう、という感じだ」

ベルのほかにチャールストンに常時住んでいた人物は以下のとおりだ。まず夫のクライヴ。彼は一九一四年ごろから名ばかりの夫になっていた。というのも、この夫婦は友好関係を保ちながら、そろって婚外恋愛を始めていたからだ。次にベルの恋人のダンカン・グラント。彼は同性愛者だったが、ベルと何十年もパートナーの関係にあった。それからグラントの恋人で作家のデイヴィッド・〝バニー〟・ガーネット。そしてベルの三人の子ども。上のふたりはクライヴとのあいだの子で、末っ子はグラントの子だ(しかし本人は最初そのことを知らなかった)。次々と交替でやってくる友人たちは、美術評論家のロジャー・フライ(ベルはグラントと恋に落ちる前の数年間、彼と関係を持っていた)、作家のE・M・フォースター、経済学者のジョン・メイナード・ケインズ、そしてヴァージニア・ウルフと夫のレナードなどが主な面々だ。それに加えて住みこみの料理人がひとりいた。この料理人はきわめて重要なメンバーで、彼のおかげで、ベルの芸術家としての仕事は家事に埋没してしまわずにすんだ。

チャールストンの典型的な朝は、家族が徐々にダイニングルームに集まってきて朝食をとるところから始まる。グラントはポリッジを食べるが、ほかのメンバーはそれぞれのベーコンエッグをキッチンからもってくる。ベーコンエッグは冷めないようにストーブの上に置かれている。郵便物が届くと、クライヴは『タイムズ』紙をつかんで自分の書斎へ行き、ベルとグラントはいっしょに使っているアトリエへ向かう。そのアトリエは鶏小屋があった場所に建て増したものだ。たいていのアーティストは仕事場に自分以外の人間がいることに耐えられないというが、ベルとグラントは同じ部屋で絵を描くことに満足し、仕事中はよく蓄音機でクラシックを流していた。ベルの息子のクウェンティンはふたりのことをこう書いている。「まるで二匹のたくましい動物が飼い葉桶の前に並んで、満足げに飼い葉をむしゃむしゃ食べているみたいだった。お互いに話をする必要もなく、ただ相手がそこにいるだけでハッピーだった」（しかしベルはやがて自分だけのアトリエをほしがるようになり、一九二五年以降は屋敷の最上階の専用のアトリエで仕事をするようになった。そこはもと予備の寝室だった。）

ヴァージニア・ウルフにとって、ベルはいわば日常生活の天才で、手に入れたい物をなんでもつかみ取る勇気のある、うらやましいほどしっかりした人間だった。ある日、ベルとグラントといっしょに過ごしたあと、ウルフはこう書いている。「このふたりほど真夏のヒマワリのように活気に満ちて幸せそうなカップルは見たことがない。〔ベルとグラントは〕純粋な喜びと楽しみを人生に振りまいている。それも、派手派手しくではなく、ゆったりと鷹揚に闇を照らす光のように」。このように、いかにも良識と幸福と創造性にあふれたすばらしい女性として語られることの多いベルだが、実際はどこか謎めいたところのある人物だった。つねに人にほめそやされて生きていたが、心の奥底で考えていることはほとんど秘密にしていた。手紙のなかでときどき、人からほめられる自分の資質について疑問をもらしていた。また、さまざまな活動をすることで、自分の芸術的な才能が枯渇してしまうのではないかと心配していた。ベルはウルフにこういっている。「私はあまりにたくさんの止まり木のあいだで自分を浪費しているわ」

マギ・ハンブリング

一九四五〜

ハンブリングはイギリスの画家で彫刻家だ。よく知られている作品は、印象的でしばしば物議をかもす肖像画、砕け散る波と荒れ狂う海の油絵、一九九八年にロンドンのウェストエンドに設置されたオスカー・ワイルドの記念碑、二〇〇三年に作曲家ベンジャミン・ブリテンの記念碑として海辺に設置された彫刻《The Scallop（帆立貝）》などだ。ハンブリングは一九七〇年代から毎日、同じ日課を繰り返し、二〇一七年にはこう述べている。「人生のあらゆることのなかで、仕事がいちばん私の気分に影響を与える。それでもなんとか勇気を出して、危険を冒し、自分の作品を未知の領域へ進ませることができるのは、毎日の生活パターンが同じだからよ」

ハンブリングは毎朝午前五時にはすっかり目が覚めている。紅茶を一杯飲んで、「いい日になるに違いないと確信して」まっすぐアトリエに向かう。しかしアトリエに入ったとたん、楽観的な気分がしぼんでいく。「まるでハムレットみたいに迷いが生じ、つねに疑念につきまとわれる。毎日、最初にやるのは、スケッチブックに絵を描くことだ。それは感覚を取り戻すためで、ピアニストが音階を弾いて練習するのと同じ」。そのあと、濃いコーヒーを飲む。それは気まぐれな創造の女神《ミューズ》が舞い降りたときに「ちゃんと準備ができているように」するためだ。「おそらく偶然ではないと思うけど、ミューズが舞い降りてくるのは、すべてをあきらめてしまおうかと何日も真剣に考えたあとだけなのよ」とハンブリングはいっている。彼女が好んで引用するのは、ルーマニアの前衛彫刻家ブランクーシの言葉を言い換えた次のようなフレーズだ。「芸術作品を実際に作るのは難しくない。難しいのは、それを作るのに適した状態になることだ」

仕事をするためにコーヒーとともに欠かせないのがタバコだ。創作とタバコの結びつきは彼女がまだかなり若かったころに形成された。

私が初めて油絵を描いたのは十四歳のときで、場所はサフォークの野原の端っこだった。その日はうだるように暑く、私の絵にも、パレットにも、ボロ布にも、ペインティングナイフにも、筆にも、虫がくっついた。美術の先生が見にきて、タバコで追い払うしかないな、といった。そのときから、タバコを吸うことと絵を描くことは切り離せなくなったの。五十九歳のときに禁煙を始めて五年間続けたわ。その歳になったら禁煙するといっていたし――私の父も五十九で禁煙したから。〔……〕五年後、ブロンズの大きな波の彫刻を作ることになって、精神的に追い詰められた。そしてその日は私の誕生日だった。また、タバコでなんとかするしかなくなって、それでまた仕事とタバコは切り離せなくなったの。

午前九時、ハンブリングは短い休憩をとって、「めちゃくちゃ健康的なミューズリー〔穀物、乾燥果実、ナッツなどを混ぜたシリアル〕と十二錠のビタミン剤」をとる。その後、午後一時に昼食をとって、チベタンテリアの愛犬ラックスを散歩に連れていく。それからテレビをつけて、中毒といっていいくらい大好きなテニスの番組をみる。そのほかにはまっているのは、夜の連続テレビドラマで長寿番組の『コロネーション・ストリート』だ。しかし「それが九時に終わる前にソファの上でぐっすり寝込んでしまうことが多い」。

テニス番組と『コロネーション・ストリート』のあいだの午後六時ごろに、「ウィスキーに誘われて」アトリエへ戻り、そのとき自分が手がけている作品と「おしゃべりをする」。すると、「一瞬、満足することもあるけれど、翌朝になったら、どうして満足なんかしたのか、まったくわからなかったりする」。実際、ハンブリングは自分の作品をたくさん破壊している。カッターナイフで切りつけて、あとは焚火で燃やすのだ（「そのときなにを感じるかって？『あきらめと安堵』よ」）。六十年間、着実に仕事をこなしてきても、いまだに創作には大きな不安を感じ、それはいいことだと思っている。かつて、ハンブリングの作品を扱ったあるドキュメンタリーで、彼女はこういっている。「あらゆるものは新たな試みでなくてはならない。でなければ、つまらない」

キャロリー・シュニーマン

一九三九〜

シュニーマンはパフォーマンスアートの先駆者で、一九六四年からずっと、ニューヨーク州北部の十八世紀に建てられた石造りの家に住んでいる。朝、目が覚めるとすぐにベッドの上で、夢で見た映像やそのとき考えたことなどを忘れないように書きとめる。「朝はいつもとても吸収力があるの」二〇一七年にシュニーマンはそう語っている。「だから夢の記憶が残っていて、それはときどき作品づくりに直接結びつく。そのほかにも、さまざまな日々の残骸があって、それはいつでもそこで待っている」。メモをとる紙は、たまたまベッドのまわりにあるどんな紙切れでもよくて、順序だてて書こうとか、結末まで書こうとかはあまり考えない。「それらはあたりを漂っていて、私はそれをまとめようとして、それがどんどんたまっていく。もしなにか、すごく重要な感じがするものがあったら、それをできるだけコンピュータに打ちこんで残す」

差し迫った用事がなければ、こうして一時間か二時間、ベッドのなかで書きつづける。そのあとベッドから出て、二匹の飼い猫に餌をやり、自分の朝食を作って、それから仕事を始める。アトリエはふたつあって、「小アトリエ」は自宅の二階の二、三の部屋と廊下から成り、「大アトリエ」は自宅前の野原の向こうの別の建物にある。そこではアシスタントが週に四日、午前十時から午後五時まで仕事をしている。その時間帯はシュニーマンもたいていアシスタントといっしょに大アトリエにいるが、そのあいだはほとんど事務仕事をする。さまざまな連絡や資材の調達や管理運営上の仕事だ。それらの仕事は、彼女の絵画やアッサンブラージュ〔「寄せ集め」の意。既製品や廃品を集めて制作された作品〕や写真、映画などが近年ますます認知され、評判になるにつれて、どんどん増えてきた。実際に新しい作品を作るのは、その事務仕事以外に時間を割くことができたときだ。「私はつねに闘っている。闘って、闘って、闘って、なんとかしてすべてが片付くようにしている。そうすれば作品づくりだけに集中できるから。だけど、それが毎月のようにどんどん難しくなってきている。高く評価されればされるほど、自分の時間をコントロールしにくくなって、請求書も借金も税金も増えて、気にしなくちゃいけない相手も増える」

アトリエでもっとも集中できそうなのは夜だが、いまはもう昔ほど遅くまで仕事をすることができない。「いまでも午前二時までやりたいと思うけど、たぶん午前零時がせいぜい」仕事は週末も含めて毎日やるという。週末に休むことはあるかという質問に、シュニーマンは声をあげて笑った。

「ばかばかしい！　週末に休む？　休暇をとる？　引退する？　ぜんぶノーよ。この仕事は休みなく続くの」。事務仕事と猫の世話以外で、シュニーマンから創作の時間を奪っているのは家事だ。大アトリエは散らかっていても平気だが、自宅のほうはしっかりときれいにしておきたいという。「私って仕事をする前に食器洗いをしなくちゃいられないアーティストなの。すごくうっとおしいけど、しかたがないわね」

マリリン・ミンター

一九四八〜

「私は仕事中毒」ニューヨークに拠点を置く画家のミンターは、二〇一七年にそういっている。「仕事は大好きだし、仕事のおかげでものすごく元気になれる。お金が稼げなくても、自分からお金を払ってでも、いまやっていることをやりたいわ」。平日は、ベッドに入るのが午前二時ごろで、起きるのは午前九時半ごろ。「いままで早起きができたためしがないし、するつもりもない」とミンターはいう。朝起きて最初にするのは「大量のコーヒー」を、夫と飼い犬たちといっしょにベッドのなかで飲むこと。そのあと一時間ほど読書をする。それから出かける準備をして、ロウアーマンハッタンにあるマンションから、ミッドタウンにあるアトリエへ、徒歩か地下鉄で向かう。家を出る前にたいてい、数人いるアトリエアシスタントの誰かに電話をして、その日優先してすることを考える。することは多岐にわたる。ミンターの絵はすべて写真がもとになっていて、それをフォトショップで組み合わせたり加工したりして、絵に起こす画像を作り上げる。なので、日によって、写真撮影を監督したり、画像を編集したり、絵を描いたり、それらすべてをやったりする。それでも可能なかぎり、絵を描くことは毎日するようにしている。「ほんとうにリラックスしたいときは絵を描く。それがいちばん健康の維持に役立つから。なぜって、私が考案した絵の技法（半透明のエナメル塗料を何層も塗り重ねる工程を含む）はすごく手間がかかって、まるで編み物をしているみたいで、とても満足感が得られるの」

ミンターはたいてい、夫といっしょに夕食をとれるように仕事を切り上げ、二時間ほど夫婦で過ごして緊張をほぐしたり、本を読んだりしてからベッドに入る。週末は休む。「週末は夫に全面的に尽くす。お互いに歩み寄って――私は仕事をしてはいけないことになってるの」。仕事で創作上の壁にぶち当たることはない。少なくとも、長年にわたる薬物依存症とアルコール依存症を克服してからは一度もない。依存症だったときは、本人の弁によると、仕事も「まったくめちゃくちゃになった」が、一九八五年にそれを完全に克服したことが人生の大きな転機になった。「それ以来ずっと元気いっぱいよ」

ジョーゼフィン・メックセパー

一九六四〜

「アーティストでよかったと思うのは、自分で時間が作れるし、時間に縛られないということ」メックセパーは二〇一七年にそういっている。彼女はドイツ生まれでニューヨークに拠点を置く現代アーティストで、昔からずっと時間を自分の都合に合わせてきた。少女だったころは、朝遅くまで寝ていたかったので、午前十時まで学校にいかなかった。「自分の部屋のドアに、九時半まで起こさないで、とメモを貼っておくの。いつも自分独自のスケジュールを作っていたわ」（そんなことが可能だったのは、両親もアーティストで、一家でドイツのヴォルプスヴェーデに住んでいたからだろう。ヴォルプスヴェーデはメックセパーの大叔父で画家であり建築家だったハインリッヒ・フォーゲラーが創設に関わった有名な芸術家村だ。）

若いアーティストだったころも、メックセパーは朝寝を続けた。夜に仕事をして、正午か、もっと遅い時間に起きていたが、いまは午前十時起きに戻った。「私の頭は午前中にいちばんいいアイデアが浮かぶということがわかったの。でも、あまり朝早く現実の世界に入っていきたくない。だってそうすると、混ざり物のまったくない時間が少なくなってしまうから」。朝、家にいるときは、シャワーを浴びて、朝食をとり、運動をして、その日最初のエスプレッソを二杯飲む。正午ごろに、自宅アパートから二ブロック歩いてアトリエにいく。アトリエはマンハッタンのロウアーイーストの工場の四階にある。そこに着くと、三杯目のエスプレッソを飲み、アシスタントと短い打ち合わせをする。それから「私の作品を概念化し、制作することに本気で取りかかる」。彼女の作品は大小のインスタレーションから絵画、写真まで幅広く含むため、日々仕事としてやることもきわめて変化に富んでいる。日によって、立体模型や製図をチェックしたり、資材サンプルの検討をしたり、組み立てや加工の担当者や、プロダクションデザイナーやそのほかの協力者と打ち合わせをしたりする。

二時になると仕事を中断して昼食をとる。メニューはいつも同じで、近くのカフェから自転車で配達されるサラダとアイスコーヒーだ。昼食のあと、アトリエで午後八時ごろまで仕事を続ける。休憩が必要になるのは年に一回くらいしかないが、そのときは近くのチャイナタウンにある公園へ歩いていって、「たくさんの人がうろうろしたり、バドミントンをしたり、伝統的な踊りを披露したりしているのをみて、自分の世界とはまったくちがう世界のなかに安らぎを見出す」仕事を終えると、友人とともに夕飯を食べて、午前一時か二時ごろに寝る。

このスケジュールを維持するのに努力は必要ないという。実際、メックセパーはこれをスケジュールだとも思っていない。「私にとって、すべては創作活動を中心にまわっていて、その反対ではない。だから、日課とかスケジュールとかは必要ないわけ。アイデアや仕事が自然に空き時間を埋めていくから」。また、彼女は決してスランプに陥ったり行き詰まったりすることはない。どちらかといえばその反対で、「あまりにたくさんアイデアが出すぎて、制限しないといけないことがよくある。でないと、ひとつの仕事を完成させることができなくなってしまうから」。（それでも、雨の日にいちばんいいアイデアが生まれるように思うので、ニューヨークにもっと雨が降ってほしいと思うそうだ。）このほかに、創作に欠かせないものがひとつだけある。「なにがなんでも、コーヒーを飲まないことにはほとんど仕事ができない。たぶん一日にエスプレッソが五杯は必要。コーヒーはエネルギーを補給してくれると同時に、気持ちを静めてくれる」

ジェシー・ノーマン

一九四五〜

「私は舞台に立つ前に儀式的なことはしない」アメリカのオペラ歌手ジェシー・ノーマンは二〇一四年の自伝にそう書いている。

実際、歌手生活を始めた早い段階で、仕事をうまくやるには、そういうものは最小限にしたほうがいいとわかった。ベルリン・ドイツ・オペラでまだ若い歌手だったころ、先輩歌手が自分自身や自分の声をどのようにケアしているのか、よく観察していた。そして先輩たちが公演前にいつもすることをいくつか自分の支度に取り入れてみた。たとえば、ある女性歌手は紅茶のなかに生卵を混ぜたものが舞台前に欠かせない魔法の飲み物だと公言していたが、それは私にはなんの効き目もなかった。でもそのうちに、多くの歌手が習慣にしていた「ハチミツ入り紅茶」を試して、それを魔法瓶に入れて公演のときに持っていくようになった。ところが、ウィーンでリサイタル会場に向かうためにホテルから大急ぎで出てきたとき、旧式の魔法瓶がかばんから床の上に落ちた。なかのガラスが割れる音に、私はぎくっとした。どうしよう？　ハチミツ茶がだめになってしまった！　ちゃんと歌えるかしら？　こんなことで舞台に立てるかしら？　そのとき、その場で、私はその「儀式」をやめた。それはまさにおまじないのようになっていたのだ。

それ以来、ノーマンの公演前の飲み物は、水とフルーツジュースだけになった。特別な飲み方も必要ない。「水分をとること。必要なのはそれだけ」

マギー・ネルソン

一九七三〜

ネルソンは作家で、詩や散文の著作が数冊ある。そのなかには『The Argonauts』、『The Art of

Cruelty』、『Bluets』〔いずれも未邦訳〕などの作品があるが、どれも自伝と学術的理論と美術、文学、文化評論などが融合したノンフィクションだ。執筆の習慣についてのインタビューを申しこむと、「おもしろい取材対象じゃないわよ」と警告してから質問に答えた。それによると、詩を書いていた若いころは、毎日必ず書くようにしていたが、いまはもうその必要ないとわかったという。「私は課題が先に立つ人間だと思うの。課題さえあれば、たぶん毎日かそれ以上、つまり休みなく、熱に浮かされたように書く。でもそうでなければ、コンピュータで文字を叩き出しても意味がない」

ネルソンは作家を専業としているわけではなく、南カリフォルニア大学の教授でもあり、日々のスケジュールの大半は授業など大学関係の仕事によって決まってしまう。しかし大学で教えることが彼女の作品の基盤となることが多い。実際、ネルソンによると、彼女の著作は集中的な「読書サイクル」として始まることが多い。その読書サイクルの最中に、読んでいる本の余白にシャープペンシルでメモを書いていく。サイクルの終わりに差しかかったら、読み終わった本を見返して、自分が書いたメモをすべてワープロで打ち、全体の状況を見極める。するとどこかの時点で、そろそろ書き始めるときだとわかるという。「それはまだ不確かなんだけど、とにかく頭のなかで文章を書き始める。そしたら、リサーチはもう終わりにして書き始めなくてはいけない転換点に達したとわかる感じ」

ネルソンはふつう、ロサンゼルスにある自宅で書く。食卓で書くか、裏のベランダで書くか、裏庭に書斎として建てたプレハブ小屋で書くかだ。プレハブ小屋は本の書き方を教わっていた作家のアニー・ディラードに勧められて建てたが、思ったほど使っていないそうだ。学者としての仕事のなかに作家の仕事をはめこむのは難しくないかときくと、難しいときもあると認めながらも、克服できないほどのことではないと答えた。「使える時間を使っているわ」

ニッキ・ジオヴァァニ

一九四三〜

ジオヴァァニはテネシー州ノックスビル生まれの詩人だ。オハイオ州シンシナティで育ち、テネシー州ナッシュヴィルにあるアフリカ系アメリカ人のための大学、フィスク大学に進んで、在学中から真剣に著作を始めた。大学を卒業後、借金をして最初の詩集『Black Feeling, Black Talk』〔未邦訳〕を出版した。その詩集は最初の一年で一万部以上売れ、その印税で二冊目の詩集『Black Judgement』〔未邦訳〕を出版した。それ以後、詩人として、社会運動家として活動しながら、本の売り上げや講演料や臨時教員としての収入などにたよって生活してきた。初めて「ちゃんとした」仕事に就いたのは一九八七年、ヴァージニア工科大学の教員になったときで、現在もそこで教授を務めている。七十を超えたいまでは、授業は週に二日、著作をするのは気が向いたときだけだ。若いころも四六時中仕事をするようなことは決してなく、一日に二時間くらいしか書かない作家だった。「私はそういう時間が持てなかったのよ」二〇一七年にジオヴァニはそういっている。「私たちはブラックパワー世代だということを忘れないで。いつもなにかしらやることがあって、顔を出さなきゃならないところがあった。だから、活動しながら書くことに慣れたのよ」

ジオヴァニは午前六時から七時に起きる。「朝、最初にやることは家のなかをうろつくこと。もしアイデアかなにかが頭に浮かんだら、コーヒーを持ってパソコンの前にすわり、のんびり書いていく」。しかしなにも書かない日も多いし、いずれにせよ、そのことで心配したりしない。「私が毎日必ずするのはなにかを読むことだけ」とジオヴァニはいっている。「たとえ新聞の漫画でも、なにかしら読む。それは学生たちにもいっているの。なにかを読むことは書くことよりずっと大切だと思っているから」

ジオヴァニは毎日、いつもメモをとるようにしている。彼女の作品はよくそのメモから生まれる。「書かなきゃいけないというプレッシャーを感じることはないの。興味を持つだけ」。パソコンの前にすわったときに彼女が感じるのは、「あら、これってすてきじゃない、ちょっとこの先どうなるかみてみましょう」という感じらしい。ただ注意しないといけないのは、追及する価値があるものとないものを見極め、価値がないものは苦労して書こうとしないことだ。「うまくいかなかったら、それ以上追及しない」

どの時間帯でも書くことはできるが、いちばんよく書けるのは夜だと感じている。「条件が同じなら、私は夜型の人間ね。夜は静かだし、ほかになにも活動しているものがない。犬も寝ている。

だからもし自由にできるなら、午後十時か十一時から書き始めて、午前二時ごろに終わるという感じかな」。作家として壁にぶつかったことはあるかと問われると、ジオヴァニは笑ってこう答えた。「一度もない。そんなふうになるとしたら、読むことが足りてないから。考えることも足りてない。なぜって作家の壁なんてものはないの。もしあるとしたら、それは、その人にはいうべきことがないのよ。でも、誰でも、いうべきことがない時期がある。それを受け入れなくてはいけない」。彼女自身、いうべきことがない時期がよくあるかと問われると、ジオヴァニはまた笑った。「ほとんどないわ」

ふつうでない人生

アン・ブラッドストリート

一六一二〜一六七二

一六三〇年、十八歳のアン・ブラッドストリートは、結婚したばかりの夫や父親、そしてイングランドの非国教徒の仲間たちとともに、現在マサチューセッツと呼ばれる場所に到着した。一行は、当時新世界にぞくぞくと押し寄せていた植民者たちの第一波に属していた。それから二年後、ブラッドストリートは最初の詩「Upon a Fit of Sickness」〔未邦訳〕を書いた。同じ年の夏に妊娠して、以後六年間は一行の詩も書いていない。しかし一六三八年から四八年のあいだには六千行を超える詩を書き、伝記作家のシャーロット・ゴードンによると「大西洋の両岸を通じて、生涯でもっとも多くの英詩を創作した詩人」といわれている。しかも、「その期間の大半は妊娠していたか、産褥期だったか、幼い子どもの面倒をみていたか、そのいずれかだった」。（ブラッドストリートは結局八人の子を産んだ。）そして、子どもの世話をしたり、家族の食事を作ったり、もっとも大変な家事を手伝ってくれる女中に指示を出したりしながら、一日中、詩の言葉を考えていた。しかし、実際に書くのは夜、家族や使用人たちが寝静まったあとだった。そのときが、ひとりになれる唯一の時間だったからだ。ある手紙でブラッドストリートはこう書いている。「静かな夜は不平不満のうめきをあげるのにいちばんいいときだ」

エミリー・ディキンスン

一八三〇〜一八八六

アメリカの詩人、エミリー・ディキンスンの毎日のスケジュールについて、唯一のまとまった記録は、一八四七年十一月に友人に宛てた手紙にある。当時ディキンスンは十六歳の生徒で、マサチューセッツ州アマーストの自宅から十キロあまり離れたマウントホールヨーク女子神学校に在学していた。「親切に教えてくださったお返しに、私も自分の一日のスケジュールを教えてあげますね」とディキンスンは書いている。

六時に全員が起床。七時にみんなで朝ごはんを食べる。八時から授業。九時には講堂に全員集合して礼拝。十時十五分、『古代史』という本の一部を暗唱。それと関連して、ゴールドスミスとグリムショーという人が書いた歴史の教科書を読む。十一時、ポープの『人間論』の一部を散文に移し替えて暗唱。これは簡単よ。十二時、柔軟体操。十二時十五分、読書。十二時半、昼食。一時半から二時、講堂で歌の時間。二時四十五分から三時四十五分、ピアノの練習。三時四十五分に補導課にいって、その日の様子をすべて報告。すべてというのは、欠席とか、遅刻とか、伝言とか、自習時間中のおしゃべりとか、誰が部屋を訪ねてきたかとか、そのほかここでは書く余裕のないありとあらゆること。四時半になったら講堂へ行って、校長先生のミス・ライアンから講義の形で助言をいただく。六時に夕食。そのあと八時四十五分に就寝時間を告げる鐘が鳴るまで自習。でも就寝時間が過ぎていることを知らせる鐘は九時四十五分まで鳴らないので、最初の鐘が鳴ってもすぐに寝ないことが多いわ。

この手紙は十九世紀のニューイングランドにおける女子神学校生の生活をリアルに描写しているが、ディキンスンの人となりや作家となった彼女の習慣についてはなにも教えてくれない。残念ながら、ディキンスンの日々の仕事ぶりを伝える詳しい記録は存在しない。彼女がいつから詩作を始めたのかのさえ、はっきりとはわからないのだ。しかし、一八五八年より前だったことはたしかだ。なぜなら、そのとき二十八歳だったディキンスンは自分の書いた詩を書き写したり、整理したりして、手作りの小冊子を作る作業に着手しているからだ。その小冊子は人に配るためのものではなかった。ディキンスンは自作の詩やその断片を手紙にはしょっちゅう同封していたが、最終的に四十冊にもなった小冊子は誰にも渡さず、死後に発見された。詩集の出版もまったく念頭になく、ある手紙で「〔出版なんてことは〕魚が空を飛ぶくらい私には縁のないことです」と述べている。千八百近くあるディキンスンの詩のうち、彼女の存命中に発表された詩は十篇にすぎない。それも本人が望んで発表したのではなかった。

ディキンスンの執筆の習慣についてさまざまな証拠から推測できるのは、手紙であれ詩であれ、ほとんどは夜、家の者が寝静まったあとに書いていたらしいということだ。マウントホールヨークで学生生活を送っていた時期をのぞけば、彼女はずっと家族といっしょに住んでいた。家族とは、保守的で過保護な父親と心配性で病弱な母親、妹と兄がひとりずつだ。妹は独身を貫いたが、兄は一八五六年に結婚して、実家の隣のイタリア風の屋敷、エバーグリーンズに移り住んだ。実家はフェデラル様式〔十八世紀末から十九世紀初頭にアメリカで流行した建築様式〕の大きなレンガ造りの邸宅で、ディキンスンの祖父が建てたものだ。彼女は生まれてからの九年間と一八五五年から死去するまでの期間をその家で過ごした（あいだが空いているのは、ディキンスンの父親が経済的に行き詰まり、その家を手放さざるを得なくなって、のちに買いもどしたからだ）。二階にあるディキンスンの大きな寝室には大通りに面した窓と、数百メートル先の兄の屋敷がみえる窓があった。部屋のすみに小さな書き物机があり、フランクリンストーブ〔ベンジャミン・フランクリンが発明した熱効率のいい鋳物の薪ストーブ〕があって、寒い夜にロウソクの明かりで執筆するディキンスンを暖めてくれた。

よく知られているように、一八六五年からディキンスンは家にこもりきりになり、実家の敷地内からめったに外へ出なくなった。広場恐怖症を患っていた可能性もあるし、一八六〇年代に入って眼病を患ったせいでこもりきりの生活に拍車がかかったのかもしれない。しかし妹の話では、母親が一八六五年まで病気で臥せっていたせいでディキンスンも家から出なくなったのだという。「私たちの母は病弱な時期があって、私かエミリーかどちらかが必ず家にいなくてはならなかった。エミリーはその役割を引き受けるうちに、本と自然に囲まれた暮らしがとても性に合っていることを発見し、そうした暮らしを続けたのだ」。理由はどうあれ、ディキンスンがその生活を心地よく感じていたことは事実だ。読書と執筆と幅広い相手との文通に専念し、ひとりだけの豊かな暮らしを楽しんでいた。といっても家族とは毎日話をし、家事の一部も担っていた（パンとデザートを作るのがディキンスンの役目だったらしい）。客はほとんど断ったが、たまにはひとりくらい家に迎え入れることもあった。また、何時間もかけて広い庭の手入れをしたが、大人が近づいてくると、あわてて家のなかへ入った。しかし相手が子どもなら歓迎し、子どもたちが遊ぶそばでなごやかにガーデニングをしたり、自分が部屋にいる場合は、子どもたちが好きに食べられるようにジンジャーケーキの入ったかごを黙って窓から下ろしたりした。

地元の人々はディキンスンのことを「神話的な人」という意味で「ミス（myth）」と呼んだ。実際にディキンスンに会ったことのある者は、彼女のことを、穏やかな話しぶりで子どもっぽい振舞いをするいっぽう、奇妙な激しさのある人物として記憶している。批評家で学者でもあるトマス・ウェントワース・ヒギンソンは、ディキンスンと数年間文通したのち、一八七〇年八月に彼女の家を訪れ、一時間ほど過ごした。それから何年もたってから、ヒギンソンは「彼女がひじょうに緊張しているということと、ふつうでない人生を送っているということを間違いなく感じた」と回想している。また、ディキンスンと会った翌日に妻に宛てた手紙には「これほど神経をすり減らされる人物にはいままで会ったことがない。彼女は私に触れもしないで、私から気力を吸い取ったのだ。近くに住んでいなくてよかった」と書いている。

ディキンスンは書くために気力を必要としたようだが、それを自由にコントロールすることはできなかった。その結果、毎日習慣的に書くことはなく、詩作活動には波があった。もっとも波に乗った時期は、一八六二年から一八六三年にかけてで、数百篇もの詩を書いた。その後の数年間はほとんどなにも書かなかった。一八六二年の手紙で、ディキンスンはこう述べている。「私の人生には君主がいなかった。だから自分を支配することができない。そして、もっときちんとまとめようとすると――私の小さな軍隊がとつぜん暴れだして――私は丸裸の黒焦げになってしまう――」

ハリエット・ホズマー

一八三〇〜一九〇八

「私は『ミツバチのように』ではなく『ミツバチの群れのように』忙しい。一匹のミツバチでは、私が手がけている仕事の忙しさを言い表すのにじゅうぶんではない」アメリカの新古典主義の彫刻家、ハリエット・ホズマーは、一八七〇年、ローマのアトリエから出した手紙にそう書いている。その十八年前、意欲のある駆け出しの彫刻家として永遠の都ローマにきて以来、ホズマーは休みなく創作を続けてきた。ほとんど毎日、夜明けから夕飯の時間まで彫刻を作っていたのだ。ホズマーの友人だったコーネリア・カーはこういっている。「彼女は怠けるということがなかった。絶えず頭を働かせて、自分の気に入るデザインを考えていた。また、うきうきしながら、これからやることを計画していた」。だが、仕事に没頭していたため、私生活を充実させる時間はあまりなかった。実際、ホズマーは若いころに、いっさいの恋愛は断つと誓っていた。女性芸術家にとって、恋愛は危険だと信じていたからだ。「私は独身主義という女神を心から信奉している。その女神を奉ずることは、長く続ければ続けるほど、ますます魅力的になっている」一八五四年の夏にホズマーはそう書いている。「たとえ結婚したいと思うことがあっても、芸術家に結婚する権利はない。男性だったらかまわないかもしれないが、女性の場合は結婚にともなって発生する義務や負担が男性より重く、道義的に問題があると思う。女性芸術家は結婚によって自分の仕事も家族のこともおろそかになってしまい、よい妻にもよい母にもよい芸術家にもなれないからだ。私の願いはよい芸術家になることだから、結婚の絆を結ぶことには永遠に抵抗しつづける」

ファニー・トロロープ

一七七九〜一八六三

イギリスの作家、ファニー・トロロープは三十歳で結婚し、その後の九年間に四人の息子と三人の娘を産んだ。いっぽう彼女の夫は、最初は弁護士として、次には農業経営者として失敗し、一家の経済状態は次第に悪化していった。赤貧におちいるのを防ぐため、トロロープは夫と子どもたちのうち三人を連れてアメリカに渡り、メンフィスで理想郷《ユートピアコロニー》の建設を手伝ったり、シンシナティで輸入雑貨の市を開いたりした。それらの仕事は結局金にはならず、三年後に一家はイギリスに戻った。しかし、この移住の試みがのちの成功の種となった。まだアメリカにいたころから、トロロープは旅行記を書き始めた。故郷の人々は、新世界の「とっても変な人々」の話をきっと喜んで読むだろうと思ったからだ。その勘は当たった。一八三二年に出版されたトロロープの『内側から見たアメリカ人の習俗』はベストセラーになった。その成功によって、トロロープは天職を発見し、その後の二十五年間で五冊の旅行記と三十四冊の長編小説を出版した。

　トロロープの息子のうち、ふたりはやはり作家になった。トマス・アドルファス・トロロープは四十冊以上の旅行記、歴史書、小説を著し、アンソニー・トロロープはヴィクトリア朝を代表する作家となって、四十七冊の長編小説のほか、たくさんの短編集、伝記、ルポルタージュなどを残した。アンソニーは勤勉な仕事ぶりでも有名で、毎朝、勤め先の郵便局に出かける前に、三時間、執筆をした（もし、その途中で一冊の本を書き終えたら、すぐさま新しい紙を取り出して、次の本を書き始めた）。しかしアンソニーは単に、母親のまねをしようとしていただけだった。ファニー・トロロープは勤勉さにおいて、とても高い水準にあった。アンソニーは自伝のなかでこう書いている。「母の性格を特徴づける陽気さと勤勉さについては、いくら強調しても足りないくらいだ。しかし母は自分が勤勉であることを人には秘密にしていた。それは、いっしょに住んでいる家族でさえ、目にする必要のないことだった。母は午前四時に起きて机に向かい、世の中が目覚めるころには仕事を終えていた」。そのあとトロロープは一家の主婦としての務めを再開する。〔ふたりの使用人の手を借りながら〕家事をこなし、夫や子どもたちの世話をした。アンソニーによると、トロロープは無数の仕事に追われながらも、つねに陽気さを失わなかった。「あまりにも多くのことを要求されるので、ときには仕事がつらくなることもあっただろう〔……〕それでも、私が知っているすべての人間のなかで、母はもっとも陽気な人間だった。というか、喜びを感じる能力にもっとも秀でた人間だったことは間違いない」

ハリエット・マーティノー

一八〇二〜一八七七

マーティノーは女性初の社会学者としてよく引き合いに出されるが、女性ジャーナリストの先駆けでもあった。長いキャリアのなかで、経済学や社会理論に関する数え切れないほどの評論を発表し、旅行記、自伝、長編小説なども書いている。もっとも有名な小説は一八三九年に書いた『Deerbrook』〔未邦訳〕だ。彼女はそれらの執筆活動だけで生活できるほどの収入があった。それは、ヴィクトリア朝のイギリス人女性には、めったにできることではなかった。当然ながら、マーティノーはとてつもなく勤勉だった。「十五歳のときから、いまこれを書いている瞬間まで、働きすぎだといって叱られたりののしられたりしてきた」マーティノーは自伝のなかでそう述べている。そのいっぽうで「実際のところ、そうするしかなかったのだ」とも述べている。なぜなら、彼女は知的な労働を「楽しみのためでも、お金のためでも、名誉のためでもなく、ただやらずにはいられないからしていたのだ。いうべきことがいくらでもあって、しかもそれをいうのは私しかいないということはほぼ明らかだった」

このような文章を読むと、この人は行き詰まることなどなかっただろうと思うかもしれない。しかし実際はそうではなかった。彼女がたくさんの本を書くことができたのは、創作上の行き詰まりをしばしば体験し、そのみじめな状況を克服する方法を身につけたからだ。「私は長い経験から、この件に関しては自信をもって話すことができる」マーティノーは自伝のなかでそう語っている。

私もほかの著述家と同じように、怠惰や優柔不断や仕事への嫌悪や「インスピレーション」の欠如などに悩まされた。しかし同時に、次のようなことにも気づいた。いくら気が進まないときでも、ペンを持って席につくと、十五分もすれば必ず快調に書き進められるようになっている。その十五分はいつも、仕事をするべきかどうか自問したり疑ったり迷ったりする時間だ。未熟なころには、仕事をするべきではないという考えに屈してしまうこともあった。しかしいまでは、そんなことに十五分も使うのは大変な時間の無駄であり、それ以上にエネルギーの無駄だと考えている。記憶にあるかぎり、書けないという理由で仕事を放り出したことはいままでに一度しかない。それは、ある病気にかかった日のことだった。

マーティノーはこのことに気づいて心からほっとした。最初の十五分間、無理にでも書くだけで、「あの憂鬱で困惑に満ちた状況をまぬがれることができるのだ。気分が乗るように努力せず待っているだけの作家の多くが、この不快な状況に悩まされているのを私は知っている」。それ以後、彼女は書こうと決めたときにいつでも書けるようになった。

執筆にあてる時間帯については、（たぶん大方の想像どおり）もっぱら朝型人間だった。「私はなにも書かずに過ごすことは一日もない。そして、書くのはいつも午前中だ」。ロンドンでの彼女の一日の典型的なスケジュールは、朝七時から七時半に起きてコーヒーをいれ、すぐさま仕事を始めて、午後二時まで続ける（本人が書いたものを読むかぎり、昼食についての記述はない）。仕事のあとは、自宅で二時間ほど来客の相手をする。それから一時間の散歩に出かけ、家に戻るとイブニングドレスに着替えて新聞を読む。やがて友人の馬車が迎えにきて、夕食会と、そのほかひとつかふたつの社交の場へ顔を出す。十二時か、遅くとも十二時半には帰宅するようにして、手紙を書いたり、読書をしたりして午前一時から二時に就寝。ということは、ごく平均的な日には、五時間半から六時間執筆して、同じくらいの時間しか寝ていないということだ。しかし、起き抜けにコーヒーを飲んだあとは、日中にカフェインをとることはない。ほとんどの作家は仕事をするためにカフェインやアルコールやアヘンなどにたよっているという世間の思いこみをマーティノーは否定した。彼女によると、「新鮮な空気と冷たい水が私の刺激剤」だったらしい。

ファニー・ハースト

一八八五〜一九六八

「作家は歯に例えると、門歯と臼歯に大別される」十九世紀のイギリスのジャーナリスト、ウォルター・バジョットはそう書いている。それに従うと、ハーストは間違いなく臼歯のグループに入るだろう。彼女は生涯に三百以上の短編小説と十九の長編小説を発表し、戯曲も数本書いた。二十世紀でもっとも広く読まれた女性作家といわれ、男女を問わずアメリカでもっとも高い原稿料を稼ぐ作家のひとりとなった。それでも、書くことが楽しいと思ったことは一度もなかった。自伝のなかでハーストはこう書いている。「アイデアと書かれた言葉とのあいだにどうしようもない断絶がある。アイデアは頭のなかで生き生きとほとばしっているのに、言葉はさんざん苦労しても、ゆっくりとしたたり落ちるようにしか紙の上に現れない。現れたと思ったら、あまりにも不十分で私を苦しめる……この困った状況は、これまでずっと続いている。書きたいという衝動と、それを言葉にする苦しみのせめぎ合いだ」。しかし、いくら苦しくても、ハーストは成人後の人生のほとんどの期間、毎日、数時間書いていた。「私の毎日の仕事の習慣――五時間か六時間か七時間、机に向かうこと――は、ずっと変わらない。主婦の仕事と同じで、作家の仕事にはきりがない」

エミリー・ポスト

一八七二〜一九六〇

一九二二年、ポストは社会生活における適切な振舞いについて解説した『エミリー・ポストのエチケット』という本を出版して、誰もが知る有名人となった。『エチケット』はマナー本のバイブルといわれ、ポストは生涯にわたって、十年に二度の頻度で同書を改訂し続けた。そのいっぽうで、多くの新聞に掲載されるコラムを執筆し、読者からひっきりなしに届く手紙に答えていた。それらの手紙は、家庭や職場や社交の場でのさまざまな悩みについて、彼女にアドバイスを求めていた。幸いなことに、ポストは仕事が好きだった。「僕たちはよく、仕事をしているときの母さんは獲物のにおいを嗅ぎつけた猟犬みたいだね、と母にいっていた」息子のネッドはポストの伝記にそう書いている。

ポストは生涯を通じて朝は六時半に起き、ベッドのなかですぐにその日やらねばならない仕事を始め、正午まで休まずやり続けた。伝記にはこう書かれている。

母はベッドのなかにいながら、望みどおりにすばやく朝食がとれる方法を編み出した。ホットコーヒーの入った魔法瓶、クリームの入った小さな魔法瓶、冷やした容器に入れたバター、ドイツ風ラスク、好物のソバのハチミツをのせたトレイを、毎晩ベッド脇のサイドテーブルに置いておくのだ。朝、ベッドに入ったままそれを食べると、そのまま原稿を書いたり、校正をしたり、通信文を考えたりし始め、秘書が到着する時間までそれを続ける。そのあいだは、電話も、訪問客も、家族も、邪魔をすることは許されない。正午を過ぎるとベッドから出て着替え、お腹を空かせて午後一時きっかりの昼食にのぞんだ。

母はよその家にいったり、コロニークラブ〔ニューヨークの女性限定の社交クラブ。ポストはその創立メンバーのひとり〕へ行ったりしてランチを食べるよりも、自宅に友人を招いて食べるほうが好きだった。レストランでランチをするのはきっぱりと拒否した。午後はドライブをするのが好きだったが、自分の車は持とうとしなかった。毎日の習慣の一部となっている午後のお茶には、ひとりかふたり客を招いた。夕食にもよく客を招いたが、古くからの友人といっしょに外で食べることもあった。それはたいてい、会話のはずむどこかの家での夕食会だった。ブリッジはやらず、ゴシップは大嫌いで、噂話にふけることは決してなかった。

ポストがレストランでの食事を拒否した理由は、食べるのがとても速かったからだ。家では食事にせいぜい十分か十五分しかかけず、それ以上かけると、仕事に使える時間を無駄にしていると感じた。もちろん、家事をしてくれる使用人をつねに雇うことができ、自分で食事の用意をする必要がなかったことも、家での食事を好んだ理由だったただろう。ポストはほとんど料理ができなかった(伝記に書かれていた朝食のトレイも、家事をするスタッフが前の晩に用意していた)。あるインタビューで彼女はこう認めている。「もし自分で料理をしなければならないとしたら、私の食事はパンと水だけになるでしょう」

ジャネット・スカダー

一八六九〜一九四〇

スカダーはアメリカのインディアナ州生まれの彫刻家だ。彼女の作った遊び心のある噴水や彫像は二十世紀の初頭に大変な人気となり、アメリカン・ルネッサンス様式の建築家スタンフォード・ホワイトに支持されて、メトロポリタン美術館に設置されたり、ジョン・D・ロックフェラーなどの裕福なエリートの自宅の庭を飾ったりした。しかし、このような成功を収めるまでに、スカダーはつらい下積みを経験していた。シンシナティやシカゴやパリで学んだあと、ニューヨークで貧しい生活を送りながら、建築家やその他のクライアントから仕事を発注してもらおうと、あちこち訪ね歩いた。自伝『Modelling My Life』〔未邦訳〕のなかで、スカダーはニューヨークでの最初の夏について書いている。当時彼女は二十六歳の無名の彫刻家で、ユニオン・スクエアに面したみすぼらしいワンルームのアパートを月十四ドルで借り、ひとりで住んでいた。

長く暑い夏の日々は、牛乳とパンの質素な朝食で始まる。そのあとアパートのなかを片づけて、夜の寝室の痕跡を取り去り、アトリエに変える。午前中はたいていデッサンをして過ごしたが、ほかの人の作品を見たほうが役に立つのではないかと思ってメトロポリタン美術館まで歩いていき、そこで何時間も彫刻や絵画をみて過ごすこともよくあった。〔……〕昼になるとアパートに戻って簡単な食事の用意をする。といってもメニューはいつも同じ、缶詰のベイクドビーンズと牛乳なので、ほとんど時間もかからず、料理の腕も必要ない。豆にはとても栄養があるというし、いずれにせよ、十四セントで買える食べ物のなかではベイクドビーンズがいちばんお腹がふくれる。午後はいくつもの建築事務所を訪ね歩いた。いつも、仕事がもらえるのではないかと期待して、いつも、その期待はかなわなかった。〔……〕なんども断られて、脚が棒になり、暑くて疲れ切ってしまうと、私はたいてい——毎日ではないが、二日に一度くらいの頻度で——六番街にある小さい親切なレストランに立ち寄った。そこでは二十五セントで夕飯が食べられて、それが一日のうちで唯一のまともな食事だった。実際、その食事は質量ともに十分なのは間違いなかった。でも、スープからアイスクリームまで、小鳥が水浴びする水盤のような平皿に少しずつ盛って、一度にぜんぶ持ってこられるので、スープを飲み終わるころには肉は冷たくなり、アイスクリームは溶けてしまう。日中に路面電車に乗って十セント使ってしまったときは、夕飯に二十五セント使うのが惜しくなり、アパートに帰って昼と同じベイクドビーンズと牛乳ですませることもあった。しかし、一日のうちでいちばんきつかったのは、長い夏の夜をしのぐことだった。都会で誰ひとり話し相手もなく夏の夜を過ごすこと以上にみじめなことがあるだろうか！　むっとして耐えられないほど暑いときは、よくユニオン・スクエアに出ていって、ベンチで一、二時間すわっていたが、そうすると必ず憂鬱と孤独が増すのだった。ほかのベンチを占めているのは、家のない浮浪者——人生の落伍者としか思えない人々だった。私はまだ若く、そういう人たちに対してなんの思いやりも湧いてこなかった。それどころか、私の胸は嫌悪感であふれ、仕事がほしいという焦燥感が強まるだけだった。からっぽの人生を満たしてあふれるほどの、しっかりした、やりがいのある仕事がほしい。その思いにいたたまれなくなると、ベンチを去り、ゆっくりとアパートに戻って、明かりもつけずにこそこそとソファベッドのなかへ入った。

スカダーの苦しい日々はついに報われた。美術学校の裕福な友人の父親を通じて、ニューヨークの弁護士協会の紋章をデザインする仕事をもらい、それがきっかけとなって、ほかの仕事も舞いこむようになった——そして、もっとましな食事もとれるようになった。スカダーは自伝のなかでこう書いている。「いまでもベイクドビーンズの缶詰を見ると、びっくりするほど気分が落ちこんでしまう」

サラ・ベルナール

一八四四〜一九二三

ベルナールは数十年間、ヨーロッパでもっとも有名な女優だった。批評家にほめたたえられ、どこへいっても熱狂的なファンの群れに迎えられ、新聞、雑誌で絶えず話題になった。マスコミは彼女の一挙手一投足を追い、世界七不思議に次ぐ「八番目の驚異」と呼んだ。一八八〇年にロンドンで彼女の舞台をみたアメリカの心理学者ウィリアム・ジェイムズは、妻への手紙にこう書いている。「ゆうべのベルナールの演技は私がいままでみたなかで最高の演技——針の先であざやかに刻みこまれたような演技だった——彼女は私がいままで見たなかでいちばん生き生きとしてエネルギッシュな人間だ——肉体的にはまるで骸骨みたいだが」。ベルナールがいかに痩せていたかは、たくさんある彼女の伝説のひとつだ。そのほかにも、紫檀の棺桶に寝ていたとか、巡業に出るときはその棺桶を持っていったとかいう伝説もある（実際、ベルナールはそういう棺桶を気味の悪い装飾品として寝室に置いていたが、ふつうはそのなかで寝ることはなかった）。また、彼女がかぶっている帽子にはコウモリの翼が二枚飾られているとか、寝室には紫檀の棺桶のほかに人間の骸骨と吸血コウモリの剥製があるとか、アメリカ公演に行ったときに手に入れたアリゲーターにアリガガという名前をつけてペットにしているという話もあった。さらに、支払いは金貨でしか受け付けず、その金貨を古いセーム革のバッグか小さなスーツケースに入れて持ち歩いているとか、そこからしぶしぶ金貨を出して、舞台の出演者や使用人や債権者への支払いをするなどといわれていた。金貨を手放すことを嫌がったかどうかは定かでないが、家では贅沢な暮らしをして、八人から十人の使用人を雇い、馬車を二台、馬を数頭所有していた。しょっちゅう豪華な晩餐会を催して、自分はほとんどなにも食べなかった。

しかし劇場でのベルナールを直接知る人々にとって、彼女のもっとも驚くべき特徴は、無限とも思える並はずれたエネルギーだった。そのおかげで彼女は一日中、疲れたそぶりも見せずに活動することができた。「ベルナールほど驚異的なエネルギーの持ち主を私はほかに知らない。彼女のなかで激しい炎のようになにかが燃えていて、それでいて彼女自身は燃え尽きないのだ。仕事をすればするほど、彼女はより多くのインスピレーションを得た」演劇プロデューサーのジョージ・ティレルはそういっている。詩人で劇作家のエドモン・ロスタンが書いた『鷲の子』の主役はベルナールの当たり役のひとつになったが、ロスタンは一八九九年に、ベルナールの典型的な一日の様子を次のように記している。それは、彼女が午後に劇場に着いた時点から始まる。

ブルーム型の馬車が扉の前に止まる。毛皮にくるまった女性がそこから飛び降りて、馬具のベルの音に引きつけられて集まった群衆のあいだを、ほほえみながら縫うようにして歩き、回り階段をのぼっていく。温室のように暖められた、花でいっぱいの楽屋に飛びこむ。リボンのついた小さなハンドバックには驚くほどいろいろなものが詰めこまれているようだが、それを部屋のすみに放り投げ、翼のついた帽子も放り投げる。毛皮のコートを脱いで、あっという間に白い絹でできた細いさやのようになる。ほの暗い舞台の上に飛び出すと、それまであくびをしたり、だらだらしたりしていた関係者に一瞬にして活気を与える。きびきびと行ったり来たりしながら、燃えるようなエネルギーでみんなを鼓舞していく。俳優にセリフを付けるプロンプターのところへいって、自分の出番の段取りをつけ、適切な身振りや抑揚のつけ方を指摘し、怒り狂って立ち上がり、もう一回最初からやりなおし、と言い張る。激しく怒鳴ったかと思うと、ふたたび座ってほほえみ、紅茶を飲んで、自分の役のリハーサルを始める。

ロスタンによると、こうしたリハーサルは、足を止めてベルナールの演技を見ていた他の俳優たちの涙を誘うことすらあった。しかし、彼女が上演前にするほかの儀式は、劇場スタッフから、涙ではなくうんざりしたうめき声を誘い出すことが多かった。というのも、ベルナールは舞台裏を騒々しく見回って、スタッフを容赦なく苦しめ、悩ませたからだ。たとえば舞台装飾係に、自分の好きなようにセットを作りなおさせたり、衣装係に、自分に衣装を着せるときのやり方を細かく指示したり、照明係の仕事に注文をつけ、電気技師を「一時的な精神錯乱状態」におとしいれたりした。

その先をロスタンはこう続けている。

〔ベルナールはようやく〕夕飯を食べに楽屋に戻る。疲労のため見事なほど真っ青になった顔でテーブルにつく。自分の立てた計画を反芻する。奔放な笑い声をあげながら食べる。が、時間がなくて最後まで食べられない。夜の公演のための衣装を着ながら、カーテン越しにマネージャーの報告を聞く。全身全霊で演じる。幕間に打ち合わせをする。公演後も劇場に残って、午前三時まで細かい部分を詰める。スタッフがちゃんと目を覚ましていようと苦労しているのを見て、ようやく帰るふんぎりをつける。馬車に乗って、毛皮のコートにくるまり、やっと横になって休める喜びを想像する。だが、誰かが五幕物の脚本を読んで聞かせようと待っていることを思い出して、大声で笑いだす。家に帰ってそれを聞いて、興奮し、涙を流し、承諾を与える。眠れないことに気づいて、せっかくだからとせりふを覚えようとする！

「これが私の知っているいつものサラだ。棺桶を持ち歩いたり、ワニを飼ったりしているサラを私は知らない。知っているのは仕事をするサラだけだ」とロスタンは結んでいる。ベルナールはロスタンのオマージュをおもしろがったにちがいない。彼女はかつてこんなことをいっている。「命は命を生む。エネルギーはエネルギーを生む。自分を使い果たすことで人は豊かになる」

パトリック・キャンベル夫人

一八六五年～一九四〇年

パトリック・キャンベル夫人はエドワード朝のイギリスの大女優で、劇場の外の世界にはまったく興味がなかったし、あったとしてもそのために割ける時間はほとんどなかった。「舞台に生きる人生は厳しい。法外な犠牲を要求される」と彼女は書いている。「穏やかなふつうの人生を送ることは、ほとんど不可能になる。つねに過度な緊張を強いられて、どうしても神経過敏になるからだ――その原因となるのは、夜更かしや精神的なストレスや、とっさに考えてとっさに感じ取らなければならないこと。［……］」仕事に人生を捧げているせいで、彼女は仕事仲間としては扱いにくい人物になった。キャンベル夫人の伝記を書いたマーゴ・ピーターズの言葉を借りれば、彼女の「この上ない完璧主義、ひどく辛辣な皮肉、とつぜん爆発する怒り、周囲の者を威圧し萎縮させる態度」は、いっしょに仕事をした人間なら誰もが知るところだった。劇場を離れても、キャンベル夫人の完璧主義はほんの少ししか和らぐことがなかった。家庭では、自分とふたりの子どものために、中産階級的なごくふつうの快適な暮らしを望んだが、それを実現するのはなかなか難しいとわかると不機嫌になった。ある知人は次のように回想している。「彼女がとてもきちんとしていることに私は驚きました。あれほど偉大なアーティストだから、細かいことには無頓着なんだろうと思っていたら、彼女はあらゆる点で几帳面だったんです。家庭内の細々したことで逆上していた様子が、いまでも目に浮かびます。〔自分の娘の〕寝室へ入っていくと、あの大きくて悲しげな目を怒りでくすぶらせながら、大げさな調子で叱り始めたんです。『うちにはもうトイレットペーパーがひとつもないそうよ。ロマンチックな役を演じながら、トイレットペーパーを忘れずに注文するなんて、私にできるわけないじゃない！』」

巧妙でとらえにくい設計図

ニキ・ド・サンファル

一九三〇〜二〇〇二

フランスの画家で彫刻家のサンファルは、一九五九年の春、夫とふたりの子どもとともに一週間のバカンスに出かけた。画家のジョーン・ミッチェルと彼女のパートナーのジャン＝ポール・リオペルもいっしょだった（二六五ページ参照）。この二組のカップルは当時パリに住んで仕事をしていて、そこで友だちになった。サンファルはこのとき二十八歳で、絵を描きながら子どもたちの世話をしていた。夫のハリー・マシューズはアメリカ人の作家で、当時、最初の長編小説の執筆に取り組んでいた。いっぽうジョーン・ミッチェルとジャン＝ポール・リオペルはすでにアーティストとして確固たる地位を築いていた。バカンス中のある日のディナーの席で、ミッチェルがサンファルに向かって「じゃあ、あなたは作家の妻で絵もたしなむという、よくいるタイプの女性ね」といった。そのときのことを、サンファルは後年こう書いている。「［その言葉に］私はひどく傷ついた。私の心の繊細な場所にぐさりと矢が突き刺さったような感じがした」

パリに戻ったサンファルは、アーティストとして認められたいなら、もっと徹底的に創作に打ちこまなければいけないと考えた。彼女は十八歳でマシューズと結婚し、モデルとして働き、演劇学校に通い、神経衰弱におちいったすえ、美術に才能と情熱を見出した。しかし、それまで自分のエネルギーのすべてを注いでひとつのことに打ちこんだことはなかった。一九六〇年、まだミッチェルの言葉による心の傷が癒えないうちに、サンファルは当時九歳と五歳だった子どもたちを残して夫と離婚した。それは、「仕事と、夫と、子どもたちのあいだで完全なバランスを保つ必要をなくし、アーティストとしての人生に全力で挑戦するため」だった。そのときサンファルは独身でいるつもりだったが、まもなくスイス人アーティストのジャン・ティンゲリーとつきあい始めて結婚し、一九九一年に彼が死亡するまで添いとげた。しかしサンファルが真剣に身も心も委ねていたのは仕事だった。「嫉妬深い秘密の愛人（私の仕事）がいつもそばにいて、私を待っている」と彼女は書いている。

彼は背が高くてエレガントでドラキュラ伯爵のように黒いマントを着ている。私の耳元で、やらねばならないことをする時間はあまり残されていないよ、とささやく。そして、私が彼とともに過ごさない時間のすべてに嫉妬し、私の寝室のドアが閉まっていることにさえ嫉妬する。夜中にときどき、巨大なコウモリの姿になって、寝室の開け放った窓から入ってくる。私は彼の翼に抱かれて震える。白くて長いワイシャツ型の寝巻を着た私は一瞬抵抗するが、彼は私の心に牙を立て、私は彼のものになる。

この道に専念してからほんの二年で、サンファルは「射撃絵画《シューティングペインティング》」で有名になる。それはアッサンブラージュの上に絵の具を詰めた袋や缶を取り付けてライフルやピストルや小型の大砲などで撃ち、作品の上に絵の具をまき散らして作るものだった。それから数年後、おもに彫刻家として仕事をし始め、一九七八年には大きな立体作品を配した庭園《タロットガーデン》の建設を開始する。その庭園はイタリアのトスカーナに二十年の歳月をかけて完成した。そこにあるいちばん大きな作品は、家ほどの大きさの女性の像だったが、それが完成したあと、サンファルはそのなかに引っ越して、いっぽうの乳房を寝室に、もういっぽうの乳房をキッチンにした（その家のふたつしかない窓は乳首の部分に開けられた）。「私はそこで修道僧のような生活を楽しんだ。でもそれは必ずしも快適な暮らしではなかった」サンファルは彫像のなかで暮らした七年間を振り返ってそう書いている。「地面に大きな穴があって、そこに食糧を貯蔵し、料理は小さなキャンプ用のコンロでやっていた。暑い夜に目が覚めるといつも、湿地で湧いた虫の大群が私のまわりをブンブン舞っていて、子どもが見る悪夢みたいだった」

《タロットガーデン》の土地は裕福な友人が提供してくれたが、長年にわたる建設の資金調達には苦労がつきまとい、サンファルはさまざまな手段にたよった（自分の名前をつけた香水を売り出すようなこともした）。また、無給で仕事を手伝ってくれる大勢のボランティアにもたよった。それらのボランティアはサンファルのカリスマ的な魅力に惹かれて集まった人々だ。サンファルは自分がまわりの人間にもたらす影響力を自覚し、それを利用していた。「情熱はウィルスのように感染するし、私はそのウィルスをとても簡単に増殖させることができる。なぜなら私は情熱によって、どんなに難しいことでもやりたいようにやれるからだ」とサンファルは書いている。しかし、自分のやりたいことが友人や協力者のためになるかどうかには関心がなかった。「人はとても大切で、欠かすことができない。でも人はいちばん大切ではない。いちばん大切なのはやはり仕事であり、全身全霊をかけた執念であり、ウィルスだ」

ルース・アサワ

一九二六～二〇一三

アサワは日系アメリカ人のアーティストで、第二次世界大戦中に敵国人収容所で絵を描くことを学び、一九四〇年代にワイヤーを編んで作る独特の立体芸術を開拓した。当時彼女はノースカロライナ州のブラックマウンテン・カレッジに通っていて、そこでアニ・アルバースやジョゼフ・アルバース、バックミンスター・フラーなどに師事しながら、マース・カニンガムやロバート・ラウシェンバーグらと交流し、夫となるアルバート・ラニアーとも出会った。一九四九年、アサワとラニアーはサンフランシスコで結婚し、ラニアーは建築家として仕事をするいっぽう、アサワは新趣向の作品を作りながら、一九五〇年から五九年のあいだに六人の子どもを産んで育てた。アサワ自身、カリフォルニアの日系移民農家の七人きょうだいの四番目であり、大家族で育った。そして、子どもたちが自分の芸術の仕事の足かせになるとは決して思わなかった。むしろ、芸術は日常生活の一部であるべきだと感じていて、子どもたちがまわりにいるなかで、さまざまな家事の合間を見つけては作品を作っていた。「私の使う材料はありふれたもので、暇があればいつでも、腰をおろして、ちょっとでも仕事をする。立体作品を作るのは農作業と似ていて、がんばって続けてさえいれば、たくさんのことができるのよ」

リラ・カッツェン

一九三二〜一九九八

ブルックリン生まれの彫刻家リラ・カッツェンは、最初は画家として絵を描いていたが、一九六〇年ごろから立体作品を作るようになり、プラスチックや水や蛍光灯などを用いて、人がなかに入って体験できる没入型環境《イマーシブ・エンバイロメンツ》の創作に取り組み、その後、耐候性鋼板《コルテン》を使った立体作品を作るようになった。カッツェンは幼いころから芸術家になりたいと思っていた。「幼稚園のころからすでに芸術家になるつもりだった」と彼女はいっている。そして、さまざまな困難に直面しながらも、作品を作る時間を捻出するのが年々うまくなっていった。ハイスクールを卒業後、全日制の美術学校に入る経済的な余裕がなかったため、母と義父の家に同居して、昼間は働きながら、夜間のコースを受講した。カッツェンがのちに語ったところによると、義父は「家で絵を描くことを断固として許さなかった」ので、義父が寝てから準備をして午前二時か三時まで描き、そのあとすべてを片づけて部屋の空気を入れ替えてから眠ったという。

その後、十九歳で結婚し、カレッジを卒業後は夫とともにボルチモアに引っ越した。アーティストとして認められ始めた時期は、母親としてふたりの幼い子どもの世話をしなければならない時期と重なった。当時は自宅の二階をアトリエとして使っていて、子どもたちが昼寝をするときや、夜、寝たあとに仕事をした。一九七〇年代に、美術史家のシンディ・ネムザーに、どうやってすべてをやりくりしていたのかとたずねられると、「午後八時から午前二時まで仕事をしていたのよ」と答えている。

仕事のスケジュールも作っていた。週に四十時間は仕事の時間を入れたいと思っていたから。それくらいはしないといけないと思っていたの。でも最初はとても難しくて、その週に確保できた時間を書き出すだけだった。今週は四時間しかできなかった。まったくだめ。今週は八時間。先週よりはましだけど、まだぜんぜんだめ。そして、こう決めたの。たとえなにもしていなくても、ただ座っているだけだったり、めちゃくちゃなものしかできなかったり、ものを壊しているだけだったりしても、どんなことをしていようと、その時間は必ずアトリエのなかで過ごすようにする（実際に私はなにも作らないで、自分が前に作ったものを大量に破壊するという行為を習慣的に繰り返していた）。それがわたしのとった方法。［……］子どもたちが昼寝をしたら、私も昼寝をするか、二階へ行って仕事をした。

仕事をしている最中に子どもが目を覚ましてなにかしたがったら、カッツェンは「ほら、クレヨンと紙をあげるわ」と大声でいって、階段の下へクレヨンと紙を放り投げた。

ヘレン・フランケンサーラー

一九二八〜二〇一一

「ほんとうにいい絵は、とつぜん現れたように見える。直観的なイメージで［……］あっという間に生まれたように見える」抽象表現主義のアメリカ人画家フランケンサーラーはそういっていた。しかしもちろん、同じような絵を十枚くらい描いてようやく、まるでとつぜん生まれたような、ほんとうにいいと思える一枚に行き着く場合もあった。そして、そのようなイメージを手に入れるためには、単に練習したり試行錯誤するだけではだめで、自分の持てるすべてを結集することが必要だと考えていた。彼女はそれを（日本の相撲にたとえて）、「自分の体重と品位と知識のすべてを総動員して準備する。精神も、情緒も、知性も、肉体も。すると、すべての周波数がピタッと合って、望んでいたイメージが浮かぶ瞬間が往々にしてある」といっている。

その瞬間を見つけるために、フランケンサーラーは断続的に仕事をした——実りの多い活発な活動の期間が終わると、苦しんで不満を抱えながら描くか、まったくなにもしない期間が続く。「一連の作品に注意を集中して必死で取り組むんだけれど、ある日、急に筆を置いて、抜け殻のようになってしまう。ギアをチェンジしないと、もう描くことはできないとわかるの」しかし、ちょっと休むだけなら心身をすっきりさせるのに役立つが、長く休むのは怖いといっている。

休んだあと、ふたたび描き始めると、以前の感覚が戻らなくてパニックになってしまうことがよくある。まるで初めて絵を描くところからやり直すような感じ。漫然とすわったまま、エンピツを削ったり、電話をかけたり、ピスタチオをいっぱい食べたり、ちょっと泳ぎに行ったり。頭では、描いたほうがいい、描かなくてはいけない、描くんだ、と思っている。とても苦しし、退屈よ。いらいらして、自分に腹が立って、最後には、もう始めるしかない、なんとかして少しでも筆跡を残すんだ、と思うようになる。それから、うまくいけば、ゆっくりと新しい仕事の段階に入っていく。

フランケンサーラーはこれと似たようなことを食生活でも経験していた。健康的な食事をしているときがいちばん元気が出るし、絵もよく描けるといいながら、ときどきジャンクフードを大食いする「カタルシス」を必要とした。「健康のためにいつも食事で気をつけていることは、油や塩やバターや砂糖やパンやクリームを食べないようにして、スキムミルクで作った自家製ヨーグルトを食べること」一九七七年に出版されたある料理本の著者に、フランケンサーラーはそう話している。しかし、我慢しきれないところまで我慢したあとは、チョコレートやアイスクリームやスナック食品などを好きなだけ食べた。「プロセスチーズ、コーシャーディルピクルス〔ディルシードやにんにくが入った北米ユダヤ系のピクルス〕、ピーナツバター、オイルサーディン、ボローニャソーセージ――要するに栄養バランスの悪い加工食品。そういったものがときどき無性にほしくなって、食べてしまうの」

アイリーン・ファーレル

一九二〇～二〇〇二

ファーレルは、二十世紀のアメリカでもっとも有名な歌手のひとりで、クラシック音楽の教育を受けたソプラノ歌手だったが、六十年のキャリアのなかで、クラシックだけでなくポピュラー音楽までカバーして人気を博した。ファーレルにはニューヨークのメトロポリタン歌劇場で歌うとき、舞台前に必ずすることがあった。正午ごろ、ニューヨークのスタテン島にある自宅の音楽室に入り、その夜上演するオペラを全曲通しで歌うのだ。「そんなことをするなんて無茶だと思う人もいる」一九九九年の自伝にファーレルはそう書いている。「けれども、その晩ハイC〔最高音域〕の声を出さなきゃいけないとしたら、昼間のうちにちゃんと出るようにしておいたほうがいい」。夕方になるとスタテン島からフェリーに乗ってマンハッタンへ渡り、タクシーで歌劇場までいく。オペラ歌手の多くは、舞台前は用心してほんの軽い食事ですませるか、まったくなにも食べなかったりするが、ファーレルはそんなにヤワではなかった。「歌劇場の向かいに小さなレストランがあって、私はいつも六時にそこへ行って夕飯を食べていた」と自伝に書いている。

メニューはいつも同じ――ステーキとベイクドポテト、グリーンサラダ、ホットレモンティー。濃厚でクリーミーなスイーツは喉に詰まるので、デザートはゼリー。それならつるんと喉を通るから。そのあと道路を渡って歌劇場に戻り、楽屋に入って、メイクをして衣装を着る。そのときどうしても楽屋にほしいものは、常温のコカ・コーラの大びんだけ。衣装を身につけると、そのコーラをコップに数杯飲んで、げっぷをする。これがびっくりするくらい発声にいい。それに、マック先生〔長年ファーレルのボイストレーナーを務めた〕がいつもいっているとおり、痔になるのも防げる。

一九五〇年代の初頭に、有名なオペラ歌手のビヴァリー・シルズがニューヨークでファーレルと共演した。そしてファーレルの楽屋から聞こえてくるげっぷの音にあきれ返った。シルズはのちにこう書いている。「それは慎み深いげっぷではなく、盛大な交響曲のようだった」

エレナー・アンティン

一九三五〜

アンティンは最初、画家として絵を描いていたが、まもなくコンセプチュアル・アート〔アイディアやコンセプトを作品の中心的な構成要素とする芸術〕に転向し、ビデオアート、パフォーマンスアート、インスタレーションアートの分野で草分け的な存在となった。なかでも有名なのは、架空の人物像を入念に創りあげ、自らその人物になりきって何日も何週間も過ごすというパフォーマンスだ。それらの架空の人物には王や看護師などもいるが、もっとも有名なのはエレノラ・アンティノワだろう。アンティノワはセルゲイ・ディアギレフが主宰したロシアのバレエ団、バレエ・リュスの伝説的な黒人プリマバレリーナという設定でアンティンが一九七〇年代半ばに考え出し、その後十年以上、さまざまなパフォーマンスやインスタレーション、映画、演劇、伝記などを通じて演じ、追及してきたキャラクターだ。アンティノワのような架空の人物を創造することによって、「自分の殻を破って、別の現実を探ることができる」とアンティンは述べている。しかしそのために、自分自身の生活は必要最低限にまで切り詰める必要があった。「私の人生でもっとも大切で、時間の大半を費やしているのは芸術活動だから、それ以外の部分はほんとうにシンプルなものにしなくてはならない」一九九八年のインタビューでアンティンはそう語っている。

私は教師の仕事をしているし、心から愛する夫がいるし、息子がひとりといまでは義理の娘もいて、友人もいる。だから私は恵まれている。でも、その人たちのためにあまり時間を割けないの。私はとてもハードに働いていて、夜の睡眠時間は五時間――それだけ眠れたら運がいいほう――だけど、いつも仕事をしているから、それ以外のことをする時間はほとんどない。つまり、私は頭のなかで物語を作って生きている。私がほんとうにこういうふうに生きたいなと思うのは――かなり皮肉をこめていうと――いわゆる「伝統的な」女性、たとえば十八世紀とか十九世紀とかの女性みたいな生き方。あのころの人たちは性や階級による役割に縛られて逃れられなかったから、ロマンチックな恋愛小説を書いたりしたでしょう。でも私の場合は、逃れられなかったからじゃなくて、そういう生き方を自ら選んだの。私が創り出したキャラクターも、歴史的なフィクションで書いたキャラクターも、実際は私が生きることのない人生だけど、それは私がそういう人生を生きないことを選んだから。[……]私にとって、自分が創り出した人生以外の人生は、陳腐な言い方をすれば、ほとんど人生とはいえない。

アンティンはこれらのことをすべて、アーティストとしてのキャリアのかなり早い段階で理解していた。一九七七年のインタビューでは次のように語っている。「私生活は可能なかぎり時間をかけずにすむように、うまくやらないといけないと思う。でなければ作品が作れない。そして、世間がなんといおうと、アーティストはアーティストと結婚すべきよ。もしあなたがそうじゃないなら、いまのはきかなかったことにして。でも、アーティストがアーティスト以外と結婚して、いったいなにをしゃべるの？」

ジュリア・ウルフ

一九五八〜

ウルフはニューヨークを拠点にする作曲家だ。代表作の「無煙炭のフィールド」は、十九世紀から二十世紀のペンシルヴェニアの炭鉱を描いた聖譚曲《オラトリオ》〔キリスト教的題材をオーケストラの伴奏、合唱、独唱などで構成したもの〕で、二〇一五年にピューリッツァー賞を受賞した。一九八七年、ウルフは、夫で作曲家のマイケル・ゴードンと（同じく作曲家のデイヴィッド・ラングと）ともに、現代音楽のコンサートやイベントを主催するグループ「バン・オン・ア・キャン」を結成した。ウルフの仕事場はトライベッカにあるロフトだが、そこは夫のゴードンといっしょに暮らす自宅でもあり、ロフトの反対の端にそれぞれの小さなスタジオがある。ふたりのスケジュールはいつも一致するわけではないが、二〇一七年のウルフの話によると、「一日のうち、ふたりが同時にそれぞれのスタジオにこもって仕事をしている時間がけっこう長い」という。ウルフにとって、仕事をする日の理想的なスケジュールは以下のようなものだ。まず午前七時半か八時に起きて、飼い犬を連れてハドソン川沿いを散歩する。そのあと朝食をとってコーヒーを飲み、仕事を始める。締め切りが迫っているときは一日中作曲に取り組み、午後十一時か午前零時に寝る寸前まで続けることがよくある。しかし仕事をするのにいちばん適した時間帯は午前中だと思っている。「〔午前中は〕頭がすっきりしているように感じるから。私は、朝ぼんやりしているタイプじゃないけれど、体はぼんやりしてるかも。運動をしたいとは思わない。でも頭を働かせるなら午前中がベストね」

もしなにも用事がなければ、午前九時ごろから昼過ぎまで作曲の仕事をする。自宅のスタジオにはアップライトピアノと、大画面のデスクトップ型コンピュータを置いた小さな机と、楽譜や音楽関係の本、CD、ノートなどが並ぶ本棚がある。ノートはそのとき作っている曲のアイデアを書きとめるのに使う（ウルフはふつう、一度にひとつの曲しか作らない。ひとつの曲作りに時間をかけてじっくり取り組むのが好きだからだ）。机の上のコンピュータはEメールが使えない。スタジオにはノートパソコンも置いてあって、それでメールをチェックできるし、実際チェックすることも多いが、それはなるべく遅い時間帯までやらないようにしている。

午後は学校に授業をしにいく――ウルフはニューヨーク大学スタインハート校で作曲を教えている――か、ブルックリンにあるバン・オン・ア・キャンの本部で仲間といっしょに仕事をするか、自宅で稽古をする（その際は、飼い犬が遠吠えをして邪魔にならないように、あらかじめ犬のディケアセンターへ連れていかねばならない）。午後遅くには散歩をすることもあり、それは仕事にもよい影響を与える活動だ。しかし仕事関係の活動でもっとも重要なのは、バン・オン・ア・キャンの創設メンバーとのあいだでいつも行う意見交換だろう。ウルフとゴードンとラングの三人は、互いの音楽のアイデアについて話し合う習慣があり、ときには電話をコンピュータのスピーカーの前にかざして相手に聞かせ、その場で意見を求めることもある。それは単に肯定的な意見を聞くためではない。三人とも自己主張の強い作曲家で、遠慮をしあうようなことはなく、だからこそ、その意見交換がとても貴重なのだ。「情け容赦のない意見がしょっちゅう交わされている。私はそれをとても大事にしているの。そういう意見が刺激になって、もっとがんばらなきゃと思えるから」

シャーロット・ブレイ

一九八二〜

ブレイはベルリンを本拠として活動するイギリス人の作曲家だ。朝はいつも七時に起きてコーヒーと朝食をとると、自宅の事務所ですぐに仕事にとりかかる。「朝がいちばん創造的なことをするのに向いていると思うので、作曲以外のことはなにも考えないようにしている」二〇一七年にブレイはそのように話している。しかし、それにはかなり意識的に努力をしなければならないことが多い。「作曲をしなくちゃいけないときは、ほかのことをしないように、しっかり気をつけないといけない。そのために、まずはすわって数分間、楽譜をながめ、頭を空っぽにする」。そうやって自分に「私がいまやっているのはこれだ」と言い聞かせる。たいていの場合、午後一時ごろの昼食の時間まで作曲の仕事をする。締め切りが迫っていたり、仕事がとくによくはかどったりしたときは、昼食後も「少し作曲を続ける」こともある。しかしたいていの場合、午後には午前中に考えるのを避けていた事務的な雑用を片づけなければならない。とくに、仕事をしているあいだにたまったEメールを処理する必要がある。

作曲をしているときは、ピアノとチェロ――ブレイの専門の楽器――と机のあいだを動きまわる。机ではアイデアを最初は手書きで書く。作業が三分の二くらい進むまではコンピュータを使わない。旅行中でないかぎり、週に六日は午前中仕事をする。行き詰まりを感じることはあまりない。それでも、曲作りはゆっくりとしか進まない。午前中みっちりやって曲の三十秒から一分程度作れたとしても、その後の数日間はその部分を見直して微調整していくことに費やす（二十分のチェロ協奏曲を作るのに、六ヵ月かかる）。ブレイはひじょうに整然とした秩序あるやり方で仕事をしているが、本人によると、作曲のプロセスはちっとも整然としていないという。「個人的には、一定の習慣が必要だと思う。自分自身に仕事をやらせる必要があるから。放っておいて自然にできるようなものではないの」

ヘイドン・ダナム

一九八八〜

ダナムはテキサス生まれでロサンゼルスに拠点を置くアーティストで、立体的なアッサンブラージュを作っている。そのような作品が生まれるのは、ダナムが物質に魅力を感じているからだ。つまり、さまざまな物質がある状態から別の状態へ変化することや、それらの物質が人間の体と作用しあうことに、文字どおりの意味で、あるいはもっと深遠な意味で魅力を感じているのだ。「だから私は立体的なオブジェを作ることに興味があるの」ダナムは二〇一七年にそう語っている。「立体はエネルギーを持っていて、それは人間の内面的な状態を変化させる力があると思う」

ダナムの創作のプロセスは、その日の彼女の状態によって左右される。ふつうは午前七時ごろに目覚め、ベッドのなかでうだうだして、七時半になるとアトリエと住居を兼ねる自宅のキッチンへいき、元気をつけるための「トニック〔健康ドリンク〕」を作る。その材料は「その日私がなにを必要としているかによって」変わるという。「たとえば朝起きてふわふわした感じがして、もっとしっかりしなくちゃと思えば、重みが加わって地に足がつくように、アップルサイダービネガーか菜っ葉を入れる。反対に、朝起きて気分が重かったら、なにか軽いものが必要になる。それは一種の健康チェックみたいなもので、そのトニックが私の調子を鏡みたいに映し出しているの」

次に自宅の裏にある小さな庭に向かい、そこで二十分ほど書き物をする。「それは基本的に、紙の上にペンをあてて、なにかが自分を通して湧いてくるようにするため」だ。そのあと朝食――たいていはオートミール――を食べて、着替えをする。「私はいつも仕事のためにドレスアップする。スウェットパンツのようなものは着ない。靴はハイヒールだし、すごくフォーマルな服装で仕事をする。服装もエネルギーをシフトさせる力があると思うから。[……]これもまた、自分の調子はどうか、いまどんな状態かを考えるための方法なの。自分の内面の状態に基づいて、こういう種類の仕事ができるかとか、どうやったら一日をもっとうまく過ごせるかとかを考えるのよ」

こうしていよいよ仕事にとりかかるが、最初はロサンゼルスの町を走りまわって、必要な物や材料を取りにいったり、返したり、それらを用意してくれる業者や協力者と打ち合わせをしたりが多い。実際に創作を始めるのは午後四時ごろで、それまでにアトリエに戻って新しい作品を作ったり、制作中の作品に修正を加えたりすることに集中する。だがそのときにはもう時間が押してきている。というのは、ディナーの約束があるからだ。だから夕方は「正念場」で、ディナーのために出かけなければいけないぎりぎりの時間まで（もしダナムが自宅に人を招いている場合はゲストが到着するぎりぎりまで）仕事を続ける。ディナーのあとも仕事を再開することが多いが、その時間帯はふつうコンピュータを使う仕事にあてられる。寝るのはだいたい十一時ごろだ。

昼はふつう食べない。しかし午後にスムージーを作って飲むことはあるし、朝に飲むトニックの類を昼間も必要に応じてよく飲む。仕事で行き詰まりを感じたら「好物」ではずみをつけることもある。「アール・グレイもそうだし、チョコレートもそう。[……]マシュマロもそうね」。行き詰まりから抜け出すために、好物のほかに役に立つのはダンスだ。「昼間にいやな方向にいってしまったり、行き詰まったりしたら、ダンスの振付を考える。ときにはそれを動画に撮ることもあるし、撮らないこともある」。ダンス以外の運動にはあまり興味がない。「散歩もしないし、運動もしない。運動は好きじゃない。好きになりたいけどなれない」

ダナムによると、このスケジュールはロサンゼルスにいるときだけのもので（彼女はよく旅行をするし、ロンドンやニューヨークやテキサスでも作品を作ったことがある）、来週にはまったくちがうものになっているかもしれないという。「私のスケジュールは曜日や時間で決められるようなものではないと思うの」。実際、ダナムは週七日、平日も週末も関係なく仕事をしている。ときどき何日も作品を作ることから離れることもあるが、それはその日の朝に決めることだ。ここでも、彼女の内面の状態がそれを決定する。自分の作品をきちんと作るためには、「エネルギッシュ」になる必要がある。基本的に、ダナムは自分自身を作品の作者ではなく世話役とみなしていている。「自分の作るオブジェのために仕事をしているような感じなの。オブジェができるだけうまくなにかを伝えられるように、必要なことをして、サポートしようとしているだけ」

イサベル・アジェンデ

一九四二〜

チリの作家イサベル・アジェンデは、新しい本を書くときは必ず一月八日に書き始める。一九八一年の一月八日に危篤状態の祖父に宛てて手紙を書き始め、それがのちに処女作『愛と聖霊の家』になったからだ。「新作を書き始める日を決めたのは、その日が私にとって幸運の日だったからだけど、いまでは規律のある毎日を送るためという意味もある」二〇一六年にアジェンデはそう述べている。「書き始める日が決まっていると、日々の生活とかスケジュールとかなにもかも、その日を基準にきちんと管理しなければならなくなる。一月八日からはすべてのことから、ときには何ヵ月も切り離されるとわかっているから」

仕事の期間中は、旅行も講演もインタビューも、とにかく時間が奪われることはすべて断るが、それは第一稿ができあがるまでだ。それが過ぎれば、時間の管理にそれほど厳しくなくなる。それでも、週末を含めて毎朝、起床後まもなくから昼食の時間まで執筆する。「私は朝型なのよ。朝は六時か、もっと早く起きることもある。［……］犬をかたわらに、コーヒーを飲んで、そのあと着替えて、メイクをしてハイヒールをはく。誰かに会う予定がなくてもそうする。化粧して身だしなみを整えると、一日が始まったという気持ちになれるから。パジャマのままでいたら、なにもする気がしないわ」

アジェンデは現在、サンフランシスコ・ベイエリアの自宅の屋根裏にある二間続きのアトリエで仕事をしている。二間のうちのひとつには、現在執筆中の本のための調査資料すべてと、趣味のビーズワークに関するものすべてが収められている。アジェンデはビーズのネックレスを作るのが趣味で、できあがったネックレスを友人にプレゼントするのが大好きなのだ。もうひとつの部屋には、祭壇と大きな机がある。机の上にはコンピュータが置いてあるが、インターネットにはつながっていない。「このコンピュータは書くこと専用。いま書いている本と、調査関係の資料だけが入っている」

昼になるとアジェンデは書くのをやめて、家で手早く食事をすませる。そのあと、世界でもっとも広く読まれているスペイン語作家としてのさまざまな仕事を片づけていく。まずはアシスタントから転送されてくるEメールに目を通す。それからなにをするかは、あまりきちんと決まっていない。余裕のあるときは、午後もずっと執筆するか、執筆中の本のための調査をする。彼女の本は、フィクションであれノンフィクションであれ、すべて調査に裏打ちされているのだ。それ以外でアジェンデの毎日に欠かすことができないのは、一日二回の愛犬との散歩だ。この散歩のあいだは、いま書いている本のことも忘れるようにしている。夜になると、簡単な食事を作って食べ、十時か十一時にはベッドに入る。「一日働いたあとは、ゆったりすわって、音楽をききながら、すばらしいごちそうとワインをいただく。そんなのに憧れるけど、実際は無理。顔を洗ってベッドに倒れこむわ」

アジェンデは週七日、毎日数時間は執筆しているが、現在のスケジュールは昔に比べると余裕のあるものだという。『愛と聖霊の家』を書いていたころは、学校の事務管理職としてフルタイムで働いていたし、ふたりの子どもを育てていた。「だから、夜型の人間じゃないんだけど、夜に書くしかなかった。あとは週末に書いていた」（当時は小型のタイプライターを使ってキッチンのカウンターで書いていたという。）学校の仕事をやめて作家一本でやっていこうと決めたときから、厳しいスケジュールを組んで実行するようになった。月曜から土曜まで、朝九時から晩の七時まで執筆し、特別なシーンに没頭して書いているときは、もっと遅くまで書くこともあった。当時は自分に厳しすぎたかもしれないといまでは思うが、それは祖父に育てられたせいだった。アジェンデの祖父はひじょうに厳しく規律を守る人物で、一生懸命働くことの必要性を彼女に教えこんだ。「それは私にとってすごくいいことだった。そのおかげで、波乱の人生を乗り切ることができたのだから」とアジェンデはいう。「でも、私もようやく落ち着いて、安定したとてもいい暮らしを送っているし、たくさんの本を書いたのだから、がんばり続ける必要もないと思うの」。しかし、引退する気はないという。二十冊以上の本を出したいまでも、まだ仕事のプロセスを楽しんでいるのだ。「楽しいからやるの。もちろん、物語を作るのは好き。大好きよ」

ゼイディー・スミス

一九七五〜

ロンドン生まれの作家ゼイディー・スミスは、昔からインタビューのたびにこういっていた。毎日書くわけではないけれど、毎日いやでも書く習慣があればいいなと思うことはある。そのいっぽうで、書く必要があると感じるときだけ書くことにも意義はあると思っている。二〇〇九年にはこういっている。「書くという行為に切迫感があることが必要だと思う。でなければ、読む人も読まなくてはという切迫感を感じないでしょう。だから私はほんとうに書かねばならないと思わなければ書かない」。さらに、二〇一二年のインタビューでは、どうしても書かねばならないと思ったときでさえ、「きわめてゆっくりと」しか書かないといっている。「あと、私はいつまでも書き直すの。毎日、何度も何度も。〔……〕毎日、冒頭から、それまでに書いたところまで読んで、すべてに手を入れてから先に進む。ものすごく手間がかかるわ。長編の最後のほうになると、ほんとに耐えられないくらい」

スミスがほかによく口にしてきたのは、ネットからの情報がしょっちゅう邪魔をしてくる状況で書くことの難しさだ。二〇一二年に出版された長編小説『NW』〔未邦訳〕では、インターネットへの接続をブロックするFreedomとSelf Controlというソフトの名を謝辞にあげて、「時間を作ってくれたことに」感謝している。スミスはソーシャルメディアも使わないし、二〇一六年末の時点ではまだスマートフォンも持っておらず、持つ予定もないという。「でも、ノートパソコンは持ってるし、修道女のような暮らしをしているわけじゃない。ただ、ポケットにデジタル機器を入れてしょっちゅうメールのチェックをしたりしないだけ」

ヒラリー・マンテル

一九五二〜

マンテルは『ウルフ・ホール』と『罪人を召し出せ』でブッカー賞を受賞し、長編小説や伝記などを何冊も書いている作家だが、小説を書くのはとても疲れるし、予測の難しい仕事だと考えている。「作家のなかには『歯磨きチューブから歯磨きを出すのと同じくらい簡単に本を書ける』とか、『壁を作るのと同じように毎日決まったペースで物語を作れる』とかいう人がいる」二〇一六年に新聞に掲載されたマンテルのエッセイはそんな書き出しで始まる。

そういう作家は、机について、その日必要な枚数をさっと書き上げると、夜はゆったりくつろいだり、おめかしして遊んだりする。

それは私にはまったくできないことで、ほかの仕事をしている人のことじゃないかと思ってしまうくらいだ。講義や書評など、小説以外の原稿を書くのは、たしかにほかの仕事と似ていると思う。つまり、時間を配分して、持てる情報や知識を駆使して書けばいい。でも小説を書くときは、始まりも終わりもはっきりしない、成果を計る方法もないプロセスの奴隷になってしまう。私は順を追って書くことはしない。ひとつのシーンについて、十通りのバージョンを書くこともある。一週間かけて、ひとつのイメージを物語のあちこちに織りこんでいくこともある。けれど、物語は一インチも進まなかったりする。一冊の本は、巧妙でとらえにくい設計図に従ってできあがっていく。最後まで書き上げてしまわないと、その設計図がどんなものだったかわからないのだ。

マンテルは毎朝、目が覚めたらすぐ、夢でみたことを忘れてしまわないように、できるだけ早く書き始める（ときには夜中に目が覚めて、そのまま数時間書いてからまた眠りにつくこともある）。日々の執筆の様子は、二通りに分かれる。ひとつは「すらすらと書ける日」で、それは「いくつもの課題に対して数千の言葉が生じる日」だ。もうひとつは「進んでは止まってを繰り返す日」で、それは「自意識過剰になって不安に苛まれるが、のちにそれが生産的で有意義なものだったとわかる日」でもある。手書きでもコンピュータでも書く。自分では「長考するが、書きだすと速い」と思っている。それはつまり、執筆をする日でも多くの時間は机を離れて過ごしているということだ。いよいよコンピュータの前にすわるときは、「緊張のあまり、体ががちがちになっている」こともある、と二〇一六年に書いている。「そのときは緊張をほぐすために熱いシャワーを浴びなければいけない。行き詰まったときもシャワーを浴びないといけない。だから私は知人の誰よりも清潔だ」

マンテルはスランプにおちいっている作家へ、机から離れることを勧めている。「散歩をしたり、風呂に入ったり、寝たり、パイを焼いたり、絵を描いたり、音楽をきいたり、瞑想をしたり、運動をしたり。なにをしてもいいけど、ただすわって顔をしかめて考えるのはやめる。でも、誰かに電話したり、パーティーに行ったりするのはだめ。それをすると、見失った自分の言葉があるべき場所に、ほかの人の言葉が流れこんでくるから。自分の言葉のために隙間を開けて、場所を作る。そして辛抱強く待つ」。実際、マンテルは作家として仕事を続けるうちに、並はずれた忍耐を身につけてきた。最初にトマス・クロムウェルの生涯をベースにした一連の小説を書こうと考えたのは二十代のころだったが、その第一作の『ウルフ・ホール』を書き始めたのはそれから三十年後だ（しかし、いったん書き始めるとものすごいスピードで毎日八時間から十二時間書き、五ヵ月で四百ページの本を完成させた）。

「書いていると幸せですかとときどき聞かれる」二〇一二年にマンテルは訪ねてきた記者にそう語っている。

でも、その質問は的はずれだと思う。書いていると気持ちが乱れて、つねに不安定な状態になる。穏やかで落ち着いた状態になることはめったにない。おとぎ話の「赤い靴」の主人公になったような気分よ。踊って踊って踊りつづけなくてはならなくて、心が休まることがない。だから書いていると幸せだとは思わない。[……]たぶん、書くことは、本質的に不安定にならざるを得ない人生につながると思う。もし安定してしまったら終わりだから。

キャサリン・オーピー

一九六一〜

一九八〇年代のはじめ、サンフランシスコ芸術大学の学生だったオーピーは、市内の安ホテルに賄い付きの住みこみで働いていた。そこは「薬物に汚染されたひどい場所」だった、と二〇一六年に語っている。当時、彼女は午前二時半に起きて、午前三時から八時までフロントで働いていた。それから朝食をとって学校にいき、授業が終わると、ＹＭＣＡで幼児教育プログラムの仕事があるので、そこで午後七時くらいまで働く。そのあとホテルに帰って、夕飯を食べ、午後九時にはベッドに入るようにする――あるいは眠らずに学校の暗室で徹夜で作業して、翌朝三時のシフトに間に合うように戻ってくる。

その過酷な生活は報われた。オーピーはいまやアメリカでも傑出した写真家のひとりといわれている。彼女の作品でいちばん有名なのは、サンフランシスコの同性愛者のコミュニティで撮った肖像写真だろう。そのほかにも、サーファー、ティーパーティー運動の集会、アメリカの国立公園、ロサンゼルスの高速道路、十代のアメフトプレイヤー、高級住宅街ベルエアーにあるエリザベス・テイラーの豪邸などの写真も撮っている。毎日のスケジュールは学生のころにくらべれば余裕があるが、それほど余裕があるわけでもない。写真家としての仕事を忙しくこなすいっぽうで、カリフォルニア大学ロサンゼルス校（UCLA）で専任の教授を務めているので、一週間のうちで仕事をしなくてもいい時間はあまりないのだ。「私はたぶん毎日決まりきったことをやらないほうが好きだと思う。いろいろ脱線するほうが好きなの。でも私は教授で、母親で、スタジオもフル操業しているし、実際はまったく融通のきかないスケジュールをこなさなきゃいけないようになっている」

二〇一六年秋の時点で、オーピーのスケジュールは次のようなものだ。平日の朝は五時五十分に起き、十代の息子を学校に送り出して、トレーニングジムにいくかテニスのレッスンを受けにいく。そのあと、月曜から水曜まではUCLAで授業、木曜と金曜は経営しているスタジオで仕事。どの日も夜まで忙しい。仕事が終わったら、週に二、三回は食事をしながら打ち合わせをするビジネスディナーがある。それがない日は家で家族と夕飯を食べる。スケジュールが詰まっているので、まとまった仕事は夏か春か冬の学校の休みの期間にしかできない。それでも「作品を作ることができない時期は一度もなかった」という。「作品を作るためにスケジュールを組むのは、それ以外のいろいろなことのスケジュールを組むのと同じ。偶然に暇ができてするということはない」

そんなわけで、オーピーは大学を定年になって自由になれることを楽しみにしている——オーピーと彼女のパートナーの女性はRV車を買って、「国立公園をなんの目的もなくうろついてまわろう」とよく話している。しかし、教えることもオーピーにとってはひじょうに大切なことだ。それは、アーティストのコミュニティを築くことや指導することは重要だと考えているからだが、教えることで独りよがりにならずにすむからでもある。アーティストにとって、それはもっとも重要なことだという。「芸術家という職業には、どうしてもある種の自己中心主義やナルシシズムがついてまわるから、ときどきそれを思い出すことは大切なの。そして、ときにはそれが決して自分だけの問題じゃない場合がある。つまり、自分のコミュニティや家族とどうつきあうかとか、人間であるとはどういうことかとか、そういったことに向き合うことが大事になる。だから、私はそういったバランスをじょうずに保とうとしているの」

ジョーン・ジョーナス

一九三六〜

ビデオアートやパフォーマンスアートのパイオニアであるジョーナスは、一九七四年からマンハッタンのソーホーにロフトを借りて住んでいる。毎日決まったスケジュールに従っているわけではないが、たいていは朝七時半ごろに起きてミニチュアプードルのオズを連れて散歩に出かける。そのあと近所のお気に入りのカフェでコーヒーを飲みながら新聞を読む。それから家に帰って仕事を始める。ほとんど一日中仕事をして、それも音楽をかけながらすることが多い（好きな作曲家はモートン・フェルドマンだ）。また、毎日デッサンをするようにしていて、朝いちばんにそれをすることが多い。新しいビデオの脚本を書いているときは、脚本の執筆を最初にすることもある。アシスタントが来るときは、みんな、だいたい午前十時ごろに来て、午後六時ごろに帰る（ジョーナスは三人のアシスタントをアルバイトとして雇っている。ひとりはビデオの編集を手伝い、もうひとりは美術館や画廊での展示会の企画を手伝い、もうひとりは作品の組み立てや設置の問題を解決するなど、さまざまなことを担当している）。調査も彼女の仕事のプロセスで大きな割合を占めている。「私はいつも物語をさがしている」二〇一七年にジョーナスはそういっている。「読書をするのはそのためで、読みながら調査をしているの。本屋に行って本を買って読んでアイデアをさがすのは、私の仕事の一部なのよ」

外出するときは、アイデアを書きとめるために、小さな手帳を持っていくことが多い。手帳がないときはiPhoneを使う。しかし、新しいアイデアを見つけることは、いちばんの関心事ではない。「私は同じアイデアを何度も何度も、ちがう形で使っていると思う。それは自分が開発した言葉のようなもの。だから、まったく新しいアイデアは何個ぐらい持っているのかよくわからないけど、すでに使ったことがあるアイデアを作りなおしたり、ちがう文脈のなかにはめこんだりしているの」

昼食時には一時間休憩をとり、気分転換にオズを連れてよく外へ出る。「オズは一日に数回、散歩に連れていく。私は近所を歩きまわるのが好きで、まだここに残って仕事をしている知り合いの工房へあいさつしに行ったり、近くの画廊へ行ったりする。でも、たいていは一日中仕事をしている」。夜には友だちといっしょに外で夕飯を食べたり、月に一回くらいはロフトで夕食会を開いたりする。そのあとはパソコンで古い映画やケーブルテレビをみたりする。ベッドに入るのは午後十一時ごろだが、午前零時か一時くらいになることもある。「眠れないこともしょっちゅうなので、夜にも本を読むことがある。それか、パソコンで映画をみるか」

ジョーナスは創作上の行き詰まりを感じることはなく、インスピレーションが簡単に湧いてくるという。それも、公園を散歩したり、友人と会ったり、メトロポリタン美術館に行ったり、知らない場所を訪れたりという毎日の生活のなかから湧いてくるのだ。「インスピレーションを得るためには、頭を空っぽにして、そこにいろいろなものが入ってくるようにするといいと思う」。彼女の考えでは、インスピレーションはそれほど貴重なものでもめずらしいものでもない。「それは、調査をすることとやなにかに興味を持つことと同じ。私はそれをほかのことと分けて考えることはしない。どれも世界に対して好奇心を持つという点で同じ。だから、私にインスピレーションを与えてくれるのは世界よ。つまり、自分以外のまわりの世界」

必死の決意

マリー＝テレーズ・ロデ・ジョフラン

一六九九～一七七七

ジョフランはフランス啓蒙時代の有名なサロン主宰者のひとりで、ジュリー・ド・レスピナスやシュザンヌ・ネッケルとともに、パリのサロンをのんびりした社交の場から、知的・芸術的企てを真剣に話し合う場に変えた。ジョフランはパリに生まれ、幼くして両親を亡くして孤児になり、十四歳のとき三十五歳年上の裕福な製造業者と結婚、二年後にその夫とのふたりの子のうち最初の子を産んだ。正式な教育を受けられなかったジョフランは、近所のタンサン夫人のサロンでその不足を補った。タンサン夫人のサロンには当時の最高の文学者たちが集まっていた。一七四九年にタンサン夫人が亡くなるころには、ジョフランも自分のサロンを構えるようになっていた。歴史家のデナ・グッドマンによると、ジョフランはそこでサロンの画期的な刷新をふたつ行なった。「ひとつは、従来夜遅くに行なわれていた晩餐会の代わりに、午後一時に正餐会を催すようにしたこと。これにより、午後にたっぷり時間をかけて話すことができるようになった。ふたつ目は、その正餐会を定例化し、曜日ごとに出席者も決めたこと（月曜日は美術家、水曜日は文学者というふうに）」。ジョフランのサロンの秩序ある構成は、パリでサロンを主宰するほかの女性たちのお手本となり、サロンが啓蒙運動において中心的な役割を果たすのに役立った。彼女のサロンに出入りしていたイタリア人のある経済学者は、パリを去ってナポリに帰ったとき、友人といっしょに、同じようなサロンを毎週金曜日に開こうとした。そして、それには多大なスキルが要求されることに気づいた。「我々の金曜日はナポリの金曜日になりつつある」とその経済学者は書いている。「それは〔我々の〕必死の努力にもかかわらず、フランスのサロンとは性質も雰囲気もどんどんかけ離れてきている。〔……〕我々を導き、まとめて、秩序を与えてくれるジョフランのような女性を見つけないかぎり、ナポリがフランスのようになることは無理だ」

ジョフラン自身のライフスタイルも、彼女のサロンと同じようにきちんとした秩序のあるものだった。一七六六年にジョフランがワルシャワから娘に送った手紙に、彼女が自宅でも旅先でも守っていた日課がうかがえる。

私はここでもパリと同じように暮らしています。毎朝五時に起きて、大きなコップ二杯のお湯を飲んで、コーヒーを飲む。書き物をするのはひとりのときだけれど、ひとりでいられることはあまりなくて、髪も人のいるところで結う。毎日、王様のところへうかがって、正餐をともにする。それは王様とふたりのときもあれば、貴族の方々《レ・セニャー》がいっしょのときもある。正餐会のあとはどこかのお宅を訪問したり、劇場へ行ったりする。自分の部屋に帰るのは午後十時ごろで、お湯を飲んでからベッドに入る。そして翌朝になるとまた同じことの繰り返し。正餐会ではほんの少ししかいただかないので、お腹の虫を鎮めるために三杯目のお湯を飲まなければならないこともよくあるわ。でも、この厳しいダイエットのおかげで健康でいられるのです。これは死ぬまで続けるつもりよ。

エリザベス・カーター

一七一七～一八〇六

カーターはイギリスの知識人で詩人で翻訳家だ。『ジェントルマンズ・マガジン』という雑誌や、サミュエル・ジョンソンが編集・執筆を手がけていた『ランブラー』という雑誌に寄稿し、詩集を二冊出版し、一七四九年には帝政ローマ期のギリシャの哲学者エピクテトスの現存するすべての著作の翻訳を始めた。それは一七五八年に出版され、絶賛された。牧師の娘だったカーターは、子どものころからラテン語、ギリシャ語、ヘブライ語を教わり、その後もフランス語、ドイツ語、イタリア語、スペイン語、ポルトガル語、アラビア語を学んだ。さらに天文学、古代地理学、古代史、現代史、音楽なども勉強した。結婚は一度もしなかった。それについて、彼女の甥がこう書いている。「人生のかなり早い段階で、カーター女史は学問に一生を捧げるという決心を固めたようだ――彼女はその誓いを守ることができ、独身を通した」。カーターは父親といっしょに暮らしたが、父親は一七七四年に亡くなった。しかしそのころには、エピクテトスの翻訳書で、海を見晴らす大きな屋敷が買えるほどの収入があった。ケント州の海岸沿いの漁村ディールで生涯暮らしたが、冬はもっぱらロンドンで過ごし、裕福なパトロンのエリザベス・モンタギューが主宰する女性文学者のサロン、青鞜会《ブルーストッキングソサエティ》のメンバーとなった。

カーターが成功した理由のひとつは、朝早く起きる習慣にあった。しかし彼女はそれを自力ではできなかったという。一七四六年の手紙にこう書いている。「あなたが私の生活についてほんとうのところをすっかり知りたいというなら、まずは朝、起きるためのおかしな仕掛けについてお話するべきね」

私のベッドの枕元にはベルがあって、そのベルには引きひもがついていて、それは［……］寝室の窓の隙間を通ってその下の教会の堂守の庭に通じている。堂守は朝四時から五時のあいだに起き、さっきのひもを、私の弔いの鐘を鳴らすみたいに心をこめて思いっきり引っぱる。このおもしろい仕掛けによって、私はなんとか起きることができる。朝はぼうっとしてて、誰かに起こしてもらわなければ、とても起きることはできないから。意地悪な知り合いは、ベルのひもを切るわよ、といって私をおどすの。そんなことをされたらたまらない。きっと夏中ずっと寝てると思う。

この話はカーターが二十代の後半に書いたものだが、甥によると、彼女は生涯のほとんどを、同じように過ごしたそうだ。堂守の鳴らすベルに起こされたあとは、「小学生のようにきちんと勉強をして、知識を仕入れてから朝食にのぞむ」。しかしその前にステッキを持って、午前六時の散歩に出かける。ひとりで行くこともあれば、妹といっしょに行ったり、近所の知り合いを無理やり起こして、寝ぼけた状態のままつきあわせることもあった。朝食後は自室に戻り、時間を分けていくつかの活動をした。

真っ先にするのは、部屋のあちこちに置かれているナデシコとバラの鉢に水をやること。ぜんぶで二十鉢くらいあるかしら。その仕事が終わったら、スピネット［小型のハープシコードの一種］の前にすわって［……］いかにも名演奏家のようにもったいぶって弾く。三十分ほどひどい雑音を耳に浴びせたあと、次なる慰み事に移るけれど、どれもだいたい三十分程度で終わる。それ以上の時間をなにかにかけることはあまりない。こうして、読書をしたり、勉強をしたり、執筆をしたり、地球儀をくるくる回したりしながら、階段を百回くらい駆けおりたり駆けのぼったりして、みんながどこにいてなにをしているのかみて、その合間にちょっとおしゃべりしたりしている。だから私は仕事でも遊びでも、やることに事欠かない。

カーターはこのように、三十分間ひとしきり仕事をしてはほかのことをして、というやり方をずっと続けた。甥によると、「読書も仕事も一度に三十分以上することはほとんどなく、三十分たったら、そのとき自分の家に滞在している親類の誰かの部屋をほんの数分間訪ねたり、庭に出たりした」という。午前四時から五時のあいだに起きているというのに、夜遅くまで仕事をしていることも多く、三つの古代言語をマスターしようとはりきっている若い学生のように、眠気覚ましに嗅ぎタバコを吸っていた。また、歳をとるとともに、長時間労働による疲労を防ぐための方法をほかにもいろいろ編み出した。甥は次のように書いている。「〔カーターは〕嗅ぎタバコのほかに、濡れタオルを頭に巻いていたとか、濡れた布をみぞおちにあてていたとか、緑茶やコーヒー豆を噛んでいたといっていた。また、父親を喜ばせるために嗅ぎタバコをやめようと努力し、父親の同意がないかぎり、吸おうとしなかった。しかし父親は娘が嗅ぎタバコを吸えなくてひじょうに苦しんでいることを知り、結局はしぶしぶ同意した」

メアリー・ウルストンクラフト

一七五九〜一七九七

ウルストンクラフトは三百ページの論文『女性の権利の擁護』を六週間で書き上げた。いつも書くのが速く、ほとんどの著作を同じような速さで完成させ、ときにはそのせいで内容が損なわれることもあった。夫のウィリアム・ゴドウィンの言葉によれば、『女性の権利の擁護』は「間違いなく、ひじょうにむらのある論文で、理論の組み立てや構成に著しい欠陥がある」という。しかし、その義憤に満ちた大胆な主張は文章のむらを補って余りあり、一七九二年に『女性の権利の擁護』が出版されると、ウルストンクラフトはヨーロッパでもっとも有名で影響力のある女性となった。彼女はその成功に酔いしれることなく、すぐさま次の論文の執筆にとりかかった。ある手紙にこう書いている。「人生は根気強く働くのみ。それはつねに大きな石を転がして丘の上に運んでいくようなものだ。なぜなら、途中で休憩できる場所を見つける前に、どこかで石が動かなくなったり、転がり落ちたりして、また最初からやり直しという事態を想像してしまうからだ!」

メアリー・シェリー

一七九七〜一八五一

メアリー・シェリーの処女作にしてもっとも有名な長編小説『フランケンシュタイン』は、一八一六年の六月から一八一七年五月の一年足らずで書き上げられた——これが初めての小説というだけでも快挙といっていいが、その執筆期間の後半、妊娠中で一八一七年の九月に出産していることを思えば、さらに驚くべき離れ業だ。彼女の執筆を助けたのは夫でロマン派の詩人パーシー・ビッシュ・シェリーだ。パーシーは敏腕な編集者ぶりを発揮し、妻の小説のプロットや形式について、喜んで長い時間をかけ議論した。メアリーは一八三一年版の前書きで、「[その結果できあがった作品が、いまは亡きパーシーとの〕たくさんの散歩、たくさんの遠乗り〔、たくさんの会話を物語っている」と書いている。しかし、パーシーの手助けは、赤ん坊の世話や、使用人の差配や、家にやってくる客のもてなしにまで及ぶことはなかった。伝記作家のシャーロット・ゴードンによると、「パーシーは一度でも家事を手伝おうとはしなかった。家のなかでいちばん偉い人間として、昼でも夜でも、好きなときに家を出たり入ったりしていた」

いっぽうメアリーは午前中は執筆をして、午後は散歩をしたり、家事をしたり、雑用をしたりして、夜は読書をするという決まりきったスケジュールに縛られていた。にもかかわらず、パーシーの自己中心的で無関心な態度を許容していたようだ。一八二二年にパーシーが溺死したあと、メアリーは彼とともに過ごした日々をのどかで幸せな日々として振り返っている。一八三一年の『フランケンシュタイン』の前書きにはこう書かれている。「そしていまふたたび、私は醜いわが子に世に出て祝福されよと告げる。私はこの子を愛している。なぜならそれは幸せだった日々が産み出したものだから」

クララ・シューマン

一八一九〜一八九六

クララ・シューマンはドイツのピアノの天才で、最初は地元のライプツィヒで有名になり、その後ヨーロッパ中で名声を博した。さまざまな国に招かれて、王侯貴族のために演奏し、演奏会に殺到する熱狂的なファンやマスコミから絶賛された。この若きピアノの名手は、そのような成功がもたらすプレッシャーにひるむことはなかった。しかし、一八四〇年に作曲家のロベルト・シューマンと結婚したことで、あやうく音楽家としての道を失いかけた。ロベルトが作曲中は静かにするようにと命じたので、ピアノの練習をすることができなくなったのだ――さらに、作曲家になるという夢を追うこともできなくなった。そのような状況は夫がインスピレーションを受けて仕事をしているあいだ、何日も、何週間も続いた。一八四一年六月にそんな時期が続いたとき、クララは次のように不満を述べている。「私のピアノの練習は滞っている。ロベルトが作曲をするときはいつもこうだ。まる一日のあいだに一時間でさえ自分の自由にはできない！」結局、クララは毎日、午後六時から八時までの時間をなんとか自分のものにした。伝記作家のナンシー・B・ライクによると、その時間、ロベルトは「いつも近所の酒場にビールを飲みにいった」からだ。

ロベルトは自分が妻に強いている苦しみに気づいていた。しかし、気の毒だが仕方のないことだと考えていた。彼はこう書いている。「クララは私が全力を尽くさなければならないことを理解している。私は若い盛りで創造性の頂点にあるのだから。まあ、音楽家同士が結婚したらそうあるべきだし、互いに愛し合っているなら、それで十分だ」。ロベルトは家事を手伝うなど考えたこともなかった。使用人を雇うことはできても、やるべきことはいくらでもある。一八四一年にクララは最初の子を出産し、最終的に八人の子を産む。しかし、子どもたちの世話や、静かにしろというロベルトの要求にもかかわらず、クララはピアニストとしての仕事をなんとか続けた。十四年間のロベルトとの婚姻期間中に、少なくとも百三十九回のコンサートを開いていることから、彼女のたゆまぬ努力と不屈の意志がうかがえる。コンサートの収入が一家の家計にとって重要だったことも幸いした。しかし、家計のため、というのはクララにとって単に都合のいい言い訳にすぎなかった。彼女はこう書いている。「創造的な活動に勝るものはない。たとえそれが我を忘れる時間を持つためにすぎないとしても。そのあいだ、私は音の世界でのみ生きている」

シャーロット・ブロンテ

一八一六〜一八五五

シャーロット・ブロンテは子ども時代に母親の死と二人の姉の死という悲劇に見舞われ、成長してからも若いころは学校の教師や家庭教師の職を短期間で転々として、みじめな思いをした（妹のエミリーへの手紙にこう書いている。「私はいままでにも増してはっきりとわかった。家庭教師は幽霊のような存在だ。理性のある生きた人間とみなされていない。うんざりするような仕事をこなさねばならない存在として、その仕事と結びつけて考えられているだけだ」)。しかし一八四二年、おばのエリザベスが亡くなると、シャーロットとふたりの妹は遺産を受け取り、執筆活動に専念できるようになった——少なくとも、ハワースにある実家の牧師館で家事をする時間以外は、すべての時間を使うことができた。三人の姉妹は生涯のほとんどの期間、その家で暮らし、それぞれの小説——シャーロットは『ジェーン・エア』と『シャーリー』と『ヴィレット』を、エミリーは『嵐が丘』を、アンは『アグネス・グレイ』と『ワイルドフェル屋敷の人々』を書いた。

生活のために働かずにすむようになっても、シャーロットは毎日書いていたわけではない。というか、毎日書くことはできなかった。彼女の友人で伝記作家のエリザベス・ギャスケルは次のように書いている。

シャーロットはときどき、何週間も何ヵ月もたってから、すでに書いた部分になにか付け加えなければいけないと思うことがあった。また、ときには朝目覚めた瞬間に、自分の物語の進路が目の前にはっきりと見えることもあった。そういうときに彼女がまず考えるのは、家庭内の雑用や子としての務めを果たしてしまわなければいけない、ということだった。そうすれば机の前にすわり、さまざまなエピソードやその顛末をきちんと書くことができる。それらのエピソードは実際のところ、彼女の頭のなかでは、現実の生活以上に現実的なものだった。しかし、彼女といっしょに日々の家事を担った人々がはっきり証言しているが、シャーロットはこのように（いわば）「憑きものに憑かれたような状態」にあっても、一瞬たりとも義務をおろそかにしたり、人助けを拒んだりすることはなかった。

シャーロットの執筆時間について、ギャスケルは次のように書いている。ブロンテ三姉妹は毎晩、九時には書くのをやめて、三人で集まり、それぞれがいま取り組んでいる作品について話し合った。居間のなかを行ったり来たりしながらプロットについて説明したり、週に一回か二回は書いたものを朗読して意見やアドバイスをいい合った。「シャーロットが私〔ギャスケル〕に話したところによると、その際いわれた意見やアドバイスによって作品を修正しようと思うことはほとんどなかったらしい。自分は現実を記述しているという思いに取り付かれていたせいだろう。しかし、朗読は姉妹全員にとって大きな楽しみであり刺激にもなっていた。それによって、日々絶え間なく発生する悩みやプレッシャーから解放され、自由を感じることができたからだ」

クリスティーナ・ロセッティ

一八三〇〜一八九四

クリスティーナ・ロセッティはイギリスの詩人だが、兄のウィリアムによると、彼女の書くものは「まったく無作為に、無意識に浮かんでくるもの」だったという。ロセッティ自身、いい詩は自然に浮かんでくるもので、無理やり作ろうとしても、たいていは無駄に終わると信じていた。「私は詩を書く力をコントロールできたためしがなく、その力を当てにすることはできない」と書いている。彼女の最初の詩集を出した出版業者から、二冊目を書いてもらえるかとたずねられると、ロセッティはこう答えた。「注文に応じて書くということは、私にはとてもできません。その理由はもちろん、適当な分量をすぐに作れないからですが、それだけではありません。もし私がこれまでに価値のあることを少しでもしたとしたら、それは単に自然に浮かんできたものをつかんできたからでしょう。実際、できることなら、読む価値のある本を一冊しか書かなかった作家としてではなく、かけがえのない本を一冊だけ書いた作家として人々の記憶に残りたい」

ジュリア・ウォード・ハウ

一八一九〜一九一〇

ハウは「リパブリック讃歌」の作詞者としてよく知られている。ハウはその歌詞を一八六二年に書き、それが南北戦争の北軍の愛唱歌となったため、作詞者として有名になり、尊敬されるようになった。しかしハウはそのほかにも詩集や戯曲をいくつも書いていて、その多くを、六人の子を育てながら書いた。しかも夫は彼女が作家として仕事をすることに反対していたので、それを押し切って書かなくてはならなかった。さらにハウは奴隷制廃止運動や婦人参政権運動などさまざまな社会改革運動に精力的に取り組んだ。九十一歳で亡くなった翌年、娘のモードがハウの晩年についての回想録を出版した。それはハウがどうやってそんなに多くのことを成し遂げたのか説明しようとする試みでもあった。「母は終生一貫して仕事をしていた。まるで自然の営みのように、休むことも急ぐこともなく着実に、仕事、仕事の毎日だった」とモードは書いている。「決して怠けることはなく、焦ることもなかった」というハウの働き方は、彼女の日々のスケジュールを見ればよくわかる。それは見事に仕事と余暇のバランスの取れたものだった。まず、朝は七時に起き、すぐに冷水風呂に入る（晩年には冷水からぬるま湯に変更した）。そのあと家族と朝食をとるが、食卓はたいていにぎやかなものだった。モードによると、ハウは「朝がとくに元気だった」という。朝食では紅茶を一杯飲む。紅茶は夕飯のときに少しだけ飲むワインとともに、彼女がとる唯一の興奮性飲料だった。「母はとても陽気で、生きる喜びがほとばしってあふれそうだったので、私たちは母のことを〝わが家のシャンパン〟と呼んでいた」とモードは書いている。

朝食が終わるとすぐに、ハウは手紙や新聞に目を通す。そのあと、モードによると、「朝の散歩に出かけ、柔軟体操をするか、孫とボール遊びをし、それが終わると本格的に仕事にとりかかる。午前十時には机についていた」。そして「調子を上げるために」、とても難しい勉強――ドイツ哲学の本やギリシャ演劇の本、ギリシャの歴史や哲学の本などを読むこと――から始める（ギリシャの本を読み始めたのは、五十歳のときにギリシャ語を学び始めてからだった）。そのあとは、そのとき手がけている著作の執筆にとりかかり、「鉄を金床にのせて鍛えるように」せっせと仕事をする。それから二十分の仮眠をとり、昼食の時間になると、いつも好きなものを好きなだけ食べる。それで気分が悪くなるようなことはない。モードによると、「ダチョウ並みの消化能力があると家族にいわれていた」。

昼食のあとは机に戻って、午前中の仕事の続きをし、手紙の返事を書き、最後になにか軽めの本、たとえばイタリアの詩や旅行記やフランスの小説などを読む。日が暮れてからは、決して仕事をしなかった。打ち合わせや人と会う予定がなければ、夜は家族と過ごすようにした。夕飯をいっしょに食べて、そのあと「おしゃべりをしたり、トランプ遊びをしたり、音楽をきいたり、朗読をしたりした」。

ハウはあきらかに晩年を楽しく過ごしていたようだが、その理由のひとつは、不幸な結婚のせいで、若いころは十分に人生を楽しめなかったからだろう。二十四歳で結婚してすぐに、夫と自分は結婚生活に求めていることがまるでちがうと気づいた。ハウは夫婦が比較的対等な立場で互いの知的活動を助け合うのが当然だと思っていた。しかし夫のほうは、大家族とその切り盛りをする妻を求め、自分の執筆の仕事には干渉しないでほしいと思っていた。ハウは結婚当初、「おもにふさぎ込んでいるか、寝ているか、赤ん坊の世話をしているかで、夢遊病者のような状態で」過ごした。そのときのことを彼女は「すべての美しいもの、すばらしいものから引き離されて、まるで目が見えなくなったような、死んだような気がする」と書いている。ハウはそういう束縛に、最初はおずおずと、次第に大胆に抵抗するようになった。一八五三年には『Passion-Flowers』〔未邦訳〕という詩集を出版し、そのことを知らなかった夫を激怒させる。そしてその後も何冊も本を出して、そのたびに夫の怒りを招きつづけた。一八七六年に夫が死去したときには、ハウの名声はかなり高くなっており、ようやくそのことを心から喜ぶことができた。それを思えば、彼女がそれから亡くなるまでの十数年間を、いかにも楽しそうに生きたのも当然だろう。死期が近づいたとき、娘から「人生の究極の目的について一言でいって」といわれたとき、九十一歳のハウは少し考えたあと、次のような一文にそれをまとめた。「学ぶこと、教えること、奉仕すること、そして楽しむこと！」

ハリエット・ビーチャー・ストウ

一八一一～一八九六

「今後も書き物を続けるとしたら、私は専用の部屋を持たなければなりません。そこは私だけの部屋になるのです」ストウが夫への手紙にこう書いたのは一八四一年で、ヴァージニア・ウルフが有名なフェミニズム批評で「自分だけの部屋」の必要性を訴えたときより一世紀近く前のことだった。当時ストウは三十歳で、数年前から全国誌に短編小説を発表し、まもなく初めての著書となる家庭小説の短編集が出版されることになっていた。生涯で七人の子を産むことになるが、この時点ですでに四人の子がいた。夫は神学の教授で当時とすれば進んだ考えの持ち主であり、ストウが小説を書くことを応援し、専用の部屋がほしいという彼女の望みにもすぐに理解を示した。それでも夫は、ストウが家の切り盛りをし、子どもたちの面倒をみることを当然だと考えていた。一八五〇年、ストウは義理の姉への手紙に、自分の毎日の様子について、こう説明している。

この手紙を書き始めてから、少なくとも十回くらいは中断させられています。そのうち一回は魚屋がきたのでタラを買うために、もう一回はリンゴ売りに対応するために、もう一回は本屋の相手をするために［……］赤ん坊をあやすために、台所で夕飯のチャウダーを作るために、そしていままたこうして書いていています。必死の決意がなければ書くことはできません――まるで風と潮に逆らって舟をこぐようなものです。

驚くべきことに、ストウは主婦としての仕事に絶え間なく追われながら、毎日三時間書くことができた（のちの手紙でストウは「おもに子ども部屋と台所で仕事をしていた」と書いている）。このような状況は、一八五二年に『アンクル・トムの小屋』が出版されたことによって劇的に変化した。その本は最初の一年で三十万部売れ、ストウはほとんど一夜にして経済的に豊かになり、世界的な有名人となった。だが、それによって悩みも増えた。『アンクル・トムの小屋』の出版から数ヵ月で「すでに、金銭的援助の依頼に責めたてられるようになっていた」と妹が書いている。ただ、主婦としての仕事が作家としての仕事に優先されるという問題は二度と起きなかった。ストウが『アンクル・トムの小屋』に続く作品にとりかかったとき、夫は出版業者に宛てた手紙に、「我々は彼女の家事の負担を軽くするために、できるかぎりのことをします」と書いている。

ローザ・ボヌール

一八二二〜一八九九

ボヌールは十九世紀のもっとも有名な女性画家で、とくに動物の絵、なかでも一八五三年の堂々たる油絵作品《馬の市（The Horse Fair）》がよく知られている。ボヌールは同時代のほかの女性画家とちがい、対象となる動物の解剖学的構造を精密に表現することにこだわって、「男性的な」画風を賞賛された。ボヌールはまた男性の服を着ることでも有名で、それは十九世紀のフランスではスキャンダラスだっただけでなく、違法でもあった。一八五〇年代にフランスの警察によって男装を許可された女性は十二人しかいなかったが、ボヌールはそのうちのひとりだった（ジョルジュ・サンドもその十二人のうちのひとりだった）。彼女がその許可を得ることができたのは、仕事のために屠畜場へいって動物の体の構造を詳しく知る必要があり、そのためにズボンをはかねばならないと訴えたからだ。「女性が男性のように見られたいからという理由で女性の服を着るのを拒否することには強く反対します。［……］私がこういう服装をするのは、断じて目立ちたいからではありません。そういう理由で男装をする女性が多いようですが、私の場合は仕事のためなのです。私が何日も屠畜場で過ごしていることを忘れないでください。ああ！　芸術に身も心も捧げなければ、屠畜人に囲まれて血の海のなかで暮らすことなどできません」

実際には、ボヌールは屠畜場だけでなく、家でもアトリエでもしょっちゅう男装をしていて、それは公然の秘密だった。しかし彼女にはその事実をなるべく目立たせたくない理由があった。それは、男装をひけらかしたりすると世間の反感を買って絵が売れなくなるだけでなく、これまでずっと女性のパートナーと暮らしてきたことについて悪意のある詮索をされる恐れがあったからだ。最初のパートナーはナタリー・ミカという女性で、ボヌールの一家と家族ぐるみつきあいのあった知人の娘だ。ふたりはボヌールが十四歳、ミカが十二歳のときに出会い、親友になって、のちに恋人になった。そしてミカが一八八九年に死去するまで、いっしょに暮らした。ミカの死からまもなく、ボヌールのもとに若いアメリカ人のアンナ・クルンプケという画家が訪ねてきた。八年後、クルンプケはもう一度ボヌールのもとを訪れて彼女の肖像画を描かせてもらえるかとたずねた。ボヌールはかまわないと答え、その肖像画が完成する前にクルンプケに愛を告白した。クルンプケはそれに応えて、ふたりは翌年の春にボヌールが死去するまでいっしょに暮らした。

当時、ボヌールは、フォンテーヌブローの近くのビーという場所に購入した屋敷に四十年近く住んでいた。ボヌールとミカはその屋敷を「完璧な愛の領域」と呼んでいた。クルンプケがボヌールの肖像画を描くために一八九八年にそこにやってきたとき、クルンプケはすぐさま、偉大なアーティストの日々のスケジュールについて詳しい説明を受けた。「私はいつも太陽が沈むとともにベッドに入り、朝は五時に起きる。午前七時から九時のあいだに、使用人といっしょに二匹の犬を連れて馬車で遠乗りをする。そのあと昼食まで仕事をして、昼食のあとは新聞を読んで昼寝をする。二時以降はずっとあなたといっしょにいられるわ」。ボヌールがクルンプケに語ったところによると、以前はもっと長い時間仕事をしていたが、もうその必要はなくなったという。「いまはもうだらだらして、実際に手を動かすより、考えることが多くなったの」とボヌールはいった。

その後、クルンプケはボヌールの朝の習慣について、もうひとつ重要な側面があることを知った。ボヌールの寝室には鳥かごがいっぱいあって、そのなかには六十羽もの鳥が飼われていた。「さまざまな種類の、さまざまな色の鳥たちが、朝から晩まで、耳をつんざくような騒々しい鳴き声をたてていた」とクルンプケは書いている。ボヌールは毎朝起きると、鳥かごから鳥かごへと移動しながら、愛する鳥たちに餌をやってまわる。クルンプケはボヌールに、その鳥たちはあなたが寝たいときに邪魔にならないのですか、ときいた。するとボヌールはこう答えた。「ちっとも邪魔にならないわ。私はカーテンを閉めないので、鳥たちが鳴き始める前に、太陽の光で目が覚める。私は朝いちばんの太陽の光を浴びるのが大好きなのよ。だから、その大好きなモーニングコールが雲に邪魔されなかった日の朝は、いつもすごく幸せなの」

ボヌールが飼っていた動物は鳥だけではなかった。クルンプケの記録によると、「犬、馬、ロバ、雄牛、ヒツジ、ヤギ、アカシカ、ノロジカ、トカゲ、ムフロン［高地に住む野生のヒツジ］、イノシシ、サル、とてもかわいくてとても獰猛なライオン」などがいた。ファティマという名のライオンは、ボヌールのあとをプードルのようについてまわることで有名だった。また、サルたちは家のなかに自由に出入りすることを許されていた。ラタタという名のメスザルについてボヌールはこう書いている。「夜になると、ラタタは家にやってきて、私の髪を結ってくれた。どうやら私のことをオスのサルだと思っているらしい！」

しかし、ボヌールがこのように幅広くたくさんの動物を飼うほんとうの目的は、絵のモデルを確保するためだった。それによって、農場や家畜の飼育場や市場や馬市などに足を運ばなくても、自分の屋敷で仕事をすることができる。野外にいる動物たちを書くために、ボヌールは一風変わった荷馬車を作らせた。それは冷たい雨風をしのぐためのものだった。友人たちによると、「四つの車輪がついた小屋のような感じ」で、一方の側面が「ガラス張りになっている。そのなかに、冷たい外気から守られて、ローザ・ボヌールがすわっていた」という。動物たちと絵とミカの愛、そしてのちにはクルンプケの愛。ボヌールは自分が必要とするものすべてを手にしていた。「私は古ネズミ」とボヌールは書いている。ビーの屋敷に落ち着いてから七年たった一八六七年のことだ。「山や谷をあちこち嗅ぎまわったすえに、自分の巣穴に引きこもって、とても満足している。けれども実際は、世の中と関わらずにただ眺めてきたことに多少の悲しさも感じている」

エレノア・ローズベルト

一八八四〜一九六二

エレノア・ローズベルトは従来の意味ではアーティストではなかったかもしれない。しかし彼女は間違いなく創造性にあふれ、強い影響力をもち、楽観主義と実用主義と揺るぎない信念とたゆまぬ努力をうまくミックスして、社会の変革のために活動した。アメリカ史上もっとも長くファーストレディを務めたエレノアは、毎月のように出張講演に出向き、毎週のようにラジオに出演し、女性ジャーナリストを集めて定期的に会見を行なった。一九三六年からは、多くの新聞に掲載される

「マイ・デイ」というコラムが始まり、週六日の執筆をその後二十六年間、ほとんど休みなく続けた。一九四五年に夫が死去したあとは、新たに創設された国際連合の最初の米国代表団の一員となり、翌年には国連人権委員会の議長を務めた。そして一九四八年の世界人権宣言の起草に尽力した。同時にさまざまな活動に精力的に関わった。全国を飛びまわって講演をし、民主党内の政策の策定に影響を与えた。数冊の本を著し、ものすごい量の手紙を書きつづけた。自伝によると、一日におよそ百通の手紙を受け取り、そのすべてに返事を書いたという（ほとんどの返事は三人の秘書のうちのひとりが書いたが、エレノア本人も日に十通から十五通は書いた）。

『生きる姿勢について　女性の愛と幸福を考える』という著書のなかで、エレノアは時間を最大限有効に使うにはどうしたらいいかという問題について考察している。どうやら彼女はその問題についてかなりのエキスパートだったようだ。

これまで私は三つの方法でその問題を解決してきました。まず、まわりで起こっていることに惑わされずに仕事ができるよう、心を落ち着かせること。ふたつ目は、目下の問題に集中すること。三つ目は、毎日決まってすることをパターン化して時間を割り振り、やらなければならないことをすべて前もって計画すること。ただし同時に、予期せぬことにも対処できるように、柔軟でいるのも大切です。

エレノアの毎日にはさまざまな活動がぎっしり詰めこまれていた。「私はふだん、日中に静かな時間を長く過ごすことはない」と書いている。朝はたいてい七時半に起き、すぐに仕事を始めて、午前一時ごろに就寝するまで続ける。新聞のコラムを書くのは、一日の最後になることが多く、午後十一時かそれ以降にベッドからの口述筆記で仕上げることもよくあった。長年の友人の話では、「一晩に五時間か六時間の睡眠でまったく支障なくやっていけるし、〝疲労〟という言葉の意味がわからないようだった」。

エレノアのような例をみれば、誰でも奮起を促されるだろう。しかし、まわりの人間にとって、彼女についていくのはひどく疲れる仕事だったようだ。娘のアナによると、エレノアの仕事に対する厳しさはほとんど恐怖を感じるほどのものだったという。

私がよく身のすくむ思いをしたのは、母がときどき、夜十一時半ごろに［長年母の秘書を務めていたマルヴィーナ・〝トミー〟・トンプソンに向かって］「私はまだコラムを書かなくちゃいけないの」というときだった。すると、へとへとのトミーはタイプライターの前にすわって、母が口述する文章を打っていく。ふたりとも疲れ切っていた。あるとき、トミーがとげとげしい声で「もっと大きな声でいってくださらないときこえません」というと、母は「ちゃんときく気があれば、完璧にきこえます」と答えた。

ドロシー・トンプソン

一八九三〜一九六一

トンプソンはアメリカのジャーナリストで、妥協を知らず、恐れを知らないことで有名だった。週に三日、数多くの新聞社に配信される彼女のニュースコラム「オン・ザ・レコード」は世界中の数百万の人々に読まれていた。伝記作家のピーター・カースによると、彼女は次のようにしてコラムを書いていた。

〔ドロシー・トンプソンは〕ベッドのなかで手書きでコラムを書いた。彼女はほとんど毎日昼過ぎまでベッドのなかにいて、新聞を読んだり、友人に電話をしたり、手紙の返事を書いたり、ブラックコーヒーを飲んだり、キャメルを次々と吸ったりした。秘書のひとりがいつもそばに控えて、彼女の口述を書きとる用意をしていたが、講演や記事やレギュラー出演しているラジオ番組などのために原稿を書く必要がないかぎり、コラムはひとりで書くことを好んだ。そして、その出来ばえに満足するとようやくベッドから出て、そのときたまたま部屋にいた人間に読んで聞かせた。コラムが仕上がったら、急いでタイプされ、速達配達人によって『ヘラルド・トリビューン』紙のオフィスへ送られる。そこで誹謗や中傷にあたる部分がないか、文法的な誤りがないかのチェックが入って（それ以外はほとんど手を入れられることなく）、航空便か電信で全国の新聞社に届けられる。そのころにはドロシーも起きて着替えをすませている。そのあとの時間はアパートのなかをうろうろして過ごすが、その間もつねに罫線入りの黄色のメモ用紙を握りしめ、アイデアが浮かんだらすぐ書きとめられるようにしていた。ほかにも、筆記用紙やパーカーの万年筆やL・C・スミスのタイプライターなどが家のなかのあちこちに置いてあった。いつ、なにに「興味が湧いて」、それを書きとめなくてはならないかわからないからだ。そんな状態で原稿を書いたり、注釈を入れたり、電話をしたり、打ち合わせをしたりするうちにカクテルの時間になり、友人たちが一杯やりに立ち寄り始める。

コラムは一本、一千語で、トンプソンはそれを一九三八年だけで一三二本書き、長い雑誌記事を十本ほど、種々雑多な記事を何本か書き、五十回以上の講演を行ない、数えきれないほどラジオに出演し、当時の難民問題を論じた本を一冊著した。それらすべてをやることができたのは、ひとつにはデキセドリンその他の覚醒剤を医者に処方してもらって常用していたおかげだ。しかし本人は、自分を突き動かす活力のもとはフラストレーションだと信じていた。人類が凝りもせず繰り返す愚行に対するフラストレーションは、彼女の心のなかに際限なく湧いてきた。「私は大量のアドレナリンにたよって生きている」とトンプソンは書いている。「それは私が目覚めているあいだ、つねに感じる怒りから自然と精製される。それは妥協する人々に対する怒りであり、無関心で冷淡で愚かな人々に対する怒りだ。そういう人々はこの嘆かわしい世界にいまだに存在するのだ！」

思いがけない心の揺らぎ

ジャネット・フレイム

一九二四〜二〇〇四

フレイムはニュージーランドの作家で長編小説を十二冊、短編小説集を四冊、詩集を一冊、そして三巻から成る自伝を書いた。ニュージーランド南島の労働者階級の家庭で五人きょうだいのひとりとして育ち、地元の教育大学で学んで、当初は教師として働いていた。しかし、一度自殺未遂をしたあと精神病院に入れられて、統合失調症という誤った診断を受けた。そしてその後の八年間、ほとんどの期間をいくつもの精神病院を転々としながら、二百回も電気ショック療法を受けた。それでもフレイムはなんとかして小説を書き、次第に執筆に打ちこむようになって、一九五一年には、最初の短編集『潟湖（ラグーン）』が出版されることになった。当時、フレイムはシークリフ精神病院に入院していて、ロボトミーの手術を受ける予定だったが、その本がニュージーランドのもっとも権威ある文学賞を受賞したことを主治医たちが知ると、手術は中止され、退院を許可された。

退院後、フレイムは妹の家に住むことになって、その妹の手引きにより、地元の有名な作家、フランク・サージソンのもとを訪ねた。フレイムの書いた短編小説を読んで感銘を受けたサージソンは、自宅の裏にあった離れを住居として提供することを申し出た。さらに、国から傷病手当を受給する手続きも手伝った。こうしてシークリフ精神病院を退院してから約一ヵ月後、フレイムはサージソン宅の離れに引っ越し、とつぜん作家としての仕事に専念することになった。「離れのなかにはベッドと造りつけの机と、その上に灯油ランプがあり、床にはイグサの敷物が敷いてあった。扉代わりにカーテンのついた小さな衣装ダンスもあって、ベッドの枕元のそばには小さな窓があった」と自伝の第二巻に書かれている。「サージソンさん（私はまだ彼のことをフランクと呼ぶほどずうずうしくはなかった）は、すでに健康診断書と傷病手当の受給の準備もしてくれていた。傷病手当は週三ポンドで、それはサージソンさんの収入と同額だった。こうして私は自分の望むもの、必要なものすべてを手にした。それと同時に、なぜこれを手に入れるまで、こんなに長くかかってしまったのだろうと悲しくなった」

フレイムはすぐに生活のリズムをサージソンの生活のリズムに合わせた。それでも、朝はとても早く起きてすぐに着替えるという、病院で身につけた習慣を変えることはできなかった。「サージソンさんは朝七時半ごろ起きて八時に朝ごはんを食べる。私は起きてからずいぶん時間がたってから、ようやく勇気を出して、室内用便器と洗面用具を持って母屋へ行き、サージソンさんが起きて着替えるのを待つことになった」とフレイムは書いている。

いつも、朝食は自分で作った。メニューは前夜から発酵させておいた酵母菌入りドリンクと、ハチミツをかけた手作りの凝乳《ぎょうにゅう》、パン、ハチミツ、紅茶。サージソンさんがカウンターの自分の席にすわっていっしょに食べることがあると、私はおしゃべりをしたくて話しかけた。ところが、引っ越してきて一週間もたたないうちに、サージソンさんから「きみは朝食のときにむだ口をたたく」といわれてしまった。

私はその言葉を肝に銘じて、「むだ口をたたく」のはよそうと思った。けれども、私がその意味をほんとうに理解したのは、毎日、規則正しく執筆するようになってからだった。自分だけの精神世界を作り上げて、それをしっかりと維持するのは、自分にとってもサージソンさんにとっても大切なことだった。その精神世界は毎朝目覚めるたびに新しくなるけど、夜寝ているあいだも、家のなかに入ろうと戸口の前で待ち構えている動物のように存在している。そしてその世界の形や力をなによりも守ってくれるのは周囲の静けさなのだ。「きみはむだ口をたたく」といわれて傷ついた私の心は、作家の生活を知るにつれて癒えていった。

朝食を終えると、フレイムは離れに戻って、初めての長編小説『Owls Do Cry』〔未邦訳〕の執筆に取り組んだ。午前十一時になると、サージソンが紅茶の入ったカップとハチミツを塗ったライ麦ワッフルを持って母屋から出てくる。静かに離れのドアをノックして、なかに入ってくると、「〔フレイムが〕タイプで打ったばかりの原稿から礼儀正しく目をそらしながら」、書き物机の上にカップとワッフルを置く。サージソンが出ていくとすぐ、フレイムは紅茶とワッフルを「ひっつかんで食べ」、また仕事を続けた。午後一時になると、サージソンがまたやってきてドアをノックし、昼食の用意ができたことを知らせる。昼食のとき、サージソンは本の一節を朗読した。「サージソンさんはその本の書き方について解説し、私はそれを拝聴した。彼のいうことすべてを受け入れ、信じて、彼の頭のよさに驚くばかりだった」

しかし彼女はサージソン宅の離れにあまり長くはいなかった――十六ヵ月後、奨学金をもらって、ヨーロッパへいくことになったのだ。そしてその後の数年間、ヨーロッパで仕事をした。しかし、サージソン宅で身につけた習慣は、生涯役に立った。そのほかに役に立った習慣は、一日の仕事の進捗状況をノートに記録することだ。ノートに定規で線を引いて、日付と、その日書きたいページ数と、実際に書いたページ数と、「言い訳」を書く欄を作った。のちに作家としてキャリアを積んでくると、「言い訳」の欄をなくし、代わりに「むだに過ごした日」を記録するようになった。なぜなら、「わかりきった言い訳を自分自身に対してはっきりさせる必要はないからだ」。

その後フレイムは何十という文学賞を受賞したが、ほんとうに有名になったのは、一九九〇年、映画監督のジェーン・カンピオンが彼女の自伝をもとに『エンジェル・アット・マイ・テーブル』という映画を作ってからだ。フレイムの死後、カンピオンはニュージーランドの彼女の家を訪れたときのことを書いている。自伝の映画化権を取得したいとたのみにいったときのことだ。「彼女はそれまでに私が会ったどんな人ともちがっていた。誰よりも自由でエネルギッシュで、そして驚くほどまともだった」

彼女の家は少し雑然としていた。キッチンは食器が散らかっていたし、バスルームにはドアがなく、カーテンが吊ってあるだけだった。魅力的な白いペルシャ猫がいて、私たちはその猫をなでたり、みとれたりした。その後、フレイムは家のなかを案内して、どんなふうに仕事をしているか教えてくれた。各部屋、というか各部屋の一角がそれぞれ、彼女が現在書いているいくつかの作品のひとつを書く専用のスペースになっていた。そのために、あちこちがカーテンで区切られて部屋のようになっている。病院で患者のプライバシーを守るためにカーテンが吊るされているような感じだ。さっきまで彼女が仕事をしていた机の上には、イアマフが置かれていた。

フレイムはカンピオンに「どんな音もがまんできないの」と話した。だからイアマフを使うし、家の前面の壁には、防音のためのレンガが二重に積まれていた。しかしその壁はあまり効果がなかった。カンピオンはのちに映画のなかでイアマフを登場させた。ラストシーンでフレイムが妹の家の裏庭に設置されたトレーラーハウスで執筆をしていて、外で遊んでいる姪や甥たちのたてる騒音をさえぎるために、イアマフをつけている。それは、社会のなかでは決して完全に心地よく過ごすことはできなかったが、小説を書くことに意義と目的を見出した彼女の姿を的確に表している。フレイムはかつてフランク・サージソンにこういっている。「私にとって大事なのは書くことだけだと思う。毎日、書くのをやめるのがいやでしかたがない」

ジェーン・カンピオン

一九五四〜

ニュージーランド生まれの映画監督、ジェーン・カンピオンにとって、映画を仕上げるまでの長いプロセスは、ほとんどの場合、脚本作りから始まる。これまでに撮った七本の長編映画のうち五本と、連続テレビドラマ『トップ・オブ・ザ・レイク』では、自分で脚本を書くか、誰かと共同で書くかした。カンピオンはいくつかのインタビューで、脚本を書くのはひじょうに直観的なプロセスだと述べている。「それはなんともいいようのない感覚から始まる——雰囲気とでもいうのかしら。それから、自分が感じたり考えたりしている雰囲気を作り出しているものを書こうとするの」一九九三年のインタビューではそういっている。もしその脚本作りがうまくいけば、「できあがった映画がその雰囲気になっている」という。

一九九三年の映画『ピアノ・レッスン』の脚本を書き始めたときは、一週間ひとりで過ごして物語の雰囲気や主人公の気持ちにひたり、ときには涙を流すこともあった。「数日間、物語のなかで過ごさなければならないの。いったんその雰囲気をつかみ取ってしまえば、［……］物語の外に出て、九時から五時までの通常の仕事時間のなかでその先を作っていくことができる」。しかし、実際はそのあとでも脚本執筆のプロセスはデリケートで乱れやすい。一九九七年にはこういっている。「ときどき、すごく創造性が高まる瞬間があって、いろいろなアイデアがうまくつかめそうな気がして、必死で書きまくることがある。でも、そのうちお腹がすいてきたり、疲れたりしてきて、ああちくしょう、あと一時間続けられたら、なんとか目鼻がついていたかもしれないのに、と思うの」

アニエス・ヴァルダ

一九二八〜二〇一九

ヴァルダはよく、フランスにおける映画運動「ヌーヴェルヴァーグの祖母」と呼ばれる。九十歳まで現役で活躍し、これまでに二十一本の長編映画、十本以上の短編映画を作ってきた彼女にはふさわしい称号と思われるが、最初にこの名を付けられたのはまだ三十歳のときで、自分のことを映画界の巨匠だなどと思ってもいなかった。本人によると、一九五四年に初めての映画『ラ・ポワント・クールト』を撮った時点で、五本しか映画をみたことがなかったという。実際、『ラ・ポワント・クールト』は当初、小説にするつもりだった。「でも、要約を書く代わりに絵を描いて、それを映画の助監督をしていた男性に見せた。そしたら、これは映画にしたほうがいいといわれたので、借金をして映画作りを始めたの」一九七〇年にヴァルダはそう語っている。同じインタビューで、自分が映画を作る原動力となっているのは、「内に潜む直観の川」だといっている。

しかし、次の映画『5時から7時までのクレオ』を作るまでには七年かかった。「それは私が女だったからではなく、予算的に着手しにくい種類の映画を作ろうとしていたから」とヴァルダはいっている。いっぽうで彼女は、男性優位のすべての職場と同様に、映画界でも、女性が直面する問題があるとはっきりと述べている。「問題はふたつあって、ひとつは女性の昇進の問題。すべての職業において、女性にも男性と同程度の昇進が認められるべきだと思う。そしてもうひとつは社会の問題。つまり、子どもを持ちたい女性が、自分の望むときに、望む相手と、子どもを持つことができるように保障しなくてはいけないし、女性が子どもを育てるのを助けなければいけない」一九七四年にヴァルダはそういっている。そして、自分の場合はどうだったか、次のように語っている。「解決策はひとつしかなくて、それは一種の〝スーパーウーマン〟になって、いくつかの人生を同時に生きること。私の場合、人生でいちばん大変だったのはそれ――つまりいくつもの人生を同時に生きて、どの人生も妥協せず、あきらめないこと――だった。子どもを持つことをあきらめない、映画の仕事をあきらめない、男性が好きなら、男性もあきらめない」

同じ年、ドイツのテレビ局がヴァルダに新しい映画の制作を依頼した。条件は制作期間が一年というだけの白紙委任だった。しかし、その一年前にヴァルダは二番目の子を出産していて、撮影現場で小さな子の面倒をみるのがいかに大変か、経験からわかっていた。そこで、家を離れずにその映画を撮ることにした。「私は女性の創造性――家庭や母親としての役割につねに少し不自由を感じ窒息しそうになっている創造性――のよい見本となるのだと自分自身に言い聞かせた」一九七五年にヴァルダはそういっている。

これらの制約からどんなことが起きるのだろう、と考えた。このように限定された状況で、ふたたび創造性を発揮することはできるのか、と。［……］そこで、この考え、つまりほとんどの女性は家庭に縛られているという事実から出発した。そして自分を自分の家庭につなぎとめた。新しいへその緒を思い描いて、特製の八十メートルの電源ケーブルを家のコンセントにつなぎ、［映画を撮るために］ケーブルが届く範囲のスペースを自分に与えることにした。ケーブルが届かないところへは行けない。必要なものはすべてその範囲で見つけて、その先へは決して行かないようにした。

この方法は成功した。ヴァルダは結局、近所の商店主たちの日常を撮影し、それは『ダゲール街の人々』というドキュメンタリー映画になった。これは、彼女の仕事の進め方としては、かなり典型的な例だった。ヴァルダは仕事を速く仕上げることを好んだ。「アイデアが浮かんだら、できるだけすぐに撮影する。まだ創造の苦しみのなかにいるうちに」（一九六五年の映画『幸福』の脚本は三日で書いた。）しかしヴァルダは、いわゆるインスピレーションという考えには否定的だ。

アーティストはインスピレーションとか創造の女神《ミューズ》が舞い降りたとか、よく話すわよね。創造の女神《ミューズ》ですって！　おもしろい！　でも、創造の女神《ミューズ》なんかじゃなくて、創造的な力と自分とのあいだに結びつきがあれば、必要なときに必要なものが現れてくる。［……］だから、仕事をするときは自由に連想したり空想したりしないといけない。記憶や、偶然の出会いや、いろいろな対象とともに自分を遊ばせるの。私は三十年間の映画制作のなかで身につけた厳格な規律と、たくさんの思いがけない瞬間や心の揺らぎのあいだでバランスを取るようにしている。

一九八八年にはヴァルダはこういっている。歳をとってよかったことのひとつは、自分の仕事について、穏やかに考えられるようになったことだ。まだやっていないことがあると思って焦るようなことはなくなり、「自分のなかに誰にも触れられない、誰にも壊せないなにかがあることを特権として」楽しんでいるという。それでも、もし新しい映画を作るチャンスがめぐってきたら、エネルギー全開ですばやく行動に移る。「私は仕事をするスピードが速すぎたり、まわりの人に対する要求が厳しすぎたりして、仲間をうんざりさせてしまうことが多い。朝は五時に起きて脚本を書くし、撮影現場にはみんなが来る一時間前にいって、いろいろとチェックしてまわる。ぎりぎりのタイミングで新しいアイデアを思いついて、すぐにそれをみんなにやらせようとする。うまくいくかどうかなんてまったく気にせずに、ものすごいことを要求してしまう」

フランソワーズ・サガン

一九三五〜二〇〇四

フランスの作家で演劇や映画の脚本も手がけたサガンは、一九五四年、十八歳のときに出版された処女作『悲しみよこんにちは』でもっともよく知られている。サガンはその本を、「一日二、三時間書いて、二、三ヵ月で」仕上げた。しかも、事前に大した考えも構想もなかったという。「ただ書き始めたの。書きたいという強い欲求があって、自由な時間もあったから」とサガンはいっている。最後まで書き上げられる自信はなかったが、いったん書き始めると、「どうしても仕上げたいという強い気持ちが湧いてきた」。書き上げたあとは、出版されることなどありえないとは思ったが、ともかくパリの出版社に原稿を置いてきた。するとその出版社は好条件の契約を提示してきて、数ヵ月後には本が出版された。

『悲しみよこんにちは』は出版と同時に大変なベストセラーになり、まだ十代だったサガンを一躍有名人にした。フランスの週刊誌『パリ・マッチ』は「十八歳のコレット」という称号をサガンに与えた。本の収益によってサガンは思春期の若者の途方もない夢想を実行した。惜しげもなく散財し、浴びるほど酒を飲んで、ブルジョワ的価値観や満足を否定した。「惰性におちいったり、代わりばえのない環境で、同じことを繰り返して生きたくないの」『悲しみよこんにちは』が出てから二十年後の一九七四年、サガンはそういっている。「だからしょっちゅう引っ越しをしている――

ほとんど病気ね。日々の暮らしの現実的な問題に直面するとうんざりするの。誰かに今晩なに食べるってきかれたとたんに、おろおろして落ちこんでしまう」

いうまでもないが、サガンには決まった執筆の習慣などいっさいなかった。「ときどき、十日か二週間くらい続けて一気に書くの。その合間に、物語について考えたり、空想にふけったり、しゃべったりする。人に意見をきくこともある。人の意見はとても大切」。いつも最初は大ざっぱな下書きをすばやく書く。ときには十ページくらいのものを一時間か二時間で仕上げた。「事前にはなにも考えない。その場で即興で作るのが好きだから。自分が物語を陰で操っている感じ、自分の好きなように、どんなふうにでも操れるという感じが好き」。そうはいっても、下書きのあとは、それをじっくり見直して、文章のリズムやバランスにとくに注意を払った。「一音でも、一拍でも狂ったらだめ」といい、書いたものが自分の望む水準に達していなかったら、見直しのプロセスは「屈辱的」だった。「それはもう死にたくなるくらい。自分が恥ずかしくて、自分が書いたものが恥ずかしくてたまらない。情けなくなるわ。でも、うまくいっているときは、よく油を差してスムーズに動く機械になったような気がする。誰かが百メートルを十秒で走るのを見ているみたい。まさに奇跡ね」

グロリア・ネイラー

一九五〇〜二〇一六

ネイラーは処女作の『The Women of Brewster Place』〔未邦訳〕を書いていたとき、ホテルの電話交換手として働きながら、ニューヨーク市立大学ブルックリン校に通い、その間に離婚も経験した。「そのときは気づかなかったけれど、ありえないような忙しさだったわ」とのちに語っている。執筆は少しでも時間が空いたときや、仕事が休みのときや、仕事と学校の授業の合間や、夜勤のときなどに行なった。「夜勤のときはひとりだったの。ホテルの夜の電話交換はひとりでできるから」一九八八年のインタビューでそういっている。「午前二時半か三時ごろになると、仕事場の机で、昼間に書いたものに手を入れていった。そんなふうにしないとできなかった」。大変な意志の力を感じさせる話だが、ネイラーは自分のことを「特別に意志の強い人間ではない」といっている。「それは私がやりたかったことで、私のなかから湧き出てくるものだったから。そのおかげで、プライベートはめちゃくちゃだったけれど、きちんと規律を守ることができた」

作品が完成したのと同じ月に大学を卒業すると、最初は博士号を取って大学の教員になろうと思っていた。しかし、『ブリュースター・プレイスの女たち』は出版後すぐに批評家に高く評価され、売れ行きもよかった——一九八三年の全米図書賞の処女小説賞を受賞した——ので、計画を変更することにした。修士号を取得したあと大学院をやめ、プロの作家として仕事を始めた。生活費は創作奨励金や教師の仕事などで稼ぎ、のちには月例図書推薦会《ブック・オブ・ザ・マンス・クラブ》の執行委員も務めた。仕事のスケジュールは、そのとき取り組んでいる作品や、果たさなければならない約束や義務などによって変化した。しかし、可能な場合は早朝から正午か午後一時くらいまで執筆をして、そのあとはそれ以外の用事をこなすのを好んだ。書く場所や環境についてのこだわりはなかった。「私の要求はごくシンプルよ。最低限、暖かくて静かな場所があればそれでいい」

　執筆の方法についても、同じようにこだわりがなかった。自らを「物語を文字に起こす人間」と称し、その物語はたいてい自然に浮かんでくるという。「最初は、わけもなく頭から離れないイメージから始まる」とネイラーはいっている。「『どうしてそれが物語や本になるとわかるんですか』とよくきかれるけれど、それに対しては、『頭から離れないから』と答えるしかないの。なんとかして、書くという複雑で苦しい作業に全面的に取り組んで、そのイメージがいったいなにを意味するのかみつけないと、気持ちが悪くてしかたがないわけ。でも、いったん執筆を始めると、その意味がわかってしまうのは残念だなと思うことが多い。そのときはもう後戻りはできないけど」

アリス・ニール

一九〇〇～一九八四

ニールは二十世紀の偉大な肖像画家のひとりだが、世間に認められ始めたのは六十代になってからで、それまで何十年も、ほぼ無名だった。貧しい生活のなかで、ふたりの息子を育てる責任をひとりで負いながら、批評家にも画商にも相手にされず、それでもほとんど毎日、なんとかして絵を描きつづけた。そのためにさまざまな公的補助金を受けた。最初は公共事業促進局（WPA）が支援する芸術家として手当をもらい、その後WPAの支援事業が打ち切られると、福祉手当を受けた（家族の話では、生涯、万引きの常習者でもあった）。あるインタビューに、小さな子がふたりいる家で、どうやって絵を描いていたのですかときかれたとき、「最初は子どもたちが夜寝ているあいだに描いて、子どもたちが大きくなってくると、学校へ行っているあいだに描いた」と答えている。絵を描くのをやめようと真剣に考えたことは一度もなかったという。「子育てのあいだは描くのをあきらめようと思ったら、もう永遠に描けなくなる。たとえ描けても、それは単なる趣味になる。描くことはなんとしても続けないといけない。まあ、数ヵ月なら中断してもいいけど、何年も描かないで別のことをしていてはだめだと思う。それは自分の絵と離婚するようなものよ」。この点でも、ほかのあらゆる点でも、ニールは絶対に妥協しなかった。自己中心的であることはアーティストの特権だと考えていて、そのことに後ろめたさを感じることはなかった。男性のアーティストにはその特権が無条件に認められているのだからなおさらだ。一九七二年に学生に対して行なった講演で、こういっている。「私には、女性たちは退屈でつまらない人生を生きているとしか思えませんでした。つねに男性を助け、決して自分自身がなにかをすることはない。だけど私は自分自身がアーティストになりたかった！　よい妻がいたら、私はもっと成功していたはずです。いかにも男性優位主義者的な発想ですが、これが私の前に立ちはだかってきた社会の現実なのです」

シャーリイ・ジャクスン

一九一六〜一九六五

「家族はあなたが書くことを応援してくれましたか？」一九六二年九月、『ニューヨークポスト』紙の記者がアメリカ人の小説家シャーリイ・ジャクスンにそう質問した。するとジャクスンは、「家族は私が書くのを止められませんでした」と答えた。彼女は六篇の長編小説と多数の短編小説を書いた。なかでも有名なのは一九四八年の「くじ」という短編で、ニューイングランドの活気のない村で行なわれる石打ち刑の儀式を描いたものだ。いっぽうでジャクスンは四人の子どもといろいろなペットと夫がいる騒がしい家庭を切り盛りしていた。夫は二十世紀半ばの典型的なアメリカ人男性で、子育ては妻に任せきりだった。夫が文芸批評家や雑誌の編集者、大学の教員などをして働くあいだ、ジャクスンは子どもの世話や家事をして家庭を切り盛りしながら、執筆の時間を捻出していた。一九四九年のインタビューではこういっている。「私の生活の五十パーセントは洗い物や子どもの着替えや料理や食器洗いや洗濯や繕い物などに費やされます。それらをすべて片づけてからタイプライターに向かい、なんとかして――具体的で現実味のある物語の世界を作り上げようとします」

ジャクスンもときには作家と主婦のふたつの役割を両立させる難しさをこぼすことがあったが、彼女の伝記『A Rather Haunted Life』〔未邦訳〕を書いたルース・フランクリンが述べているように、「その制約から創造的なエネルギーを得ていたようでもあった」。フランクリンは次のように書いている。

朝、子どもが幼稚園に行ってから昼食までのあいだや、赤ん坊が昼寝しているあいだ、子どもたちが寝静まったあとなどの空き時間に書くには、自分を厳しく律することが必要だったが、それはジャクスンにとって都合がよかった。料理や掃除やそのほかどんなことをしながらでも、彼女はつねに物語を考えていたからだ。「ベッドを整えたり、お皿を洗ったり、ダンス用の靴を買いに車で町へ行ったりするときも、私はいつでも自分に物語を語っていました」ある講演でジャクスンはそういっている。子どもたちが大きくなって、もっと時間に余裕ができたときでさえ、ジャクスンは一日中タイプライターの前にすわっているような作家ではなかった。彼女の執筆は机の前にすわったときに始まるのではなく、机から離れたときに終わるのでもない。「作家はつねに書いています。すべてのことを言葉の薄い靄《もや》を通してながめ、見たものすべてに、すばやく作り上げたちょっとした表現をあてはめる。いつもまわりを注意して見ているのです」

さらに、家事にくらべて小説を書くことは楽しかった。一九四九年にジャクスンはこういっている。「夫は書くことと格闘している。書くことは彼にとって仕事なの。少なくとも本人はそういっている。私にとって書くことはくつろぐこと。その理由はなによりも、私にとって、すわってできる唯一の仕事だから。物語が育っていくのをみるのは楽しい。とても深い満足感を味わえる——まるでポーカーで連勝しているみたい」

アルマ・トーマス

一八九一〜一九七八

トーマスはアフリカ系アメリカ人の女性として初めてホイットニー美術館〔アメリカの近・現代美術作品を多数収蔵するニューヨークの美術館〕で個展を開いた画家で、ワシントンの公立小学校で三十五年間美術の教師を務めるかたわら、絵を描きつづけていた。専業画家になったのは一九六〇年、六十八歳で教職を引退してからで、その後も十年ほどは広く認められることはなかった（ホイットニー美術館で個展が開かれたのは一九七二年、トーマスが八十歳のときだった）。大学で絵画と彫刻を学んだあと、すぐにプロの画家にならなかったのはなぜかときかれたとき、それはそんなに簡単なことではなかった、と彼女は答えた。ある友人に対しては、こんなふうに語っている。「当時、学歴のある若い黒人には、とても多くのことが求められたし、まわりになじむようにというプレッシャーも大きかった」。それでも、彼女がいうには、「なにかオリジナルなもの、自分にしかできないものを作りたいという欲求が失われることはなかった」。

トーマスは教師として働いていたあいだもずっと、画家として成長しつづける方法を模索していた。一九三〇年から三年間、ニューヨークのコロンビア大学で夏期講習を受け、美術教育の修士号を取った。ニューヨーク滞在中は市内の美術館やコンテンポラリーアートを扱う画廊に熱心に通った。一九五〇年には五十九歳でワシントンにあるアメリカン大学に入学し、絵画と美術史の勉強を続けた。結婚は一度もせず、子どももいなかった。家庭を持つことは仕事を続けるにあたって大きな障害になると思っていたからだ。「女性は家族と芸術の両方にしっかり向き合うことはできない。どちらを望むのか、選ばなければならない」とトーマスはいっている。

教職からようやく引退したあとは、おもに水彩画を描いた。ワシントンの小さな家のキッチンかリビングで、カンバスを膝の上かソファの上にのせて描く。画家としての出発が遅くなったことに後悔はないといっている。「どうしてそうなったかはわからないけど、人生の曲がり角に差しかかるたびに、正しい方向へ進んで生きてきたと思う」一九七七年、トーマスは彼女のもとを訪ねてきた批評家にそう話した。

たとえば、結婚はしなかった。それは私が正しい選択をした例のひとつよ。私が知り合った若い男たちは、芸術のことなんかまったく、これっぽっちも関心がなかった。だけど私が好きなのは芸術だけ。だから私は自由の身でいたの。絵を描きたいと思ったときに描けるし、家に帰る必要もないし、遅く帰ってもいい。私がやりたいことを邪魔する人はいないし、こうしてくれといってくる人もいない。それが私の望んでいたことで、そのことに議論の余地はない。おかげで私は進歩することができた。

そんなトーマスが残念に思うことがひとつだけあった。それはプロの画家になってまもなく、慢性の関節炎を患うようになり、どんどん体が弱ってきたことだ。「精神年齢は二十五歳でやる気にあふれているのに、七十八歳の肉体に閉じこめられている。それがどんなにつらいことかわかる？時計を六十年くらい戻すことができたら、みんなをあっと驚かすことができるのに」

リー・クラズナー

一九〇八年〜一九八四

クラズナーはかつて、芸術のために払ったもっとも大きな犠牲はなにかと問われ、「犠牲にしたものはなにもない」と答えた。しかしそれは、はたから見るかぎり、信じ難い。クラズナーはハイスクールのときに絵を学び始め、二十代半ばでプロの画家になり、晩年には抽象表現主義のパイオニアとして広く認められた。いっぽうで彼女はジャクソン・ポロックと十四年間結婚していて、彼の画家としての功績と悪名高い破滅的な生き方（それは一九五六年の飲酒運転事故での死につながった）は、つねにクラズナーの経歴に影を落としてきた。にもかかわらず彼女は、自分とポロックの関係は対等なパートナーシップで、ポロックは彼女の仕事に対して、いつも「ひじょうに協力的」だったと述べている。「ポロックはとても激しい人だったので、彼との暮らしは決して穏やかではなかった。けれど、私は絵をやめるべきかどうかというような問題は一度も生じなかった。私は自分の絵をクローゼットに隠したりせず、彼の絵の隣に掛けていた」

ふたりが出会って結婚したのはニューヨーク市内だったが、そこから出ていくことを強く求めたのはクラズナーのほうだった。そして、ポロックのパトロンで画商のペギー・グッゲンハイムにねだって二千ドル借り、ロングアイランド東部のスプリングズという漁村で、暖房設備もない古い農家を買った。ふたりは一九四五年の秋にそこに引っ越した。ポロックは敷地内の納屋を自分用のアトリエにし、クラズナーは母屋の二階にある小さな寝室を自分のアトリエにした。ポロックは午前十一時か正午くらいまで寝て、起きてからもごろごろして、夕方になると納屋に行って絵を描き始める。いっぽうクラズナーは朝九時か十時に起きて二階で仕事をした。「ポロックはいつも、とても遅くまで寝ていた」とクラズナーは回想している。

朝は私にとっていちばん仕事にいい時間帯なので、自分のアトリエにいるのだけど、やがて彼が起きてくる音が聞こえる。そこで私は一階へおりていって、彼が朝ごはんを食べるのといっしょに昼ごはんを食べる。［……］私たちは、たのまれないかぎり、お互いのアトリエには入らないようにしていた。ときどき、だいたい一週間に一回くらい、彼が「君に見せたいものがある」といって［……］それから、「これはどうかな？」とたずねる。あるいは彼が私の作品をみて、「それはいい」とか「それはよくない」とかいう。

田舎暮らしはクラズナーにとってもポロックにとっても、少なくとも最初はよかった。ふたりは家事をほぼ公平に分担した。料理はクラズナーの担当だったが、パンを焼くのはポロックだった（彼は「すばらしいパンやパイ」を作った、とクラズナーはいっている）。ガーデニングや芝刈りなどはふたりでやった。ニューヨークで付き合っていた友人たちがいなくなって、ポロックの飲酒量も当初は減った。ポロックの円熟期を代表するドリップペインティング（絵の具をしたたらせて描くアクション・ペインティングの一種」の技法を開発したのもこの時期だ。クラズナーもここで創造的な躍進を遂げた。彼女は何年もひどい行き詰まりを感じ、カンバスに絵の具を塗っては削ってを何度も繰り返して、ある批評家の言葉によれば、「灰色のパイ生地」のようにしてしまっていたが、やがて「リトルイメージ・シリーズ」と呼ばれる一連の作品にたどり着いた。それは抽象的なシンボル――そのなかにはドリップペインティングによるものも含まれている――をカンバスに密に重ねたもので、彼女のもっとも成功した作品群のひとつに数えられる。しかしその重要性は一九七〇年代まで認められなかった。

やがてポロックがまた深酒をするようになり、飲酒によるバカ騒ぎの度が過ぎるようになると、クラズナーは母屋の二階から別の建物へアトリエを移した。それはもと燻製小屋だった建物で、クラズナーたちの家に隣接する土地に建っていたが、ふたりはその土地も購入していた。ポロックの死後、クラズナーはスプリングズとマンハッタンを行き来して暮らした。マンハッタンでは、アッパーイーストサイドのドアマン付きアパートの一室を買い、主寝室をアトリエに改修して、ゲスト用の小さい寝室で寝るようにした。そうすることによって、ときどき不眠症の症状が出たときに、起きて絵を描くのもやりやすくなった。一九七四年、クラズナーは仕事のスケジュールについて、次のように語っている。「私は神経症的といっていいくらい絵を描くリズムにうるさいの。だから規律を厳しく守って、仕事をするために時間を空けている。本格的な仕事のサイクルに入ると、ほとんどひとりでこもって描くことに専念し、人とのつきあいも避けるようにする」。だが、このように集中的に仕事をするとき以外の時間はやっかいだった。いつも仕事に戻りたくてしかたがないのに、無理やりそうするのはよくないと思っていたからだ。一九七七年には、こんなふうにいっている。「私は自然なサイクルに耳を澄まして待つのがいいと思っている。無理をせずに耳を傾ける。もし自分がなにもしない時期に入っていれば、待つ。でも、そういう時期はけっこう面倒なの。今後についてはどうなるか様子をみましょうという感じ。また仕事が始められたらうれしい。またそれくらい活気が出て、いつものように熱心に仕事をすることができればね」

グレース・ハーティガン

一九二二〜二〇〇八

抽象表現主義の第二世代は、おもにニューヨークを拠点とし、ウィレム・デ・クーニングやジャクソン・ポロックなどにならって、視覚的抽象芸術の限界を広げた。ハーティガンはそのなかの主要な画家のひとりだ。一九五〇年代のハーティガンの日記が二〇〇九年に出版されたが、そこには彼女の創作のプロセスが生き生きと記されている。当時ハーティガンはニューヨークのロウワー・イーストサイドに住む若い画家だった。一九五五年七月の日記には、自分の暮らしぶりについて次のように書いている。

最近は私のひとり暮らしにも一定のパターンができてきた——朝は九時に起き、交響曲をかけて、ジュースとフルーツとブラックコーヒーの朝食。少し読書〔まだ『ジッドの日記』を読んでる〕、電話でおしゃべり〔……〕それから三時間か四時間かときには五時間、この絵に取り組む——まだ形になってきていないけど、いろいろ考えつづけている。

そのあといくつかの家事をして、冷たいシャワーを浴び、冷たい固ゆで卵をひとつ食べ、ローゼズのライムジュースで割ったラム酒を一杯か二杯飲み、また読書して、少しレコードをきく。今夜はフランク〔詩人のフランク・オハラ〕といっしょにシーダー〔ニューヨークにある居酒屋〕で食事をして、『エデンの東』のレイト・ショーをみにいく。感覚が冴えていると思う。本を集中して読めるし、「頭がお留守になる」こともない。私にはいろいろな考えやアイデアがある。だから、トム・ヘス〔美術評論家〕の次回の記事には若い画家のことが書いてあって、「みんな」の作品の写真が山ほどのっているけど私のはのっていない、という話を聞いても、被害妄想におちいったり落ちこんだりしない。興味はあるけど、動揺はしない。

ここでハーティガンが述べている記事は、この種の概説記事で彼女がのっていないものとしては最後のほうのものだった。しかしハーティガンは画家としての自分の将来について、いつもこのように楽観的だったわけではないし、次々に作品を描けたわけでもない。むしろ、自信にあふれて仕事がはかどる時期と、苦しんで無為に過ごす時期のあいだで揺れ動いていた。さきほどの日記の数ヵ月前には、次のように書いている。

例によってまた、ひどい状態におちいっている。自分が「塗りつぶされてしまう」ように感じる。そして、けだるく物憂いときと落ち着きがなく不安なときのあいだを行き来している――けだるいときは、頭がぼうっとして、何時間も椅子で丸まっていたり、そこらにあるもの――映画の本やミステリや「文学作品」や古い日記など――を、手あたり次第読んだりしている。いっぽう、落ち着きのないときは、アパートの窓から窓へ移動して外をじっと見たり、急に通りへ駆け出して人々の顔をのぞきこんだり、いくつもの画廊を駆け足でめぐったり、いろいろな美術館を必死で歩きまわったりして、なにかの手がかり、なにかのヒント、生活に関することでも、芸術に関することでもなんでもいいから、私をこの深い落とし穴から引っぱり出してくれるものを探す。

そのうち、仕事に取りかかれる気分が自然に戻ってくる。それは数日後のこともあれば、数週間かかることもあった。「芸術は正面からつかみ取ることはできない。そっとしのび寄っていかないと、なかなかつかまえられない」とハーティガンは日記に書いている。「しかも、芸術は、たまのひらめきや直観を通してみつける以外にない」のだという。それには、絶えず警戒して、決意を固めておかなくてはならない。別の日の日記にはこう書いている。「私は攻撃的でなければならない」

トニ・ケイド・バンバーラ

一九三九〜一九九五

バンバーラは短編小説作家として出発し、一九七〇年代に二冊の短編小説集『Gorilla, My Love』〔未邦訳〕と『The Sea Birds Are Still Alive』〔未邦訳〕を出版した。厳密な執筆のスケジュールに従うということはいっさいなく、娘を育てたり、大学で教えたり、講演をしたり、公民権運動の活動をしたりするかたわら、空いた時間を使って書いた。「私の書き方には特別な決まりはない。どの物語もそれぞれちがう形で生まれた」バンバーラはインタビューでそう語っている。

ふつう、五つか六つのものを同時に書いている。たくさんのことを何枚ものメモに断片的に走り書きして、それらをホッチキスでまとめて仮のタイトルをつける。きちんと椅子にすわって書くのはいまだにしっくりこないから。とりとめのないことをだらだら書いて、自分では一定の方向へ進んでいるつもりなのに、ふと気づくとちがう方向へ引きずられてたり、ときには狭い横道に入りこんじゃってることもある。いつも手書きで、ふつうの筆記体か、家族や友達に

〝発狂した象形文字〟といわれる文字で書く。6／8拍子のビバップみたいなノリの話なら、縦長のリーガルパッドにインクの出のいいボールペンで書き始める。もっとスローで落ち着いた作品、「声の調子に気をつけろ」とか「ボロを出すんじゃない」とかいう感じの作品なら、しっかりと罫線の入った短めの白い紙にインクペンで書くのが好き。ふつうはその手書きの原稿に何回も手を入れて、引っかき回したり、部屋のあちこちに放り投げたりしてから、やっとタイプ打ちの段階に入る。でもタイプは嫌い――大嫌い――で、この段階でまたいろいろと容赦なく削除する。そうやってできあがったものを、しばらく引き出しのなかに放りこんでおくか、ボードにピンで貼りつけておく。場合によっては、誰かに、あるいは何人かのグループに読み聞かせて、感想を聞いて、それについてじっくり考えたりして、あとは忘れる。それから、編集者が電話してきて「なにかできましたか？」ときいてきたり、机の上がごちゃごちゃしてきたり、読者が手紙をくれて「まだ生きてますか？」ときいてきたり、ちょっとお金が必要になったりしたら、しっかり腰を落ち着けて、慎重に推敲しながらタイプで打ち直して、その原稿のせいで気が変になってしまわないうちに発送してしまう。

しかし、バンバーラは一九八〇年に『The Salt Eaters（塩喰う女たち）』〔未邦訳〕という初の長編小説を出して、短編作家から長編作家に転身した。それによって執筆の方法にも変化があった。一九七九年のエッセイでは次のように書いている。

私はこれまで、なぜこれほど多くの人が女性作家の執筆の方法に関心を持っているのか、よくわからなかった。たとえば「母親としてやらなくてはならないことをどうやってこなしているんですか」とか、「秘密主義になって、友人たち、とくに親しい友人から恨まれてませんか」とか、「執筆という孤独な作業のために、社会と積極的に関わることができなくなっているんじゃないですか」とかいうふうに。以前は私にとって、小説を書くことはそれほど大変なことではなかった。そもそも、短編小説というのは、持ち運びしやすい。つまり、農産物の直売所へ行くために車を運転しながら基本的な構成を考えたり、航空会社に電話して相手が出るのを待っているあいだにセリフを考えたり、娘に食べさせるキャロットケーキを焼いているあいだにおもなシーンの下書きをしたり、夜中に第一稿を書いたり、洗濯機を回しているあいだに推敲をしたり、集会のチラシを印刷しながら最終稿を書いたりできる。でも、長編小説は、私から行動の自由をたびたび、長時間奪った。読書をしたり、ときどき講演をしたりする以外、私はどんな仕事もうまくこなせなくなっているようだ。もう、短い簡潔な事務連絡を手早く書くことはできない。それに、あまりにも本のことばかり考えて気もそぞろになっているせいで、交友関係にもきっとひびが入っていると思う。短編小説は単なる作品だが、長編はひとつの生き方だ。

マーガレット・ウォーカー

一九一五〜一九九八

「黒人の女性が作家の人生を選ぶには、向こう見ずな勇気と、真剣な目的と、文学への献身と、強い意志と、誠実さが必要だ。なぜなら黒人で女性の作家はつねに不利な立場に置かれるからだ。あらかじめ、勝ち目がないように仕組まれている。しかし、いったん賽が投げられたら、もうあとには引けない」一九八〇年代の初頭にマーガレット・ウォーカーはそう書いている。実際、彼女は「献身」とか「不利な立場」とはどういうことか、よくわかっていた。ウォーカーは一九三四年の秋に最初の長編小説『Jubilee』〔未邦訳〕を書き始めた。当時彼女は十九歳で、ノースウェスタン大学の最上級生だった。そして『Jubilee』の第一稿を完成させたのは一九六五年の四月、書き始めてからじつに三十年以上たっている。その間に修士号を取得し、一九四二年には有名な詩集『For My People』〔未邦訳〕を出版し、大学教員の道を歩み始めた。結婚して四人の子も育てている。しかし『Jubilee』のことはつねに頭のすみにあった。そこで、できるかぎり時間をみつけて調査と執筆を続けたが、それができないことも多かった。たとえば一九五五年から一九六二年の七年間は、一語も書いていない。「家族がいて、教員の仕事もして、どうやって書く時間があるの、とよくきかれる」後年、ウォーカーはそう書いている。

時間はない。『Jubilee』を書くのにこんなに長くかかってしまった理由のひとつはそれだ。作家は書くために毎日、一定の時間が必要だ。とくに小説を書く場合はそうだし、長編小説を書く場合は絶対にそういう時間が必要だ。詩を書く場合はちがうかもしれないが、長編小説は毎日長時間、一定のペースで書き進めて、やっとできあがる。一家の主婦で母親で正規の教員を務める人間に書くのは無理。週末や夜や長期休暇などは読書にはいいが、小説を書くにはじゅうぶんではない。

実際、ウォーカーが『Jubilee』を完成させることができたのは、アイオワ大学の大学院に復学してからのことだった。その際、一時的に夫や子どものもとを離れるとともに、自分の書く小説を博士論文として認めてもらえるよう手はずを整えた。それでも、博士号取得に必要な他の要件を満たすために二年かかり、それからようやく書くことに専念できるようになった。一九六四年の秋、『Jubilee』の執筆を再開し、手早く書くとともに、終盤に近づくにつれて、徐々に書く時間を長くしていった。本人の回想によると、翌年の春には、「朝の七時から十一時まで書いて、昼食のために中断し」、そのあと「またタイプライターの前に戻って、夕飯か四時のお茶の時間まで書き、夕飯後十一時まで書いた。肉体的な限界を超えるくらいがんばったので、うれしいことに二ヵ月で九キロほど痩せた」という。

痩せたこと以上にうれしかったのは、作品を書き上げたことだ。のちにウォーカーは、完成までに長い熟成期間があったことは、いろいろな点で、『Jubilee』がいい形に仕上がるために欠かせなかったと認めている。これほど長くひとつの作品とともに生きるのはどんな感じだったかと問われて、こう答えている。

自分がその作品の一部になり、その作品が自分の一部になる。ほかの仕事をしたり、家族を持って子どもを育てたりすることも、すべてその一部になる。毎日、いろんなことで頭がいっぱいになっていても、私はいつも『Jubilee』をどうしたいかを考えていた。その際の問題のひとつは、永遠に書き上げられないんじゃないかという恐怖。〔……〕それに、たとえ書く時間があったとしても、自分が望むように書けるかどうか自信はなかった。長いあいだあの作品と生きるのは苦しかった。ほんとうに大変だったけど、『Jubilee』は成熟した人間の作品となった。最初に書き始めたときは、人生について、いま知っていることの半分も知らなかった。そのことを、この三十年で学んだ。〔……〕なにかについて書くことと、そのなにかを生きることはちがう。私はその両方をやった。

聖域

タマラ・ド・レンピッカ

一八九八〜一九八〇

レンピッカは一九一八年の夏にパリにやってきた。ロシア帝政下のポーランドの上流階級出身だった彼女は、ボリシェビキ革命によって、夫のタデウシュと幼い娘のキゼットとともにサンクトペテルブルグから逃亡することを余儀なくされたのだ。それはショッキングな社会的地位の転落をもたらした。若いピンレッカ夫妻はロシアでは裕福な実家の富によって快適な暮らしをしていた。しかしパリでは当初、小さなホテルの一室に家族で暮らさねばならなかった。そこにはベッドがひとつ、ベビーベッドがひとつ、洗面器もひとつしかなかった。「哀れな赤ん坊も、私たちの食べ物も、なにもかもその洗面器で洗わなければならなかった」レンピッカはのちにそう回想している。この変化にタデウシュは怒りと恨みを募らせるばかりだった。銀行員になったが、その低い地位を受け入れることができず、深酒をしては妻にあたり、暴力を振るうことも多かった。レンピッカはしばらく失意のときを過ごしたが、やがて、家族の状況を改善するのはもちろん、自分のやり方でパリを攻略しようと決意した。

レンピッカは若いころからすでに画家としての才能を評価され、ロシアやその他の国で絵の勉強をしていた。まもなく、パリでその勉強を再開しようと決める。一九一九年の末には私立の美術学校に入学し、ほとんど毎日通い始めた。授業が終わるとルーブル美術館へいき、名画を模写した。

朝は娘のキゼットといっしょにごはんを食べ、夜は寝かしつけたが、それ以外は夫か、近くに住んでいた自分の母親にキゼットの世話をたのんだ。「一九二二年の秋、タマラ〔レンピッカ〕は、学生と、画家と、妻と、母と、一家の稼ぎ手と、放蕩者のすべての人生を同時に生きようとしていた」と伝記作家のローラ・クラリッジは書いている。美術学校で二、三年学ぶうちに、レンピッカはすでに個展を開いたり、作品を売ったりし始め、その値段はどんどん上がっていった。彼女が創り出した絵のスタイルは、当時の時代にぴったりマッチしたものだった。「ソフト・キュビズム」と新古典主義を融合させた肖像画はアール・デコの優雅さを見事に表現し、とくに官能的なヌードを描くのにひじょうに適していた。

伝記作家のクラリッジが言及したレンピッカの放蕩は、娘を寝かしつけたあとに行なわれた。まず、キャバレーやオペラに繰り出し、そのあと、パリっ子のナイトライフの裏街道をめぐり、退廃的なゲイバーをとりわけ頻繁に訪れた。そういう場所ではダンスや酒が楽しめるだけでなく、薬物もふんだんに手に入る。レンピッカはハシーシの丸薬をスロージンフィズに溶かして飲むのが好きだったが、もっと好きだったのは小さな銀のスプーンからコカインを吸いこむことだった。仕上げはあばら家のようなバーが多いことで有名なセーヌ川左岸ということが多かった。そこには船員や学生やその他の雑多な人種が見知らぬ相手とのアバンチュールを求めて集まっていた。レンピッカはそういう出会いから薬物よりさらに魅力的な高揚感を得ていた（「なんでも試してみるのはアーティストの義務よ」とレンピッカはいっていた）。家に戻ると、セックスと薬物の刺激で興奮がおさまらないまま仕事に取りかかり、何時間も絵を描いた。最後は興奮を抑えて眠りにつくために、バレリアンという鎮静効果のあるハーブを服用した。それでも朝になると、キゼットといっしょに朝食をとるために、なにがなんでも時間どおりに起きた。そのために、睡眠時間は二、三時間ということも多かった。レンピッカが次のような言葉を吐いてモットーとしたのはこのころだ。「奇跡なんてない。あるのは自分が作るものだけ」

ロメイン・ブルックス

一八七四〜一九七〇

ブルックスはローマで生まれ、精神的に不安定で冷酷な母親に育てられた。イタリアで絵の勉強をして、最初はカプリ島にアトリエを構えた。一九〇二年に母親が死去し、二十八歳だったブルックスはかなりの遺産を受け継いだ。おかげでパリに移住して、当時の女性としてはめずらしく、自立した生活を送った（伝記作家のダイアナ・サウハミによると、「彼女はイギリス人の運転手とフランス人のメイドとスペイン人の門番とベルギー人のシェフを雇い、アーミンの毛皮やベルベットや真珠などを身につけていた」という）。描いた絵を売る必要がなくなったので、独自の美の世界をわき目もふらずに突き進んだ。無数のグレーのグラデーションから成るほとんどモノクロの色彩を好み、当時の美術界の動向を無視した。ある学芸員の言葉によると、ブルックスは「実際、ピカソやマティスなど存在しないかのように描いていた」。

一九一五年、ブルックスはナタリー・クリフォード・バーニーというアメリカ人の女性作家と出会った。バーニーはパリで人気のサロンを主宰し、そこにはコレットやラドクリフ・ホール、ジューナ・バーンズ、セルマ・ウッド、ドリー・ワイルド、ガートルード・スタイン、アリス・B・トクラスなど、書籍商のシルヴィア・ビーチの言葉を借りれば、「しゃれた男装の麗人たち」が足しげく通っていた。ブルックスとバーニーはすぐに恋人同士になり、その関係は五十年以上続いた。その間、それぞれに別の恋人を作ったりして、同居していた期間も断続的で短いものにすぎなかった。しかしブルックスにとって、それは理想的な関係だった。「私は何ヵ月もひとりで家にこもって誰にも会わず、自分の絵のなかに、くすんだグレーの陰影に満ちた心象の世界を表現していく」ブルックスは自分の創作のプロセスについてそう書いている。幸運にも、バーニーも同棲生活について、ほとんど同じような考えを持っていた。「私にとっては、自分が自分の主人となってひとりで生きていくことがなによりも大切です」バーニーは著書の『Souvenirs Indiscrets』〔未邦訳〕にそう書いている。「それはうぬぼれているからでも、愛情がないからでもなく、自分をよりよく捧げるためです。愛する人と同じ家に住んで、多くの場合は寝室もともにし、毎日いちゃいちゃして過ごすのは、もっとも確実に相手を失う道だと私はつねづね思うのです」

にもかかわらず、一九三〇年、ブルックスとバーニーは一種の同棲協定を結び、南フランスのサントロペの近くに共同で家を建てた。ふたりはその家を「ふたつを連結する館」という意味でトレデュニオン・ヴィラと名づけ、そこで自立と共生の理想的なバランスを実現しようとした。その家はほんとうにふたつの住居が連結された構造になっていて、共有のリビングルームとロッジア〔イタリア建築に見られる開放的な柱廊〕はあるが、ブルックスとバーニーはそれぞれ専用の入り口、仕事部屋、寝室を持っていた（専用の使用人もそれぞれ雇っていた）。

しかし、これほど分離が徹底していても、ブルックスは次第にバーニーのところにひっきりなしに訪れる客にいらだちを募らせていった。専用の仕事部屋や寝室があるだけでは十分ではなかった――絵を描くために、ブルックスには完全な孤独が必要だったのだ。彼女はこう書いている。「アーティストは一人で生活して自由を感じなければならないと思う。でなければ、すべての個性は失われてしまう。私はひとりのときしか絵のことを考えられないし、まして、まともな仕事はできない」

ユードラ・ウェルティ

一九〇九～二〇〇一

「私は書こうと思えば、ほとんどどんなところでも書くことできる」短編も長編も手がけたアメリカ人作家ユードラ・ウェルティは一九七二年にそう述べている。それでも、自宅で書くのがいちばんだったようで、それは「私のような早起きの人間にはそのほうがずっと便利だし、ほんとうに時間を確保できて邪魔も入らない場所は家にしかないから」だった。ウェルティは短編小説なら、第一稿を一気に書き上げ、そのあと必要なかぎり修正を加え、最終稿はまた一気に書く、というやり方を好んだ。「そうすれば結局は全体が、長いあいだ絶え間なく続ける努力になる」からだという。

仕事を始めるのは朝、まだ寝巻きを着ているときで、ちょうど区切りのいいところに達するまで、そのまま着替えないこともよくあった。執筆場所はミシシッピ州ジャクソンにある自宅の二階の寝室だ。その家はウェルティが十六歳のときに父親が建てたもので、彼女は生涯そこに住みつづけた。第一稿を書くときはタイプライターを使ったが、その理由は「タイプライターを使うと、自分の書くものを客観的に見られるような気がするから」だという。第一稿ができあがると、原稿を適当なところで切り分けて待ち針でベッドのフレームに貼りつけ、順番を入れ替えて、物語の最適な構成を考える（ときにはこの作業によって、冒頭で書こうと思っていたことを最後に書くことになったり、その反対になることもあった）。

一九八八年、あるインタビューで、仕事をする日の理想的なスケジュールをできるだけ詳細に教えてくださいとたのまれると、「まあ、うれしい。いままで誰もそんなことときいてくれなかったの」と答えて次のように語った。

じゃあ、いくわよ。まず、朝は早く起きる。私は午前中にいちばん頭が働くタイプの人間なの。起きたらすぐに仕事ができる状態が理想だし、日中は電話のベルも玄関のベルも鳴らないようにしておきたい。たとえいい知らせだとしても、ベルが鳴るのはごめんだし、家には誰も来ないでほしい。なんて味気ない生活だと思うでしょう。でもね、一般的にいい一日を過ごすために必要なものなんて、私にはいらないの。自分がどこにいてどんな部屋にいるかも気にしない。ただ、朝起きてコーヒーとふつうの朝食をとって、仕事を始める。あとは一日たっぷり仕事するだけ！ そして五時か六時くらいになると、もうその日はおしまい。バーボンの水割りを飲んで、『マクニール／レーラー ニュースアワー』とかの夜のニュース番組をみたり、やりたいことをなんでもやるわ。

昼食は、ほんのちょっとだけ仕事を中断して、なにか簡単なもの——サンドイッチとかを作って、コーラをそえて食べる。夜は友人といっしょにディナーを食べるか、そのほかの社交上の付き合いに出かける。しかし、この理想的な一日のいちばん重要な点は、明日もまったく同じように過ごせるとわかっていることだ。それを実現するのは、ウェルティが世界的に有名な作家になるにつれて年々難しくなっていったが、理想はあくまでも毎日、できるだけ長い自由時間を確保し、できるだけ邪魔が入らず、果たさねばならない義務もできるだけ少ないことだった。そうすれば、もしもある日、あまり筆が進まなくても問題ではない。なぜならそれは、毎日続く大きなプロセス——長いあいだ絶え間なく続ける努力――の一部であり、最高の作品を生み出すことにつながっているからだ。「夢中になって取り組むことによって、進むべき方向が見えてくるように思う」とウェルティは語っている。「いまやっている仕事が、この先の仕事を教えてくれて、その仕事がさらにその先を教えてくれる。その繰り返し。だから、中断したりしてその道筋を見失いたくない。それはすてきな生き方だから」

エレナ・フェッランテ

一九四三～

「決まった書き方なんてない」二〇一四年、エレナ・フェッランテのペンネームで知られるイタリア人作家は、あるインタビュアーに執筆の習慣についてきかれたとき、そう答えた。

私は書きたいときに書く。物語を書くには大きな努力が必要なの――登場人物に起きることは、私にも起き、彼らのよい感情も邪悪な感情も私のものになる。そうならざるを得ない。でなければ私は書けないから。疲れを感じたときは、いちばんあたりまえのことをする。書くのをやめて、それまで無視してきたけど、それなしでは毎日が機能しなくなるような、たくさんの緊急の要件をこつこつとこなす。

書いているときは、どんなスケジュールにも従わず、「途切れることなく、どこでも、昼も夜もかまわず書く」とフェッランテはいう。そのときに必要なのは「どこかのちょっとしたコーナー」であり、仕事ができる「ごく小さなスペース」だけだ。そしてそれ以上に大切なのが、そのとき手がけている仕事に対する切迫感だという。「書かなければという切迫感がなければ、事前にどんな準備や儀式をしても、役には立たない。なにかほかのことをやってしまう——いつでも、書くことよりましなことはあるから」

ジョーン・ディディオン

一九三四〜

一九七八年、文芸誌『パリス・レビュー』はアメリカ人の作家ディディオンに、執筆をするために必ずすることはあるかとたずねた。するとディディオンは「いちばん大事なのは、夕飯の前に一時間、ひとりになって、お酒を飲みながら、その日に書いたものについて考えることね」と答えた。

夕方のもっと早い時間帯では、まだ書き終わって間もないから〔考えることは〕できない。それに、お酒が入ったほうがやりやすくなる。アルコールが私を紙から引き離してくれるから。だからその一時間のあいだに、その日書いたものからいろいろ削除したり、別のものを挿入したりすることを考える。そして翌日は、そのときのメモに従って、前の日に書いたものをぜんぶ書き直すことから始める。ほんとうに仕事に精を出しているときは、夕飯を食べにいったり、お客さんを招いていっしょに食べたりすることは避けたい。それをすると、この一時間がなくなってしまうから。そうなると、翌日、仕事を始めようとしたら、前日に書いただめな原稿があるだけで、どうしたらいいかわからなくて、やる気がなくなってしまう。そのほかに大切なのは、書いている作品の終盤に近づいたときに、その原稿がある部屋で寝ること。いつも本を書き終えるためにサクラメントの家へ帰るのは、それが理由のひとつよ。なぜかわからないけど、原稿のすぐ横で寝ると、その作品は私を置いてどこかへいっちゃったりしないの。サクラメントでは、私が姿を見せようが見せまいが、誰も気にしない。だから起きたらすぐタイプを打ち始められる。

二〇〇五年にディディオンがあるインタビュアーに語ったところによると、たいていの場合、彼女は「一日の大半を、紙の上になにも書かずに作品について考えて過ごしている。ただすわって、整合性のあるアイデアをまとめようとしていると、ときになにかが夕方の五時くらいに浮かんでくる。

それから二時間くらい書いて、文が三つか四つ、場合によっては一段落分の文章ができる」。書くスピードがこれほどまでに遅いのは、ディディオンがいうには、しっかり考えることがとても難しいからだという。二〇一一年にこういっている。「小説を書いていると、いやでも考えなくてはならない」

書くためには、じっくり考え抜かなくてはならないから。とつぜん簡単に降って湧いてくるようなものじゃない。だから、自分がなにを考えているか理解したければ、徹底的に考えて、それを書かなくちゃいけない。そして私の場合、徹底的に考えるための唯一の方法は、書くことなの。

執筆の仕事がないときも、ディディオンは必ずしもリラックスできるわけではないという。二〇一一年にはこうもいっている。「リラックスするって、とても変な感じがするのよね。好きじゃないわ」

シーラ・ヘティ

一九七六〜

「長いあいだ、自分にはちゃんとした習慣がないから、きっとだめになるだろうと思っていた。自分の生活は『パリス・レビュー』で読むほかの作家たちの生活――きちんとしたスケジュールがあって、とても真似できそうにない暮らしをしていて、〝規律を守っている〟人たちの生活とはぜんぜんちがうから」短編も長編も手がけるカナダ人の作家シーラ・ヘティは二〇一六年にそういっている。「作家になるためには、自己鍛錬が必要だとわかっていた。でも、私はどんなことでもあまり長いあいだやり続けられる人間じゃないの。運動でも、ダイエットでもなんでも。すぐに飽きちゃうのよ」。しかし、彼女は歳をとるにつれて、自分のゆるいやり方を受け入れるようになった。

> 歳をとればとるほど、作品と人生が混じり合ってほしいと思うようになってきたの。私の本も、書くことそのものも、自分がすることや考えていることからかけ離れたものであってほしくない。私の書いていることは、私が日々考えていることと別ものであってはならない。こう考えるようになった理由は、本を書くことを特別な聖域のようにして、そこから別の世界を想像するということが自分にはできないからかもしれない。その理由と結果はもしかしたら逆かもしれないけど、とにかく大事なのは、本を書くことと人生が分断されずにつながっている、同じもの

だということ。だからこそ、私はいつでもパソコンの前にすわれる――昼でも夜でも、十分でも二時間でも。そして自分がいるところから、自分が考えているところから、書き始められる。私は書くことと生きることがひとつになってほしいの。つまり、書くことは生きることで、それはページの上で生きることだけど――すわって書き始める前にやっていた生活の延長なわけ。

ヘティが仕事をする家はトロントにあるアパートで、彼女はそこを恋人と共有している。ふたりとも厳密なスケジュールに従って生活しているわけではなく、朝起きるのは、七時だったり八時だったり九時だったりする。寝るのは午後十時から午前零時のあいだ。ヘティは起きるとすぐにコーヒーを一杯か二杯飲む。それから、その日恋人が何時に仕事に出かけるかによって、彼と少しいっしょに過ごすか、そうでなければ、すぐにパソコンを開けて仕事を始める。「メールは正午までチェックしないようにしたいんだけど、ほとんど毎日正午までに見ちゃうのよね」。書く場所はベッドかソファの上。「机はあるんだけど、ぜんぜん使わない」。そして、毎日、新しい文書ファイルを開いて白紙から書き始める。少なくとも、書く日は必ずそうする。ときどき、何週間も、何ヵ月もほとんど書かないことがある。かと思うと、一日に「何千語も何万語」も書くような月がやってくる。「たぶんそれにはなんらかのリズムがあるんでしょうね。でも、それがどんなものなのか、私にはまだわからない。ただ、月経周期の黄体期――排卵から生理までの約二週間――にはよく書けるということはわかっている。なぜかというと、その時期は感情が高ぶるから、書くことで考えを整理したり、気持ちを落ち着けたりして、いってみれば、こんがらがった糸をほどく必要があるからよ」

ヘティの執筆のパターンは二種類ある。爆発的な想像力にあおられて書きまくる執筆——それはときどきしか起こらない——か、着実に日々繰り返す執筆——ほとんどはこれ——のどちらかだ。この日常的な執筆は、日記の形をとる場合が多く、そのほとんどは本になることはない。しかし、どこかの時点で、もういままで書いていた本は書き終わっていて、新しい本を書き始めているんだと気づくときがくる。そして、そのときから、書き終わった本に手を加えるというやっかいな仕事を始める。「私は書き直しや順序の入れ替えにものすごい時間をかける。なぜかというと、最初に書くときは適当に書いていくから。私にとって本を書くのでいちばん難しいのは、きちんとした順序を考えたり、なにを残してなにを削るかを決めたりすることなの。最終的にできた本の一ページにつき、二十五枚から五十枚は書いていると思う」。場面設定を変えるということはしない——もし最初に書いた場面がよくなかったら、その場面全体を削除する——しかし、個々の文章はじっくり時間をかけて、パソコン上でも修正し、印刷した原稿を読んで手書きでも修正していく。この一連の作業のなかで、何度か原稿のデータを地元の印刷屋に送り、らせん綴じの冊子の形にしてもらう。それをいろいろな場所に持っていって読み、手を加えていくのだ。だが、結局は最初に書いたものに戻ることが多い。ヘティがいうには、最初に書いたものが必ずいちばん気に入るのだそうだ。

ミランダ・ジュライ

一九七四〜

ジュライは映画監督で、パフォーマンスアーティストで、作家で、脚本や短編小説を書き、長編小説も書いている。彼女がこのようにさまざまな分野で成功してきたのは、すばらしい自己鍛錬のおかげだが、彼女自身はそういうことができる性格を必ずしも好ましいとは思っていない。ジュライは自分が従うべきルールを際限なく作り、仕事をするなかでさまざまな罪悪感を抱いたり、ルールを濫用したり、自分を騙したりしてきた。たとえば彼女がいつも好んで使ってきた心理的なトリックのひとつはこんなものだ。まず、自分が「最優先すべき仕事」を避けて、あまり重要ではない仕事に精を出す。そして、重要なことを後回しにしている自分を責めるのだが、心のどこかでは、自分は複数の分野で仕事をすることによっていちばんいい仕事ができるとわかっている。

二〇一二年に子どもができて、こういうやり方に拍車がかかった。「子どもができたらもう、自己鍛錬のオリンピックに出るようなものよ」二〇一六年にジュライはそういっている。「『さあて、これで私もほんとうの実力が見せられるわ、一日に四十五分だけ書いて長編小説が仕上げられるか試してみましょう！』って感じ」。実際彼女は初の長編小説『最初の悪い男』を、長男の妊娠中と出産後の二年間のトータル三年ほどで仕上げた。「最初は赤ん坊を三十分くらいベビーシッターに預けて、自分の部屋にいってなにかしら書くだけだった。でもいま思うと、それがある意味重要だったのね」

ジュライはロサンゼルスに住んでいて、仕事は以前住んでいた「むさ苦しい穴蔵」のような家でしている。その家は、現在の夫で映画監督のマイク・ミルズといっしょに新居に引っ越したあとも仕事場として使っている。ほとんどの日は朝六時半に起き、「母親らしいこと」を必要なだけして、そのあと車で息子を学校まで送り、そのまま仕事場へ向かって、午前九時ごろに到着。たいてい、日中はひとりで仕事をするが、毎朝、身だしなみにはじゅうぶん気をつけている。「私は服が好きだし、服にはちょっとした抗鬱剤のような効果があると思う」とジュライはいう。「視線を落として服地を見るだけで、自分は「社会」に適応しているなという感じがするの。たとえ実際は「社会」に出ていなくても」

ジュライはたくさんの分野で仕事をしているので、いつも同じスケジュールに従うことはできない。しかし、ほとんどの場合、執筆が一日のうちのおもな仕事になる。仕事の準備はまだ家にいるうちから始める。Eメールをさっとチェックして、消しておくべき火種はないか確かめてから仕事場へ向かう。仕事場に着くと、インターネットを遮断するソフトを三時間から六時間オンにして、仕事にとりかかる。散歩は執筆のプロセスの重要な一部になっている。「〔散歩をしていると〕仕事をさぼっているような気がすることがよくある。でも、椅子にすわっていると、あまりいいアイデアが浮かばないの。もちろん、仕事は椅子にすわってしなくちゃいけない。書かないといけないから。でも、椅子にすわっていると、ほんとうに固まってしまうことがあって――そういうときは、まったくなにもしていないのに、椅子から立ち上がって散歩するなり、本を見るなり、なにか別のことをすればいいんだということすら思い出せなかったりする」。こんなふうに椅子に縛り付けられた状態から脱すると、ジュライは近所を散歩し、アイデアが浮かぶとスマートフォンのボイスメモに録音する。長い経験から、「執筆中の散歩で脳にかけていいプレッシャーの量はどれくらいか」、正確にわかっている。「あまりたくさんはだめ。つまり、自分は外に出ることを楽しんでいるだけだ、と自分自身に思わせる必要がある。そしてたとえば、『この登場人物はどうやってこれをやるのか？』とかいうネタになるものを仕込んで、あとは自然にまかせるの」。ジュライはこういうふうにして得たボイスメモを、ひとつの著作につき何百と作って、第一稿を書くときに参考にする――彼女の言葉によると、「まるで小さいバイブルみたいに」。

息子が生まれるまではふつう午後七時くらいまで仕事をしていたが、最近はだいたい午後三時四十五分で切り上げる。「仕事場で残業する」というのは、午後五時半まで働くという意味だ。このように仕事場にいる時間を短くしたため、ときどき息子が寝たあとにEメールやそのほかの仕事を処理しなければならないこともある。しかしふつうは夜に仕事をするのは避けるようにして、夫と話す時間をもち、午後十時ごろには寝る。

パティ・スミス

一九四六〜

「朝起きて調子が悪いなと感じたら、少し運動をする」パンク・シンガーで、ビジュアルアーティストで、詩人でもあるパティ・スミスは二〇一五年にそういっている。「それから、飼い猫に餌をやって、コーヒーを取りにいって、ノートを取ってきて、二、三時間書く。そのあとはぶらぶらしているだけ。長い散歩とか、そういうのをしようと思うけど、実際はなにもしないで、テレビでおもしろい番組が始まるのを待つの」。スミスはマンハッタンのアパートの自宅で、だいたいはベッドのなかで執筆をする。それについて、かつてこう書いている。「私はりっぱな机を持っているけど、ベッドで書くほうが好き。まるでロバート・ルイス・スティーヴンスンの詩に出てくる病み上がりの少年みたいに」。ときにはアパートの近くのカフェで書くこともある。テレビに関しては、犯罪捜査ドラマの熱烈なファンで、とくに暗い内容のものが好きだという。そういうドラマに出てくるむっつりした執着心の強い捜査官たちと物書きの人生に似たものを感じるのだ。二〇一五年の自叙伝『M Train』〔未邦訳〕にこう書いている。「きのうの詩人は今日の刑事だ。生涯を費やして、無数の情報のなかから真実を見つけ出し、事件を解決して、疲れ切って夕日のなかへ消えていく。彼らは私をなぐさめ、励ましてくれる」

ヌトザケ・シャンゲ

一九四八〜

「私は起きたらすぐ書く」アメリカの劇作家で詩人のシャンゲは一九八三年のインタビューでそういっている。

そのほかに、行きつけのカフェへ行って書くのも好き。カフェがすいている午後二時半から四時半のあいだと、午後六時半から八時のあいだに行く。一時間半から二時間、そこにじっとすわって、グラスワインを一杯とペリエをもらって、日記帳に書いていくの。そこで書くのが私にとってとてもいいのは、すごく守られている感じがするから。カフェにいると、家でひとりでいるのとはちがう。だから、私のなかにどんな悪魔がいようと、私をのみこんでしまうようなことはない。ひとりっきりの無防備な状態だったら、そうなってしまうかも。だから、すごく怖い作品を書いているときは、家の外へ出て書くの［……］外にいれば、まわりに人がいるので、とても安心できる。そうすると、どんなに不気味な恐ろしい話でも書ける。悪魔たちも無茶はできないでしょ。

しかしシャンゲにとって、書くことは無茶をすることでもあった。少なくとも、ときには無茶をしなければならない。「ときどき、自分が霊媒になったように感じるの」一九九一年にはそういっている。「アーティストの無意識の部分は、ときどきアーティスト自身とはちがう存在――神のような存在の媒体となって、表現をするのだと思う。それによって私たちは理性では手に入れられないものを手に入れることができる」

シンディ・シャーマン

一九五四〜

シャーマンは現代のアメリカを代表するアーティストとして広く認められている。彼女のめざましいキャリアは、メイクやウィッグやコスチュームや想像力を刺激する背景（現実のものも架空のものもある）を使って自分自身を変身させ、それを写真に撮ることによって築き上げられた。それらの写真は、自己をさまざまな形で提示することによって、ヴァルネラビリティ（攻撃誘発性）、老い、孤独などの問題を問いかけ、それらが美術史やセレブカルチャーや美に関する社会的基準にどのように関わっているか提起している。シャーマンはいつも一人で仕事をしてきた。友人や家族をモデルに使おうとしたことが何度かあったが、そうするとそのモデルたちに気を使いすぎたり、自意識過剰になって自分のペースで仕事ができなくなったりしたという。二〇一二年にシャーマンはこういっている。「アシスタントがひとりいるだけでも、ときどきその人の目を気にしてしまうことがある。たとえば、いまは忙しそうにしてるほうがいいんじゃないか、ただぼうっとしたり、ネットや雑誌で写真を見たり、そのほか私がよくやるようなことをしないほうがいいんじゃないか、などといろいろなことを思ってしまう」。また、人といっしょに仕事をしようとしたときには、その人たちはこの仕事を単におもしろがってやっているだけだと感じてしまったという。それは「たとえば、ハロウィーンの仮装とか、おしゃれをして遊んでいるような感じだった」が、それはシャーマンが求めているものとは断じてちがう。二〇〇三年のインタビューでは、次のようにいっている。

私が到達しようとしているレベルは、楽しんでできるようなものではない。［……］私自身も、写真になにを求めているのか、はっきりとわからないから、人にきちんと説明するのは難しい。誰に対しても説明できない。自分ひとりでやるときは、鏡を使って撮影するだけなんだけど、どんなものが姿を現すか、実際に見るまでわからなかったりする。

シャーマンはスタジオで、カメラの横に鏡を置いている。その鏡を見ると、自分が「別の人間になったような［……］トランス状態になる」と一九八五年にいっている。それは決まったスケジュールに従っていれば起きるものではない。「私はきっちり時間を決めて働くタイプのアーティストではない」と彼女はいっている。新しい写真を作るのにどれだけの時間が必要か、まったく予想できないのだ。一九八八年から一九九〇年にかけて制作した《ヒストリー・ポートレイト・シリーズ》――ヨーロッパの巨匠の肖像画をもとにした奇妙な肖像写真のシリーズ――について語ったときには、次のようにいっている。「賭けみたいなものね。《ヒストリー・ポートレイト・シリーズ》の何枚かは、ほんの二、三時間でできたような気がする。逆に、自分がどうしたいかわかっていて、何日もかけて撮っても、ほんとうに満足できないものだってある。ものによって、毎回いつもちがうのよ」

シリーズが完成したかどうかも、ほとんど直観でしかわからないという。「たいていは、『もうこれは十分やった、もうたくさんだ』と思ったり、ひとつのシリーズのなかで同じことを繰り返しているなと感じたりする瞬間があってわかるの」二〇一二年、シャーマンはそう説明している。

そうなると、できあがったシリーズを発表するための仕事に取りかかる。それにはふつう締め切りがあるので、展示会やなんかのために必要なことを集中してやる。そのあとはもう疲れきってしまうか、仕事をする気がなくなってしまうから、スタジオを掃除して片づける。後でやろうと思っていたアイデアがあったとしても、二、三年たたないと、スタジオに戻ってこないかもしれない。

実際、シャーマンの経歴のなかでひとつだけ変わらないのは長い休止期間だ。シリーズとシリーズのあいだに、ふつうは数年空く。その間、もう二度と写真なんか撮りたくないと思うそうだが、これまでのところは結局いつも、次の試みのために仕事に戻っている。

ルネイ・コックス

一九六〇〜

コックスはジャマイカ生まれでニューヨークを拠点とするアーティストだ。黒人女性の体――彼女自身の体の場合が多い――をモチーフにした写真シリーズで有名で、それらの作品を通して、一九九〇年代から、人種や性に関わる政治問題に挑発的に取り組んできた。「私は毎日厳密なスケジュールに従っているわけではない」二〇一七年にコックスはそういっている。「その理由は、スケジュールに従うということは人間が作った時計の時間に忠実に従うということだから。私はそういうふうには働けないの」。それでも、朝は毎日同じ時間――午前六時――に起きて、四十五分間瞑想する。「そしてそのあとすぐもう一度眠る」コックスはそういって笑った。午前九時半まで寝て、そのあと週に三回は十一時からの理学療法に通っている。正午ごろになると、ハーレムの自宅からブロンクスにあるスタジオへ、車を十分ほど運転していく。「私はニューヨークではめずらしく、どこへいくにも車を運転していく人間よ。単にそれが好きだからそうしているの」。スタジオに着くと、アシスタントやインターンがいるときもあるが、ひとりのときもある。「そこで午後二時半から午前零時かもっと遅くまで仕事をすることもある。午後七時には家に帰ることもある。そのときになにをしているかによるわ」。創作活動を続けるなかでひとつだけ変わらないのは、自我をなくすこと、少なくとも、そういう状態になりたいと願っていることだ。コックスの創作のプロセスは、実際に「無の境地」から始まると本人はいっている。「それは気を散らすものがいっさいなくて、自我に関わる考えがいっさい浮かんでこない状態のこと」だという。その際、なによりも追放すべきなのはネガティブな考えで、それはつまり、仕事において、無理やりなにかを起こそうとしないことだという。「私は自分をいじめるために仕事をしているのではない」

ピーター・コイン

一九五三〜

コインはオクラホマ生まれでニューヨークを拠点とするアーティストだ。抽象彫刻やインスタレーションアートを手がけ、「ミクストメディア〔種類の異なる複数の素材・技法の組み合わせにより構成されたアート作品〕の女王」と呼ばれている。とくに有名なのは、複雑な立体作品を配した大規模なインスタレーションだが、それらの作品はとても変わった材料から組み立てられている。コインが使う材料のリストの一部を彼女のウェブサイトから転載すると、「死んだ魚、泥、枝木、干し草、黒砂、特別な製法によって特許を取得しているワックス、サテンのリボン、ビロード、シルクの造花、最近では剥製や蝋人形」など。

コインはマンハッタンに住んでいて、週に六日、ニューヨーク近辺にある仕事場に通っている(正確な住所は秘密にしておきたいそうだ)。いつもいちばん効率的な仕事のやり方をみつけようとしている。その理由のひとつは彼女が作る作品が大変な労力を要するからで、もうひとつは彼女がひじょうに厳しくしつけられて育ったからだ。「私は軍人とカトリック教徒の家庭の出身なの。ダブルの不幸だわ」コインは二〇一七年にそういっている。「でも、そういう厳しい家庭で育ったからこそ、効率のよさを最大限に重視するようになったし、ほんとうに手際よくやれば、たくさんのことができるとわかったの」

朝は午前四時半に起き、三十分かけてEメールを処理する。五時になると仕事に行く準備を始めながら、オーディオブックをきく。本の朗読をきくのが好きで、仕事をしながらもほとんどずっときいていて、ふつう一週間に二冊から三冊のオーディオブックをきくという。午前六時に家を出発し、ソーホーの自宅アパートから車で仕事場へ向かう。到着して朝ごはんを食べるのが太陽の昇るころだ。午前七時になると、仕事場のなかの自分専用のアトリエに入って仕事に取りかかる。「そのなかに入ったら、ボーズのヘッドホンをつけて雑音を遮断し、いい本を選んで、あとは始めるだけ」。アトリエには制作途中の作品をつねにふたつ置くようにしている。午前中いっぱい、そのふたつのあいだを行ったり来たりして仕事をする。「ふたつの作品を置いて、名作文学をききながら、絶えずあっちこっち動いている。まるで作品とダンスを踊っているみたいよ」。ひとつの作品の作業を終えると、それをアトリエの外へ出して、倉庫から新しい作品を運びこむ。二千平米近くある仕事場には、コインの専用のアトリエとアシスタントの作業スペースと、事務所と、作品を保管する倉庫と、友人のアーティストに格安で貸している倉庫がある。まだ完成していない作品が、ときには五年も倉庫に眠っていることがある。そういう作品は、コインがいうには、「私に話しかけてくるのがきこえると」、完成させるためにふたたびアトリエに運びこまれる。

週に三日、午前八時に、コインのもとで働くメンバーがやってくる。三人のアトリエアシスタントと三、四人の事務アシスタントで、みんな、コインが仕事中は邪魔をしてはいけないことがわかっている。午後一時にアトリエから出てくるときには、みんな昼食も終わっていて(コインは自分のアトリエでひとりで食べる)、その日の仕事の第二段階が始まる。まず、アトリエアシスタントのやった仕事をチェックして、次回にやることを指示する。そのあとは事務所に入って、午後はずっとそこで仕事をして、終わるのは六時半から七時半のあいだ。八時には家に帰って、夫といっしょに夕飯を食べ、少しゆっくりして、九時には就寝。

平日の食事はいつも同じだ。朝食はオートミールとフルーツ、昼食はサラダ、夕食はみそ汁。「私にとって食べ物はそんなに重要ではないの」とコインはいう。着る服も同じように限られている。「時間をむだに使いたくないから、いつも同じさえない格好をしている。毎年、同じタートルネックのセーターと黒いパンツと黒いソックスを五枚ずつ注文するの。それで準備オッケー。服のことなんて考えもしない」

コインはこういう一日を、月曜から金曜まで繰り返している。土曜日には夫といっしょに朝食をとり、半日アトリエで仕事をしてから、美術館や画廊へ行く。もし仲間のアーティストと共同でやっている仕事があったら、美術館へ行くかわりにその仕事をする。土曜日の夜にはきちんとしたディナーを夫といっしょに食べ、ふたりで映画をみる。日曜日はまったく自由だ。「日曜日にはなにもせずゆっくりする。『ニューヨーク・タイムズ』を読んで、夫と映画を二本みる。日曜はパジャマで過ごす日よ」

コインの毎日のスケジュールは定期的に変化する。それは彼女がつねに、もっとも効率的な時間の使い方を探しているからだ。驚くべきことに、現在の仕事のスケジュールは、若いころに従っていたものにくらべると、余裕のあるものだという。当時、彼女はニューヨークでアーティストとして身を立てようとして、昼間は広告業界で働き、夜に作品を作っていた。週に二回は夕方から翌朝までアトリエにこもって作品を作り、一睡もせずに昼間の仕事に戻る。それ以外の夜は、仕事から帰って三時間だけ創作をして、ふつうに睡眠をとった。この生活をほぼ十年間続け、一連の展示会で好評を博すと、助成金をいくつか受けられるようになり、徐々にプロのアーティストとして収入を得るようになった。「その時期が私の人生でいちばんきつかったときで、すごくハードに仕事をしていた」とコインはいっている。それをやり通すために、自分は軍隊の司令官で、自分の体はその指揮下にある兵士たちだと思うようにした。「たとえば、『いまからこれをする！　貴様らのうち半分は寝て、残りの半分は起きているように！』とかいう。そうやって自分にやる気を起こさせたの。それと、コーヒーを大量に飲んだわ。朝、〔仕事に〕出ていくと、もう死にそうなわけ。でも、『いまからこれをする、いまからこれをするぞ』と自分に言い聞かせるの。自分自身なら、うまくいいくるめて、どんなことだってさせられるわ」

怒って絶望してまた怒って

ジューナ・バーンズ

一八九二〜一九八二

バーンズはハドソン川を見下ろす掘っ立て小屋で生まれた。ニューヨークでしばらく美術の勉強をしたあと、新聞記者として働き、おもに主観的観察に基づいた記事を書いたり、今日でいうところの体当たり取材《スタントジャーナリズム》を行なったりした（たとえば、ハンガーストライキをする婦人参政権活動家が無理やり食べ物を食べさせられるという事件があったときは、みずから医者に強制摂食される体験をして、それを記事やニュースでレポートした）。一九二〇年、バーンズはアメリカの女性雑誌『マッコールズ』の仕事でパリに派遣され、その後の二十年間をほとんどパリで過ごした。その間にジャーナリストから作家に転向し、パリに在住する外国人作家やアーティストのコミュニティで、もっとも機知に富んだおしゃれな人物のひとりとなった。また、彫刻家で銀筆画家のセルマ・ウッドという女性と恋に落ちた。八年後、ふたりの関係は破綻するが、バーンズはその経験をもとに、代表作となる長編小説『夜の森』を書き、一九三六年に出版した。

バーンズが『夜の森』を執筆したのは、おもに一九三二年と三三年の夏、ヘイフォードホールというイギリス郊外の屋敷に滞在していたときだった。その屋敷を借りていたのはアメリカの大金持ちの女性相続人ペギー・グッゲンハイム。彼女はこのあとバーンズのもっとも重要なパトロンになり、月々の手当てを数十年間支給し続けた。グッゲンハイムがヘイフォードホールを借りたのは、恋人の文芸評論家ジョン・フェラー・ホームズに勧められたからだ。ホームズはさっそうとしたイギリス紳士だったが、大酒のみで、徹夜で酒を飲みながら、十五世紀の詩をはじめ、自分の幅広い知識を長々と論じるのが好きだった。ホームズやグッゲンハイムやバーンズとともにヘイフォードホールに滞在していたのは、作家のエミリー・コールマンとアントニア・ホワイト、グッゲンハイムと前夫とのあいだのふたりの子ども、そしてホワイトの息子だった。子どもたちは、朝、大人たちを邪魔しないように、主館から離れた翼棟で暮らしていた。それは、大人たちが深夜に酒盛りをしながら騒々しく文学談義をしたり、ときには口論の種になる「真実ゲーム」に興じたりすることを思えば、重要な配慮だった。

そんなヘイフォードホールの環境は、バーンズが小説を書くにはほぼ理想的だった。果てしない文学談義は知的な刺激になるし、昼間はほとんど自室にこもって書くことができる。伝記作家のフィリップ・ヘリングによると、ヘイフォードホールでのバーンズの日課は、「ベッドのなかでランチの時間まで執筆し、そのあと読書、それからヒースの原野を散歩するか、テニスをして遊ぶ」というようなものだった。原野の散歩はいくぶん恐ろしいものだったらしい。バーンズはのちにこう回想している。「ヘイフォードホールの原野は怖かった。死んだ動物の骨や馬の頭蓋骨などがあったし、犬がウサギを追って、(まだ温かくてピクピクしているウサギを)私やジョンやペギーのもとに持ってくるからだ——そのうち私は原野にはまったく行かなくなった。ほんとにもういやでたまらなかったからだ」

しかし、それ以外はなにひとつ不満はなかった。夜には執筆中の小説の、新たに書き進めた部分を朗読して、ときにはホームズに原稿を渡して意見をきいたりした。バーンズはその後、このときほど充実して創作に打ちこむことはなかった。『夜の森』の次の作品――『交唱』というタイトルの詩劇――は一九五八年（『夜の森』の出版から二十二年後）まで出版されなかった。努力をしなかったわけではないらしい。同じように創作に苦労していた作家のアントニア・ホワイトを励まそうとして、次のように書いている。

魂についたおびただしい錆《さび》を落とすのは、とてつもなく難しい。だからこそ、毎日書くことが大事なの――ものすごくひどいものしか書けないかもしれないけど、最終的には一ページか二ページは書けるでしょう。書かなければ始まらない。だから書きつづけるのよ。それが女の唯一の希望、それ以外はレース編みくらいしかない。

ケーテ・コルヴィッツ

一八六七〜一九四五

コルヴィッツは故郷のドイツ、ケーニヒスベルクで美術を学び、のちにベルリンやミュンヘンでも学んだ。一八八九年に医学生と婚約したが、それは彼女が通っていたミュンヘン女子芸術学校の同級生たちのあいだで、ちょっとした物議をかもした。そこの学生たちのあいだでは、芸術と結婚は両立できないというのが常識だったからだ。しかしコルヴィッツはアーティストとしての役割と妻としての役割を両立できると考えていた。少なくとも両立することを望んでいた。「私自身の心のなかにも大きく対立する主張があった」コルヴィッツは日記のなかでそう認めている。「結局、私は衝動に従った。深く考えずに飛びこめ——そしたらなんとか泳げる、と」

結婚後まもなく、コルヴィッツは夫とともに、ベルリンの労働者階級が住む地域へ引っ越し、夫は街角のアパートの二階に医院を開いた。コルヴィッツのアトリエはその隣の部屋だった。油絵が描けるきちんとしたアトリエを持つ余裕はないとわかっていたので、コルヴィッツは長年の夢だった油絵画家になることをあきらめ、それまでずっと集中的に取り組んできた小さなサイズのスケッチやエッチングなどをこつこつとやり続けることにした。まもなく思いがけず妊娠し、ふたりの息子のうちの最初の子を出産した。夫婦は経済的な余裕ができるとすぐに住みこみのメイドを雇い、そのメイドが家事と育児のほとんどを担った。それは当時のドイツの中産階級の家庭ではごくふつうのことだったが、コルヴィッツにとってはとりわけ重要な計らいだった。そのおかげで家族が増えていくなかでも、着実に仕事を続けることができたのだ。伝記作家のマーサ・カーンズは次のように書いている。

ケーテ〔コルヴィッツ〕は学生のころ実践していたのと同じ厳しい規律に従っていた。早朝に仕事を始め、午後の半ばごろか、夕方まで続ける。スケッチを描きつづけるいっぽうで、エッチングの腕を磨こうとした。集中するために静寂が必要だったので、仕事中は決して音をたてないように家族に命じた。そのため、ときには暴君と呼ばれた。

それでも静寂は手に入れにくかった。それは、アトリエの隣で待っている〔彼女の夫の〕患者たちの多くが労働者階級の赤ん坊や子どもやその母親だったからだ。しかし彼らはケーテの目には、もっともすばらしいモデルに映った。静寂が手に入らないとき、それはしょっちゅうのことだったが、ケーテは隣の部屋へ行き、夫の診察を待つ気の毒な女性たちをスケッチした。

一八九〇年代の終わりには、それらの女性や子どもたちを描いた表現力豊かな力強いスケッチによって、コルヴィッツはドイツで最高のアーティストのひとりとなり、彼女の作品はベルリンやドレスデンなどの主な展覧会で見られるようになった。にもかかわらず、息子のハンスによると、コルヴィッツは「落ちこんで仕事ができない長い期間と、自分は進歩している、課題を克服していると感じる短い期間をつねに繰り返していた。そして、仕事ができない期間はひどく苦しんだ。日記のなかで何度か、これらの期間のグラフを書いて、そのパターンを予測しようとしたが、それはなんの役にも立たなかった。ただ新しく力がみなぎってくるのを待つしかなかったのだ」。しかし、年齢を重ねることが救いになったようだ。少なくとも、歳をとるにつれて、絵を描けない期間が短くなっていった。六十歳の誕生日が近づいたころ、コルヴィッツは芸術学校時代の友人に宛てて、こう書いている。「自分にとって大切ななにかに取り組んでいるときが、いちばん死を身近に感じ、疎ましく思う。そういうとき、私は時間をとても効率的に使う。けれど仕事ができないときは、あらゆる点でものぐさになって、時間を無駄にしてしまう。だから、私が長生きをして、仕事をやり遂げられるように祈ってちょうだい！」

ロレイン・ハンズベリー

一九三〇〜一九六五

ハンズベリーはシカゴ生まれのアメリカの劇作家で、代表作の『ア・レーズン・イン・ザ・サン』を完成したのは一九五七年、二十七歳のときだった。二年後、それはアフリカ系アメリカ人女性の作品として初めてブロードウェイで上演され、ハンズベリーは史上最年少でニューヨーク演劇批評家協会賞を受賞した。ハンズベリーは高く評価されたことを喜んだが、最初の成功を繰り返すのは難しく、一九六〇年代の初頭にはたびたび創作上の壁にぶつかっていた。一九六一年七月の日記にはこう書いている。「毎日、毎日、なにもできないままに過ぎていく。こういうことは前にもあった。一日中ただすわっていたり、通りを無意味に歩きまわったり——そしてまた机の前にすわってタバコを吸う。仕事をしたいのに、それがすごく難しい」。この数ヵ月後にも、「だらだらした、とりとめのない日々」がまたやってきて、「どうしようもないまぬけになったようなこの気持ちは、作家であるかぎり逃れられないもの」なのだろうと書いている。

その翌年、ハンズベリーは夫とともに、グリニッジ・ヴィレッジの自宅アパートからおよそ六十五キロ北のクロトン＝オン＝ハドソンに家を買い、それによって事態は改善する。一九六二年の秋、ハンズベリーは「仕事をするか消えるか」の覚悟で、ひとりでその家に行った。彼女はそれまできちんとしたスケジュールに従って執筆したことはなく、新しい環境でもそんなことをする気はなかった。日記にこう書いている。「スケジュールを決めたら、なにがなんでもそれを守らなくてはいけないそうだ。なにがなんでも〝書く〟なんて、私にはがまんできない――そんなことはまったくばかばかしいと思う。なにがなんでもすわって、義務のように〝書く〟なんて。みんながそれをこんなにありがたがるのは、それによって、作家というのはそれほどいい加減な生き物じゃないと思えるからだ」。しかしそのいっぽうで、仕事のためにきちんとした環境を整えるのはいいことだと思っていた。ハンズベリーはクロトン＝オン＝ハドソンの別荘を「ワザリングハイツ（嵐が丘）」ならぬ「チタリングハイツ（臓物が丘）」と冗談まじりに呼んでいたが、その家に引っ越しておよそ五週間たったころの様子を日記にこう書いている。

私はレオナードの助言に従って作業スペースの模様替えをした。大きな（といってもあまり大きくはない）風通しのいい家の、小さくてコンパクトな、手狭といったほうがいいような仕事場を目指した。机、タイプライター、画板などが私を取り囲む。気に入った。私の望みどおりだ。

目の前の壁には、私が撮ったポール・ロブスンの写真――そしてミケランジェロのダビデ像の写真。私の肩の近くにはアインシュタインの胸像。棚のいちばん上には――［アイルランドの劇作家のショーン・］オケーシーの写真。私がつねにいっしょにいたい面々がそろっている！けれども――物事を客観的にながめるために――かなり大きな注意書きを作って、それをいちばん目立つ場所に貼りつけた。それにはこう書いてある。

「だけど」とその子はいった。「あの王様は裸だよ」

この新しい仕事場の環境は役に立ったようだ。十日後、ハンズベリーはまた日記を書いている。

「魔法が効いたみたいだ。約一時間前に！ずっと書こうとしていたことがほとばしり出てくる。［……］もう大丈夫――たくさん書かなくてはならない。でも、もうなにを書くかわかっている。それはキッチンにいるときにとつぜん湧いてきて、一時間で十四ページも書いた。たぶん、ほとんど書き直す必要もないと思う。ああ、よかった、助かった！これ以上はもう耐えられないところだった」

ナタリア・ギンズブルグ

一九一六〜一九九一

ギンズブルグはイタリア人の小説家で、エッセイストで翻訳家で劇作家でもあり、しばしば、戦後のイタリアでもっとも偉大な女性作家とみなされてきた。ギンズブルグのさまざまなインタビューをまとめた本のまえがきで、孫娘のリザが彼女の日常について回想している。

祖母には静けさがあった。心の奥にある深い静けさだ。〔……〕昼間、とても忙しく立ち働いているときでも、騒々しさのなかに、祖母が早朝にひとりで執筆している時間の余韻がきこえた。その時間を祖母が眠りからこっそり盗んでいたのは、みずから「ご主人様」と呼ぶものに従うためだった。つまり、執筆に時間を捧げるという、必要不可欠で反論の余地のない絶対的な欲求に従うためだ。内面の静けさは、祖母の顔や、半分目を閉じる様子に読み取ることができた。それは自分のまわりで起こっていることに注意深く耳を澄まそうと集中している様子であり、あとで「ゆっくり咀嚼できるように」耳を傾けている様子だ。そのように考えを「反芻する」ことは祖母がとくに気に入っていたアイデアで、祖母はそれを、まったくの無為の期間を過ごす言い訳にも使った。なにもしないことは役に立つのよ、と祖母はいった。なぜなら、頭が「反芻する」のは、私たちがなにもせずに過ごしているときだけだから。

ここで孫娘はギンズブルグが早朝に書いていたと回想しているが、いつもそういう習慣だったわけではない。一九四〇年、ギンズブルグの夫で反ファシスト活動家のジャーナリスト、レオーネ・ギンズブルグは、ファシスト党によって、イタリア中部アブルッツォ州の辺鄙で貧しい村に追放された。ギンズブルグとふたりの幼い子どもも彼についていった。それまでの二年間、ギンズブルグは母親としての務めに追われて、子どものころから大好きだった小説の執筆を続けられないでいた。「子どもたちがいるのにすわって書くなんて、いったいどうやったらできるのかわからなかった」ギンズブルグはのちにそう書いている。しかし、アブルッツォ州の村に来てひらめきを感じ、ふたたび書こうと思った。子どもたちに対する感情を「コントロール」すれば、自分を子どもたちから切り離すことができるし、ふたたび虚構の世界を作り上げることができる。そう思ったのだ。そこで、村の娘にたのんで午後に子どもたちの世話をしてもらい、午後三時から七時まで執筆できるようにした。そしてその間、「貪欲に、喜び勇んで」、初の長編小説『町へゆく道』となる物語を書き、それは一九四二年に出版された。

一家は政治的な追放の憂き目にあっていたにもかかわらず、ギンズブルグはその小説をとても幸せな状況で書いたといっている。しかし、次の作品は「大変な悲しみ」のなかで書かれた。夫のレオーネがイタリアの警察によって殺害されたあとだったのだ（ムッソリーニが失脚したあと、レオーネはローマに戻ることを許されたが、そこでふたたび捕らえられ、レジーナ・チェリ刑務所で拷問されて死んだ。三十四歳だった)。ギンズブルグはもっとも有名なエッセイ「私の仕事」のなかで、幸せな状態で書くことと、不幸な状態で書くことのちがいについて書いている。ギンズブルグがいうには、どちらの状態も、文学の創作に思わぬ落とし穴を仕掛けるという点では同じだ。幸せなときは容易に想像力を働かせることができ、自分の経験にたよらずに登場人物や状況を作り出すことができる。しかしそれらの登場人物には、優れた文学に必要な共感が十分に備わっていなかったり、虚構の世界に「秘密や影」が欠けている可能性がある。反対に、不幸な状態で書かれた作品は、登場人物に対する作者の強い共感によって重みが出るいっぽう、作品が作者自身の状況に近すぎて、個人的な悲しみを処理しようという気持ちが透けてみえやすいという。ギンズブルグは、作品を書くことによって自分をなぐさめることはできないと考えていた。「自分の仕事に抱擁や子守歌を期待することはできない」と彼女は書いている。

しかし、それから数十年後、ギンズブルグはそのエッセイを読み直して、考えが少し変わったといっている。「人生を歩んでいくなかでわかってきたのだけれど、成熟すれば、書くときの心の状態はそれほど重要でなくなるの。人生のある段階に達すると、とてもたくさんの喪失を経験しているので、根底にはつねに不幸が存在する。だから、不幸の影響は少なくなる。心がどんな状態にあっても、書けるようになる。その感じはもっと［……］自分の人生から距離を置いている、とまではいわないけど、人生をもっとうまく支配できるようになっている感じよ」

グウェンドリン・ブルックス

一九一七〜二〇〇〇

ブルックスは十代のころから文芸誌に詩を投稿し始めたが、自分の詩が初めて有名な雑誌に売れたのは二十八歳になってからだった。「このことは、自分の作品がまったく発表できなくて落ちこんでいる若い人たちには励みになるでしょうね」ずっとのちにブルックスはそういっている。「必要なのは、十四年間あきらめずにやり続けることだけ」

ブルックスはあきらめずにやり続けた。その間、どこからどうみても「主婦であることが主な仕事であり、しかもそれは自分が望んだ状態ではまったくなかった」時期もあり、最初の子が生まれた翌年は「ペンをとることはほとんどなかった」。しかし、そのとき以外は、「なんとかこつこつとがんばった」。そして一九四五年、息子が五歳のとき、最初の詩集を出版した。さらに四年後、二冊目の詩集を出版し、それによって翌年ピューリッツァー賞を受賞した。詩でピューリッツァー賞を受賞したアフリカ系アメリカ人の女性はブルックスが初めてだった。

一九七三年、ブルックスはあるインタビュアーに、詩は完全な形で思い浮かぶのかとたずねられ、「詩全体が完全な形で姿を現すことはめったにない」と答えている。

たいていの場合、詩は断片的に少しずつ浮かんでくる。なにかについて印象を受けると——なにかを感じたり、期待したりすると、その印象や感じや期待や記憶をたどたどしく、とてもありふれて扱いやすいと思えるもの――つまり言葉に置き換え始めるの。
それから、じたばたしたり、ふらふらしたり、そわそわしたり、ぐらぐらしたりして、ようやくたたき台ができあがる。そのあと、私や、私の知ってるほかの多くの詩人の場合だと、そのたたき台を修正して、修正する。だから最終的にできたものは、最初のたたき台とはまるでちがうことも多い。実際、まったく別物になることもあるくらい。

ブルックスの場合、最初にアイデアが浮かんで詩ができあがるまでに必要な時間はまったく予想できないという。十五分のこともあるし、十五ヵ月のこともある。「難しい仕事でね」とブルックスはいう。「やるたびに、どんどん難しくなっていく」

ジーン・リース

一八九〇〜一九七九

一九五七年、イギリスBBC放送は、リースの一九三九年の小説『Good Morning, Midnight』〔未邦訳〕をラジオ番組用に翻案しようとしていた。そして、リースと連絡をとるために、彼女の消息について情報提供を求める広告を出した。当時、リースは三十年近く、ひとつの作品も発表しておらず、知人の多くも彼女の行方がわからなくなっていて、きっと自殺かアルコール中毒かで死んでいるだろうと思っていた。それはリースの最期として、いかにもありそうな話だった。というのも、このドミニカ生まれの作家は、破滅的な行為に走る才能があったようで、二十代と三十代のほとんどを貧窮のうちに過ごし、不幸な恋愛を繰り返してはアルコールで憂さを晴らしていた。しかしBBCの広告によって消息が判明した。リース本人が手紙を寄こしたのだ。彼女は三番目の夫とコーンウォールで暮らしており、まだ生きていただけでなく、新しい小説を書こうとしていた。まもなくリースはその本の出版契約を結び、担当の編集者に、六ヵ月から九ヵ月で仕上がると思うと述べた。

実際には、その本『サルガッソーの広い海』が仕上がるまで九年もかかった。だがこの作品は現在ではリースの代表作であり、二十世紀の長編小説の傑作のひとつと広く認められている。仕上げるのにこれほど時間がかかった理由のひとつは、リースが完璧主義者で、自分で定めた厳しい水準に達するまで、何度も何度も書き直したからだ。もうひとつの理由は、リースは日常生活をうまく送る能力に著しく欠けていて、しょっちゅう仕事から脱線していたからだ。リースを担当した編集者のひとりのダイアナ・アトヒルはこう書いている。「日常的な事柄を処理するリースの能力は、私がいままで出会った正常とみなされている人々の誰よりも、抜群に低かった」

新しい本を書き始めて二、三年たった一九六〇年、七十歳になったリースは夫とともにコーンウォールからデヴォン州の辺鄙な村の古い家に移り住んだ。リースはそこで残りの生涯を過ごすことになる。その引っ越しはリースの兄の勧めによるものだった。彼はコーンウォールのリース夫妻の家を訪ねて、その荒れた暮らしぶりにショックを受け、なんとかしなければならないと感じた。そこで、ふたりの新居を探して購入する役を引き受けた。どうやら彼は、わざと辺鄙な場所を選んだらしい。そういう場所なら、リースもあまり問題を起こすこともないだろうと思ったからだ。念のために村の牧師のもとへ、あいさつがてら忠告をしにいった。「あなたの村にやっかいなお荷物を運んできました」兄は開口いちばんにそういったという。

まもなくリースは兄の心配を裏付けるような行動に出た。彼女は新しい家に越すことに最初はわくわくしていたものの、すぐに不満を感じ始める。「安全な隠れ家になるだろうと思っていたのに、この場所で地獄を味わった」引っ越し後まもなく、リースはそう書いている。しょっちゅう降る雨も、うさんくさそうにリースを見る村人たちも、図書館や本屋がないことも、近所の農場の動物さえ、リースには気に食わなかった。牛が「私に向かって、ものすごく不満たらしい感じでモーッと鳴くのよ」リースは娘に宛てた手紙にそう書いている。これは冗談ではなかった。少なくとも、まもなく冗談ではなくなる。彼女は隣の農家の牛が自宅の近くまでやってくることに次第に腹を立て、声高に抗議するようになった。農家は牛がリースの家に近づかないように有刺鉄線の柵を設置したが、リースはその親切をなんらかの侮辱と受け取った。そして、ぐでんぐでんに酔っぱらって隣家に向かってわめき散らし、村中が恐ろしげに見守るなかで、フェンスに向かって牛乳瓶を投げつけるという騒動を起こした。

それ以来、リースは村で噂と嘲笑の的になった。多くの村人が彼女と口をきかず、近所の村人のひとりは彼女のことを魔女だといった（リースはハサミをもってその村人を道路まで追いかけ、そのせいで精神病院に一週間入院させられるはめになった）。しかし幸運なことに、村の牧師が彼女の最大の味方となった。彼は古典文学の愛好家で、リースが執筆している小説に目を通すと、その才能を鋭く見抜いた。それ以来、牧師は定期的にリースのもとを訪れ、神経質な彼女をさまざまな悩みから解放するため、できるかぎりのことをして、執筆に専念できるように計らった。牧師は妻にこう語っている。「彼女はウィスキーとほめ言葉を際限なくほしがるんだ。それがなくてはならないんだよ」。リースは長年ベッドで執筆する習慣があったので、牧師はベッドの上で使える小さなテーブルを買ってやった。さらに、リースを説得して、医者に往診してもらい、健康診断を受けさせた。その結果、リースは覚醒剤の錠剤をたっぷり処方してもらい、それはよい効果と悪い効果をもたらした（リースは一九六一年の手紙にこう書いている。「すごい覚醒剤を手に入れた――それは魔法のような効果をもたらすけど、ひどく気分が悪くなる。とくに三錠以上のんだ日の翌日はとてつもなくひどい。アルコールのほうがずっと安全だと思う」）。

村の牧師の協力があったにもかかわらず、リースの執筆はなかなかはかどらなかった。一九六二年三月に、彼女はこう書いている。「私はもう何年もここにいて、ずいぶん苦労しながら本を書いているような気がする――とても急な山を、荷車を引いて登っているみたい」。その一年後、ほとんど同じことを編集者のアトヒルへの手紙に書いている。「私はみんなを消耗させているような気がする。ただ、問題なのは、私自身も消耗してしまっていること――その原因は、怒って絶望してまた怒ってを繰り返すことにある」。その五、六年前の一九五七年、リースの夫は脳卒中を起こし、以来入退院を繰り返していた。リースは夫が家にいるときは世話で忙しく、あまり執筆ができなかった。夫が入院すると、心配だったし孤独だったが、その間、小説に取り組むことができた。一九六四年九月、本が仕上がる一年半前、リースはアトヒルに宛てた手紙にこう書いている。「思い返せば、私はいかに軽々しくこの本を書き始めたことか！――簡単なことだと思っていた――なんてことかしら！　でも、病気や引っ越しやたくさんの災難や騒動があったにもかかわらず、努力してきたおかげで、現実味のなかった物語が、ありそうなものに思え、必然的で正しいものだと思えるようになってきている」

『サルガッソーの広い海』の出版は一九六六年で、リースの夫が死去したのと同じ年だったが、それはリースにとって、比較的穏やかな時期の幕開けとなった。夫の介護から解放され、ある程度の経済的な安定も確保できて、かつて経験したことのない文学的名声も手に入れた。一九六五年末に娘に書いた手紙に、リースがその後だいたいにおいて守っていた日課の説明がある。

ここでの生活はとっても変なの。私はなんと午後八時にベッドに入るのよ。想像できる？　でも、そのころにはもう暗くなってから何時間もたっている。だから私はウィスキーを一杯だけ飲んで（ウィスキーは実際とても高い）、もう寝る時間だと思うようにする。すると午前三時か四時にはぱっちり目が覚める。しばらくごそごそ寝返りをうったりして、そのあと起きると、まだ暗いけどキッチンへ行って紅茶を飲む。おかしなものだけど、そのときが一日のうちで最高なの。紅茶を何杯も飲んで、タバコを何本も吸って、もし晴れていたら、太陽の光がようやくあたりを照らし出すのが見えるのよ。

いったん起きると、リースは一日中キッチンで過ごした。彼女はこう書いている。「〔キッチンは〕私が不安も憂鬱も感じずにすみ、静寂も耐え忍ぶことができる唯一の場所。一方からは太陽が昇るのが見えるし、もう一方からは太陽が沈むのが見える」（経済的に困難な時期が続いた彼女にとって、キッチンは何年も、家のなかで唯一暖房をつけられる場所でもあった。）しばらくすると新聞や郵便が届くので、それを読んで、そのあと手紙の返事を書いたり、最後の作品になる自伝『Smile Please』〔未邦訳〕を書いたりした。やがてお腹がすくと、手の込んだ料理を作った。それが一日の最初の食事だ。もしお腹がすいていなかったら、パンとチーズとグラス一杯のワインですませた。孤独な生活だったが、それまでの彼女の人生の大半には騒動や不安がつきものだったことを思えば、決して不幸な生活ではなかった。リースはこう書いている。「孤独であることは、悲しい面ばかりが強調されて、よい面が見過ごされているのではないか」

イザベル・ビショップ

一九〇二〜一九八八

ビショップがデトロイトからニューヨークに来たのは十六歳のときだ。ハイスクールを卒業したばかりで、商業美術を学び、イラストレーターになるつもりだった。「そのとき、あることが私に起こったの」ビショップは何年ものちにそう語っている。なにが起こったかというと、彼女は近代芸術運動と出会い、裕福な親類から月々もらうこづかいをたよりに、イラストレーションから油絵に転向して、一九二〇年にアート・ステューデンツ・リーグ〔ニューヨークにある美術学校〕に入学したということだった。そこで六年間学んだのち、十四丁目のユニオン・スクエアを見下ろすアパートの一室を借りた。当時そのあたりは「ニューヨークでもかなりみすぼらしい商業地域」で、会社員や、デパートの買い物客や、街頭演説をする説教師や、昼間からぶらぶらしている失業者や、ビショップと同類のアーティストなどがひっきりなしに行き来していた。それからおよそ六十年間、ビショップはユニオン・スクエアの人々や暮らしを題材に、独特の「ロマン主義的リアリズム」の絵画を描きつづけた。彼女はしばしばベンチにすわって、日々広場を行きかう人々をスケッチし、とくに当時新しい社会階層としてニューヨークのオフィスを席巻しつつあった職業婦人の服装やしぐさに注目した。だが、その生き生きとした様をカンバスの上にとらえる満足のいく手法が見つかるまで、何年も納得できず、自己不信に苛まれる日々が続いた。ビショップはこう回想している。

「私はあらゆることを一生懸命に試していた。とてもみじめで、情けなかった。いくら試してもうまくいかない――なにかがある方向から〝ひょっこり入ってきた〟かと思うと、別の方向へ出ていってしまう。結局それは自分が望んでいたものとはぜんぜんちがっている。それでも、自分の作品になにか有効なものが見つかるとしたら、それはそこに、つまり自分が意図してなかったもののなかに見つかるはずだった」

やがてビショップは独自の絵画を実現するための、ひじょうに手間のかかるプロセスを作り上げていった。まず、ラフスケッチを描き、そのあともう少し精密な絵を何枚も描く。次にエッチングによる版画を一枚作る――そしてそのあとアクアチント（エッチングの一種で、版を酸に露出して腐食させてインクがたまる表面を作り、水彩画のような風合いを出すもの）の版画を一枚作る。それからようやくほんとうの絵を描き始めるが、ここでもまた、バロック絵画を代表するフランドルの画家ルーベンスのきわめて骨の折れる手法を踏襲した。「残念ながら、私はとても複雑なテクニックを使っている。それはなにも複雑にしたいからではなくて、絵が私に語りかけてくるようにしたいから。そのためにはどんなことでもする」とビショップはいっている。一枚の絵を仕上げるのに、一年もかかることがよくあった。窓からユニオン・スクエアが見渡せる位置にイーゼルを置いて描いたが、それは「自分がいまやっていることが正しいことを確かめるため」だった。そのときに彼女が自分自身に問う言葉は、「それでいいの？」だった――つまり、この絵はいま下に見えている実際の風景をきちんと表現できているか、ということだ。「窓の外の人々を見るのは、食べ物を食べるような、栄養を摂取しているような感じだった」と彼女はいっている。「人々があらゆる方向へ歩いていく様は、まるでバレエのように、とても美しかった」

ビショップは二十代前半に不幸な恋愛をし、三度自殺を試みた。しかしそこから立ち直り、一九三四年、若くて聡明な神経科医ハロルド・ジョージ・ウルフと結婚して、ブロンクス郊外の高級住宅街リバーデールにある彼の家に引っ越した。ウルフはきちょうめんな性格だった。ある隣人によると、ディナーに招待されて彼の家に着くと、ハガキ大のカードを手渡され、そこにはその夜の詳細なスケジュールが、ゲストの帰る時間まで含めてきちんとタイプ打ちされていたという。しかし彼はビショップの画家としての活動を熱心に応援した。「夫がそういう態度を取ってくれたことはとても重要だったし、当時としてはとてもめずらしいことだった」とビショップはいっている。「私たちは毎朝いっしょに家を出て、彼は職場に、私は自分のアトリエへ行った。そのことに対して疑問はいっさいなかった」。ふたりは午前九時から午後五時まで仕事をした。リバーデールからいっしょに列車に乗って、グランドセントラル駅まで行き、そこでビショップは地下鉄に乗り換えてユニオン・スクエアまで行く。帰りはその経路を逆にたどる。一九四〇年にひとり息子が生まれたあとも、ビショップはすぐにその日課を再開した。義理の母が同居して、ビショップとウルフが仕事をしているあいだ、子どもの世話をした（このやり方にストレスがなかったわけではない。「助かったけれど、つらかった」とビショップはのちに語っている）。ふたりの仕事はどうやら週末も続いたらしい。一九七〇年代のあるインタビューで、ビショップは次のようにいっている。息子が家にいるあいだは週に六日アトリエにいき、日曜だけ家族と過ごすために休んでいたが、息子が家を出ると、週七日仕事をするパターンに戻った。

ビショップのアトリエの壁には、ヘンリー・ジェイムズの短編小説「初老」の次の一節が掛けられていた。「我々は闇のなかで仕事をする――できることをする――持てるものを差し出す。我々の疑念は情熱であり、情熱が仕事となる。残りは芸術という狂気」。一九七七年、ビショップはあるインタビューでその一節について問われ、あなたはどのようにして「芸術という狂気」に一生を捧げるようになったのか、ときかれた。ビショップはこう答えた。「私もそのことについてすごく考えてきた。私の場合、それはただ、次第にそうなっていっただけで、意図したことではない。気がついたら仕事に打ちこんでいたの。そのあとはもう、思い切って飛びこむしかなかったわ」

ドリス・レッシング

一九一九〜二〇一三

一九四九年、レッシングは六歳の息子ピーターを連れ、デビュー作となる長編小説『草は歌っている』の原稿を持って、はるばる南ローデシア（現在のジンバブエ）からロンドンにやってきた。レッシングは南ローデシアでイギリス人の両親のもとで育ち、三十歳までに二度結婚して二度離婚し、三人の子どもがいた。イギリスへ旅立つとき、年長のふたり（十歳と八歳）の子は、最初の夫とともに南ローデシアに残された。その後ふたりが大人になるまでに、レッシングは数えるほどしかふたりに会っていない――レッシングにとって煩わしく、腹立たしかったことに、彼女は作家として成功したあと、その事実をいつまでもジャーナリストに突つかれた。子どもを捨てたことを繰り返し突きつけられると、レッシングはいつも、その件に関してはああするしかなかったのだ、と答えた。彼女が最初の夫と結婚したのは十九歳で、そのときすでに最初の子を身ごもっていた。そして二、三年たつうちに、文化的に不毛の地で主婦をしているのに満足できないことに気づいた。創作を一生の仕事にしようと決心したのに、書くための時間も気力もない。そこで最初の夫とふたりの幼い子どもを残して、自分の望む人生を追い求め始めた。仕事をみつけてアパートを借り、小説を書きながら左翼の政治運動に関わった（そして再婚し、三番目の子を産んだ）。最終的にロンドンへ移住したのは、最初の家族のもとを去った行動の延長にすぎなかった。レッシングは、自分が立派な行ないをしてきたというつもりはさらさらなかった。一九九七年にはこういっている。「［子どもを置いて出てきたのは］ひどいことだったと思う。でも、ともかくそうしなければならなかった。もしそうしなかったら、アルコール中毒になっているか、精神病院に行くはめになっていたにちがいないから。私はあそこでの生活にがまんができなかった。ただただ耐えられなかった」。いらだっていたときは、もっとあけすけに答えている。たとえば、かつてこういったことがある。「子どもがそばにいて書ける作家なんていない。そんなのだめに決まってる。ただ腹が立つだけよ」

しかしもちろん、レッシングは息子のピーターがそばにいても書いていた。実際、世話をしなければいけない子どもがいたことで、ロンドンに来た当初は救われた、といっている。もし子どもがいなければ、一九五〇年代のソーホーに入りびたることになっていただろうというのだ（「そこにはきら星のごとく才能あふれる人たちがたくさんいた。でも、たいていは酒を飲んではむだ話をして才能を浪費していた」と彼女は書いている）。こうしてレッシングはソーホーへ入りびたることなく、ピーターがちゃんとした世話を受けられて、なおかつ自分は執筆の時間が持てるように、親子の生活を整えた。最初は秘書の仕事に就いて生活費を稼いでいたが、二作目の本の前金としてそこそこの金額が入ったので、その仕事はやめて執筆に専念できるようになった。自伝の第二巻で、レッシングはロンドンに来た当初の日課について書いている。

朝五時に起き、ピーターも同じ時間に起きた。ピーターは私のベッドに入ってきて、私はお話をきかせたり、物語や童謡の本を読んでやったりした。それからふたりとも着替えて、ピーターはごはんを食べる。そのあとピーターを通りの先の学校へ送っていき［……］少し買い物をして、それから私の本格的な一日が始まった。これを手に入れなくちゃとか、あれをやらなくちゃとかいう熱に浮かされたような欲求──私はそれを主婦病と呼んでいるが、「これを買わなくちゃいけない、誰それに電話しなくちゃいけない、これを忘れちゃいけない、あれをメモしとかなきゃいけない」というような考えのこと──は、しっかりと抑えて、書くために必要な、起伏のない、ぼんやりした状態にならなければいけなかった。ときには数分間眠ることで、そんな状態になれたこともある。そういうときは、電話が鳴りませんようにと祈った。睡眠はずっと私の友だちで、元気を回復してくれる即効薬だったが、数分間の眠りが役に立つことを学んだのはこのころだった。数分間眠って、どこかの世界［……］どこかわからないが、そこにひたる。すると、目覚めたときには、何物にもとらわれず、平穏な、ぼんやりした状態で仕事を始められる。

レッシングは一日中、仕事をしては中断して、を繰り返した。ちょっと休んでは家のなかをうろついたり、カップを洗ったり、引き出しを整理したり、自分のために紅茶をいれたり。「私はうろうろと歩きまわった。私の手はせわしなく動いてあれやこれやをした。その様子をみたら、家事が気になってしかたない主婦の鑑《かがみ》のように見えただろう」レッシングはそう書いている。しかしその間ずっと、心は別のところ、いま手がけている小説を書くことにあった。伝記作家のキャロル・クラインによると、この集中力に欠けたように見えるやり方は、驚くほど生産性に富んだものだった可能性がある。というのも、レッシングは一日に少なくとも七千語を書くことを目標にしていたからだ。実際、いつもとりとめなく動きまわることは、レッシングの執筆のプロセスとして生涯欠くことのできないものだった。彼女は「このように肉体的に忙しくするのは集中するための手段」と考えていて、その点で自分を画家になぞらえていた。「画家は一見気まぐれにアトリエのなかを歩きまわる」とレッシングは書いている。「筆を洗ったり、筆を放り投げたり、カンバスを用意したり。でも、心は別のところにある。窓の外を見つめたり、コーヒーをいれたり、カンバスの前で筆を手に長いあいだ立っていたり。それからやっと始まる。それが仕事だ」

レッシングは猛烈に働き、それが可能になるように生活を整え、ひじょうに多くのことを犠牲にしてきた。おそらくそのせいで、世間が作家の日課や仕事の習慣に飽くなき興味を抱いていることに理解を示していた。彼女はこう書いている。「私たち［作家］が、あちこちで対談をしたり講演をしたりすると、いつもこんなことをきかれる。ワープロを使いますか、それともペンを使いますか、タイプライターを使いますか、毎日書くのですか、どんな習慣がありますか」

これらの質問は、ある重要な問題の答えをなんとかして知りたいという本能的な好奇心の表れだ。その問題とは、持てるエネルギーをどのように使うか、どうやって有効に利用するか、というものだ。私たちはみな、かぎられた量のエネルギーしか持っていない。しかし成功した人々は、直感的に、あるいはよく考えて、自分のエネルギーを浪費するのではなく有効に使う方法を学んだのだと思う。そしてその方法は、作家であれ、どんな職業であれ、人によってちがう。毎晩パーティーに出て、疲れるどころか元気になって、一日中ご機嫌で書く作家もたしかにいる。でも私の場合は、半分徹夜でしゃべったりすると、次の日はあまり調子がよくない。できるだけ朝早く仕事を始めたいという作家もいれば、夜とか、昼――これは私にはほぼ不可能――に書くのがいいという作家もいる。試行錯誤して、自分の求めているものや自分の糧となるもの、持って生まれたリズム、手順などが見つかったら、それを大事にするといい。

謝辞

女性アーティストを扱った本書は、いみじくも、幾人かのすばらしい女性たちのサポートと洞察力がなければ完成しなかった。まず、私の妻のレベッカだが、彼女は最初からすべての草稿に目を通してくれた。そして、初期の段階では、私がなによりも必要としていた励ましを与えてくれて、のちの段階では、詳細で理路整然とした意見を述べてくれた。レベッカ自身、アーティストであり、創作活動と収入を得るための仕事を両立させることに長年苦労してきた。したがって彼女は本書の着想の源であり、理想的な読者でもあった。彼女の示唆に富んだ疑問や提案のおかげで、本書の内容は著しく改善された。

次に、私のエージェントのメグ・トムソンだが、彼女がいなければ本書はもちろん、前作〔『天才たちの日課』〕も出版されていなかっただろう。なぜなら、芸術家たちの日課を綴った私のブログがよい本になると最初に気づいてくれたのはメグだったからだ。彼女はブログの書籍化のためにクノップフ社という理想的な基地を見つけてくれて、それ以来、私が出版関係の仕事をするのを、快く、たくみにサポートしてくれている。メグの同僚のサンディ・ホッジマンは、私の作品が海外でスムーズに出版されるように、献身的かつ冷静に働いてくれた。

クノップフ社のヴィクトリア・ウィルソンは、出版業界での四十五年以上の経験を生かし、本書の出版のために尽力してくれた。ヴィクトリアが前作で与えてくれたさまざまなアドバイスは本書の制作にあたっても全面的に引き継がれた。また彼女は本書の調査対象として、たくさんの女性アーティストの名前をあげてくれた。そのなかには一般にはあまり知られていないアーティストも多く含まれていて、彼女たちの経歴はひじょうに興味深い素材となった。ヴィクトリアのアシスタントのマーク・ジャフィーも、終始、欠かすことのできないサポートをしてくれた。ヴィクトリアとマークの同僚であるクノップフ社のスタッフはみな優秀だったが、私がとくに感謝しているのはジャケットデザイナーのジェイソン・ブーアーとテキストデザイナーのマギー・ヒンダーズ、制作担当編集者のキャスリーン・フリデラ、原稿整理編集者のエイミー・ブロージー＝レンコソヴァ、そして私の広報担当者のキャスリン・ズッカーマンだ。ピカドール社のソフィー・ジョナサンも丁寧な校閲を行ない、私を励ましてくれた。本書は当初、ランダムハウス社の「ヴィンテージ・ショート」シリーズの一冊とすることを念頭に企画された。その企画をサポートしてくれたマリア・ゴールドバーグに感謝する。

本書の目的のひとつは、現代のアーティストの生の声をできるだけ多く収めることだった。そのために、二十人の女性アーティストに忙しいスケジュールの合間に時間を割いてもらい、インタビューまたはEメールのやりとりで仕事の習慣について教えてもらった。その女性アーティストたち（イサベル・アジェンデ、シャーロット・ブレイ、ルネイ・コックス、ピーター・コイン、ヘイドン・ダナム、ニッキ・ジオヴァニ、マギ・ハンブリング、シーラ・ヘティ、ジョーン・ジョーナス、ミランダ・ジュライ、ジョーゼフィン・メックセパー、ジュリー・メーレトゥ、マリリン・ミンター、メレディス・モンク、マギー・ネルソン、キャサリン・オーピー、キャロリー・シュニーマン、レイチェル・ホワイトリード、ジュリア・ウルフ、アンドレア・ジッテル）に感謝する。また、彼女たちのインタビューをアレンジしてくれたギャラリー・リロングのチャンドラ・ラミレスとダニエル・ウー、ヴァージニア工科大学のヴァージニア・C・ファウラー、ギャビン・ブラウンズ・エンタープライズのヒュー・モンクとエミリー・ベイツ、アンドレア・ローゼン・ギャラリーのシュー・ミン・リムとローラ・ラプトン、メックセパー・スタジオのケイティー・コーンズ、ジュリー・メーレトゥー・スタジオのセアラ・レンツ、マリリン・ミンター・スタジオのジュネヴィーヴ・ロウ、ハウス・ファウンデーション・フォー・ジ・アーツのピーター・シシオリとカースティン・カプスティック、キャサリン・オーピー・スタジオのヘザー・ラスムセン、ルーリン・オーガスティン・ギャラリーのライラ・ドアティーとリーサ・ヴァルギース、ファースト・チェアー・プロモーションのヘイゼル・ウィリスとアマンダ・アミーアとベッキー・フラッドキン、レーゲン・プロジェクツのベン・ソーンバローにも感謝している。

前作と同様、本書もすでに出版されているインタビュー集やプロフィール集、伝記、日記、手紙などからの引用が大半を占めている。たくさんの学者やジャーナリストや編集者や翻訳者たちのすばらしい取材や調査がなければ、私はとてもこの本を書くことはできなかった。ロサンゼルス公共図書館のスタッフは、同館が保有する何百冊もの本を、私の家の近くの図書館で借りたり返却したりできるようにはからってくれた。その厚意がなければ、私はやはりこの本を書くことはできなかった。そのほか、カリフォルニア大学ロサンゼルス校の図書館や、ロサンゼルス郡立美術館や、ニューヨーク公共図書館にも、さらなる資料収集のためにお世話になった。私はこの本の大半を、フリーメーソンの支部集会所だった建物を改装して作られたアトリエで書いた。執筆に理想的なスペースを提供してくれたナタリー・ディエリクスとリーサ・レイモンドに感謝したい。アン・トムソンには、本書に関する有意義な会話と、その他もろもろの点で、おおいに感謝している。

エドナ・セント・ヴィンセント・ミレイの写真を探してくれたミレイの著作権執行者ホーリー・ペップと、エドナ・セント・ヴィンセント・ミレイ・ソサエティのマーク・オベルスキ、米国議会図書館のバーバラ・ベアーとブルース・カービーには特別の感謝の意を表したい。そのほかにも、写真や文書の使用許可の取得を手伝ってくれた多くの人々すべてに心から感謝を申し上げる。私が情報を収集するためにとくに重宝したのが、エレナー・マンローの『Originals: American Women Artists』〔未邦訳〕とシンディ・ネムザーの『Art Talk』〔未邦訳〕、クローディア・テイトの『Black Women Writers at Work』〔邦訳『黒人として女として作家として』高橋茅香子訳、昭文社、一九八六年〕の三冊の本だ。インタビュー集の草分けともいえるこの三冊から引用して出版することを許可してくれたジョージ・ボーチャート社、シンディ・ネムザー、リード・ハバード、ジェローム・リンジーに感謝している。

前作が出版されて以来、多くの人々が、より多くの人々に私の本を届けるために協力してくれた。その人々すべての名をここであげることはできないが、ジョン・スワンズバーグにはとくに感謝の意を表したい。彼はオンラインマガジン『スレート』に前作『天才たちの日課』に関するブログを掲載するように勧めてくれた。また、ティム・フェリスはオーディオ版を出版するように勧めてくれた。クノップフ社の広報部に以前勤務していたブリタニー・モロンジェロには、出版当初、大変お世話になった。故ノア・クラースフェルドは『天才たちの日課』のもっとも初期からの、もっとも熱心なファンだった。彼がもう、この続編を読むことができないと思うととても悲しい。

ペネル・ホイットニーは、私が二十五歳のときに、ナッシュビルからニューヨークへ出てくるように勧めてくれた。さらにありがたいことに、私が数ヵ月かけてニューヨークでの生活基盤を整えるあいだ、住む場所を提供してくれた。その後、私はニューヨークを去ったが、いま思えば、ナッシュビルからニューヨークへの移住が私の人生の決定的なターニングポイントになったと思う。あの大事な時期にペネルが声をかけてくれなければ、本書も前作も生まれていなかっただろう。

最後に、私の母と父と継母と兄の変わらぬ愛情とサポートに感謝する。また、義理の母のトニーには、大西洋北西部地域における本書の非公式アンバサダーに就任してくれたことに感謝する。その他の私の親族、友人にも、それぞれの寛容と温情、厚意に感謝の意を表したい。

訳者あとがき

メイソン・カリーの前著『天才たちの日課――クリエイティブな人々の必ずしもクリエイティブでない日々』は百六十一人の天才たちの偉業や業績や後世への影響を書き記したものではなく、彼らの日常を紹介した作品で、じつに面白い。とくに偉業と日常とのギャップがおかしい……だけでなく、それぞれに個性的で、さらに、われわれ凡人になんらかの教訓を与えてくれそうなものもあるが、そうでないものもある。とにかく発見と驚きと納得の三拍子がそろった名著で、売れ行きもよかった。

ところが、この本を「欠陥本だ！」と主張する人物が現れた。著者のメイソン・カリー自身だ。それは本書の「はじめに」に詳しく書かれている。簡単にいってしまうと、『天才たちの日課』で取り上げた天才百六十一人のうち女性が二十七人しかいないというのだ。そこで今回は、対象を女性に限ってみたという。その結果、本書は前作よりはるかにドラマチックなものになった。というのは、ここに取り上げられている女性のほとんどは、「女性による創造的な活動が無視されたり否定されたりした時代に育っている」からだ。

それにしても、前作同様、学生の前や、卒業式や入学式の式辞や、酒の場や、好きな相手と飲んでいるときなどに、ちょっとはさみたくなる言葉が次々に出てくる。
「私は自分の経験のすべてを物語にすることと引き換えに、悪魔に魂を売ったの」（イサク・ディーネセン）
「私は成功しなくてはならなかった。だから絶対に、絶対にあきらめなかった。バイオリニストにはバイオリンがあるし、画家ならパレットがある。でも私にあるのは私だけ」（ジョーゼフィン・ベイカー）
「ずっと昔にどこかできいた話だが、エル・グレコが死んだあと、彼のアトリエで新品のカンバスが見つかり、そこにはたったひと言、『満足できるものはひとつもない』という言葉が書かれていたという。私は彼の気持ちがわかる」（マーサ・グレアム）

ほかにも、さらに感動的な言葉や、思わずうなずいてしまう愚痴や、日常に埋没しているわれわれをほっとさせてくれるような言葉や、そんなわれわれを駆りたててくれるような言葉が出てくる。この本にはまさに、百四十三通りの試行錯誤から生まれた言葉が詰まっている。

とりあげられている女性も、草間彌生、ピナ・バウシュ、ココ・シャネル、フリーダ・カーロ、ルイザ・メイ・オルコット、アリス・ウォーカー、ヴァージニア・ウルフ、エミリー・ディキンスン、シャーロット・ブロンテなどの有名な人物から、日本ではあまり知られていない人物までさまざまだが、重みのある言葉もあれば、軽さがうれしい言葉もある。

あと特筆すべきは著者のアレンジの妙だ。いままでにある題材を使って、これほど新鮮で楽しい読み物を作れる人はなかなかいない。たとえば、マリー・キュリーの章で、キュリー夫妻の健康を心配した友人の科学者からピエールに手紙がくる。

君は、いや君たちふたりとも、ほとんどなにも食べていないじゃないか。奥さんが薄切りのソーセージを二枚ちびちび食べて紅茶で流しこむのを一度ならず見たよ。〔……〕科学の仕事に没頭するのはいいが、君たちのように、それを日常生活のあらゆる瞬間にまで持ちこむのはよくない。〔……〕食事中は物理学の話をしたり本を読んだりしてはいけない。

この手紙を紹介したあと、著者はこう続ける。

「夫妻はこの友人の警告を無視した。そして四十五ヵ月間の奮闘の末、マリーはついに純粋なラジウムを〇・一グラム分離するのに成功し、原子量を測定して、新元素の存在を証明した」

どの項を読んでも、短い文章のなかに、その人の日常だけでなく、その人そのものが浮かびあがってくる。

最後になりましたが、編集者の藪崎今日子さん、原文とのつきあわせをしてくださった安納令奈さん、池本尚美さん、市村かほさん、中西史子さん、中野眞由美さん、手嶋由美子さん、八木恭子さん、吉原菜穂さんに心からの感謝を！

二〇一九年八月二十七日

金原瑞人・石田文子

引用文献

以下のリストは本書を書くにあたって参考にした情報源と引用箇所をアーティスト別に整理したものだ。各情報源はおおむね、重要な順に並んでいる——つまり、私がいちばん参考にした本なりインタビューなり新聞記事なりが最初にあげられている。どれがいちばんか一概にいえない場合は、一般的に役立つと思われる順に並べた。各アーティストの習慣についてもっと知りたいという方には、とりあえず最初にあげられている情報源からあたることをお勧めする。

5 「時が人の顔つきを変えるように…」*The Diary of Virginia Woolf*, ed. Anne Olivier Bell and Andrew McNeillie, *Volume Three: 1925–1930* (San Diego: Harcourt Brace, 1981), 220.

16 「自分が女性アーティストだと…」Interview with Smithsonian American Art Museum, "Meet Grace Hartigan," January 16, 2009, https://www.youtube.com/watch?v=e-mzSLQL1nk.

18 「生活《ライフ》」と「仕事《プロジェクト》」Interview with Jonathan Cott, *Susan Sontag: The Complete* Rolling Stone *Interview* (New Haven, CT: Yale University Press, 2013), 109.

18 「彼女はいったいどうやって…」Colette, *Earthly Paradise: An Autobiography*, trans. Herman Briffault et al. (New York: Farrar, Straus and Giroux, 1966), 502. コレットが書いた問題の一節は、以下のようなものである。

私は四十冊かそこらの本を書くだけでも、ものすごく時間がかかった。そのおかげで、旅行をしたり、のんびり散歩したり、本を読んだり、女らしく戯れの恋にうつつを抜かしたり、そのほかいろいろなことをしそびれた。ジョルジュ・サンドはいったいどうやってやりくりしていたのだろう？　彼女は文人というよりたくましい労働者のように、小説をひとつ書きおえると、一時間もたたないうちに次の小説を書きはじめることができた。それでいて、恋人を失うこともなく、水タバコを吸う余裕も持ち合わせて、おまけに二十巻から成る『わが生涯の歴史』までものにした。それを思うと、呆然とするしかない。

22 **オクテイヴィア・バトラー**：Conseula Francis, ed., *Conversations with Octavia Butler* (Jackson: University Press of Mississippi, 2010); Octavia Butler, "'Devil Girls from Mars': Why I Write Science Fiction," February 19, 1998, repr. in *Media in Transition*, October 4, 1998, http://web.mit.edu/m-i-t/articles/butler_talk_index.html; Octavia Butler, *Bloodchild and Other Stories*, 2nd ed. (New York: Seven Stories Press, 2005).

22 「この映画をみたとき…」"Why I Write."

22 「ひどくつまらない仕事」*Bloodchild*, 120.

22 「当時の私は…」Interview with Charles Rowell, "An Interview with Octavia E. Butler," *Callaloo*, Winter 1997, in Francis, 74.

23 「アイデアを絞りだすの」Interview with Randall Kenan, "An Interview with Octavia E. Butler," *Callaloo*, Spring 1991, in Francis, 37.

23 「五、六人の作家の…」Charles Rowell, 90.

24 「朝は五時三十分から…」Quoted in Jane Burkitt, "Nebula Award Nominee Octavia Butler Is Expanding the Universe of Science-Fiction Readers," *Seattle Times*, May 9, 2000, in Francis, 160.

24 「本を読んだり…」Interview with Jelani Cobb, "Interview with Octavia Butler," JelaniCobb.com, 1994, in Francis, 57.

24 「非社交的な暮らしを好む」Interview with Mike McGonigal, "Octavia Butler," *Index Magazine*, March 1998, in Francis, 141. The quotation appears in a question from McGonigal: "You've described yourself as being comfortably asocial."

24 「私が人との交わりを…」Ibid.

24 **草間彌生**：Yayoi Kusama, *Infinity Net: The Autobiography of Yayoi Kusama*, trans. Ralph McCarthy (London: Tate Publishing, 2011), Kindle〔草間彌生『無限の網——草間彌生自伝』新潮文庫、2012年。本文中の引用は新潮文庫版より〕; interview with Birgit Sonna, "Cosmic Play: An Interview with Yayoi Kusama," *Sleek*, Summer 2014, http://www.sleek-mag.com/2014/08/06/yayoi-kusama-interview/.

24 「苦しみや不安や…」Kusama, loc. 856 of 2458, Kindle.

25 「病院の生活は…」Ibid.

25　「毎日、作品を…」Quoted in Sonna.

26　**エリザベス・ビショップ**：George Monteiro, ed., *Conversations with Elizabeth Bishop* (Jackson: University Press of Mississippi, 1996); Gary Fountain and Peter Brazeau, *Remembering Elizabeth Bishop: An Oral Biography* (Amherst: University of Massachusetts Press, 1994); Thomas Travisano and Saskia Hamilton, eds., *Words in Air: The Complete Correspondence Between Elizabeth Bishop and Robert Lowell* (New York: Farrar, Straus and Giroux, 2008); Robert Boucheron, "Elizabeth Bishop at Harvard," *Talking Writing*, January 21, 2013, http://talkingwriting.com/elizabeth-bishop-at-harvard.

26　「何日ものあいだ…」Interview with Eileen McMahon, "Elizabeth Bishop Speaks About Her Poetry," *The New Paper*, June 1978, in Monteiro, 109.

26　「(僕の知るかぎり) 彼女は…」Quoted in Fountain and Brazeau, 339.

27　「なにはさておき…」Elizabeth Bishop to Robert Lowell, December 5, 1953, in Travisano and Hamilton, 146.

27　「詩は決して…」Quoted in Boucheron.

28　**ピナ・バウシュ**：JohnO'Mahony,"Dancing in the Dark,"*The Guardian*, January 25, 2002, https://www.theguardian.com/books/2002 /jan/26/books.guardianreview4; Pina Bausch, "What Moves Me," 2007, Pina Bausch Foundation, http://www.pinabausch.org/en/pina/what-moves-me; interview with Ismene Brown, "theartsdesk Q&A: Meeting Pina Bausch," *theartsdesk*, March 30, 2010, https: //theartsdesk.com/dance/theartsdesk-qa-meeting-pina-bausch; Sarah Crompton, "The Mighty Pina Bausch," *Telegraph*, June 11, 2012, https://www.telegraph.co.uk/culture/theatre/dance/9272080/The-mighty-Pina-Bausch.html.

28　「ピナはいろいろなことを…」Quoted in O'Mahony.

28　「〝問い〟は」Bausch.

29　「頭ではっきりわかる…」Interview with Brown.

29　「彼女は途方もない…」Quoted in O'Mahony.

29　「彼女は朝十時から…」Quoted ibid.

30　「だって、計画も、脚本も…」Bausch.

31　**マリソル**：Grace Glueck, "It's Not Pop, It's Not Op—It's Marisol," *The New York Times*, March 7, 1965, https://www.nytimes.com/1965/03/07/archives/its-not-pop-its-not-op-its-marisol-its-not-pop-its-marisol.html; interview with Cindy Nemser, *Art Talk: Conversations with 15 Women Artists*, rev. ed. (New York: Westview Press, 1995); Brian O'Doherty, "Marisol: The Enigma of the Self-Image," *The New York Times*, March 1, 1964, https://www.nytimes.com/1964/03/01/marisol-the-enigma-of-the-selfimage.html; John Gruen, *The Party's Over Now: Reminiscences of the Fifties—New York's Artists, Writers, Musicians, and Their Friends* (New York: Viking, 1967, 1972).

31　「一種の反抗として」Quoted in Glueck.

31　「〝妖しい魅力〟を持った…」Quoted ibid.

31　「私はあまり考えない…」Quoted in O'Doherty.

32　「木工資材売り場に…」Glueck.

32　「リサーチは…」Quoted ibid.

32　「マリソルはとてもまじめに仕事をするのよ」Quoted ibid.

33　「静かなときは…」Gruen, 200.

33　「まず、彼女は…」Quoted in Glueck.

34　「自分はちっとも…」interview with Nemser, 160.

34　「リラックスするため」Ibid., 164.

34　**ニーナ・シモン**：Nina Simone with Stephen Cleary, *I Put a Spell on You: The Autobiography of Nina Simone* (New York: Pantheon, 1991). 〔ニーナ・シモン、ステファン・クリアリー『ニーナ・シモン自伝――ひとりぼっちの闘い』鈴木玲子訳、日本テレビ放送網、1995年〕

34　「人々が私をみに…」Ibid., 92.

35　「お客さんに魔法を…」Ibid., 93.

35　「まったく動かなく…」Ibid.

36　「痛いほど感じた」Ibid., 94.

36　「ライトの当たる…」Ibid.

36　**ダイアン・アーバス**：Arthur Lubow, *Diane Arbus: Portrait of a Photographer* (New York: Ecco, 2016).

36　「秘密についての秘密」Quoted ibid., ii.

37　「私はなんでも…」Quoted ibid., 4.

37　「どこか行儀の悪いこと」Quoted ibid., 323.

38　「アーバスはあえてモデルを…」ibid., 327.

38　「それは忍耐のいるプロセスで…」Quoted ibid.

38　「路上で見知らぬ…」Ibid., 494.

39　「私は写真を撮るけど…」Quoted ibid., 432.

39　「自分の気に…」Quoted ibid., 170.

42　**ルイーズ・ネヴェルソン**：Louise Nevelson with Diana MacKown, *Dawns + Dusks* (New York: Charles Scribner's Sons, 1976); Laurie Lisle, *Louise Nevelson: A Passionate Life* (New York: Summit Books, 1990); Laurie Wilson, *Louise Nevelson: Light and Shadow* (New York: Thames & Hudson, 2016); interview with Cindy Nemser, *Art Talk: Conversations with 15 Women Artists*, rev. ed. (New York: Westview Press, 1995); Hilton Kramer, "Nevelson," *The New York Times Magazine*, October 30, 1983, https://www.nytimes.com/1983/10/30/magazine/nevelson.html; Andrea K. Scott, "A Life Made Out of Wood, Metal and

Determination," *The New York Times*, May 9, 2007, https://www.nytimes.com/2007/05/09/arts/design/09neve.html.

42 「時間の使い方を…」Nevelson with MacKown, 121.

42 「朝は六時に起きる…」Ibid.

44 「作品を立てて置いた」Quoted in Scott.

44 「この奇妙な家を…」Kramer.

45 「大変だし…」Nevelson with MacKown, 42.

45 「僕はたぶん…」Quoted in Lisle, 281.

45 「私は作品を作るのが好き…」Nevelson with MacKown, 115.

46 **イサク・ディーネセン：**Judith Thurman, *Isak Dinesen: The Life of a Storyteller* (New York: Picador, 1982); Isak Dinesen, *Daguerreotypes and Other Essays* (Chicago: University of Chicago Press, 1979).

46 「アフリカにいた最後の…」Dinesen, 10.

47 「獣のようにうめきながら」Quoted in Thurman, 257.

47 「四十代後半から…」Thurman, 257.

47 「ディーネセンが必要とした…」Ibid.

48 「私は自分の経験の…」Quoted ibid., 258.

48 **ジョーゼフィン・ベイカー：**Josephine Baker and Jo Bouillon, *Josephine*, trans. Mariana Fitzpatrick (New York: Marlowe, 1988); Lynn Haney, *Naked at the Feast: A Biography of Josephine Baker* (New York: Dodd, Mead, 1981); Stephen Papich, *Remembering Josephine* (Indianapolis: Bobbs-Merrill, 1976); Jean-Claude Baker and Chris Chase, *Josephine: The Hungry Heart* (Holbrook, MA: Adams Publishing, 1993).

48 「私は成功しなくては…」Baker and Bouillon, 58.

49 「仕事を始める支度を…」Ibid., 66.

49 「彼女の元気の秘訣は」Papich, xv–xvi.

49 「しょっちゅう…」Quoted in Haney, 177.

49 「友人がよく…」Baker and Bouillon, 156.

50 **リリアン・ヘルマン：**Jackson R. Bryer, ed., *Conversations with Lillian Hellman* (Jackson: University Press of Mississippi, 1986); Joan Mellen, *Hellman and Hammett: The Legendary Passion of Lillian Hellman and Dashiell Hammett* (New York: HarperCollins, 1996); Margaret Case Harriman, "Miss Lily of New Orleans," *The New Yorker*, November 8, 1941, 22–35; Robert Van Gelder, "Of Lillian Hellman: Being a Conversation with the Author of 'Watch on the Rhine,'" *The New York Times*, April 20, 1941, https: //www.nytimes.com/1941/04/20/archives/of-lillian-hellman-being-a-conversation-with-the-author-of-watch-on.html; Wambly Bald, "It's Just Like Having Another Baby," *New York Post*, November 12, 1946; Deborah Martinson, *Lillian Hellman: A Life with Foxes and Scoundrels* (New York: Counterpoint, 2005); William Wright, *Lillian Hellman: The Image, the Woman* (New York: Simon & Schuster, 1986); Lillian Hellman, *Three: An Unfinished Woman, Pentimento, Scoundrel Time* (Boston: Little, Brown, 1979); Carl Rollyson, *Lillian Hellman: Her Legend and Her Legacy* (New York: St. Martin's Press, 1988).

53 「ゆうに十万語を超えた」Quoted in Van Gelder.

53 「高揚、憂鬱、希望」Ibid., 15.

52 「この部屋は仕事部屋である…」Harriman, 29.

53 「ゆうに十万語を超えた」Quoted in Van Gelder. 29 "elation, depression, hope": Ibid., 15.

53 **ココ・シャネル：**Rhonda K. Garelick, *Mademoiselle: Coco Chanel and the Pulse of History* (New York: Random House, 2014).

54 「気が抜けない緊張状態」Ibid., 395.

54 「スタッフの大半は…」Ibid., 394–95.

55 「飲まず食わずで…」Ibid., 395.

55 「〝休み〟という言葉をきくと…」Quoted ibid., 397.

55 **エルザ・スキャパレリ：**Palmer White, *Elsa Schiaparelli* (New York: Rizzoli, 1986); Janet Flanner, "Comet," *The New Yorker*, June 18, 1932, https://www.newyorker.com/magazine/1932/06/18/comet.

56 「エルザ〔スキャパレリ〕は毎朝…」White, 79.

57 「エルザはデザインのほとんどを…」Ibid., 87.

57 **マーサ・グレアム：**Martha Graham, *Blood Memory* (New York: Doubleday, 1991)〔マーサ・グレアム『血の記憶 ── マーサ・グレアム自伝』筒井宏一訳、新書館、1992年〕; Russell Freedman, *Martha Graham: A Dancer's Life* (New York: Clarion Books, 1998); Agnes de Mille, *Martha: The Life and Work of Martha Graham*, 2nd ed. (New York: Random House, 1991); Anna Kisselgoff, "Martha Graham," *The New York Times Magazine*, February 19, 1984, https://www.nytimes.com/1984/02/19/magazine/martha-graham.html; Ernestine Stodelle, *Deep Song: The Dance Story of Martha Graham* (New York: Schirmer Books, 1984); Don McDonagh, *Martha Graham: A Biography* (London: David & Charles, 1973); Martha Graham Dance Company, "Martha Graham Dance Company: History," http://www.marthagraham.org/history/.

57 「私はほとんどの時間を…」Graham, 139.

58 「子どもを持たないことに…」Ibid., 160.

58 「人生にとても激しく…」Quoted in Martha Graham Dance Company.

58 「ひどい苦しみのとき」Quoted in Freedman, 103.

59 「モダンダンスの動きは…」Quoted in Stodelle, 56.

59 「いまの私があるのは…」Quoted in McDonagh, 129.
59 「ベッドの脇の…」Quoted in Kisselgoff.
59 「彼女は片時も…」Quoted in de Mille, 138.
59 「振付家の壁」Graham, 124.
59 「私たちはいつも…」Quoted in de Mille, 146.
60 「浄化」Quoted ibid.
60 彼女の紹介記事を書いた舞踊評論家 Kisselgoff.
60 「ずっと昔に…」Graham, 14.
61 **エリザベス・ボウエン**：May Sarton, *A World of Light: Portraits and Celebrations* (New York: W. W. Norton, 1976); Victoria Glendinning with Judith Robertson, eds., *Love's Civil War: Elizabeth Bowen and Charles Ritchie, Letters and Diaries from the Love Affair of a Lifetime* (Toronto: Emblem, 2009); Victoria Glendinning, *Elizabeth Bowen* (New York: Alfred A. Knopf, 1978); Mary Morrissy, "Closer Than Words," *Irish Times*, January 31, 2009, https://www.irishtimes.com/news/closer-than-words-1.1238445.
61 「私はお屋敷の…」Sarton, 197–98.
62 「セックスレスでも満ち足りた結婚」Morrissy.
63 「このあいだの夜…」Charles Ritchie diary entry, March 3, 1942, in Glendinning with Robertson, 29.
63 「神経をすり減らすけれど…」Elizabeth Bowen to Charles Ritchie, March 6, 1946, in Glendinning with Robertson, 88.
64 「一枚書いては没にして…」Elizabeth Bowen to Charles Ritchie, May 20, 1946, in Glendinning with Robertson, 92.
64 **フリーダ・カーロ**：Hayden Herrera, *Frida: A Biography of Frida Kahlo* (New York: Perennial, 1983); Catherine Reef, *Frida & Diego: Art, Love, Life* (Boston: Clarion Books, 2014); Martha Zamora, *Frida Kahlo: The Brush of Anguish*, trans. Marilyn Sode Smith (San Francisco: Chronicle Books, 1990); Martha Zamora, ed., *The Letters of Frida Kahlo: Cartas Apasionadas* (San Francisco: Chronicle Books, 1995).
64 「私はこれまでに二度…」Quoted in Zamora, Frida Kahlo, 37.
65 「フリーダとディエゴの…」Herrera, 194.
65 「フリーダは規則正しく…」Quoted ibid., 149.
66 「午前八時から…」Frida Kahlo to Bertram and Ella Wolfe, 1944, in Zamora, The Letters, 188.
67 「私は一度も…」Quoted in Herrera, 390–91.
68 **アグネス・デミル**：Agnes de Mille, *Dance to the Piper* (1951; repr. New York: New York Review Books, 2015), Kindle〔アグネス・デミル『あるバレリーナの物語』渋沢均・花崎淳訳、緑園書房、1954年〕; Carol Easton, *No Intermissions: The Life of Agnes de Mille* (Boston: Little, Brown, 1996).
69 「紅茶の入ったティーポット…」de Mille, loc. 4697 of 5745, Kindle.
69 「おもしろい編曲を…」Ibid., loc. 4702 of 5745, Kindle.
69 「私は最初、足を上げて…」Ibid.
70 「私だけが…」Ibid., loc. 4722 of 5745, Kindle.
70 「下稽古が始まると…」Easton, 266–67.
71 「私は妻の才能を…」Quoted ibid., 275.
72 「アセチレンバーナーみたいに…」Quoted ibid., 332.
72 「水から出た魚のポーズ」Ibid.
72 「稽古中は短気で不安定」de Mille, loc. 4722 of 5745, Kindle.
72 「空気が痛いほど張りつめた」Quoted in Easton, 332.
72 「でも、うまくいくと…」Quoted ibid.
74 **ルイザ・メイ・オルコット**：John Matteson, *Eden's Outcasts: The Story of Louisa May Alcott and Her Father* (New York: W. W. Norton, 2007); Susan Cheever, *Louisa May Alcott* (New York: Simon & Schuster, 2010); Martha Saxton, *Louisa May: A Modern Biography of Louisa May Alcott* (Boston: Houghton Mifflin, 1977); Louisa May Alcott, *Little Women* (1869; repr. via Oxford Text Archive, http://xroads.virginia.edu/~hyper/alcott/lwtext.html); Nava Atlas, *The Literary Ladies' Guide to the Writing Life* (South Portland, ME: Sellers Publishing, 2011).
74 「その衝動は強烈で…」Quoted in Saxton, 274.
74 「二、三週間おきに…」Alcott, Little Women.
76 「会話を許す合図」Matteson, 334.
76 「もしそのクッションが…」Ibid.
77 「血生臭い話」Quoted in Cheever, 108.
77 「少女向けの本」Saxton, 3. The first volume of Little Women was published with the title *Little Women: Meg, Jo, Beth and Amy. The Story of Their Lives. A Girl's Book.*
77 「仕事のことで…」Quoted ibid., 219.
78 「若い人たちのための…」Louisa May Alcott to a reader, December 1878, in Atlas, 165.
78 「一日に二時間…」Louisa May Alcott to Frank Carpenter, April 1, 1887, in Atlas, 67.
78 **ラドクリフ・ホール**：Una Vincenzo, *Lady Troubridge, The Life and Death of Radclyffe Hall* (London: Hammond, Hammond, 1961); Joanne Glasgow, ed., *Your John: The Love Letters of Radclyffe Hall* (New York: New York University Press, 1997); Sally Cline, *Radclyffe Hall: A Woman Called John* (Woodstock, NY: Overlook Press, 1997); Michael Baker, *Our Three Selves: The Life of Radclyffe Hall* (New York: Quill, 1985).

78 「日々の生活は夢…」Radclyffe Hall to Evgenia Souline, December 17, 1934, in Glasgow, 90.

79 「それまでは夢にも…」Troubridge, 59.

80 「インスピレーションの枯渇」Ibid., 70.

80 「インスピレーションが…」Ibid.

81 「整然強迫症」Quoted in Cline, 149.

81 「古い服でないと…」Quoted ibid., 152.

81 「一章を数週間かけて…」Troubridge, 72.

81 「つねに睡眠不足だった…」Ibid., 138.

82 「私は本を書くために…」Radclyffe Hall to Evgenia Souline, December 5, 1934, in Glasgow, 85.

82 **アイリーン・グレイ**：Peter Adam, *Eileen Gray: Architect | Designer: A Biography*, rev. ed. (New York: Harry N. Abrams, 2000).

82 「家事は大嫌いなの」Quoted ibid., 215.

83 「アーティストは…」Quoted ibid., 319.

83 「なんであれ仕事だけが…」Quoted ibid., 320.

83 **イザドラ・ダンカン**：Isadora Duncan, *My Life* (1927; repr. New York: Liveright, 2013); Peter Kurth, *Isadora: A Sensational Life* (Boston: Little, Brown, 2001); Janet Flanner, "Isadora," *The New Yorker*, January 1, 1927, https://www.newyorker.com/magazine/1927/01/01/isadora.

83 「かつて、あるハウスパーティーを…」Flanner.

84 「そこでその夏…」Duncan, 218–19.

85 「昼も夜も長時間スタジオに…」Ibid., 60.

86 「私はこれまでに…」Ibid., 302.

86 **コレット**：Colette, *Earthly Paradise: An Autobiography*, trans. Herman Briffault et al. (New York: Farrar, Straus and Giroux, 1966); Maurice Goudeket, *Close to Colette: An Intimate Portrait of a Woman of Genius* (New York: Farrar, Straus and Cudahy, 1957); Judith Thurman, *Secrets of the Flesh: A Life of Colette* (New York: Alfred A. Knopf, 1999).

87 「監獄はたしかに…」Colette, 122.

87 「コレットが早朝に…」Quoted in Thurman, 308.

87 「コレットは賢明にも…」Goudeket, 53.

88 「おもに午後三時から六時のあいだ」Ibid.

88 「筏《いかだ》」Quoted ibid., 233.

88 「ソファのくぼみに…」Colette, 140.

88 「著作とは…」Ibid.

89 **リン・フォンタン**：Jared Brown, *The Fabulous Lunts: A Biography of Alfred Lunt and Lynn Fontanne* (New York: Atheneum, 1986); Associated Press, "Lynn Fontanne Is Dead at 95; A Star with Lunt for 37 Years," *The New York Times*, July 31, 1983, https://www.nytimes.com/1983/07/31/obituaries/lynn-fontanne-is-dead-at-95-a-star-with-lunt-for-37-years.html.

89 「フォンタンと僕は…」"Lynn Fontanne Is Dead at 95."

89 「ふたりは自宅での」Brown, 179–80.

90 「数週間のうちに…」Ibid., 182.

90 「私たちはお互いを…」Quoted ibid., 393.

91 **エドナ・セント・ヴィンセント・ミレイ**：Elizabeth Breuer, "Edna St. Vincent Millay: An Intimate Glimpse of a Famous Poet," *Pictorial Review*, November 1931, 2, 50–57; Nancy Milford, *Savage Beauty: The Life of Edna St. Vincent Millay* (New York: Random House, 2001); J. D. McClatchy, *American Writers at Home* (New York: Library of America/Vendome Press, 2004).

91 「詩集を作っているときは…」Quoted in Breuer, 52.

92 「ユージンがすべて…」Quoted ibid.

92 「家のことがうまくいってるか…」Quoted ibid.

92 「詩を書いていると…」Quoted ibid.

93 「その詩が冷めるまで…」Quoted ibid.

93 「庭の土を耕してても…」Quoted ibid., 54.

93 **タルーラ・バンクヘッド**：Tallulah Bankhead, *Tallulah: My Autobiography* (New York: Harper & Brothers, 1952); Brendan Gill, *Tallulah* (New York: Holt, Rinehart & Winston, 1972).

93 「私には病的に怖いことが…」Bankhead, 2.

94 「私たち、未来の思い出に…」Ibid., 325.

94 「タルーラにほんの…」Quoted in Gill, 23.

94 「まったくの骨折り損」Bankhead, 4.

95 「作家は台本を書いて…」Ibid.

95 「俳優はほかのどんな…」Ibid., 3.

95 「開演前の恐怖《プレショウテラー》」Ibid., 294.

95 「[初舞台の]『The Squab Farm』以来…」Ibid., 207.

96 **ビルギット・ニルソン**：Winthrop Sargeant, *Divas* (1959; repr. New York: Coward, McCann & Geoghegan, 1973); interview with Bruce Duffie, "Birgit Nilsson — A Celebration," April 20, 1988, http://www.bruceduffie.com/nilsson.html; Bernard Holland, "Birgit Nilsson, Soprano Legend Who Tamed Wagner, Dies at 87," *The New York Times*, January 12, 2006, https://www.nytimes.com/2006/01/12/arts/music/birgit-nilsson-soprano-legend-who-tamed-wagner-dies-at-87.html.

96 「べつに特別なことはしてないわ…」Quoted in Holland.

96 「履き心地のよい靴を…」Quoted ibid.

96 「作家や画家なら…」Interview with Duffie.

97 「歌手も朝起きたときに…」Ibid.

97 「長く休むと…」Quoted in Sargeant, 111.

97 「プロの歌手であるかぎり…」Quoted ibid., 110.

97 「私は〝プリマドンナ〟という言葉が…」Quoted ibid., 107–8.

98 「ものすごくひどい」Ibid., 114.

98 **ゾラ・ニール・ハーストン**：Carla Kaplan, ed., *Zora Neale Hurston: A Life in Letters* (New York:

Doubleday, 2002); Valerie Boyd, *Wrapped in Rainbows: The Life of Zora Neale Hurston* (New York: Scribner, 2003); Zora Neale Hurston, *Dust Tracks on a Road: An Autobiography* (1942; repr. New York: HarperPerennial, 1996).

98 「小説を書きたいという…」Zora Neale Hurston to Jean Parker Waterbury, March 18, 1951, in Kaplan, 649–50.

99 「悲惨な時期」Zora Neale Hurston to Langston Hughes, July 10, 1928, in Kaplan, 121.

99 「ときどき…」Zora Neale Hurston to Carita Doggett Corse, December 3, 1938, in Kaplan, 417–18.

99 「それは私のなかで…」Hurston, 175.

100 **マーガレット・バーク゠ホワイト**：Margaret Bourke-White, *Portrait of Myself* (New York: Simon & Schuster, 1963); Vicki Goldberg, *Margaret Bourke-White: A Biography* (New York: Harper & Row, 1986).

100 「私は生活にリズムがほしかった…」Bourke-White, 300.

100 「まわりを森に囲まれて…」Ibid., 301.

100 「私は朝型の作家だ」Ibid.

101 「かわいい縁飾りある…」Ibid.

101 「日が昇るころには…」Ibid., 302.

101 「私がいつもひとりでいようと…」Ibid.

102 「初めて彼女に会ったとき…」Quoted in Goldberg, 270.

104 **マリ・バシュキルツェフ**：Marie Bashkirtseff, *The Journal of a Young Artist*, trans. Mary J. Serrano (New York: Cassell & Company, 1889).

104 「私はなんであれ…」Ibid., 92.

104 「絵を描かずに過ごした日は…」Ibid., 210.

104 「絵を描くこと以外は…」Ibid., 338.

105 **ジュルメーヌ・ド・スタール**：J. Christopher Herold, *Mistress to an Age: A Life of Madame de Staël* (Indianapolis: Bobbs-Merrill, 1958).

105 「人は人生において…」Quoted ibid., 223.

105 「スタール夫人は熱心にものを…」Quoted ibid., 282.

106 「客は十時から十一時のあいだに…」Ibid., 282–83.

107 「不眠症の人間が…」Ibid., 283.

107 「「絶えず厳しい要求を…」Quoted ibid., 189.

107 **マリー・ド・ヴィシー゠シャンロン**：Javier Marías, *Written Lives*, trans. Margaret Jull Costa (1999; repr. New York: New Directions, 2006); Benedetta Craveri, *Madame du Deffand and Her World*, trans. Teresa Waugh (Boston: David R. Godine, 1982); *The Unpublished Correspondence of Madame du Deffand* ... , trans. Mrs. Meeke (London: A. K. Newman, 1810), Google Books.

108 「デファン夫人は少々…」Marías, 97.

108 「夕食会は人生の…」Quoted ibid., 98.

108 「持てる才能のすべてを…」Quoted in "Historical Details Respecting Madame du Deffand," in *published Correspondence*, 17.

109 「私は自分ひとりの手に…」Quoted in Craveri, 106.

109 **ドロシー・パーカー**：Marion Meade, *Dorothy Parker: What Fresh Hell Is This?* (1987; repr. New York: Penguin Books, 1989); Sam Roberts, " 'The Elements of Style' Turns 50," *The New York Times*, April 21, 2009, https://www.nytimes.com/2009/04/22/books/22elem.html.

109 「作家になりたいという…」Quoted in Roberts.

110 「ドロシー〔パーカー〕はほとんど…」Meade, 188–89.

111 「こっちはただ彼女が…」Quoted ibid., 89.

111 「とても苦しんで書いていた」Quoted ibid., 357.

111 「書くこと以外はぜんぶ楽しい」Quoted ibid., 388.

111 **エドナ・ファーバー**：Edna Ferber, *A Kind of Magic* (Garden City, NY: Doubleday, 1963).

111 「私の知るかぎり…」Ibid., 44.

112 「バスルームでも、船でも…」Ibid., 43–44

112 「キャラメル色のカーペットに…」Ibid., 77.

112 「眺めのいい部屋は…」Ibid.

113 **マーガレット・ミッチェル**：Darden Asbury Pyron, *Southern Daughter: The Life of Margaret Mitchell* (New York: Oxford University Press, 1991); Anne Edwards, *Road to Tara: The Life of Margaret Mitchell* (New Haven, CT: Ticknor & Fields, 1983); Ellen F. Brown and John Wiley, Jr., *Margaret Mitchell's Gone with the Wind: A Bestseller's Odyssey from Atlanta to Hollywood* (Lanham, MD: Taylor Trade Publishing, 2011).

113 「簡単に書けないし…」Quoted in Pyron, 278.

113 「書くことはほんとうに大変なの…」Quoted ibid., 233.

113 「少なくとも二十回は」Quoted ibid., 280.

113 「ふだんの自分とちがう…」Quoted in Edwards, 137.

114 「私は一度もアシスタントを…」Quoted in Pyron, 223.

114 「どんな褒美をもらっても…」Quoted in Edwards, 223.

115 **マリアン・アンダーソン**：Marian Anderson, *My Lord, What a Morning: An Autobiography* (1956; repr. Madison: University of Wisconsin Press, 1992); Raymond Arsenault, *The Sound of Freedom: Marian Anderson, the Lincoln Memorial, and the Concert That Awakened America* (New York: Bloomsbury Press, 2009).

115 「百年に一度しかきけない声」Arsenault, 58.

115 「まずメロディをきいて…」Anderson, 199.

116 「音楽はつかみにくい」Ibid., 200.

116 「けれども…」she wrote: Ibid.

116 **レオンティン・プライス**：Hugh Lee Lyon, *Highlights of a Prima Donna* (New York: Vantage Press, 1973); Winthrop Sargeant, *Divas* (1959; repr. New York: Coward, McCann & Geoghegan, 1973).

117 「舞台のある日は遅くに起き…」Lyon, 146.

117 「オペラはとても…」Quoted ibid., 143.

118 **ガートルード・ローレンス**：Sheridan Morley, *Gertrude Lawrence: A Biography* (New York: McGraw-Hill, 1981); Richard Stoddard Aldrich, *Gertrude Lawrence as Mrs. A: An Intimate Biography of the Great Star* (New York: Pickering Press, 1954); Gertrude Lawrence, *A Star Danced* (Garden City, NY: Doubleday, Doran, 1945).

118 「ビタミン剤のほうが…」Quoted in Aldrich, 164.

118 「私の一日は朝八時に…」Quoted in Morley, 136–37.

120 「そういうとき…」Aldrich, 117.

120 「この世のものとも思えない優雅な女性」Ibid.

120 「大柄なオペラ歌手や…」Ibid.

121 **イーディス・ヘッド**：Edith Head and Paddy Calistro, *Edith Head's Hollywood* (Santa Monica, CA: Angel City Press, 2008); Jay Jorgensen, Edith Head: *The Fifty-Year Career of Hollywood's Greatest Costume Designer* (Philadelphia: Running Press, 2010); David Chierichetti, Edith Head: *The Life and Times of Hollywood's Celebrated Costume Designer* (New York: HarperCollins, 2003).

121 「ハリウッドでいいデザイナー…」Quoted in Jorgensen, 256.

121 「華やかなセレモニーも…」Head and Calistro, 42.

122 「私はデザイナーより…」Ibid., 146.

122 「私は内面では自分の…」Ibid., 181.

122 「芸術家としての欲求を…」Ibid.

122 「私は仕事部屋でもオフィスでも…」Ibid., 98.

123 「撮影所にいるときの私はいつも…Quoted in Jorgensen, 109.

123 **マレーネ・ディートリヒ**：Marlene Dietrich, *Marlene Dietrich's ABC* (Garden City, NY: Doubleday, 1961); Edith Head and Paddy Calistro, *Edith Head's Hollywood* (Santa Monica, CA: Angel City Press, 2008); Steven Bach, Marlene Dietrich: *Life and Legend* (New York: William Morrow, 1992).

123 「ディートリヒは気難しいのではなく…」Head and Calistro, 37.

124 「飛行機を降りてすぐ…」Quoted in Bach, 370.

124 「なにもしないのは罪だ…」Dietrich, 87.

124 「もっとも優れた作業療法」Ibid., 47.

124 「仕事が多ければ多いほど…」Ibid., 121.

125 **アイダ・ルピノ**：William Donati, *Ida Lupino: A Biography* (Lexington: University Press of Kentucky, 1996); Ida Lupino with Mary Ann Anderson, *Beyond the Camera* (Albany, GA: BearManor Media, 2011), Kindle; Kevin Crust, "Classic Hollywood: Trailblazer Ida Lupino, a Woman for Her Time—and Ours," *Los Angeles Times*, February 16, 2018, http://www.latimes.com/entertainment/movies/la-ca-mn-classic-hollywood-lupino-centennial-20180216-story.html.

125 「ほんとうは演技をするのは…」Quoted in Crust.

125 「私は脚本を手に入れると…」Quoted in Donati, 229.

126 「屋外の撮影場所やその他のセットは…」Lupino with Anderson, loc. 730 of 1149, Kindle.

126 「アイダ〔ルピノ〕は二十四時間…」Donati, 163.

126 「重要なのはいつも女性的な態度で接すること」Lupino with Anderson, loc. 730 of 1149, Kindle.

127 **ベティ・カムデン**：Robert Berkvist, "Comden and Green Throw Another 'Party,' " *The New York Times*, February 6, 1977, https: //www.nytimes.com/1977/02/06/archives/comden-and-green-throw-another-party.html; Betty Comden, *Off Stage* (New York: Simon & Schuster, 1995); interview with Michael Riedel and Susan Haskins, *Theater Talk*, CUNY TV, 1997, https://www.youtube.com/watch?v=JjWRzTRG-0c; interview with Tina Daniell and Pat McGilligan, "Betty Comden and Adolph Green: Almost Improvisation," in Pat McGilligan, ed., *Backstory 2: Interviews with Screenwriters of the 1940s and 1950s* (Berkeley: University of California Press, 1991), 73–88.

127 「お互いの顔をみつめているだけのときもあります」Quoted in Berkvist.

128 「一年間、なにも思いつかず…」Interview with Riedel and Haskins.

128 「その日が終わるころには…」Interview with Daniell and McGilligan, 85.

128 「それでも誤解されることはある」Comden, 124.

128 「純然たる恐怖」Quoted in Berkvist.

130 **ゾーイ・エイキンズ**：Zoe Akins, "Adventures in Playwrighting," *The New York Times*, September 25, 1921, https://www.nytimes.com/1921/09/25/archives/adventures-in-playwriting.html; Zoe Akins, "Philosophy of an Adaptation," *The New York Times*, January 13, 1935, https://www.nytimes.com/1935/01/13/archives/philosophy-of-an-adaptation-the-philosophy-of-adaptation.html; Alan Kreizenbeck, *Zoe Akins: Broadway Playwright* (Westport, CT: Praeger, 2004).

130 「死ぬまでにいい詩を…」"Philosophy of an

Adaptation."

130 「それに負けないくらい…」Quoted in Kreizenbeck, 53.

130 「私は書くときは…」"Adventures in Playwrighting."

130 「私は戯曲の一幕や…」Ibid.

132 **アグネス・マーティン**：Arne Glimcher, *Agnes Martin: Paintings, Writings, Remembrances* (2012; repr. London: Phaidon, 2016); Donald Woodman, *Agnes Martin and Me* (Brooklyn: Lyon Artbooks, 2015); John Gruen, "Agnes Martin," in *The Artist Observed: 28 Interviews with Contemporary Artists* (Chicago: A Cappella Books, 1991), 77–86; interview with Chuck Smith and Sono Kuwayama, November 1997, https://www.youtube.com / watch?v=_-fJfYjmo5OA; interview with Lyn Blumenthal and Kate Horsfield, "Agnes Martin 1976: An Interview," Video Data Bank, http://www.vdb.org/titles/agnes-martin-1976-interview; Frances Morris and Tiffany Bell, *Agnes Martin* (New York: D.A.P./Distributed Art Publishing, 2015).

132 「私はインスピレーションが…」Interview with Smith and Kuwayama.

132 「インスピレーションは空っぽの…」Interview with Blumenthal and Horsfield.

132 「いちばん大切なのは…」Agnes Martin, "I Want to Talk to You About My Work ... ," in Glimcher, 16.

133 「朝は、その日なにをするか…」Quoted in Gruen, 85.

133 「人といっしょにいると…」Quoted ibid., 81.

134 「僕の知るかぎり…」Woodman, 98.

135 「ある年はとうもろこし…」Ibid., 101.

135 「彼女が飼っているニワトリの卵…」Ibid.

135 「単に頭のなかの声が…」Ibid., 137.

135 「とにかく挫折の連続なの…」Quoted in Gruen, 83–85.

136 **キャサリン・マンスフィールド**：Katherine Mansfield, *The Katherine Mansfield Notebooks: Complete Edition*, ed. Margaret Scott (Minneapolis: University of Minnesota Press, 2002); Claire Tomalin, *Katherine Mansfield: A Secret Life* (New York: Alfred A. Knopf, 1988).

136 「ああ、私は怠惰な一日を…」Mansfield, July 13, 1921, in *Notebooks*, volume 2, 280.

137 「いつものことだけど…」Ibid., 280–81.

138 **キャサリン・アン・ポーター**：Joan Givner, ed., *Katherine Anne Porter: Conversations* (Jackson: University Press of Mississippi, 1987); interview with Barbara Thompson Davis, "Katherine Anne Porter, The Art of Fiction No. 29," *The Paris Review*, Winter–Spring 1963, https://www.theparisreview.org/interviews/4569/katherine-anne-porter-the-art-of-fiction-no-29-katherine-anne-porter; Joan Givner, *Katherine Anne Porter: A Life* (New York: Simon & Schuster, 1982); Hilton Als, "Enameled Lady," *The New Yorker*, April 20, 2009, https://www.newyorker.com/magazine/2009/04/20/enameled-lady.

1389 「つまらない仕事」Interview with Davis.

138 「それは私の人生を大きく変えた」Ibid.

138 「それ以前のすべては…」Ibid.

139 「彼女の名声は恣意的に…」Truman Capote, *Answered Prayers* (New York: Vintage, 1987), 14.

139 「仕事をほっぽりだして…」A Life, 165.

139 「ほんとうは書くのに…」Quoted in John Dorsey, "Katherine Anne Porter On:," *Sun Magazine*, October 26, 1969, in Conversations, 142.

140 「〔コネチカット州の〕田舎へ引っこんで」Interview with Davis.

141 「そんなふうに社会から…」Quoted in James Ruoff, "Katherine Anne Porter Comes to Kansas," *Midwest Quarterly*, June 1963, in Conversations, 65.

141 **ブリジット・ライリー**：Robert Kudielka, *The Eye's Mind: Bridget Riley, Collected Writings, 1965–2009* (London: Ridinghouse, 2009).

141 「アーティストは、ただ…」Interview with Isabel Carlisle, 1998, in Kudielka, 160.

142 「白昼夢をみるように…」Interview with Mel Gooding, 1988, in Kudielka, 147.

142 「絵を描くには時間が…」Bridget Riley, "Painting Now," 1996, in Kudielka, 302.

143 「退屈は格好の指標になる…」Interview with Nikki Henriques, 1988, in Kudielka, 27.

143 「よくないと感じるときは…」Ibid.

143 「(人を使うのは) 作品づくりの工程から…」Interview with Isabel Carlisle, 1998, in Kudielka, 161.

144 **ジュリー・メーレトゥ**：Telephone interview with the author, October 11, 2016.

147 **レイチェル・ホワイトリード**：Telephone interview with the author, October 4, 2016.

148 **アリス・ウォーカー**：Alice Walker, *In Search of Our Mothers' Gardens: Womanist Prose* (1967; repr. San Diego: Harcourt Brace Jovanovich, 1983); Rudolph P. Byrd, *The World Has Changed: Conversations with Alice Walker* (New York: The New Press, 2010); Meredith May, "A Rigorous Look at Writer Alice Walker's Life," *SFGate*, February 4, 2014, https://www.sfgate.com/tv/article/A-rigorous-look-at-writer-Alice-Walker-s-life-5203987.php.

148 「邪魔なものを片づけたり」Interview with Amy

Goodman, "I Am a Renegade, an Outlaw, a Pagan —Author, Poet and Activist Alice Walker in Her Own Words," *Democracy Now!*, February 13, 2006, in Byrd, 273.

149 「このバカ高い建物はいったいなんだ?」Alice Walker, "Writing *The Color Purple*," in Walker, 356.

149 「私たちはどこでもすわれる場所に…」Ibid., 359.

149 「ほとんどしゃべらなくなり…」Ibid.

149 「レベッカのことが「大好き」になった…」Ibid.

149 「レベッカが[学校から]帰ってきて…」Ibid.

150 「私は人がなんと思っているかなんて…」Quoted in May.

150 **キャロル・キング**:Interview with Paul Zollo, "Carole King," in Paul Zollo, *Songwriters on Songwriting*, 2nd ed. (Cambridge, MA: Da Capo Press, 2003), 141–47; Carole King, *A Natural Woman: A Memoir* (New York: Grand Central Publishing, 2012).

150 「私はいわゆる人の…」King, 253.

151 「壁にぶつからないために…」Interview with Zollo, 143.

152 「自我が支配しているときは…」King, 364.

152 「(それと対照的に)作品が自分を通して…」Ibid., 364–65.

152 **アンドレア・ジッテル**:Email interview with the author, August 2017.

154 **メレディス・モンク**:Telephone interview with the author, July 17, 2017.

157 **グレイス・ペイリー**:Interview with Jonathan Dee, Barbara Jones, and Larissa MacFarquhar, "Grace Paley, The Art of Fiction No. 131," *The Paris Review*, Fall 1992, https://www.theparisreview.org/interviews/2028/grace-paley-the-art-of-fiction-no-131-grace-paley; interview with Gail Pool and Shirley Roses, "An Interview with Grace Paley," *Boston Review*, Fall 1976, https://bostonreview.net/grace-paley-interview-gail-pool-shirley-roses.

157 「以前にも誰かに…」Interview with Pool and Roses.

158 「とても響きがよくて」Interview with Dee, Jones, and MacFarquhar.

158 「ほとんどいつも…」Ibid.

158 「芸術はつねに精神的に…」Ibid.

160 **スーザン・ソンタグ**:Leland Poague, ed., *Conversations with Susan Sontag* (Jackson: University Press of Mississippi, 1995); Sigrid Nunez, *Sempre Susan: A Memoir of Susan Sontag* (New York: Atlas, 2011); Daniel Schreiber, *Susan Sontag: A Biography*, trans. David Dollenmayer (2007; repr. Evanston, IL: Northwestern University Press, 2014); Jonathan Cott, *Susan Sontag: The Complete Rolling Stone Interview* (New Haven, CT: Yale University Press, 2013); Susan Sontag, *Reborn: Journals and Notebooks, 1947–1963*, ed. David Rieff (New York: Farrar, Straus and Giroux, 2008); Susan Sontag, *As Consciousness Is Harnessed to Flesh: Journals and Notebooks, 1964–1980*, ed. David Rieff (New York: Farrar, Straus and Giroux, 2012); David Rieff, *Swimming in a Sea of Death: A Son's Memoir* (New York: Simon & Schuster, 2008); Joan Acocella, "The Hunger Artist," *The New Yorker*, March 6, 2000, https://www.newyorker.com/magazine/2000/03/06/the-hunger-artist; interview with Victor Bockris, "Susan Sontag: The Dark Lady of Pop Philosophy," *High Times*, March 28, 1973, repr. in Victor Bockris, *Beat Punks: New York's Underground Culture from the Beat Generation to the Punk Explosion* (1998; repr. New York: Open Road Media, 2016), Kindle; Ellen Hopkins, "Susan Sontag Lightens Up," *Los Angeles Times*, August 16, 1992, http://articles.latimes.com/1992-08-16/magazine/tm-6833_1_susan-sontag; Susan Sontag, "Pilgrimage," *The New Yorker*, December 21, 1987, https://www.newyorker.com/magazine/1987/12/21/pilgrimage-susan-sontag; interview with Edward Hirsch, "The Art of Fiction No. 143: Susan Sontag," *The Paris Review*, Winter 1995, https://www.theparisreview.org/interviews/1505/susan-sontag-the-art-of-fiction-no-143-susan-sontag; Michael D'Antonio, "Little David, Happy at Last," *Esquire*, March 1990, 128–35; Suzy Hansen, "Rieff Encounter," *The Observer*, May 2, 2005, http://observer.com/2005/05/rieff-encounter/.

160 「人はどこかの時点で…」Quoted in Cott, 109.

160 「子ども時代という長い禁固刑」Sontag, "Pilgrimage."

160 「自分が望む人生を…」Quoted in Hopkins.

161 「[ソンタグは]一週間に日本映画を二十本みて…」Richard Howard, quoted in Schreiber, 96.

161 「[ソンタグにとって]一日に一冊本を読むのは…」Nunez, 84–85.

161 「母の生き方を表現する言葉を…」Rieff, 15.

161 「これが初めてではないが…」Sontag, *As Consciousness Is Harnessed to Flesh*, 299.

161 「私がほしいもの…」Ibid., 300.

161 「とても長い時間…」Quoted in Cott, 80.

162 「私はすらすらと書いて…」Interview with Charles Ruas, "Susan Sontag: Me, Etcetera ... ," *The Soho News*, November 12–18, 1980, in Poague, 179.

162 「カフカの夢は…」Interview with Marithelma Costa and Adelaida López, "Susan Sontag: The Passion for Words," *Revista de Occidente*, December 1987, in Poague, 229.

163 「私はデイヴィッドのために…」Quoted in D'Antonio, 132.

163 「コートのなかで育ったのよ」Quoted in Acocella.

163 「『夢の賜物』の最後のページを…」Quoted in Nunez, 104.

164 「ソンタグが『夢の賜物』の…」Ibid.

164 「量は減らしていったものの」David Rieff, editor's note in Sontag, *As Consciousness Is Harnessed to Flesh*, 11.

164 「私が使うのはスピード…」Interview with Bockris.

165 「書くことは自分を…」Sontag, Reborn, 218.

165 「わくわくする」Interview with Amy Lippman, "A Conversation with Susan Sontag," *Harvard Advocate*, Fall 1983, in Poague, 204.

165 「仕事は娯楽よりおもしろい」Ibid.

165 **ジョーン・ミッチェル**：Patricia Albers, *Joan Mitchell: Lady Painter* (New York: Alfred A. Knopf, 2011); Eleanor Munro, *Originals: American Women Artists*, new ed. (New York: Da Capo Press, 2000); Deborah Solomon, "In Monet's Light," *The New York Times Magazine*, November 24, 1991, http://www.nytimes.com/1991/11/24 /magazine/in-monet-s-light.html.

165 「彼女の絵は…」Quoted in Solomon.

165 「使いやすく」Quoted in Albers, xx.

166 「絵を描く態勢」Quoted ibid., 193.

166 「自分や自分の仲間の…」Ibid., 226.

166 「酒を飲まなければ描けない」Quoted ibid., 320.

166 「〝アクション・ペインティング〟…」Quoted in Solomon.

167 「仕事ははかどってるかい…」Munro, 237.

167 「たまにね」Quoted ibid., 237.

168 「なにもかも同じように…」Quoted ibid.

168 「ジョニー・ウォーカーのボトル…」Albers, 380.

168 「まるで動物が安全を求めて…」Quoted ibid., 377.

169 「絵を描いたり…」Quoted ibid., 14.

169 「そして、ほんとうに…」Ibid.

169 **マルグリット・デュラス**：Laure Adler, *Marguerite Duras: A Life*, trans. Anne-Marie Glasheen (Chicago: University of Chicago Press, 1998); Leslie Garis, "The Life and Loves of Marguerite Duras," *The New York Times Magazine*, October 20, 1991, https://www.nytimes.com/1991/10/20/magazine/the-life-and-loves-of-marguerite-duras.html; Marguerite Duras with Jérôme Beaujour, *Practicalities*, trans. Barbara Bray (New York: Grove Weidenfeld, 1990); Marguerite Duras, *Writing*, trans. Mark Polizzotti (Cambridge, MA: Lumen Editions, 1998).

170 「手を打たないといけない…」Quoted in Adler, 282.

170 「午前五時から…」Adler, 257.

170 「私は本物の作家…」Quoted in Garis.

171 **ペネロピ・フィッツジェラルド**：Hermione Lee, *Penelope Fitzgerald: A Life* (New York: Alfred A. Knopf, 2014); Penelope Fitzgerald, *The Afterlife*, ed. Terence Dooley (New York: Counterpoint, 2003); Joan Acocella, "Assassination on a Small Scale," *The New Yorker*, February 7, 2000, 80–88.

171 「人のことなんかに…」Quoted in Lee, 324.

171 「私は文学をもっとも…」Quoted ibid., 186.

172 「Aレベルの学生…」Quoted ibid., 191.

173 「小さくてうるさい…」Quoted ibid., 207.

173 「夜にもっと仕事ができない…」Quoted ibid., 215.

174 「私は自分のもっとも…」Penelope Fitzgerald, "Curriculum Vitae," 1989, in *The Afterlife*, 347.

174 **バーバラ・ヘップワース**：Sophie Bowness, ed., *Barbara Hepworth: Writings and Conversations* (London: Tate Publishing, 2015); interview with Cindy Nemser, *Art Talk: Conversations with 15 Women Artists*, rev. ed. (New York: Westview Press, 1995).

174 「私は根っからの彫刻家…」Barbara Hepworth, "The Sculptor Speaks," recorded talk for the British Council, December 8, 1961, in Bowness, 153.

174 「堂々巡りのように…」Interview with Peggy Archer for *Woman's Hour*, BBC Home Service, July 28, 1967, in Bowness, 207.

175 「自分の職業をごくふつう…」Barbara Hepworth in *Women and Men's Daughters: Portrait Studies by Zsuzsi Roboz*, ed. William Wordsworth (London 1970) in Bowness, 225.

175 「感情的に疲れる職業」Quoted in John Carpenter diary entry, October 2, 1952, in Bowness, 264.

175 「ほんとうに成果を…」Quoted in Mervyn Levy, "Impulse and Rhythm: The Artist at Work—9," *The Studio*, September 1962, in Bowness, 271.

175 「たとえ十分でも…」Interview with Tom Greenwell, "Talking Freely: Barbara Hepworth Gives Her Views to Tom Greenwell," *Yorkshire Post*, November 14, 1962, in Bowness, 278–79.

176 「私たちは仕事中心の…」Quoted in Nemser, 14.

176 「光や空間は…」Interview with Edouard Roditi, "Barbara Hepworth," *Dialogues on Art* (London: 1960), in Bowness, 134.

176 「私はポーカーはしない…」Quoted in Atticus,

"Graven Image," *Sunday Times*, March 17, 1968, in Bowness, 283.

177 **ステラ・ボウエン**：Stella Bowen, *Drawn from Life* (1941; repr. London: Virago Press, 1984); Drusilla Modjeska, *Stravinsky's Lunch* (New York: Farrar, Straus and Giroux, 1999).

177 「混乱をまねく天才…」Bowen, 162.

178 「緩衝材」Ibid., 78.

178 「フォードは私が…」Ibid., 82–83.

180 「女性が自分の…」Ibid., 141.

180 **ケイト・ショパン**：Per Seyersted, ed., *The Complete Works of Kate Chopin* (Baton Rouge: Louisiana State University Press, 1969); Emily Toth, *Unveiling Kate Chopin* (Jackson: University Press of Mississippi, 1999); Per Seyersted, *Kate Chopin: A Critical Biography* (1969; repr. Baton Rouge: Louisiana State University Press, 1979).

181 「まわりにうじゃうじゃいる」Quoted in Toth, 109.

181 「どうやって書くか？…」Kate Chopin, "On Certain Brisk, Bright Days," *St. Louis Post-Dispatch*, November 26, 1899, in Seyersted, *Complete Works*, 721–22.

181 「平均して週に…」Seyersted, *Critical Biography*, 62.

181 「物語がみずから…」Kate Chopin, "On Certain Brisk, Bright Days," *St. Louis Post-Dispatch*, November 26, 1899, in Seyersted, *Complete Works*, 722.

182 「短編小説が母の…」Quoted in Seyersted, *Critical Biography*, 116.

182 「私は完全に無意識の…」Quoted ibid., 117.

182 **ハリエット・ジェイコブズ**：Jean Fagan Yellin, *Harriet Jacobs: A Life* (New York: Basic Civitas Books, 2004); Harriet Jacobs, *Incidents in the Life of a Slave Girl* (1861; repr. via Academic Affairs Library, University of North Carolina at Chapel Hill, http://docsouth.unc.edu/fpn/jacobs/jacobs.html).〔ハリエット・ジェイコブズ『ハリエット・ジェイコブズ自伝——女・奴隷制・アメリカ』小林憲二編訳、明石書店、2001年〕

183 「少しでも役に立つように」Quoted in Yellin, 120.

183 「昼間にはまだ…」Quoted ibid., 129.

184 「こっそり逃げ出して…」Ibid.

184 「かわいそうに…」Ibid.

184 「不規則な間隔で…」Jacobs, *Incidents*, preface.

184 「しょっちゅう邪魔が…」Quoted in Yellin, 135.

185 **マリー・キュリー**：Eve Curie, *Madame Curie*, trans. Vincent Sheean (1937; repr. New York: Da Capo Press, 2001); Susan Quinn, *Marie Curie: A Life* (New York: Simon & Schuster, 1995); Barbara Goldsmith, *Obsessive Genius: The Inner World of Marie Curie* (New York: Atlas, 2005); Marie Curie, *Pierre Curie, with Autobiographical Notes by Marie Curie*, trans. Charlotte Kellogg and Vernon Kellogg (1923; repr. Mineola, NY: Dover, 2012).

185 「僕は別の方法を…」Quoted in Quinn, 154.

185 「あきらかに…」Quoted ibid.

186 「まるで家畜小屋か…」Quoted in Goldsmith, 91.

186 「一度に二十キロもの…」Quoted in Quinn, 155.

186 「一日の終わりには…」Marie Curie, 92.

186 「私たちがともに…」Marie Curie to Louis Vauthier, in Eve Curie, 169.

186 「仕事の環境には…」Quoted in Eve Curie, 170–71.

187 「私たちの生活は…」Marie Curie to Bronisława Dłuska, 1899, in Eve Curie, 172.

187 「君は、いや君たち…」Quoted in Goldsmith, 97.

188 「ジャーナリストや…」Quoted in Quinn, 197.

190 **ジョージ・エリオット**：Kathryn Hughes, *George Eliot: The Last Victorian* (New York: Farrar, Straus and Giroux, 1999); Gordon S. Haight, *George Eliot: A Biography* (New York: Oxford University Press, 1968); *The Journals of George Eliot*, ed. Margaret Harris and Judith Johnston (Cambridge, UK: Cambridge University Press, 1998).

190 「こういうものは…」Quoted in Hughes, 293.

191 「これを書いているあいだ…」Quoted ibid., 311.

191 「私たちは愛し合って…」Quoted ibid., 251.

191 **イーディス・ウォートン**：Hermione Lee, *Edith Wharton* (New York: Alfred A. Knopf, 2007); Edith Wharton, *A Backward Glance* (1933; repr. New York: Touchstone, 1998); Percy Lubbock, *Portrait of Edith Wharton* (1947; repr. New York: Kraus Reprint, 1969); Maureen Adams, *Shaggy Muses: The Dogs Who Inspired Virginia Woolf, Emily Dickinson, Elizabeth Barrett Browning, Edith Wharton, and Emily Brontë* (New York: Ballantine Books, 2007); J. D. McClatchy, *American Writers at Home* (New York: Library of America/Vendome Press, 2004); Philip Kennicott, "Character Study," *The Washington Post*, August 31, 2008, http://www.washingtonpost.com/wp-dyn/content/article/2008/08/29 /AR2008082900761.html.

191 「どちらもリアルだが…」Wharton, 205.

192 「両脇にはサイドテーブルが…」Quoted in Lee, 670.

192 「イーディス〔ウォートン〕はいつも…」Quoted ibid., 670–71.

193 「大きな関心事」Quoted in Kennicott.

193 「それについてはほとんど…」Lubbock, 22.

193 「家のなかでの日課に…」Quoted in Adams, 169.

194 **アンナ・パヴロワ**：Margot Fonteyn, *Pavlova: Por-*

trait of a Dancer (New York: Viking, 1984); Victor Dandré, *Anna Pavlova in Art & Life* (1932; repr. New York: Benjamin Blom, 1972).

194 「たいていのバレリーナは…」Anna Pavlova, "A Dancer's Day," in Fonteyn, 30–31.

194 「時間によって厳しく…」Dandré, 123.

195 「本番で舞台に立つ前は…」Ibid.

195 「私たち〔バレリーナ〕は…」Anna Pavlova, "First Tour," in Fonteyn, 33.

196 **エリザベス・バレット・ブラウニング**：Margaret Forster, *Elizabeth Barrett Browning: A Biography* (New York: Doubleday, 1989); Julia Markus, *Dared and Done: The Marriage of Elizabeth Barrett and Robert Browning* (New York: Alfred A. Knopf, 1995); "Elizabeth Barrett Browning," Britannica Online Encyclopedia, https://www.britannica.com/biography/Elizabeth-Barrett-Browning.

196 「親愛なるミス・バレット…」Quoted in "Elizabeth Barrett Browning."

196 「幸せな冬」Quoted in Forster, 278.

196 「エリザベスとロバートは…」Quoted ibid.

197 「いかにも詩人らしい…」Markus, 161.

198 「いらいらするとき…」Quoted in Forster, 156.

198 「アヘンチンキは心拍が…」Quoted in Markus, 40–41.

198 「書くためには…」Quoted ibid., 278.

199 **ヴァージニア・ウルフ**：Hermione Lee, *Virginia Woolf* (1996; repr. New York: Vintage, 1999); *The Diary of Virginia Woolf, Volume Two: 1920–1924*, ed. Anne Olivier Bell and Andrew McNeillie (San Diego: Harcourt Brace, 1978); *The Diary of Virginia Woolf, Volume Three: 1925–1930*, ed. Anne Olivier Bell and Andrew McNeillie (San Diego: Harcourt Brace, 1981); *The Diary of Virginia Woolf, Volume Four: 1931–1935*, ed. Anne Olivier Bell and Andrew McNeillie (San Diego: Harcourt Brace, 1982); *The Diary of Virginia Woolf, Volume Five: 1936–1941*, ed. Anne Olivier Bell and Andrew McNeillie (San Diego: Harcourt Brace, 1984); *The Letters of Virginia Woolf, Volume Three: 1923–1928*, ed. Nigel Nicolson and Joanne Trautmann (San Diego: Harcourt Brace, 1977); *The Letters of Virginia Woolf, Volume Four: 1929–1931*, ed. Nigel Nicolson and Joanne Trautmann (San Diego: Harcourt Brace, 1978); *Virginia Woolf, The Death of the Moth and Other Essays*, 2nd ed. (London: Hogarth Press, 1942); Julia Briggs, *Virginia Woolf: An Inner Life* (Orlando: Harcourt, 2005).

199 「扱いにくい才能を…」"George Moore," *Vogue*, June 1925, in *Death of the Moth*, 103.

199 「調子のいい日…」Virginia Woolf, June 23, 1936, in *Diary, Volume Five*, 25.

199 「私くらい書くことで…」Ibid.

199 「ウルフは毎日決まった…」Lee, 405.

199 「偉大な作家たちがどうやって…」Virginia Woolf, March 17, 1923, in *Diary, Volume Two*, 240.

200 「L〔レナード〕は私が作品を…」Virginia Woolf to Violet Dickinson, June 4, 1912, in *Letters, Volume One*, 500.

200 「僕らがまる一日…」Quoted in Lee, 332.

200 「職業上の秘密を…」Woolf, "Professions for Women," 1933, in *Death of the Moth*, 152.

201 「街路徘徊」Woolf, "Street Haunting: A London Adventure," 1930, in *Death of the Moth*, 29.

201 「(郊外では)広々した…」Virginia Woolf, September 5, 1926, in *Diary, Volume Three*, 107.

201 「あちこちかぎまわっては…」Virginia Woolf to Vita Sackville-West, February 17, 1926, in *Letters, Volume Three*, 241.

201 「執筆から読書への移行を…」Virginia Woolf, June 11, 1922, in *Diary, Volume Two*, 176.

202 「えんえんと、しゃべって…」Quoted in Lee, 419.

202 「正直なところ…」Virginia Woolf, September 23, 1933, in *Diary, Volume Four*, 179.

202 「僕はあまりにも…」Quoted in Lee, 427.

202 「目が覚めたとき…」Virginia Woolf to Ethel Smyth, September 21 or 22, 1930, in *Letters, Volume Four*, 218.

203 **ヴァネッサ・ベル**：Frances Spalding, *Vanessa Bell* (New Haven, CT: Ticknor & Fields, 1983); Quentin Bell and Virginia Nicholson, *Charleston: A Bloomsbury House and Garden* (New York: Henry Holt, 1997); Lisa Tickner, "The 'Left-Handed Marriage': Vanessa Bell & Duncan Grant," in *Significant Others: Creativity & Intimate Partnership*, ed. Whitney Chadwick and Isabelle de Courtivron (New York: Thames and Hudson, 1993), 65–81; *The Letters of Virginia Woolf, Volume Three: 1923–1928*, ed. Nigel Nicolson and Joanne Trautmann (San Diego: Harcourt Brace, 1977); *The Diary of Virginia Woolf, Volume Three: 1925–1930*, ed. Anne Olivier Bell and Andrew McNeillie (San Diego: Harcourt Brace, 1981).

203 「すばらしい実践力」Quoted in Spalding, 165.

203 「ブルームズベリーのぶれない軸」Quoted in Tickner, 65.

204 「チャールストンは全盛期には…」Quoted in Bell and Nicholson, 123.

205 「まるで二匹のたくましい…」Quoted ibid., 70.

205 「このふたりほど真夏の…」Virginia Woolf to Roger Fry, September 16, 1925, in *Letters, Volume Three*, 209.

205 「〔ベルとグラントは〕純粋な喜びと…」Virginia Woolf to Vita Sackville-West, January 31, 1926, in

Letters, Volume Three, 237.
206 「私はあまりにたくさんの…」Virginia Woolf, August 19, 1929, in *Diary, Volume Three*, 243.
206 **マギ・ハンブリング**：Correspondence with the author, January–September 2017; "Maggi Hambling on 'Brilliant Ideas,'" Bloomberg TV, December 19, 2016, https://www.bloomberg.com/news/videos/2016-12-19/maggi-hambling-on-brilliant-ideas.
206 「人生のあらゆることの…」Correspondence with the author.
207 「いい日になるに…」Ibid.
207 「まるでハムレットみたいに…」Ibid.
207 「ちゃんと準備ができているように」Ibid.
207 「おそらく偶然ではないと…」Ibid.
207 「私が初めて油絵を…」Ibid.
208 「めちゃくちゃ健康的な…」Ibid.
208 「それが九時に終わる前に…」Ibid.
208 「ウィスキーに誘われて」Ibid.
208 「おしゃべりをする」Ibid.
208 「一瞬、満足することも…」Ibid.
209 「そのときなにを感じるかって？…」Ibid.
209 「あらゆるものは新たな…」"Maggi Hambling on 'Brilliant Ideas.'"
209 **キャロリー・シュニーマン**：Telephone interview with the author, March 29, 2017.
211 **マリリン・ミンター**：Telephone interview with the author, February 15, 2017.
213 **ジョーゼフィン・メックセパー**：Email interview with the author, January–February 2017.
215 **ジェシー・ノーマン**：Jessye Norman, *Stand Up Straight and Sing!* (Boston: Houghton Mifflin Harcourt, 2014).
215 「私は舞台に立つ前に…」Ibid., 212–13.
216 「水分をとること。必要なのはそれだけ」Ibid., 213.
216 **マギー・ネルソン**：Telephone interview with the author, August 24, 2016.
218 **ニッキ・ジオヴァニ**：Telephone interview with the author, April 25, 2017.
222 **アン・ブラッドストリート**：Charlotte Gordon, *Mistress Bradstreet: The Untold Life of America's First Poet* (New York: Little, Brown, 2005).
222 「大西洋の両岸を通じて…」Ibid., 195.
222 「その期間の大半は妊娠していたか…」Ibid.
222 「静かな夜は不平不満の…」Quoted ibid., 177.
223 **エミリー・ディキンスン**：Richard B. Sewall, *The Life of Emily Dickinson*, 2nd ed. (Cambridge, MA: Harvard University Press, 1980); Vivian R. Pollak, ed., *A Historical Guide to Emily Dickinson* (New York: Oxford University Press, 2004); Thomas H. Johnson, ed., *Emily Dickinson: Selected Letters* (Cambridge, MA: Belknap Press, 1971); Alfred Habegger, *My Wars Are Laid Away in Books: The Life of Emily Dickinson* (New York: Modern Library, 2002); Thomas Wentworth Higginson, "Emily Dickinson's Letters," *The Atlantic Monthly*, October 1891, https://www.theatlantic.com/magazine/archive/1891/10/emily-dickinsons-letters/306524/; J. D. McClatchy, *American Writers at Home* (New York: Library of America/Vendome Press, 2004).
223 「親切に教えてくださった…」Emily Dickinson to Abiah Root, November 21, 1847, in Sewall, 365.
224 「〔出版なんてことは〕魚が空を…」Emily Dickinson to Thomas Wentworth Higginson, June 7, 1862, in Higginson.
225 「私たちの母は病弱な…」Quoted in Habegger, 342.
226 「彼女がひじょうに…」Higginson.
226 「これほど神経をすり減らされる…」Quoted in Pollak, 15.
227 「私の人生には君主が…」Emily Dickinson to Thomas Wentworth Higginson, August 1862, in Johnson, 178.
227 **ハリエット・ホズマー**：Cornelia Carr, *Harriet Hosmer: Letters and Memories* (1912; repr. London: Forgotten Books, 2015).
227 「私は『ミツバチのように』…」Harriet Hosmer to Wayman Crow, February 1870, ibid., 280.
228 「彼女は怠けるということが…」Ibid., xiii.
228 「私は独身主義という…」Harriet Hosmer to Wayman Crow, August 1854, ibid., 35.
228 **ファニー・トロロープ**：Anthony Trollope, *An Autobiography and Other Writings* (New York: Oxford University Press, 2014), Kindle; Teresa Ransom, *Fanny Trollope: A Remarkable Life* (New York: St. Martin's Press, 1995); Lucy Poate Stebbins and Richard Poate Stebbins, *The Trollopes: The Chronicle of a Writing Family* (New York: Columbia University Press, 1945).
229 「母の性格を特徴づける…」Trollope, loc. 849 of 6906, Kindle.
230 「あまりにも多くのこと…」Ibid., loc. 859 of 6906, Kindle.
230 **ハリエット・マーティノー**：Harriet Martineau, *Autobiography*, ed. Maria Weston Chapman (Boston: James R. Osgood, 1877), Internet Archive.
231 「十五歳のときから…」Ibid., 142.
231 「実際のところ、そうするしかなかったのだ」Ibid.
231 「楽しみのためでも…」Ibid., 143.
231 「私は長い経験から…」Ibid., 144.

232 「あの憂鬱で困惑に満ちた…」Ibid.

232 「私はなにも書かずに…」Ibid., 145.

233 「新鮮な空気と冷たい水が私の刺激剤」Ibid., 146.

233 **ファニー・ハースト**：Fannie Hurst, *Anatomy of Me: A Wonderer in Search of Herself* (Garden City, NY: Doubleday, 1958); Brooke Kroeger, *Fannie: The Talent for Success of Writer Fannie Hurst* (New York: Times Books, 1999); Walter Bagehot, *The Works of Walter Bagehot, with Memoirs by R. H. Hutton, vol. 1*, ed. Forrest Morgan (Hartford, CT: Travelers Insurance Company, 1889), Google Books.

233 「作家は歯に例えると…」Bagehot, 34.

233 「アイデアと書かれた言葉との…」Hurst, 148.

233 「現れたと思ったら…」Ibid., 148–49

234 「私の毎日の仕事の習慣…」Ibid., 316,

234 **エミリー・ポスト**：Edwin Post, *Truly Emily Post* (New York: Funk & Wagnalls, 1961); Laura Claridge, *Emily Post: Daughter of the Gilded Age, Mistress of American Manners* (New York: Random House, 2008).

234 「僕たちはよく…」Post, 208.

235 「母はベッドのなかに…」Ibid., 221.

236 「もし自分で料理を…」Quoted in Claridge, 432.

236 **ジャネット・スカダー**：Janet Scudder, *Modeling My Life* (New York: Harcourt, Brace, 1925).

237 「長く暑い夏の日々は…」Ibid., 121–23.

239 「いまでもベイクドビーンズの…」Ibid., 21.

239 **サラ・ベルナール**：Edmond Rostand, preface to Jules Huret, *Sarah Bernhardt*, trans. George A. Raper (London: Chapman & Hall, 1899), vii–xii; Cornelia Otis Skinner, *Madame Sarah* (Boston: Houghton Mifflin, 1967); Robert Gottlieb, *Sarah: The Life of Sarah Bernhardt* (New Haven, CT: Yale University Press, 2010); Louis Verneuil, *The Fabulous Life of Sarah Bernhardt*, trans. Ernest Boyd (New York: Harper & Brothers, 1942); Arthur Gold and Robert Fizdale, *The Divine Sarah: A Life of Sarah Bernhardt* (New York: Vintage, 1992); Suze Rueff, *I Knew Sarah Bernhardt* (London: Frederick Muller, 1951); "Face of Great Actress Subtle Even in Death," *Los Angeles Times*, March 28, 1923, http://www .latimes.com/local/obituaries/archives/la-me-sarah-bernhardt-19230328-story.html

239 「ゆうべのベルナールの…」Quoted in Gold and Fizdale, 133.

240 「ベルナールほど驚異的な…」Quoted in "Face of Great Actress."

240 「ブルーム型の馬車が…」Rostand, x–xi.

241 「一時的な精神錯乱状態」Ibid., xii.

242 「〔ベルナールはようやく〕夕飯を食べに…」Ibid., xii–xiii.

242 「これが私の知っている…」Ibid., xiii.

242 「命は命を生む…」Quoted in Skinner, xvi.

243 **パトリック・キャンベル夫人**：Margot Peters, *Mrs. Pat: The Life of Mrs. Patrick Campbell* (New York: Alfred A. Knopf, 1984); Alan Dent, *Mrs. Patrick Campbell* (London: Museum Press, 1961); Mrs. Patrick Campbell, *My Life and Some Letters* (New York: Dodd, Mead, 1922).

243 「舞台に生きる人生は…」Campbell, 285.

243 「この上ない完璧主義…」Peters, 190.

243 「彼女がとてもきちんと…」Quoted in Dent, 230–31.

246 **ニキ・ド・サンファル**：Niki de Saint Phalle, *Traces: An Autobiography Remembering 1930–1949* (Lausanne: Acatos, 1999); Niki de Saint Phalle, *Harry and Me: The Family Years, 1950–1960* (Zürich: Benteli, 2006); Christiane Weidemann, *Niki de Saint Phalle* (Munich: Prestel, 2014); Ariel Levy, "Beautiful Monsters," *The New Yorker*, April 28, 2016, https://www.newyorker.com /magazine/2016/04/18/niki-de-saint-phalles-tarot-garden.

246 「じゃあ、あなたは…」Saint Phalle, *Harry and Me*, 115.

246 「〔その言葉に〕私はひどく…」Ibid.

247 「仕事と、夫と、子どもたちの…」Quoted in Weidemann, 75.

247 「嫉妬深い秘密の愛人…」Quoted ibid., 36.

248 「私はそこで修道僧のような…」Quoted ibid., 78.

248 「情熱はウィルスのように…」Saint Phalle, *Traces*, 121.

249 「人はとても大切で…」Ibid.

249 **ルース・アサワ**：Daniell Cornell et al., *The Sculpture of Ruth Asawa: Contours in the Air* (Berkeley: University of California Press, 2006).

250 「私の使う材料は…」Quoted ibid., 19.

250 **リラ・カッツェン**：Interview with Cindy Nemser, *Art Talk: Conversations with 15 Women Artists*, rev. ed. (New York: Westview Press, 1995); Eleanor Munro, *Originals: American Women Artists*, new ed. (New York: Da Capo Press, 2000).

250 「幼稚園のころから…」Interview with Nemser, 202.

250 「家で絵を描くことを…」Ibid., 204.

251 「午後八時から午前二時まで…」Ibid., 206–7.

252 「ほら、クレヨンと紙をあげるわ」Ibid., 206.

252 **ヘレン・フランケンサーラー**：Interview with Julia Brown, "A Conversation: Helen Frankenthaler and Julia Brown," Spring–Fall 1997, in *After Mountains and Sea: Frankenthaler, 1956–1959*

(New York: Guggenheim Museum, 1998); Barbara Rose, *Frankenthaler* (New York: Harry N. Abrams, 1970); Carl Belz, "Helen Frankenthaler and the 1950s," 1981, in *Painted on 21st Street: Helen Frankenthaler from 1950 to 1959*, ed. John Elderfield (New York: Gagosian Gallery/Abrams, 2013); Madeleine Conway and Nancy Kirk, *The Museum of Modern Art Artists' Cookbook* (New York: Museum of Modern Art, 1977).

252 「ほんとうにいい絵は…」Quoted in Rose, 85.

252 「自分の体重と品位…」Interview with Cindy Nemser, "Interview with Helen Frankenthaler," *Arts Magazine*, November 1961, quoted in Belz, 154.

253 「一連の作品に注意を…」Interview with Brown, 42.

253 「休んだあと、ふたたび…」Ibid.

253 「カタルシス」Quoted in Conway and Kirk, 53.

253 「健康のためにいつも食事で…」Quoted Ibid.

254 **アイリーン・ファーレル**：Eileen Farrell and Brian Kellow, *Can't Help Singing: The Life of Eileen Farrell* (Boston: Northeastern University Press, 1999).

254 「そんなことをするなんて…」Ibid., 174.

255 「歌劇場の向かいに…」Ibid., 174–75.

256 「それは慎み深い…」Quoted ibid., 175.

256 **エレナー・アンティン**：Howard N. Fox, *Eleanor Antin* (Los Angeles: Los Angeles County Museum of Art, 1999); Eleanor Munro, *Originals: American Women Artists*, new ed. (New York: Da Capo Press, 2000); Grace Glueck, "In a Roguish Gallery: One Aging Black Ballerina," *The New York Times*, May 12, 1989, https://www.nytimes .com/1989/05/12/movies/in-a-roguish-gallery-one-aging-black-ballerina.html.

256 「自分の殻を破って…」Quoted in Glueck.

256 「私の人生でもっとも…」Quoted in Fox, 211.

258 「私生活は可能なかぎり…」Quoted in Munro, 424.

258 **ジュリア・ウルフ**：Telephone interview with the author, February 15, 2017.

260 **シャーロット・ブレイ**：Telephone interview with the author, January 26, 2017.

262 **ヘイドン・ダナム**：Interview with the author, May 5, 2017.

265 **イサベル・アジェンデ**：Telephone interview with the author, August 23, 2016.

268 **ゼイディー・スミス**：Interview with Michele Norris, "In Essays, Author Zadie Smith Reveals Her Process," November 11, 2009, *NPR Books*, https://www.npr.org/templates/story/story.php? storyId=120320510; interview with Isaac Chotiner, "Zadie Smith on Male Critics, Appropriation, and What Interests Her Novelistically About Trump," *Slate*, November 16, 2016, http://www.slate.com/articles/arts/books/2016/11/a_conversation_with_zadie_smith_about_cultural_appropriation_male_critics.html; Yevgeniya Traps, "Zadie Smith on 'Little Sparks of Something Like Actual Life' and Her Latest, 'NW,' " *Politico*, October 2, 2012, https://www.politico.com/states/new-york/albany/story/2012/10 /zadie-smith-on-little-sparks-of-something-like-actual-life-and-her-latest-nw-067223; Zadie Smith, *NW* (New York: Penguin Books, 2012), Kindle.

268 「書くという行為に…」Interview with Norris.

268 「あと、私はいつまでも…」Quoted in Traps.

268 「時間を作ってくれたことに」Smith, loc. 4532 of 4566, Kindle.

269 「でも、ノートパソコンは…」Interview with Chotiner.

269 **ヒラリー・マンテル**：Hilary Mantel, "My Writing Day," *The Guardian*, April 16, 2016, https://www.theguardian.com/books/2016/apr/16 /hilary-mantel-my-writing-day; Sophie Elmhirst, "The Unquiet Mind of Hilary Mantel," *New Statesman*, October 3, 2012, https://www.newstatesman.com/culture/culture/2012/10/unquiet-mind-hilary-mantel; Hilary Mantel, "Hilary Mantel's Rules for Writers," *The Guardian*, February 22, 2010, https://www.theguardian.com/books/2010/feb/22/hilary-mantel-rules-for-writers; Larissa MacFarquhar, "The Dead Are Real," *The New Yorker*, October 15, 2012, https://www.newyorker.com/magazine/2012/10/15/the-dead-are-real; interview with Mona Simpson, "Hilary Mantel, The Art of Fiction No. 226," *The Paris Review*, Spring 2015, https://www.theparisreview.org/interviews/6360/hilary-mantel-art-of-fiction-no-226-hilary-mantel; interview with Anna Metcalfe, "Small Talk: Hilary Mantel," *Financial Times*, May 8, 2009, https://wwwft.com/content/bf2db6a6-3b5e-11de-ba91-00144feabdc0.

269 「作家のなかには…」Mantel, "My Writing Day."

270 「すらすらと書ける日…」Ibid.

270 「長考するが、書きだすと速い」Ibid.

270 「緊張のあまり、体が…」Ibid.

271 「散歩をしたり…」Mantel, "Rules for Writers."

271 「書いていると幸せですか…」Quoted in Elmhirst.

272 **キャサリン・オーピー**：Interview with the author, November 2, 2016.

274 **ジョーン・ジョーナス**：Telephone interview with the author, May 15, 2017.

278 **マリー＝テレーズ・ロデ・ジョフラン**：Dena

Goodman, *The Republic of Letters* (Ithaca, NY: Cornell University Press, 1994).

278 「ひとつは、従来夜遅くに…」Goodman, 91.

279 「我々の金曜日は…」Quoted in Goodman, 89.

279 「私はここでもパリと…」Madame Geoffrine to Marie-Thérèse, marquise de La Ferté-Imbault, July 8, 1766, in Goodman, 78–79.

280 **エリザベス・カーター**：Montagu Pennington, *Memoirs of the Life of Mrs. Elizabeth Carter with a New Edition of Her Poems,* [. . .] (London: F. C. and J. Rivington, 1807), Google Books.

280 「人生のかなり早い段階で…」Ibid., 5–6.

281 「あなたが私の生活に…」Quoted ibid., 90–91.

281 「小学生のようにきちんと…」Quoted ibid., 91.

282 「真っ先にするのは…」Quoted ibid., 92–93.

282 「読書も仕事も一度に…」Ibid., 95.

283 「〔カーターは〕嗅ぎタバコのほかに…」Ibid., 15.

283 **メアリー・ウルストンクラフト**：Claire Tomalin, *The Life and Death of Mary Wollstonecraft* (New York: Harcourt Brace Jovanovich, 1974); William Godwin, *Memoirs of the Author of a Vindication of the Rights of Woman* (1798; repr. Project Gutenberg, https://www .gutenberg.org/files/16199/16199-h/16199-h.htm).

283 「間違いなく、ひじょうに…」Godwin.

284 「人生は根気強く働くのみ…」Quoted in Tomalin, 168.

284 **メアリー・シェリー**：Charlotte Gordon, *Romantic Outlaws: The Extraordinary Lives of Mary Wollstonecraft and Her Daughter Mary Shelley* (New York: Random House, 2015); Anne K. Mellor, *Mary Shelley: Her Life, Her Fiction, Her Monsters* (New York: Methuen, 1988); Mary Shelley, author's introduction to *Frankenstein; or, The Modern Prometheus* (1818; repr. Ware, Hertfordshire: Wordsworth Classics, 1999), 1–5.

284 「たくさんの散歩…」Shelley, 5.

285 「パーシーは一度でも…」Gordon, 243.

285 「そしていまふたたび…」Shelley, 5.

286 **クララ・シューマン**：Nancy B. Reich, *Clara Schumann: The Artist and the Woman* (Ithaca, NY: Cornell University Press, 1985); John N. Burk, *Clara Schumann: A Romantic Biography* (New York: Random House, 1940).

286 「私のピアノの練習は…」Clara Schumann, June 2, 1841, in Reich, 110.

286 「いつも近所の酒場に…」Reich, 130.

286 「クララは私が…」Quoted in Burk, 217.

287 「創造的な活動に…」Quoted in Reich, 228.

287 **シャーロット・ブロンテ**：Elizabeth Gaskell, *The Life of Charlotte Brontë* (1857; repr. New York: Penguin, 1997); *The Letters of Charlotte Brontë, Volume One: 1829–1847,* ed. Margaret Smith (Oxford: Clarendon Press, 1995).

288 「私はいままでにも増して…」Charlotte Brontë to Emily Brontë, June 8, 1839, in *Letters,* 191.

288 「シャーロットはときどき…」Gaskell, 233.

289 「シャーロットが私に…」Ibid., 235.

290 **クリスティーナ・ロセッティ**：Jan Marsh, *Christina Rossetti: A Writer's Life* (New York: Viking, 1995).

290 「まったく無作為に…」Quoted ibid., 69.

290 「私は詩を書く力を…」Quoted ibid., 548.

290 「注文に応じて書く…」Quoted ibid., 294.

291 **ジュリア・ウォード・ハウ**：Maud Howe, *The Eleventh Hour in the Life of Julia Ward Howe* (Boston: Little, Brown, 1911), Google Books; Elaine Showalter, *The Civil Wars of Julia Ward Howe* (New York: Simon & Schuster, 2016).

291 「母は終生一貫して…」Maud Howe, 37.

291 「朝がとくに元気だった」Ibid., 50.

292 「母はとても陽気で…」Ibid., 49–50.

292 「朝の散歩に出かけ…」Ibid., 54.

292 「調子を上げるために」Quoted ibid., 59.

292 「鉄を金床にのせて…」Quoted ibid.

292 「ダチョウ並みの…」Ibid., 48.

292 「おしゃべりをしたり…」Ibid., 61.

293 「おもにふさぎ込んでいるか…」Quoted in Showalter, 83.

293 「すべての美しいもの…」Quoted ibid.

293 「人生の究極の目的…」Maud Howe, 74.

293 「学ぶこと…」Quoted ibid.

294 **ハリエット・ビーチャー・ストウ**：Joan D. Hedrick, *Harriet Beecher Stowe: A Life* (New York: Oxford University Press, 1994); Annie Fields, ed., *Life and Letters of Harriet Beecher Stowe* (Boston: Houghton, Mifflin, 1898).

294 「今後も書き物を…」Quoted in Fields, 104.

294 「この手紙を書き始めてから…」Quoted in Hedrick, 195.

295 「おもに子ども部屋と…」Quoted ibid., 239.

295 「すでに、金銭的援助の…」Quoted ibid., 246.

295 「我々は彼女の…」Quoted ibid., 260.

295 **ローザ・ボヌール**：Anna Klumpke, *Rosa Bonheur: The Artist's (Auto)-biography,* trans. Gretchen van Slyke, 2nd ed. (Ann Arbor: University of Michigan Press, 2001); Dore Ashton with Denise Browne Hare, *Rosa Bonheur: A Life and a Legend* (New York: Viking Press, 1981).

296 「女性が男性のように…」Quoted in Gretchen van Slyke, "Introduction to the English Edition," in Klumpke, xxxii.

297 「私はいつも太陽が…」Quoted in Klumpke, 33.

297 「いまはもうだらだらして…」Quoted ibid., 39.

297　「さまざまな種類の…」Ibid., 201.

298　「ちっとも邪魔に…」Quoted ibid., 202.

298　「犬、馬、ロバ…」Ibid., 203.

298　「夜になると…」Quoted in Ashton with Hare, 171.

299　「四つの車輪がついた…」Quoted ibid., 163.

299　「私は古ネズミ」Quoted ibid., 159.

299　**エレノア・ローズベルト**：Eleanor Roosevelt, *You Learn by Living: Eleven Keys for a More Fulfilling Life* (New York: Harper Perennial, 1960)〔エリノア・ルーズベルト『生きる姿勢について――女性の愛と幸福を考える』佐藤佐智子、伊藤ゆり子訳、大和書房、1971年〕; David Emblidge, ed., *My Day: The Best of Eleanor Roosevelt's Acclaimed Newspaper Columns, 1936–1962* (New York: Da Capo Press, 2001); *The Autobiography of Eleanor Roosevelt* (1961; repr. New York: Da Capo Press, 1992); Blanche Wiesen Cook, *Eleanor Roosevelt: Volume One, 1884–1933* (New York: Penguin, 1992); Bernard Asbell, ed., *Mother & Daughter: The Letters of Eleanor and Anna Roosevelt* (New York: Coward, McCann & Geoghegan, 1982).

300　「これまで私は三つの方法で…」Roosevelt, *You Learn by Living*, 45.〔『生きる姿勢について』〕

301　「私はふだん…」Roosevelt, *Autobiography*, 290.

301　「一晩に五時間…」Quoted in Cook, 466.

301　「私がよく身のすくむ…」Quoted in Asbell, 298.

302　**ドロシー・トンプソン**：Peter Kurth, *American Cassandra: The Life of Dorothy Thompson* (Boston: Little, Brown, 1990).

302　「ベッドのなかで…」Ibid., 263.

303　「私は大量の…」Quoted ibid., 264.

306　**ジャネット・フレイム**：Janet Frame, *An Angel at My Table: An Autobiography: Volume Two* (New York: George Braziller, 1984); Janet Frame, *The Envoy from Mirror City: An Autobiography: Volume Three* (New York: George Braziller, 1985); Michael King, *Wrestling with the Angel: A Life of Janet Frame* (Washington, DC: Counterpoint, 2000); Jane Campion, "In Search of Janet Frame," *The Guardian*, January 19, 2008, https://www.theguardian.com /books/2008/jan/19/fiction5.

306　「離れのなかには…」Frame, *An Angel*, 142.

307　「サージソンさんは朝七時半ごろ起きて…」Ibid., 143–44.

308　「タイプで打ったばかりの…」Ibid., 150.

308　「サージソンさんはその本の書き方について…」Ibid.

309　「わかりきった言い訳を…」Frame, *The Envoy*, 119.

309　「彼女はそれまでに…」Campion.

310　「どんな音もがまんできないの」Ibid.

310　「私にとって大事なのは…」Quoted in King, 421.

311　**ジェーン・カンピオン**：Virginia Wright Wexman, *Jane Campion: Interviews* (Jackson: University Press of Mississippi, 1999).

311　「それはなんともいいようのない…」Quoted in Jay Carr, "Jane Campion, the Classical Romantic," *The Boston Globe*, November 14, 1993, in Wexman, 168.

311　「数日間、物語のなかで…」Quoted in Sue Williams, "A Light on the Dark Secrets of Depression," *Australian*, May 2, 1995, in Wexman, 176.

311　「ときどき、すごく創造性が…」Quoted in Kennedy Fraser, "Portrait of a Director," *Vogue*, January 1997, in Wexman, 197.

312　**アニエス・ヴァルダ**：T. Jefferson Kline, *Agnès Varda: Interviews* (Jackson: University Press of Mississippi, 2014).

312　「でも、要約を書く代わりに…」Quoted in Gordon Gow, "The Underground River," *Films and Filming*, March 1970, in Kline, 43.

312　「内に潜む直観の川」Quoted ibid., 44.

312　「それは私が…」Interview with Jacqueline Levitin, "Mother of the New Wave: An Interview with Agnès Varda," *Women and Film*, nos. 5–6, 1974, in Kline, 55.

313　「問題はふたつあって…」Ibid., 60.

313　「解決策はひとつしかなくて…」Ibid.

313　「私は女性の創造性…」Interview with Mireille Amiel, "Agnès Varda Talks About the Cinema," *Cinéma*, December 1975, trans. T. Jefferson Kline, in Kline, 65.

314　「アイデアが浮かんだら…」Interview with Françoise Aude and Jeane-Pierre Jeancolas, "Interview with Agnès Varda," *Positif*, April 1982, trans. T. Jefferson Kline, in Kline, 111.

314　「アーティストはインスピレーションとか…」Interview with Françoise Wera, "Interview with Agnès Varda," *Ciné-Bulles*, no. 3, 1985, trans. T. Jefferson Kline, in Kline, 124–25.

315　「自分のなかに誰にも…」Quoted in Jean Decock, "Interview with Varda on The Vagabond," *French Review*, February 1988, in Kline, 149.

315　「私は仕事をするスピードが…」Ibid.

316　**フランソワーズ・サガン**：Interview with Jean-Jacques Pauvert, *Night Bird: Conversations with Françoise Sagan*, trans. David Macey (New York: Clarkson N. Potter, 1980); interview with Blair Fuller and Robert B. Silvers, "Françoise Sagan, The Art of Fiction No. 15," *The Paris Review*, Autumn 1956, https://www.theparisreview.org/interviews/4912/francoise-sagan-the-art-of-fiction-no-15-francoise-sagan; Richard Williams, "Françoise Sagan: 'She Did What She Wanted,' "

The Guardian, February 28, 2014, https://www.theguardian.com/books/2014/feb/28/francoise-sagan-bonjour-tristesse.

316 「一日二、三時間…」Interview with Fuller and Silvers.

216 「ただ書き始めたの。…」Ibid.

316 「どうしても仕上げたいという…」Ibid.

316 「十八歳のコレット」Quoted in Williams.

316 「惰性におちいったり…」Interview with Pauvert, 53.

317 「ときどき、十日か二週間…」Ibid., 62.

317 「事前にはなにも…」Ibid., 61.

317 「一音でも…」Ibid.

317 「屈辱的」Ibid., 62–63.

318 **グロリア・ネイラー**：Maxine Lavon Montgomery, ed., *Conversations with Gloria Naylor* (Jackson: University Press of Mississippi, 2004); interview with Donna Perry, "Gloria Naylor," in Donna Perry, *Backtalk: Women Writers Speak Out* (New Brunswick, NJ: Rutgers University Press, 1993), 217–44.

318 「そのときは気づかなかった…」Interview with Kay Bonetti, "An Interview with Gloria Naylor," *American Audio Prose Library*, 1988, in Montgomery, 52.

318 「夜勤のときは…」Ibid.

318 「特別に意志の強い…」Ibid., 53.

319 「私の要求はごくシンプルよ。…」Interview with Perry, 241.

319 「物語を文字に起こす人間」Interview with Sharon Felton and Michelle C. Loris, "The Human Spirit Is a Kick-Ass Thing," *The Critical Response to Gloria Naylor, 1997*, in Montgomery, 141.

319 「最初は、わけもなく…」Interview with Perry, 225.

320 **アリス・ニール**：Phoebe Hoban, *Alice Neel: The Art of Not Sitting Pretty* (New York: St. Martin's Press, 2010); interview with Cindy Nemser, *Art Talk: Conversations with 15 Women Artists*, rev. ed. (New York: Westview Press, 1995).

320 「子育てのあいだは描くのをあきらめようと思ったら…」Interview with Nemser, 109.

321 「私には、女性たちは…」Quoted in Hoban, 266.

321 **シャーリイ・ジャクスン**：Ruth Franklin, *Shirley Jackson: A Rather Haunted Life* (New York: Liveright Publishing, 2016); Harvey Breit, "Talk with Miss Jackson," *The New York Times Book Review*, June 26, 1949, https://www.nytimes.com/1949/06/26/archives/talk-with-miss-jackson.html.

321 「家族はあなたが…」Quoted in Franklin, 11.

322 「私の生活の五十パーセントは…」Quoted in Breit.

322 「その制約から創造的な…」Franklin, 172.

322 「朝、子どもが幼稚園に…」Ibid.

323 「夫は書くことと格闘している。…」Quoted in Breit.

323 **アルマ・トーマス**：Merry A. Foresta, *A Life in Art: Alma Thomas, 1891–1978* (Washington, DC: Smithsonian Institution Press, 1981); Eleanor Munro, *Originals: American Women Artists*, new ed. (New York: Da Capo Press, 2000).

324 「当時、学歴のある…」Quoted in Adolphus Ealey, "Remembering Alma," in *Foresta*, 11.

324 「なにかオリジナルなもの…」Quoted ibid.

324 「女性は家族と芸術の…」Quoted ibid., 12.

324 「どうしてそうなったかは…」Quoted in Munro, 195–96.

325 「精神年齢は二十五歳で…」Quoted in Adolphus Ealey, "Remembering Alma," in *Foresta*, 12.

326 **リー・クラズナー**：Gail Levin, *Lee Krasner: A Biography* (New York: William Morrow, 2011); B. H. Friedman, *Jackson Pollock: Energy Made Visible* (1972; repr. Cambridge, MA: Da Capo Press, 1995); Eleanor Munro, *Originals: American Women Artists*, new ed. (New York: Da Capo Press, 2000); Charlotte Streifer Rubinstein, *American Women Artists: From Early Indian Times to the Present* (Boston: Avon, 1982).

326 「犠牲にしたものは…」Quoted in Levin, 2.

326 「ひじょうに協力的」Quoted ibid., 220.

326 「ポロックはとても激しい人…」Quoted ibid.

327 「ポロックはいつも、とても遅くまで…」Quoted in Friedman, 87.

327 「すばらしいパンやパイ」Quoted ibid.

328 「灰色のパイ生地」Rubinstein, 272.

328 「私は神経症的といっていいくらい…」Quoted in Levin, 403.

329 「私は自然なサイクルに…」Quoted in Munro, 119.

329 **グレース・ハーティガン**：William T. La Moy and Joseph P. McCaffrey, eds., *The Journals of Grace Hartigan* (Syracuse: Syracuse University Press, 2009), Kindle.

330 「最近は私のひとり暮らしにも…」Ibid., June 30, 1955, loc. 2083 of 2260, Kindle.

331 「例によってまた…」Ibid., January 18, 1955, loc. 1859 of 2260, Kindle.

331 「「しかも、芸術は…」Ibid., May 25, 1955, loc. 1998 of 2260, Kindle.

332 「私は攻撃的でなければならない」Ibid., June 23, 1955, loc. 2057 of 2260, Kindle.

332 **トニ・ケイド・バンバーラ**：Interview with Claudia Tate, *Black Women Writers at Work* (New York:

Continuum, 1983), 12–38; Toni Cade Bambara, "What It Is I Think I'm Doing Anyhow," in *The Writer on Her Work*, ed. Janet Sternburg, rev. ed. (New York: W. W. Norton, 2000), 153–68.

332 「私の書き方には…」Interview with Tate, 30–33.

334 「私はこれまで、なぜこれほど…」Bambara, 166.

335 **マーガレット・ウォーカー**：Margaret Walker, *How I Wrote Jubilee and Other Essays on Life and Literature*, ed. Maryemma Graham (New York: Feminist Press, 1990); Margaret Walker, "On Being Female, Black, and Free," in *The Writer on Her Work*, ed. Janet Sternburg, rev. ed. (New York: W. W. Norton, 2000), 95–106; Interview with Claudia Tate, "Margaret Walker," in *Black Women Writers at Work* (New York: Continuum, 1983), 188–204.

335 「黒人の女性が…」Walker, "On Being," 100.

335 「家族がいて…」Walker, *How I Wrote*, 61.

336 「朝の七時から十一時まで…」Ibid.

336 「またタイプライターの前に…」Ibid.

337 「自分がその作品の…」Interview with Tate, 191–192.

340 **タマラ・ド・レンピッカ**：Laura Claridge, *Tamara de Lempicka: A Life of Deco and Decadence* (New York: Clarkson Potter, 1999); Judith Mackrell, *Flappers: Six Women of a Dangerous Generation* (New York: Sarah Crichton Books, 2013); Baroness Kizette de Lempicka-Foxhall with Charles Phillips, *Passion by Design: The Art and Times of Tamara de Lempicka* (New York: Abbeville Press, 1987).

340 「哀れな赤ん坊も…」Quoted in Mackrell, 78.

341 「一九二二年の秋…」Claridge, 91.

341 「なんでも試してみるのは…」Quoted in Mackrell, 108.

342 「奇跡なんてない。…」Quoted in Lempicka-Foxhall, 77.

342 **ロメイン・ブルックス**：Diana Souhami, *Wild Girls: Paris, Sappho, and Art: The Lives and Loves of Natalie Barney and Romaine Brooks* (New York: St. Martin's Griffin, 2007); Meryle Secrest, *Between Me and Life: A Biography of Romaine Brooks* (Garden City, NY: Doubleday, 1974); Susan Stamberg, "Painter Romaine Brooks Challenged Conventions in Shades of Gray," *NPR Morning Edition*, August 17, 2016, https://www.npr.org/2016/08/17/489757481/painter-romaine-brooks-challenged-conventions-in-shades-of-gray.

342 「彼女はイギリス人の運転手と…」Souhami, 119.

342 「実際、ピカソや…」Quoted in Stamberg.

342 「しゃれた男装の麗人たち」Quoted in Souhami, 2.

343 「私は何ヵ月もひとりで…」Quoted in Secrest, 284.

343 「私にとっては、自分が…」Quoted ibid., 332.

344 「アーティストは一人で…」Quoted in Souhami, 138.

344 **ユードラ・ウェルティ**：Interview with Linda Kuehl, "Eudora Welty, The Art of Fiction No. 47," *The Paris Review*, Fall 1972, https://www.theparisreview.org/interviews/4013/eudora-welty-the-art-of-fiction-no-47-eudora-welty; Peggy Whitman Prenshaw, ed., *Conversations with Eudora Welty* (Jackson: University Press of Mississippi, 1984); Peggy Whitman Prenshaw, ed., *More Conversations with Eudora Welty* (Jackson: University Press of Mississippi, 1996); Suzanne Marrs, *Eudora Welty: A Biography* (Orlando: Harvest, 2006).

344 「私は書こうと思えば…」Interview with Kuehl.

345 「私のような早起きの人間には…」Ibid.

345 「そうすれば結局は…」Ibid.

345 「タイプライターを使うと…」Ibid.

345 「まあ、うれしい。…」Interview with Dannye Romine Powell, "Eudora Welty," *Parting the Curtains: Interviews with Southern Women Writers*, 1994, in Prenshaw, *More Conversations*, 172.

347 「夢中になって取り組むこと…」Ibid., 174.

347 **エレナ・フェッランテ**：Elena Ferrante, *Frantumaglia: A Writer's Journey*, trans. Ann Goldstein (New York: Europa Editions, 2016).

347 「決まった書き方…」Interview with Karen Valby, "Elena Ferrante: The Writer Without a Face," trans. Michael Reynolds, *Entertainment Weekly*, September 5, 2014, in Ferrante, 238.

348 「途切れることなく…」Interview with Rachel Donadio, "Writing Has Always Been a Great Struggle for Me," *The New York Times*, December 9, 2014, in Ferrante, 254.

348 「どこかのちょっとしたコーナー」Interview with Elissa Schappell, "Elena Ferrante Explains Why, for the Last Time, You Don't Need to Know Her Name," trans. Michael Reynolds, *Vanity Fair*, August 28, 2015, in Ferrante, 337.

348 「ごく小さなスペース」Ibid.

348 「書かなければという…」Interview with Maurício Meirles, "Elena Ferrante, que esconde sua identidade há mais de 20 anos, tem livro lançado no Brasil," *O Globo*, May 28, 2015, in Ferrante, 303.

348 **ジョーン・ディディオン**：Interview with Linda Kuehl, "Joan Didion, The Art of Fiction, No. 71," *The Paris Review*, Fall–Winter 1978, https://www.theparisreview.org/interviews/3439/joan-didion-the-art-of-fiction-no-71-joan-didion; Emma

Brockes, "Interview: Joan Didion," *The Guardian*, December 16, 2005, https://www.theguardian.com/film/2005/dec/16/biography.features; interview with Sheila Heti, "Joan Didion," *The Believer*, 2012, https://www.believermag.com/exclusives/?read=interview_didion.
348 「いちばん大事なのは…」Interview with Kuehl.
349 「一日の大半を…」Quoted in Brockes.
350 「小説を書いていると…」Interview with Heti.
350 「リラックスするって…」Ibid.
351 **シーラ・ヘティ**: Email correspondence with the author, September 2016.
354 **ミランダ・ジュライ**: Telephone interview with the author, September 20, 2016.
357 **パティ・スミス**: Kristina Rodulfo, "Patti Smith: New York Is No Longer Welcoming to Artists and Dreamers," *Elle*, October 6, 2015, https://www.elle.com/culture/books/news/a31004/new-york-city-then-and-now-according-to-patti-smith/; Patti Smith, *M Train* (New York: Alfred A. Knopf, 2015).
357 「朝起きて…」Quoted in Rodulfo.
357 「私はりっぱな机を…」Smith, 27.
357 「きのうの詩人は…」Ibid., 32.
358 **ヌトザケ・シャンゲ**: Interview with Claudia Tate, *Black Women Writers at Work* (New York: Continuum, 1983), 149–74; interview with Serena Anderlini, "Drama or Performance Art? An Interview with Ntozake Shange," *Journal of Dramatic Theory and Criticism*, Fall 1991, 85–97.
358 「私は起きたらすぐ書く」Interview with Tate, 168.
359 「ときどき、自分が霊媒に…」Interview with Anderlini, 95.
359 **シンディ・シャーマン**: Interview with Kenneth Baker, "Cindy Sherman: Interview with a Chameleon," *San Francisco Chronicle*, July 8, 2012, repr. Walker Art Center, November 1, 2012, https://walkerart.org/magazine/cindy-sherman-walker-art-center; interview with Betsy Berne, "Studio: Cindy Sherman," *Tate Arts and Culture*, May/June 2003, http://www.tate.org.uk/context-comment/articles/studio-cindy-sherman; interview with Betsy Sussler, "Cindy Sherman by Betsy Sussler," *Bomb*, Spring 1985, https://bombmagazine.org/articles/cindy-sherman/; interview with Molly Ringwald, "I Had a Little Pegboard," *Women in Clothes*, eds. Sheila Heti, Heidi Julavits, and Leanne Shapton (New York: Blue Rider Press, 2014), 281–284; Tim Adams, "Cindy Sherman: 'Why Am I in These Photos?,'" *The Guardian*, July 3, 2016, https://www.theguardian.com/artanddesign/2016/jul/03/cindy-sherman-interview-retrospective-motivation.
360 「アシスタントがひとり…」Interview with Baker.
360 「たとえば、ハロウィーンの…」Interview with Berne.
369 「私が到達しようとしている…」Ibid.
360 「別の人間になったような…」Interview with Sussler.
360 「私はきっちり時間を決めて…」Quoted in Adams.
361 「賭けみたいなものね。…」Interview with Ringwald.
361 「たいていは…」Interview with Baker.
362 **ルネイ・コックス**: Telephone interview with the author, June 17, 2017.
363 **ピーター・コイン**: Telephone interview with the author, February 22, 2017.
370 **ジューナ・バーンズ**: Phillip Herring, *Djuna: The Life and Work of Djuna Barnes* (New York: Viking, 1995).
371 「ベッドのなかで…」Ibid., 198.
371 「ヘイフォードホールの原野は…」Quoted ibid., 192.
372 「魂についた…」Quoted ibid., 235.
372 **ケーテ・コルヴィッツ**: Martha Kearns, *Käthe Kollwitz: Woman and Artist* (Old Westbury, NY: Feminist Press, 1976); Hans Kollwitz, ed., *The Diary and Letters of Kaethe Kollwitz*, trans. Richard Winston and Clara Winston (Evanston, IL: Northwestern University Press, 1988).
373 「私自身の心のなかにも…」Käthe Kollwitz to Karl Kollwitz, June 13, 1916, in Hans Kollwitz, 70.
374 「ケーテは学生のころ…」Kearns, 63.
374 「落ちこんで…」Hans Kollwitz, 7.
375 「自分にとって大切な…」Quoted in Kearns, 192.
375 **ロレイン・ハンズベリー**: Lorraine Hansberry, *To Be Young, Gifted and Black*, adapted by Robert Nemiroff (New York: Signet, 1970); Patricia C. McKissack and Frederick L. McKissack, *Young, Black, and Determined: A Biography of Lorraine Hansberry* (New York: Holiday House, 1998).
375 「毎日、毎日…」Hansberry, 143.
376 「だらだらした…」Ibid.
376 「仕事をするか消えるか」Ibid., 177.
376 「スケジュールを決めたら…」Ibid., 182.
376 「私はレオナードの助言に…」Ibid., 185.
377 「魔法が効いたみたいだ。…」Ibid., 197.
378 **ナタリア・ギンズブルグ**: Natalia Ginzburg, *It's Hard to Talk About Yourself*, eds. Cesare Garboli and Lisa Ginzburg, trans. Louise Quirke (Chicago: University of Chicago Press, 2003); Natalia Ginzburg, *The Little Virtues*, trans. Dick Davis

(New York: Arcade, 1985).

378 「祖母には静けさがあった。…」Lisa Ginzburg, preface to Natalia Ginzburg, *It's Hard to Talk About Yourself*, ix.

379 「子どもたちがいるのに…」Natalia Ginzburg, *Little Virtues*, 62.

379 「コントロール」the feeling: Ibid.

379 「貪欲に、喜び勇んで」Ibid., 63.

379 「大変な悲しみ」Interview with Marino Sinibaldi, "The Job of the Writer," Chapter Three, Natalia Ginzburg, *It's Hard to Talk About Yourself*, 84.

380 「秘密や影」Natalia Ginzburg, *Little Virtues*, 65.

380 「自分の職業に…」Ibid., 66.

380 「人生を歩んでいく…」Interview with Marino Sinibaldi, "The Job of the Writer," Chapter Three, Natalia Ginzburg, *It's Hard to Talk About Yourself*, 84.

381 **グウェンドリン・ブルックス**：Gloria Wade Gayles, ed., *Conversations with Gwendolyn Brooks* (Jackson: University Press of Mississippi, 2003).

381 「このことは、自分の作品が…」Quoted in Roy Newquist, *Conversations* (Chicago: Rand McNally, 1967) in Gayles, 27.

381 「主婦であることが…」Ibid.

381 「ペンをとることは…」Interview with Ida Lewis, "My People Are Black People," *Essence*, April 1971, in Gayles, 62.

381 「なんとかこつこつと…」Ibid.

381 「詩全体が完全な形で…」Interview with Hoyt Fuller, Eugenia Collier, George Kent, and Dudley Randall, "Interview with Gwendolyn Brooks," *In the Memory and Spirit of Frances, Zora, and Lorraine: Essays and Interviews on Black Women and Writing*, ed. Juliette Bowles (Washington, DC: Institute for the Arts and the Humanities/Howard University, 1979), in Gayles, 67.

382 「難しい仕事でね」Interview with Paul Angle, "An Interview with Gwendolyn Brooks," *Report from Part One* (Detroit: Broadside Press, 1968), in Gayles, 14.

382 **ジーン・リース**：Carole Angier, *Jean Rhys: Life and Work* (Boston: Little, Brown, 1990)〔キャロル・アンジア『屋根裏の狂気 ― ジーン・リース』須賀有加子訳、山口書店、1991年〕;Francis Wyndham and Diana Melly, eds., *The Letters of Jean Rhys* (New York: Elisabeth Sifton Books, 1984); Jean Rhys, *My Day* (New York: Frank Hallman, 1975); Diana Athill, *Stet: A Memoir* (New York: Grove Press, 2000); Lilian Pizzichini, *The Blue Hour: A Life of Jean Rhys* (New York: W. W. Norton, 2009).

383 「日常的な事柄を処理する…」Athill, 153.

384 「あなたの村にやっかいな…」Quoted in Angier, 484.

384 「安全な隠れ家になるだろうと…」Jean Rhys to Selma Vaz Dias, January 9, 1961, in Wyndham and Melly, 200.

384 「私に向かって…」Jean Rhys to Maryvonne Moerman, October 6, 1960, in Wyndham and Melly, 195.

385 「彼女はウィスキーと…」Quoted in Angier, 491.

385 「すごい覚醒剤を手に入れた…」Jean Rhys to Francis Wyndham, 1961, in Wyndham and Melly, 207.

385 「私はもう何年もここにいて…」Jean Rhys to Maryvonne Moerman, March 4, 1962, in Wyndham and Melly, 211.

322 「私はみんなを…」Jean Rhys to Diana Athill, May 23, 1963, in Wyndham and Melly, 221.

386 「思い返せば…」Jean Rhys to Diana Athill, September 2, 1964, in Wyndham and Melly, 286.

386 「ここでの生活は…」Jean Rhys to Maryvonne Moerman, November 9, 1965, in Wyndham and Melly, 293.

387 「私が不安も憂鬱も…」Rhys, 5.

387 「孤独であることは…」Ibid., 6.

388 **イザベル・ビショップ**：Helen Yglesias, *Isabel Bishop* (New York: Rizzoli, 1988); interview with Barbaralee Diamonstein-Spielvogel, "Inside New York's Art World: Isabel Bishop," https://www.youtube.com /watch?v=m0OzXiAG3TE; Eleanor Munro, *Originals: American Women Artists*, new ed. (New York: Da Capo Press, 2000); Henry James, "The Middle Years," in *Tales of Henry James*, ed. Christof Wegelin and Henry B. Wonham, 2nd ed. (New York: W. W. Norton, 2003), 211–28.

388 「そのとき、あることが…」Interview with Diamonstein-Spielvogel.

388 「ニューヨークでもかなり…」Quoted in Yglesias, 66.

388 「ロマン主義的リアリズム」Interview with Diamonstein-Spielvogel.

388 「私はあらゆることを…」Quoted in Yglesias, 24.

389 「残念ながら、私はとても…」Quoted ibid., 18.

389 「自分がいまやっていることが…」Quoted ibid., 16.

389 「それでいいの？」Interview with Diamonstein-Spielvogel.

389 「窓の外の人々をみるのは…」Quoted in Yglesias, 16.

390 「夫がそういう態度を…」Quoted ibid., 17.

390 「助かったけれど…」Quoted ibid.

391 「我々は闇のなかで…」James, 227.

391 「私もそのことについて…」Quoted in Munro,

146.

391 **ドリス・レッシング**：Doris Lessing, *Walking in the Shade: Volume Two of My Autobiography, 1949–1962* (New York: HarperPerennial, 1998); Doris Lessing, *Under My Skin: Volume One of My Autobiography, to 1949* (New York: HarperCollins, 1994); Carole Klein, *Doris Lessing: A Biography* (New York: Carroll & Graf, 2000); interview with Dwight Garner, "A Notorious Life," *Salon*, November 11, 1997, https://www.salon.com/1997/11/11/lessing/; Sameer Rahim, "Doris Lessing: In Her Own Words," *Telegraph*, November 17, 2013, https://www.telegraph.co.uk/culture/books/booknews/10455645/Doris-Lessing-in-her-own-words.html.

392 「ひどいことだったと思う。…」Interview with Garner. 328 "No one can write": Quoted in Rahim.

393 「そこにはきら星のごとく…」"There was a constellation": Lessing, *Under My Skin*, 410.

393 「朝五時に起き…」Lessing, *Walking in the Shade*, 102.

394 「私はうろうろと…」Ibid., 103.

391 「七千語」Klein, 134.

391 「このように肉体的に…」Lessing, *Walking in the Shade*, 103.

391 「画家は一見気まぐれに…」Ibid.

392 「私たち［作家］が…」Ibid., 136–37.

許諾一覧

既刊資料の転載を許可していただいた以下の関係者各位に深く感謝の意を表する。

Angel City Press: Excerpt from *Edith Head's Hollywood—25th Anniversary* Edition by Edith Head and Paddy Calistro copyright © 2008 by Paddy Calistro and the Estate of Edith Head. Originally published by Angel City Press, Santa Monica, California, in 2008. All rights reserved. Reprinted by permission of Angel City Press.

Counterpoint Press: Excerpt from *An Angel at My Table: An Autobiography: Volume 2* by Janet Frame, copyright © 1982, 1984, 1985, 1989 by Janet Frame. Reprinted by permission of Counterpoint Press.

Georges Borchardt, Inc. on behalf of Eleanor Munro: Excerpt from *Originals: American Women Artists* by Eleanor Munro, copyright © 1997, 2000 by Eleanor Munro. Reprinted by permission of Georges Borchardt, Inc. on behalf of Eleanor Munro.

HarperCollins Publishers and Jonathan Clowes Ltd., London, on behalf of The Estate of Doris Lessing: Excerpts from *Walking in the Shade: 1949 to 1962* by Doris Lessing, copyright ©1997, 1998 by Dori Lessing. Reprinted by permission of HarperCollins Publishers and Jonathan Clowes Ltd., London, on behalf of The Estate of Doris Lessing.

Read Hubbard and Jerome W. Lindsey, Joint Executors of The Estate of Claudia C. Tate: Excerpt from *Black Women Writers at Work*, edited by Claudia Tate, copyright © 1983 by Claudia Tate. Reprinted by permission of Read Hubbard and Jerome W. Lindsey, Joint Executors of The Estate of Claudia C. Tate.

Cindy Nemser: Excerpt from *Art Talk: Conversations with 15 Women Artists* by Cindy Nemser, copyright © 1975, 1995 by Cindy Nemser. Reprinted by permission of Cindy Nemser.

Simon & Schuster, Inc.: Excerpt from *To Be Young, Gifted and Black: Lorraine Hansberry in Her Own Words* by Lorraine Hansberry, adapted by Robert Nemiroff, copyright © 1969 by Robert Nemiroff and Robert Nemiroff as Executor of The Estate of Lorraine Hansberry. Reprinted with the permission of Simon & Schuster, Inc. All rights reserved.

Syracuse University Press: Excerpt from *The journals of Grace Hartigan, 1951–1955*, edited by William T. La Moy and Joseph P. McCaffrey, copyright © 2009 by Syracuse University Press. Reprinted by permission of Syracuse University Press.

W. W. Norton & Company, Inc: Excerpt from *My Life* by Isadora Duncan, copyright © 1927 by Boni & Liveright, Inc., copyright renewed 1955 by Liveright Publishing Corporation. Reprinted by permission of W. W. Norton & Company, Inc.

著者

Mason Currey（メイソン・カリー）

ペンシルベニア州ホーンズデール生まれ。ノースカロライナ大学アッシュビル校卒業。著書に、個人で運営していたブログ「Daily Routine」を元にした『Daily Rituals』（New York: Alfred A. Knopf, 2013）〔邦訳『天才たちの日課――クリエイティブな人々の必ずしもクリエイティブでない日々』フィルムアート社、2014年〕がある。ロサンゼルス在住。

訳者

金原瑞人（かねはら・みずひと）

1954年岡山市生まれ。法政大学教授・翻訳家。訳書は児童書、ヤングアダルト小説、一般書、ノンフィクションなど550点以上。訳書にマコーリアン『不思議を売る男』、シアラー『青空のむこう』、グリーン『さよならを待つふたりのために』、ヴォネガット『国のない男』、モーム『月と六ペンス』、クールマン『リンドバーグ　空飛ぶネズミの大冒険』、サリンジャー『このサンドイッチ、マヨネーズ忘れてる　ハプワース16、1924年』など。エッセイ集に『サリンジャーにマティーニを教わった』、日本の古典の翻案に『雨月物語』『仮名手本忠臣蔵』など。HPはhttp://www.kanehara.jp/

石田文子（いしだ・ふみこ）

1961年、大阪府生まれ。大阪大学人間科学部卒業。金原氏に師事して翻訳関係の仕事にたずさわる。訳書にドイル『シャーロック・ホームズの冒険』『名探偵シャーロック・ホームズ』、アーバイン『小説タンタンの冒険』、シアラー『スノー・ドーム』、ハプティー『オットーと空飛ぶふたご』、ローズ『ティモレオン』（共訳）、アームストロング『カナリーズソング』（共訳）、カリー『天才たちの日課』（共訳）、バーサド＆エルダキン『文学効能事典』（共訳）などがある。京都府在住。

天才たちの日課 女性編

自由な彼女たちの必ずしも自由でない日常

2019年9月30日　初版発行
2020年3月10日　第二刷

著　メイソン・カリー
訳　金原瑞人／石田文子

デザイン　戸塚泰雄（nu）
装画　堀 節子

発行者　上原哲郎
発行所　株式会社 フィルムアート社
〒150-0022
東京都渋谷区恵比寿南1-20-6　第21荒井ビル
tel 03-5725-2001　fax 03-5725-2626
http://www.filmart.co.jp/

印刷・製本　シナノ印刷株式会社

Printed in Japan
ISBN978-4-8459-1637-5　C0098